UM CASTELO NO PAMPA / VOL. 2

Pedra da Memória

Luiz Antonio ♦ de
Assis Brasil

UM CASTELO NO PAMPA / VOL. 2
PEDRA DA MEMÓRIA

L&PM
EDITORES

Texto de acordo com a nova ortografia.

Capa: Marco Cena
Revisão: Lolita Beretta e Priscila Amaral

CIP-Brasil. Catalogação na Fonte
Sindicato Nacional dos Editores de Livros, RJ.

B83p

Brasil, Luiz Antonio de Assis, 1945-
    Pedra da memória / Luiz Antonio de Assis Brasil. – Porto Alegre, RS:
L&PM, 2011.
    320p.   (Um castelo no pampa; v.2)

    ISBN 978-85-254-2110-4

    1. Romance brasileiro. I. Título. II. Série.

11-0029.   CDD: 869.93
                    CDU: 821.134.3(81)-3

© Luiz Antonio de Assis Brasil, 2011

Todos os direitos desta edição reservados a L&PM Editores
Rua Comendador Coruja, 314, loja 9 – Floresta – 90.220-180
Porto Alegre – RS – Brasil / Fone: 51.3225.5777 – Fax: 51.3221.5380
Pedidos & Depto. Comercial: vendas@lpm.com.br
Fale conosco: info@lpm.com.br
www.lpm.com.br

Impresso no Brasil
Primavera de 2011

Para Ana Cybele, Bianca, Angélica,
Bruno e, naturalmente, Sergio Faraco.

A minha casa... Mas é outra história:
Sou eu ao vento e à chuva, aqui descalço,
Sentado numa pedra da memória.

Vitorino Nemésio, *Poesia* (1935-1940)

HOMEM DEITADO
Não se levanta nem precisa levantar-se.
Está bem assim. O mundo que enlouqueça,
O mundo que estertore em seu redor.
Continua deitado
sob a racha da pedra da memória.

Carlos Drummond de Andrade, *Corpo* (1984)

Ao desembarcar do paquete *Île de France* num dia de torrar os miolos, seguido pelo criado Raymond e vários caixotes prenhes de louças, candelabros, quadros românticos, suspeitas antiguidades de Paris, um misterioso volume amarelo e vários boiões de gás, o Doutor Olímpio acha que o Rio de Janeiro tornou-se, enfim, o palco das sonhadas ações republicanas. Do Império sobrevivem apenas os empoeirados escudos monárquicos nas fachadas solarengas, além de alguns anciãos de bengala e ar profundamente ofendido: até o costumeiro cheiro de mijo das ruas amainou ao sabor da Proclamação, da qual o Doutor foi cientificado pelos jornais franceses. Mas vem noivo de uma condessa austríaca cheia de *spleen* e possivelmente desejosa de logo efetivar em Paris o anunciado casamento por procuração: isso é uma segurança para tempos tão instáveis de mudança de regime político.

Alegra-se ao saber que o *Rei do Rio Grande*, que vergonhosamente assumiu o poder no Sul ao apagar das luzes do Império, está destituído e preso, deixando os liberais à deriva. Sabe da notícia em visita a Quintino Bocaiúva, ora Ministro dos Negócios Estrangeiros. O Ministro, atarefado em seus múltiplos afazeres

republicanos, dedica-lhe uma atenção dispersa, mas concentra-se para dizer:
— O amigo deve voltar para o Rio Grande. Lá é o seu chão. A República precisará muito de seu formidável talento. Há, por exemplo, que estruturar o Estado, fazer uma Constituição. Espere: o amigo me disse mesmo o quê sobre uma noiva?
— Pois noivei em Paris, com uma jovem austríaca.
— E o casamento? É para quando?
— Será um casamento por procuração, celebrado em Paris. A noiva já virá casada, lá pelo meio do ano.
— Austríaca... interessante. O amigo fala alemão?
— O suficiente, embora me sinta mais à vontade com o francês, é claro.
— A língua da diplomacia... — Quintino Bocaiúva parece embebido em algum pensamento. Mas retorna ao tom anterior: — Lamento abreviar nosso encontro, o Marechal me espera no Palácio. Fizemos a República e começam os problemas de fronteira, a que o Império nunca deu atenção. — Veste a sobrecasaca que o criado lhe traz: — Volte, Doutor Olímpio, volte para o seu Rio Grande. O amigo é muito preciso lá. Mas sei que o bravo Rio Grande nunca negará grandes homens à República.

Rui Barbosa, o novo Ministro da Fazenda, no outro dia, é mais explícito:
— Agora é voltar, meu caro. Quando necessitarmos, pode acreditar que não hesitaremos em chamá-lo.

Enfim: dão-lhe um pontapé no traseiro. Amargurado, o Doutor desanca mais tarde em Raymond:
— Não fosse essa sua ideia de Paris, isso não me acontecia.
— Nem o senhor voltava noivo...
— Só para responder a perguntas idiotas sobre minha noiva. Vá comprar as passagens.
— Já?
— Já. É preciso deixar que tudo se assente por aqui. Eu sei que me chamarão quando o negócio entortar. Aí decidirei o que fazer.

Chega em Porto Alegre no mais escaldante fevereiro. Júlio está em posição superior, como já sabia: Secretário do Governo provisório. Como governador, os republicanos gaúchos puseram o Marechal Câmara, Visconde de Pelotas. No Hotel Central, o Doutor encontra uma inesperada carta de Júlio, que, em nome de uma "amizade jamais desmentida", lhe pede o gesto nobre de visitá-lo, "afinal, os tempos são outros, e não podemos estar com questões menores, agora que alcançamos o objetivo tão esperado".

Convencido por Raymond depois de muita conversa, Olímpio vai procurá-lo no palácio da Praça da Matriz.

– Mas não entendo, Júlio – diz Olímpio, depois de uma cena de possível reconciliação. – Proclama-se a República e põe-se um titular do Império a comandar o Rio Grande.

– A República surgiu de um golpe militar. Nada mais natural que um oficial assumisse o governo. Mas não é *apenas* um oficial. Você mesmo sabe como ele se aproximou de nós nos últimos meses do ano passado e como tem proeminência aqui.

– Aproximou-se por questões internas da tropa e você sabe muito bem. Vocês fraquejaram e um dia terão de prestar contas à Nação por isso.

– Uma pergunta paira no ar: – E os sectários do *Rei do Rio Grande*, onde é que estão?

– Querem aliar-se a nós, esses liberais. É incrível a desfaçatez dessa gente. Mas isso não vai acontecer. Precisamos nós, os republicanos autênticos, reservar para nós o governo, sob pena de desbaratar a República.

– E você que não quer perder o comando, confesse.

– Não me movem outros propósitos senão implantar no Rio Grande um sólido governo inspirado nas luzes do positivismo político. Pessoalmente não quero nada; ao contrário, desejo ser o mais apagado servidor do novo regime.

– Desde que tenha a última palavra.

Júlio não parece irritar-se. Serve mais mate e passa-o a Olímpio:

– Que será a palavra objetiva e oportuna para o momento em que vivemos. O que você queria? Podemos pôr tudo a perder se tivermos algum tipo de compaixão com os adversários de ontem, e que hoje se vestem de cordeiros. Enquanto eu estiver servindo ao Estado, esses oportunistas não terão vez. Prefiro aliar-me aos conservadores, que aderiram sinceramente ao regime.

— Como se alguém pudesse deixar de ser conservador... Pelo que percebo, durante minha viagem as coisas evoluíram, na Província...

— No Estado, se me desculpa.

Olímpio devolve o mate e pede seu chapéu ao amanuense, colocando-o na cabeça:

— Eu lutava contra o Império. Você até parece que lutava apenas contra os do Partido Liberal.

— Por circunstância. Logo passará esse tempo de mudanças e restabeleceremos a ordem, onde os melhores terão o poder. — Júlio ergue-se da secretária, visando alguém que passa no corredor. — Marechal!

O Marechal Câmara, que saía, estaca. É um homem velho, crivado de medalhas e um ar de profunda sobranceria. Ao avistar Olímpio, vem apertar-lhe a mão:

— Soube de sua volta das férias. Como está Paris?

É uma provocação. Olímpio tira o chapéu e empertiga-se:

— Com bons governos civis.

— Esses moços — o Marechal suspira — são sempre tempestuosos. Proclamam a República e, não sabendo o que fazer dela, entregam-na. Pena que você em Paris não acompanhou todo esse processo.

Olímpio engole a raiva:

— Bem, se o Marechal me desculpa, preciso ainda arranjar uma série de coisas.

— Esteja à vontade. Eu sei o que é ficar fora de casa tanto tempo... No meu caso, era sempre por motivo de guerra... Adeus. — E, apertando novamente a mão de Olímpio, segue em direção à saída do palácio, tilintando a espada de encontro aos pingentes do fiador.

— Infame! — ruge Olímpio.

— Não se incomode tanto. É um ancião.

— E você o está usando vergonhosamente.

Júlio põe o braço sobre o ombro de Olímpio.

— Você não conseguirá indispor-se novamente comigo. Creio até que um dia poderá somar-se a nós. O nosso infalível

Borges, o Borges da Academia, já está colaborando, embora à distância, lá de Cachoeira. Entenda, Olímpio: você é um republicano histórico, culto, influente e honesto. Haverá logo uma eleição para a Assembleia Nacional Constituinte. A sua eleição seria uma brincadeira. Você ainda tem todos os votos que o elegeram deputado provincial.

– Peça ao Borges, de quem você gosta tanto. Vou me recolher às minhas terras.

– E terminar as obras do Castelo?

– Aquele ainda é o castelo da Liberdade.

– Eu o esperarei, Olímpio. Você ainda se juntará a nós.

Ao descer a Ladeira, o Doutor arrepende-se de não haver falado a respeito de seu iminente casamento. Seria uma forma de mostrar que estava vivo e, de certo modo, seria um revide.

– Fez bem – diz-lhe Raymond, alcançando-lhe uma limonada logo à chegada ao quarto do hotel. – O senhor deve aplastar todos esses com a surpresa. Eles jamais imaginarão o portento que será ter uma legítima Condessa no Castelo.

– Não me fale em aristocratas. Eu me caso com uma mulher, não com uma instituição monárquica.

– Mas o importante, Doutor, é não se inimizar com o Júlio. Poderá arrepender-se mais tarde.

– Bem, eu não me inimizei...

– Ótimo. É bom deixar sempre uma porta aberta. – Raymond volta ao seu trabalho de catalogar os objetos trazidos de Paris. – Esta peça aqui, Doutor – e mostra um *cache-pot* translúcido. – É feita de quê?

– Alabastro, seu ignorante. – Olímpio caminha pelo quarto, vai à janela, de onde vê um pequeno comício na Praça da Alfândega. – Aí estão, os republicanos de hoje. Uma multidão de pés-rapados. E o Júlio ainda pretende organizar isso tudo.

Ficam ainda uma semana em Porto Alegre. No sábado, Olímpio telegrafa a Câncio Barbosa e à tia Águeda, dando conta da volta imediata.

O porto de Pelotas está cheio de notáveis neste dia. Os novos administradores municipais esperam ansiosos por uma palavra do Doutor, conforme consta no breve discurso proferido por

Câncio, o qual conclui com um pedido para que assuma o governo do município, "ao menos para organizar as coisas", porque sabem que ele tem um outro destino, maior, nacional.

Na resposta, o Doutor é lacônico e generoso:

– Prefiro declinar da honraria. Tenho outros afazeres, particulares, que me impedem de momento. E o município está entregue a mãos sábias.

E recolhe-se ao Solar dos Leões, em meio a um uníssono de lástimas. Lá, constata o quanto Astor cresceu e como Arquelau tornou-se um moço de bigodes e ampliou consideravelmente sua boçalidade. Tia Águeda procura dar aos sobrinhos um tratamento equânime, embora venha a confessar, mais tarde, que eles se dão muito mal: Arquelau insiste na sua condição de legítimo, não perdendo oportunidade para humilhar o outro. Olímpio chama-o:

– Vamos dar um fim a isso, Arquelau. Não fica bem para nossa família que se devorem mutuamente. – E procura uma boa imagem, poética: – Sei que Astor é uma planta enxertada em nosso jardim, um mau passo de nossa finada mãe, mas não é por isso que faltaremos ao dever da caridade.

Arquelau, é claro, não entende. E pede para ir para a estância. Os estudos o aborrecem. Na estância poderá ser útil, fiscalizar o capataz e, quem sabe, as próprias obras do Castelo. Olímpio opõe-se, dizendo-lhe que ao menos termine o ginásio. Depois verão o que fazer. E dá por findo o assunto, ao qual voltará a intervalos cada vez mais esparsos.

Agora é preciso suportar homenagens públicas e saraus particulares, reuniões com os republicanos, visitas indispensáveis. Também é absolutamente necessário dar ciência a Pelotas de seu noivado, desiludindo até ao desespero umas três ou quatro senhorinhas bem-postas na sociedade. Os homens desejam-lhe felicidades em seu próximo casamento, e as damas começam a aterrorizar suas modistas. Num serão em casa do Visconde da Graça, enquanto um cavalheiro interpreta ao piano o *Non più andrai*, uma dessas damas, armando o *pince-nez*, pergunta-lhe como uma austríaca irá entender-se com os da terra, há a questão do idioma...

— É fácil, minha senhora, afinal o francês ainda é a língua oficial de Pelotas.

Esses diálogos são uma perfeita maçada a quem está tão ansioso para regressar à estância e lá, de olho aceso, verificar o andamento das obras.

— Vamos embora — ele diz a Raymond. — Já satisfiz a curiosidade de todo mundo.

— Estamos sempre indo para algum lugar, Doutor — lamenta-se o criado.

— Agora é por uma estada longa, até concluir o Castelo. Despacha-te, preguiçoso.

Quando o trem cruza os campos dobrados do pampa numa tarde sem nuvens, o Doutor, comovido pela paisagem, mas ainda mais feliz por não estar numa diligência sacolejante e perigosa, diz:

— Ah, Raymond, o trem de ferro é uma das grandes conquistas do mundo civilizado. Afinal o patife do *Rei do Rio Grande* fez uma coisa que presta. Embora para cativar seus eleitores, é claro.

— E não se esqueceu de fazer passar os trilhos pelos campos do senhor.

— Naquele tempo ele ainda queria me bajular, o cretino.

O sol dos inícios de março ainda é forte, e a planície jaz ao desamparo.

— Olhe só quanta terra, e só para o gado. Isto precisa de uma boa irrigação, de agricultura. Mas quem demoverá a cabeça atrasada desses estancieiros?

Num tempo miraculosamente curto, chegam às cercanias da propriedade do Doutor. O maquinista, previamente alertado, vai diminuindo a marcha, parando por fim em campo aberto. Assim que descem, enquanto Raymond vai providenciar o desembarque dos caixotes, Olímpio contempla as duas coxilhas: numa, a casa antiga e colonial, destinada à demolição; na outra, o Castelo, com suas duas torres alçadas furando os céus do Rio Grande, o símbolo da Liberdade.

— Belo! Está pronto.

Não está: o arquiteto Henri Leverrier, esfalfado de suor e alegando dificuldades diversas, mostra-lhe que ainda faltam o

acabamento interno, a colocação dos azulejos do banheiro, esquadrias malfeitas que precisam ser substituídas, móveis que ainda não chegaram... Mas para Olímpio há muito pouco para fazer e, maravilhado, pede para irem à Biblioteca. Esbarrando nos operários que atulham a obra, chegam ao amplo salão onde já foram previstos os lugares para duas ordens de prateleiras.
– Aqui respirará o espírito da Humanidade... *Liber, inter vos est dulce vivere / dulce mori...* Um grande consolo nos alijados da Pátria. – Súbito, o Doutor é tomado por uma agonia. Põe a mão na cabeça: – Esquecemos, Henri! Esquecemos...
– Esquecemos o quê?
– A capela! Como é que posso receber uma condessa da Áustria sem capela?
E incontinente passa a determinar a Leverrier que refaça os pianos, que escolha um bom lugar, jeitosamente arquitetônico, para a capela. Não é preciso ser grande. Leverrier limpa o suor:
– Mas agora? Vou precisar mexer no traçado, quem sabe demolir alguma coisa...
– Para isso você é arquiteto.
– Pode levar tempo.
– Dou-lhe dois meses.
Raymond acha lindo que haja uma capela, douradinha, com santinhos e vasinhos de flores, um bom perfumezinho de incenso...
– E alguns belos coroinhas para você comer, seu puto – o Doutor já está de ânimo ligeiro, por se haver lembrado de um ornamento indispensável à piedade da futura esposa. – E, agora, vamos às torres. – Sobem à torre Norte por uma escada em espiral. Bufando, o Doutor é o primeiro a pisar no aposento quadrangular, com quatro janelas góticas abrindo-se para a amplidão da planície. Raymond pergunta-lhe qual a finalidade daquela peça.
– Finalidade? Não pensei ainda. Talvez sirva para os importunos... – Dali, avista a outra torre, idêntica: – Perfeito, Leverrier. Trabalhou bem. – E descem, percorrendo agora os aposentos do andar superior, os inumeráveis quartos lado a lado, para onde vieram algumas camas e roupeiros. – A vista continua magnífica – diz o Doutor. – Belo para ver o nascimento do sol da Liberdade.

– Depois, baixando céleres, cruzam pelo piso inferior e descem por uma escadinha sombria até o *inferno*, onde ficará a cave.
– Previ para 2.000 garrafas – Leverrier explica.
– Ótimo – conclui o Doutor, em meio à quase escuridão. – Você construiu um excelente lugar para encarcerar o Júlio.

Já na casa da estância, depois de receber as contas do capataz e depois de reclamar mais uma vez do pouco conforto em que viviam os ancestrais, e frente a uma travessa de ensopado de ovelha, ele reflete para o francês:

– Imagine! Um castelo sem capela.
– Mas o senhor Doutor não é homem de religião, os republicanos são ateus.

Olímpio encara-o:

– Mas desde quando uma capela tem algo a ver com religião?

No dia seguinte, enquanto o arquiteto ainda se lastima por ter de botar abaixo um par de paredes junto ao salão de refeições, o lugar mais exequível para o desejo do Doutor, este vai tomar novo contato com os ares do pampa. Vai só e, montado num baio fremente – "uma figura de centauro a pisar o solo sacrossanto dos pagos gaúchos" sobe à maior elevação de suas terras. De lá, o sol a pino, tem uma comoção lírica: tanto quanto sua vista alcança, projeta-se Sua Propriedade – campos em ondas e cingidos por cerros azulados, pontos errantes do gado a pastar, a lavoura de milho (meio abandonada, mas renascerá), a tosca habitação dos antepassados, os galpões a serem substituídos por modernos estabelecimentos e, dominando tudo, a majestosa cenografia do Castelo. O vento que passa, revolvendo os cabelos, conduz ao infinito a sentença:

– Ora, Paris... só putas e gigolôs!

Algo, porém, fica incomodando, em meio à visão paradisíaca: aquela feia mancha na paisagem, aquela casa bárbara. Como se os antepassados, na sua ética brutal, estivessem a vigiá-lo. Volta decidido a destruí-la:

– É para já!

E não cede às ponderações de Leverrier nem aos choros de Raymond, que pergunta onde ficarão hospedados até o término do Castelo.

– Ora, ficaremos no próprio Castelo. Já tem telhado, não tem? Tem umas camas velhas, não tem? Sou um homem rústico, sou um gaúcho.
– E os operários, onde é que vão dormir?
– Se arrumam nos galpões, com a peonada.
Leverrier, sob promessa de acréscimo nos honorários, destaca onze homens para a tarefa demolitória.
Assim é que, numa certa manhã, encontramos Olímpio, de fraque e cartola, empunhando um malhete novo. Sob o olhar do arquiteto, de Raymond e de todos os operários, peões e empregadas, ele caminha até à frente da casa e, suspendendo a respiração, bate com energia na parede colonial, fazendo cair um pouco de caliça. Recolhe o pó entre as palmas das mãos enluvadas e sopra aos ares, formando uma nuvem branca que vem cobri-lo:
– Aí vai a prepotência e a intolerância! – E em seguida bate palmas, que são secundadas por uma ovação estridente e assobios. Recuando, assiste aos primeiros atos, comandados por Leverrier: os operários, com picaretas, marretas e talhadeiras, tomam conta de tudo e sobem ao telhado, começando a removê-lo. Olímpio, tirando o pó da roupa, dirige-se ao arquiteto: – Não me tire fora os alicerces. Devem ficar para os pósteros, como testemunho de minha ação.
Numa semana o trabalho está no fim. Olímpio, olhando as quase-ruínas desde a Esplanada do Castelo, filosofa com Raymond:
– Quem me dera que a ignorância e o atraso pudessem ser postos à terra, tal como fiz a essa casa.
– Pois eu acho uma pena... – diz Raymond, apoiado na balaustrada, os olhos piscando atrás das pequenas lentes azuis. – Sempre há um chique nessas estâncias românticas...
– Enfim, era preciso. – Depois de um momento absorto, o Doutor arremata: – De mais a mais, a Condessa não poderia ver aquela casa tão selvagem.
E vão tratar de um assunto especial, uma surpresa que o Doutor destina à esposa, e que veio desde Paris cuidadosamente embalada no volume amarelo. Junto há um manual e os boiões de gás, que ambos conferem com a paciência de cientistas.

— Então, Raymond, entendeu tudo?
— Sim, Doutor. Funcionará na perfeição.
— Se não funcionar eu te capo, infeliz.
— Pode ficar tranquilo, já experimentei.

Há um grande entusiasmo, um mês depois, quando o trem especial chega com sua preciosa carga de móveis, vindos de Buenos Aires. Desencaixotados, revelam um *art-nouveau* perfeito, que a início perturba o Doutor; mas o Doutor é convencido por Henri Leverrier: trata-se do último estilo, recém-começado na Europa, não viu, em Paris?

— Não prestei muita atenção... — E meio desconfiado, mas começando a acostumar-se com os voluptuosos raminhos enroscados nas portas dos armários e nos cimos das cristaleiras, nas guardas das camas e nos frisos dos aparadores, o Doutor em pessoa supervisiona a colocação definitiva de cada móvel, merecendo a aprovação do arquiteto por seu bom gosto. Das caixas, vindas de Paris, Raymond retira os tapetes afegãos e persas, povoando o piso dos salões e da Biblioteca ainda deserta de livros, mas onde já impera o formidável *bureau* de carvalho. Raymond vem chamá-lo "para ver uma coisa". E no banheiro, junto com o arquiteto, mostra-lhe a colocação final dos azulejos.

— Incrível! — exclama o Doutor, ao ver tantas nereidas desnudas em sutil trabalho amoroso. — Dá vontade de morder esses peitos, de tão verdadeiros. Quem fez essa obra-prima?

— Eu — diz modestamente Henri Leverrier. — Nas horas vagas sou artista. Cobrarei uma bagatela.

— Tudo o que quiser, tudo o que quiser, meu caro — diz-lhe Olímpio, abraçando-o. E dá um grande suspiro: — E agora, o que nos falta?

Raymond exulta:

— Agora, só falta a Condessa!

DAS MEMÓRIAS DE PROTEU

Vejo-me em muitas eras, eu que não tenho história. Vejo-me no Castelo, aos cinco anos, frente ao espelho, minha roupinha azul de marinheiro guarnecida com filetes brancos; os cabelos espiralados, tombando até os ombros; as meias brancas e os sapatos negros de verniz. Mamãe asperge-me *patchouli* e depois, com um pente de osso, traça-me uma risca pálida e retilínea no cimo da cabeça, dividindo-a em dois hemisférios lustrosos. Tenho as bochechas infladas, e minha pequena boca parece soprar, como os anjos das igrejas. Papai, silencioso, surge no quarto; é um homem grisalho, e olha-me. Está no Castelo há poucos dias, numa de suas bruscas aparições. Olha-me, mas distraído: suas pupilas, eu bem percebo, abandonam-me e descem pela cintura de mamãe, fixando-se, tal como eu agora faço, nas botinhas ornamentadas com ramos de urze e cadarços prateados com borlas de seda nas pontas. E aquelas botinhas volitam ao meu redor, agitam as bodas, movimentam a barra do vestido, transformando-o num pássaro de plumagens esvoaçantes. Tenho uma impressão, tenho vontade de chorar...

Um ano mais tarde, estou no Atelier do Cavaleiro Calegari, em Porto Alegre, posando para uma fotografia a ser mandada para meu tio na Áustria: os cabelos ainda longos, eu de pé, a mão direita hirta sobre o assento de uma cadeira lavrada. Uma luz intensa e difusa desce de uma claraboia de vidro despolido; neste cenário de suplícios tenho de ficar alguns minutos com um ferro em forma de *U* a me atenazar a cabeça. A imobilidade me cansa, mas o fotógrafo é implacável e manda que eu permaneça quieto. Retesso mais os meus músculos, tenho os olhos secos, sinto coceiras no braço, no pescoço, tenho vontade de ir ao banheiro. Percebo, aterrorizado, que uma mosca virá pousar em mim. E a mosca voeja... dá voltas em meu redor... pousa nos meus cabelos e começa a caminhar... Solto um grito e esfrego com desespero a cabeça, desfazendo a posição sagrada. É a hecatombe: mamãe alarma-se e o Cavaleiro se enfurece de uma cólera italiana, tirando a chapa da máquina e jogando-a sobre a bancada, dizendo que assim é impossível, senhora Condessa. Procuro compenetrar-me, volto à posição, o Cavaleiro vem e com uma contida impaciência me prende novamente no ferro. E então, sob mil torturas, a fotografia realiza-se. Dois dias depois, vejo o resultado: sou um menino triste, de olhos premidos. E no entanto mamãe me acha belo e, à secretária, no quarto do Grande Hotel, escreve coisas no verso, que depois ela lê e me traduz do alemão: *Ao meu querido tio Phillipe, com um beijo do sobrinho brasileiro, Proteu.* Valerá a pena tanto sofrimento para que um desconhecido homem na Europa tenha um momento de novidade?

Vejo-me aos oito anos, dominando a escrita, tanto no alfabeto românico como no gótico. Mamãe ensinou-me à vista de uma folha de cartão, onde estavam impressos o abecedário e alguns versinhos traduzidos de Hans e Fritz, os dois meninos que faziam tudo que me era proibido e que apanhavam e eram perdoados e sempre se emendavam, para em seguida voltarem a fazer travessuras, novamente escusadas depois de uma sova. Hans e Fritz eram minha delícia, lembro-me deles, conforme vinham desenhados ao pé do cartão: cabelos arrepiados, calças caídas, as bundinhas róseas (assim eu imaginava) sendo vergastadas pela vara de marmelo.

É um dia especial: mamãe está sentada junto à janela da sala de estar, que se abre para a alameda dos plátanos novamente vivos; minha mãe, bela e grávida, com um leve e fidalgo sotaque a puxar pelos erres; vejo o faiscar de seu anel com a imagem do escudo heráldico ao sol quebrado da primavera, ela me chama, sinto o toque de seus dedos em minha testa e perco-me no perfume de suas palavras, ela sussurra, minha vida, minha criança inocente, logo você e Aquiles terão um irmãozinho pequeno para fazerem as manhas... Eu penetro nos mistérios da concepção, tentando harmonizar meu desejo de que os bebês nasçam dentro de repolhos, mas tendo à minha frente mamãe, a cintura intumescida, a cada dia mamãe vem adquirindo esse ar mais descansado, mais lento, mais redondo, que entretanto não chega a dobrar a nobre verticalidade de um ser acostumado às elegâncias do espírito e do corpo. Aquiles espreita-nos à porta, sei que traz algo profundamente asqueroso. Agarro-me aos braços de mamãe; ela me acolhe e diz: Aquiles, não vem incomodar seu irmão, que está aqui quieto. Mas o Animal espreita, imenso, um sorriso de grandes dentes e olhos grandes, a tez de azeitona de tanto estar ao léu a estropiar cavalos nos campos à volta do Castelo. Sou apenas dois anos menor, mas ele já é um homem feito, com todos os vícios da masculina condição, e sem nenhuma das qualidades: diverte-se com atos malévolos que minha alma não aceita, não entende, e com as quais ele se fascina. Tento espiar aquelas mãos, vejo-as sanguinolentas, volto a sufocar-me no regaço perfumado e murmuro: o Aquiles, mamãe... Ele ri, e num movimento rápido joga uma coisa de carne que vem rolando e para sobre o tapete. Olho, e uma pancada de gelo atinge-me o ventre quando vejo sobre o tapete a cabeça decepada de uma galinha, a pequena língua projetando-se do bico entreaberto e os olhos mirando-me, turvos. Aquiles foge com uma gargalhada, deixando no ar um cheiro ardido de suor, couro e bosta. Mamãe tange a campainha, vem a governanta, alarma-se com o sucedido e volta com empregadas, baldes e esfregões; mamãe comanda a limpeza: tenham cuidado com esse tapete, foi presente do Kaiser... Depois levanta-se com um suspiro e conduz-me ao salão, deixando-me frente à estante de música, onde se abre o livro de estudos. É a ordem amorosa para que eu esqueça o episódio: vou ao aparador de mogno e dali, com as mãos ainda trêmulas e a respiração descompassada, pego o estojo do violino. Retiro do leito de veludo vermelho a cópia de um Amati, ponho-o no queixo, pego o diapasão, bato-o vacilante de encontro à estante, ouço o *lá*, afino o instrumento e, as pernas levemente afastadas, na posição que meu professor de Pelotas tanto quer, dou início ao exercício de Czerny, um diabólico emaranhado de semicolcheias e fusas, e logo me volta a cena de terror e morte, e passo a saltar notas e abreviar passagens, transformando o Czerny em um caos de sons medonhos. Ouço mamãe dizer: estuda direito, meu filho, estou escutando. Tento concentrar-me, mas a todo instante me lembro daquela cabeça sem corpo, a gargalhada selvagem de Aquiles... Por que me fazem sempre essas coisas? Não molesto ninguém, nunca digo uma palavra áspera, obedeço sem reclamar. O que me fazem é desnecessário, injusto, cruel, e minha garganta começa a apertar-se com um nó de ódio. Mamãe chega ao salão, traz o metrônomo Maelzer, dá-lhe corda, afere-o com o número de batidas exigidas pelo exercício, aproxima uma cadeira, senta-se a meu lado e encoraja: vamos lá, *da capo*. E ao som do mecânico *tic-tac-tic-tac* eu sigo, tentando arranjar como posso as notas dentro dos compassos. Eu erro, é claro, e logo o metrônomo me vence, muitas pulsações à frente das minhas notas. *Tempo!* diz mamãe, batendo palmas enérgicas no ritmo do aparelho, *tem-po!* você está arrastando o *tempo!* Pouco depois ela me olha, e percebo um luzir de pena: a afinação também está horrível, o que você tem? está chorando? não é por causa daquilo que Aquiles fez... Eu respondo: não sei, mamãe, não sei o que há... Ela então suspira: está bem, vá brincar, eu guardo o violino. Dou-lhe um beijo no rosto e saio correndo, ultrapasso os corredores, atravesso a cozinha e, já no terreiro, sento-me num toco de árvore, a cabeça baixa, sentindo o vento frio daquele final de tarde. E minha atenção é atraída por uma casca de ovo, posta ao desamparo pela displicência das cozinheiras. E ali fico, contemplando aquela casca que vem e que vai ao sabor do vento... Descubro que há, nas cascas de ovo, o nascer de uma vida própria quando o vento as empurra. É algo perturbador, mas muito diferente das folhas de papel ou de árvore, que por natureza são dóceis ao vento, tanto que já nos acostumamos a vê-las errantes pelas varandas e pátios. Já o ovo, quando desembaraçado de seu conteúdo, e quando submetido às aragens, parece recuperar o germe vital que lhe dá sentido, e o bailado agônico que executa é a despedida de uma breve mas frutuosa existência. Os habitantes do Castelo dirão que fiquei uma tarde inteira vendo a casca, mas não é verdade – isso faz parte do meu folclore. Fiquei uma hora, se tanto. Mesmo porque a bota de um peão esmagou a casca, e sem que ele desse por isso.

Na noite deste dia, nasce Selene. Não a esperavam para já, e a palavra *prematura* incorpora-se ao vocabulário do Castelo. Nasce num ritual de parteiras, febre e luzes; ao dia seguinte, a charrete traz um médico de barbas que leva embora minha irmã, abafada em panos. Assim, ela nasce quase como uma ficção. Vejo mamãe, branca sobre a cama, a *liseuse* impecável sobre os ombros, o ventre plano sob a colcha. Há um vaso de flores na mesinha de cabeceira, e mamãe sorri para papai, que está na cadeira ao lado, segurando-lhe a mão. Providencial eu estar aqui, diz papai, ao que mamãe concorda. Levado por um impulso, vou à cômoda e aciono a música da caixinha de joias, enchendo o ar com a cristalina gavota. Meus pais sorriem para mim, aceitando que eu faça o pano de fundo para a cena; mas, passado um tempo, papai pede que eu feche a caixinha, e o silêncio é a senha para meu desaparecimento. Vou para a frente do Castelo, onde chega o rapaz da estaçãozinha férrea, trazendo dezenas de telegramas. Recebo-os e os levo para o *bureau* de papai, na Biblioteca. Nesta tarde ele os abrirá e, ao contrário do imaginável, não fará uma lista dos remetentes, mas riscará seus nomes de uma lista prévia, passando a dar mais importância aos faltosos do que aos cumpridores do inviolável dever de cumprimentá-lo pelo nascimento da filha.

Selene, aos cinco anos, brinca com suas bonecas de porcelana, no quarto cor-de-rosa que lhe destinaram: dá-lhes nomes, ensina-lhes boas maneiras e faz para elas roupinhas de seda e brim, já usando as agulhas com perfeição. Ela me chama de Teteu e me pede que a ajude a vestir a *Maria Antonieta*. Aceito, exultante, e estou no ato pecaminoso de segurar as perninhas desnudas da boneca quando mamãe nos vê, e me diz para não estar de brinquedos com Selene, e me dá ordem de jogar bola ou andar a cavalo. Impossível: o anterior desvelo de mamãe ficou marcado em mim, e mesmo que meus cabelos agora estejam cortados à homem, e me cresça uma penugem sobre o lábio superior, e abruptamente me sejam toleradas – e até exigidas – atitudes próximas às de Aquiles, não me reconheço.

Tempus fugit: estou num verão, em férias no Castelo, exaurido pelos estudos no Ginásio Pelotense. Papai, como sempre, está ausente, ou em Pelotas, ou Rio de Janeiro, ou Buenos Aires. Meu tio Astor vive sua condição de bastardo em permanente orgia alcoólica. Descobriu o gramofone, do meu quarto ouço intermináveis vezes as mesmas músicas. Ele me chama a seu covil, na torre, e lá me mostra sua coleção de cobras e embriões em vidros de formol – é meu divertimento. Mas me abre páginas da *Selecta*, e me exige decorar *Meus oito anos: Como são belos os dias / Do despontar da existência!* – o despontar da existência dos outros, eu penso, ouvindo os frívolos versos. Pois bem: faço-lhe a vontade, e numa tarde tórrida de domingo, tendo como palco a Esplanada e como ouvintes meu tio Arquelau, que veio de sua estância vizinha, e mais Selene, mamãe e o debochado Aquiles, recito o poema, levando a mão ao peito e me rasgando para dar alguma verdade àquilo tudo. Súbito, me esqueço da continuação... Astor fica vermelho, *sopra-me* o verso seguinte, eu sigo... esqueço-me de novo... Mamãe diz que está bem e aplaude. Aquiles está enfurecido, levanta-se com seu copo de cerveja na mão e diz que é um absurdo estarem a me ensinar coisas de maricas, que o tio Astor é degenerado e pernicioso. Tio Arquelau concorda: sempre foi assim, e você – dirige-se à mamãe – é a responsável por isso, há anos que eu falo ao mano Olímpio. Ante a tempestade iminente, eu me afasto, vou ao fundo do terreiro, próximo ao córrego canalizado, às taquareiras de meus sonhos, posto de observação das pernas musculosas das serviçais do Castelo, dos braços esculpidos em madeira que se erguem para pendurar roupa nos varais. Vejo uma delas, forte como um homem, de espáduas largas; está de costas, agora se dobra para a cesta de roupa, as coxas descobrem-se, as nádegas duras aparecem, mal disfarçadas pelas calcinhas... Começo a sentir um formigamento insuperável junto às virilhas, uma ânsia... Algo – urgente, líquido e repleto – precisa sair de mim. Eu liberto meu membro dolorido e o manipulo com furor, logo me entregando a um movimento convulso, cortado por gemidos e suspiros. E por fim estremeço de gozo e, numa explosão, irrompem jatos fortes de seiva que vão-se misturar às folhas podres do terreno. Depois... a visão da serviçal, há pouco tão excitante, adquire uma existência sem vida, e ela se torna indiferente como uma pedra. Olho para o chão, estou triste e envergonhado ao ver as gotículas de âmbar infiltrarem-se na terra. Começo a escavar à volta, para sepultar logo o meu embaraço, e nesse trabalho meus dedos acabam por tocar em algo rígido, frio e curvo; escavo mais, e pouco a pouco vão-se revelando as bordas de uma panela tampada, comida pela ferrugem. Com um pouco de trabalho, descolo a tampa e ali dentro, misturadas a detritos, vejo dezenas de moedas. Tomo uma delas, pesada, esfrego-a nas calças, e a luz imediata me diz: ouro. A moeda traz inscrições, onde mal leio: ... *Johannes V*... e, mais abaixo, um ano: *1749*. Olho para os lados, parece-me que a serviçal me enxergou, mas acho que não, ela agora recolhe a cesta e se encaminha para a lavanderia. Termino de desenterrar a panela, tiro a camisa e com ela embrulho meu tesouro. Cuidando para não ser notado, vou para o quarto e ali me fecho. Ponho a panela sobre um jornal, no chão, e conto as moedas: 82! Busco um esfregão na cozinha e limpo-as, uma a uma. Elas têm datas diversas, inscrições de vários reis portugueses e espanhóis, todas de ouro. Sempre me dizem na Escola que sou rico, filho de um dos homens mais ricos e importantes do Rio Grande e do País, e agora tenho uma riqueza cuja dimensão eu não avalio, mas é só minha. Escondo as moedas no fundo do armário, atrás das caixas dos sapatos, e volto para a Esplanada, onde Astor dorme com o chapéu sobre os olhos, tio Arquelau e Aquiles discutem seus intermináveis assuntos e mamãe lê a *Neue Illustrierte*, os óculos na ponta do nariz. Logo que me vê, ela larga a revista e me chama, tirando os óculos. Proteu, ela começa, você não deve se impressionar com o que dizem seu tio Arquelau e seu irmão, eles são homens e têm lá seus próprios conceitos. *Eles são homens*, eu penso na inconsciência e ligeireza da frase. E no entanto não me desagrada ser excluído dessa confraria obscena. Mas logo mamãe, talvez lembrada da impropriedade, que contradiz seus atuais desejos a meu respeito, acrescenta: são homens como você deve ser, meu filho, aparando naturalmente tudo o que eles têm de bruto – e olha ternamente para o Animal, que agora fala no Preparatório de Porto Alegre, onde estuda. Tio Arquelau lhe dá conselhos sobre como comportar-se com as mulheres das cidades, ele que é versado no assunto: sabe, rapaz, as mulheres da capital são umas perdidas que fumam cigarros, e se ainda não me casei é porque não achei uma que não seja puta, não invente de se amarrar num rabo de saia que, sabendo que você é rico, só vai-lhe tirar dinheiro, inventando que passou muito trabalho na vida, que foi maltratada pelo destino e tal, e um dia aparece grávida e adeus sossego. Meu irmão ri, balançando a barriga, isso não, tio, que pra foder tem as outras, do Clube dos Caçadores... ou não tem? Tio Arquelau olha preocupado para a cunhada, sorri, como é que você sabe, seu malandro? quem é que lhe contou? Arquelau pensa um pouco e diz: só pode ser o Astor. Não, não fui eu, diz tio Astor, erguendo um pouco a aba do chapéu e mostrando a cara rubra, no Caçadores não me permitem a entrada, todo mundo conhece as ordens do meu caro mano Olímpio, o grão-senhor deste Castelo. Aliás – tio Astor continua, trazendo o chapéu para a nuca e reacomodando-se na cadeira de palhinha –, em matéria de coisas proibidas, eu sou mestre. É o começo de uma nova disputa, daquelas que sempre acabam no limite de se insultarem. Mamãe levanta-se e pede que a acompanhe. Sigo-a, e vamos para a Biblioteca. Lá, no ambiente semiobscurecido pelos 25.000 volumes, nós sentados no sofá, ela me diz que se tem preocupado bastante comigo, pois não me vê fazendo as coisas naturais da minha idade e do meu sexo; diz-me que meu pai está gravemente preocupado porque não tenho uma educação de homem, etc. Pergunta-me o que pretendo fazer da vida. Digo-lhe que estou-me esforçando, e quanto ao futuro, eu invento, surpreendido comigo mesmo, que quero ser médico "parteiro", ao que ela se espanta, nunca imaginou que eu já tivesse alguma intenção, ainda mais essa... Pergunta-me se eu acho conveniente essa ideia, eu que poderia escolher algo mais apresentável para alguém da minha condição social, afinal eu poderia ser médico, é uma ocupação nobre, mas "parteiro"... isso significa trabalhar como um qualquer, e trabalhar de que modo!

Sob mil eufemismos, alerta-me para a pouca consideração que destinam ao parteiro, em geral pessoa que não tem berço e que não se importa de estar frente a frente com mulheres do povo esvaídas em sangue, a berrarem como loucas, de pernas abertas. Devo entender que mamãe quer apenas o meu bem, e – aí diz algo inesperado – não quer que continuem a difamar-me... Eu, imaginando o que falam, fecho-me num mutismo constrangido e não atino como os falatórios de Pelotas chegaram ao Castelo. E me dá uma imensa vontade de que terminem logo as férias e eu possa voltar para o Solar dos Leões – lá, desde que Aquiles foi para o Preparatório, eu vivo cercado por duas empregadas e sob a proteção de Siá Cota, mas vivo só, sem que ninguém me diga coisas. Mamãe me enternece, a tristeza a vincar-lhe os olhos, e me apresso a dizer-lhe que ela não precisa aborrecer-se, ela não terá mais motivos. E imagino como cumprirei a promessa. Ela parece concordar, e passa a mão em meu rosto, dizendo meu rico rapaz, tão puro, e essa gente malvada por aí...

 Perto da meia-noite, acontece algo inesquecível. Estou no quarto com o candeeiro ainda aceso, espichado na cama, as mãos sob a cabeça, pensando nas coisas que aconteceram hoje: ainda não entendo por completo a sensação que tive nas taquareiras, junto ao córrego. Um prazer, algo bom mas torpe, que me manchou... Ouço um ruído de passos, Aquiles abre abruptamente a porta e me diz que me quer falar e sem esperar que eu me levante empurra para dentro do quarto a serviçal que hoje à tarde pendurava roupas e me diz: sei o que aconteceu lá nas taquareiras, é hora de você virar homem de verdade. E largando a infeliz ali abandona-me com ela, fechando a porta... ela está aturdida, à minha frente, mais assustada do que eu. Mas, certamente obedecendo às ordens perversas de meu irmão, começa a desabotoar o vestido e tenta sorrir, é a primeira vez que eu enxergo seios femininos e soltos, empinados, com bicos violáceos. Sinto um aperto na cabeça, os dentes colam-se uns aos outros e eu imploro que ela pare com aquilo. Mas o senhor hoje de tarde..., ela começa a dizer, e eu me levanto e vou em sua direção e tapo-lhe a boca com força. Sou inesperadamente brusco no meu gesto, ela começa a chorar, eu a acalmo, ordenando-lhe que permaneça no quarto, ali sentada naquela poltrona. Ela obedece, e assim ficamos por meia hora, eu na minha cama e ela na poltrona, o tempo suficiente para aplacar Aquiles, que deve estar junto à porta, vigiando. Depois, mando que ela se vá, e que invente qualquer coisa para meu irmão, mas jamais conte o que aconteceu. Assim que ela sai, eu passo a chave na porta e tento dormir.

No café da manhã, eu digo à mamãe que preciso ir embora para Pelotas, há leituras para fazer, há o material escolar para dar um jeito, enfim, minto com descaramento. Ela reluta, diz que faltam quinze dias para começarem as aulas e já está arrependida da conversa de ontem, eu a levei muito a sério. É por isso que você quer ir embora?... Não, mamãe, eu insisto, não quero fazer como no ano passado, quando cheguei na véspera do começo do ano letivo e não foi bom, custei a me acostumar. Quando as criadas retiram as louças, ela entrega os pontos, você já está crescido, faça como achar melhor, é uma pena que seu pai não esteja aqui.

Três dias depois, todos me levam à estaçãozinha, onde o trem me aguarda. Antes de subir ao único vagão onde vejo escassos passageiros, mamãe me dá as últimas recomendações e abotoa meu guarda-pó de viagem e me acerta o boné na cabeça; Aquiles me pisca o olho abjeto e Selene agarra-se ao meu pescoço, enchendo-me de beijos, dizendo-me volta logo, Teteu. Galgo o degrau de ferro e, quando a composição parte, me acomodo no banco e levo a mão à minha bolsa de couro, ao lado do estojo do violino: ali estão as moedas de ouro.

PRIMEIRA NOITE

[*Ele passa o guardanapo nos lábios engordurados*]

Então querem que eu conte a história da minha vida? Posso contar, agora que ficamos só nós três no Castelo. Minha vida é uma besteira, vou avisando. Agora... se querem mesmo, eu conto. Mas imponho condições: devem providenciar bastante vinho e devem permitir que eu traga minha vitrola para fundo musical. Não tenho apenas *The man I love*, como dizem esses vagabundos por aí, tenho outros discos, tenho árias de óperas, se me dão licença. E música folclórica brasileira. Sou muito ilustrado, embora não pareça. Ninguém pensa que um gordo pode ser culto. Já estive no Teatro Colón, de Buenos Aires. Já passeei no Rossio e na rua Augusta, em Lisboa. Vi as vitrinas da Livraria Bertrand, no cimo do Chiado, e enxerguei um poeta famoso bebendo um cafezinho no *A Brasileira*. Mas os livros nunca me ajudaram em nada. Sabem o que é você ficar dias e noites em cima de um romance, achando que tudo aquilo é verdade e depois, de repente, chega alguém e diz que é mentira? E a poesia é muito pior ainda, é coisa de mulher e fresco. Meu tipo de cultura é outro. Não entendem? Não faz mal.

[*Sai por um momento, retoma com a vitrola, põe* The man I love. *Volta para a mesa, serve-se de vinho e afasta o prato e os talheres. Ao embalo da música, começa a falar*]

Você nunca se lembra bem como foram os primeiros anos da infância, porque estava apenas mamando, cagando e mijando. Mas há um dia em que você diz: esse foi o primeiro, e, no caso, o primeiro foi um gato que cruzou por cima da minha barriga. Aquela, que você imagina como tua mãe, ralha com o gato. É uma lembrança pobre, reconheço, de gente pobre como você era, antes de ir para o Solar dos Leões. Afastam você de sua mãe e pimba!, vestem bem, botam numa casa enorme onde se ouve a própria voz reboando nos corredores, e há um menino maior, que dizem que é seu irmão, mas Arquelau não passa de um malvado que fecha você dentro de um quartinho escuro durante um dia inteiro, e você fica ouvindo que uma tia Águeda te procura por todos os lados e você, com a garganta engasgada de choro, não tem forças nem para dizer que está ali, bem ali, encostado na porta, encolhido como um feto. Descobrem você e ralham contigo, dizendo que quase matou todos de susto. É fogo, pessoal. O que sobra? Sobra comer, e tudo que vem ao dente: galinhas assadas, macarrão, leitão no forno, arroz de carreteiro, doces de prato fundo e colher de sopa, salgadinhos. Acaba que você se torna um faminto universal. E que dizer quando surge do nada um homem chamado Olímpio e dizem que também é seu irmão e que é como se fosse teu pai, e que te olha feroz, te dá ordens, "você não pode fazer nada sem que a tia Águeda diga que pode", e assim por diante? Um irmão-homem que desaparece, e dele ficam apenas as roupas no armário? Mil empregadas te cercam e não te deixam fazer nada que você gosta, exceto comer. Sair à rua transforma-se numa aventura, permitida a Arquelau, e você o enxerga sair, com livros embaixo do braço, rumo à escola, tagarelando com os colegas, rindo e se divertindo. Um belo dia, você começa a crescer e te improvisam um professor que deve ensinar apenas a ler e a escrever... são muito preocupados com que você não frequente a escola, para "não se misturar", e você começa a perceber que não pode ser visto como filho daquela casa. Mas tia Águeda é boa, apesar de tudo, apenas cumpre as ordens do Olímpio. Um dia ela diz: "Você também é dono dessa casa, e tem campo em seu nome", e você não entende, querem te embrulhar. Como é que pode ser dono? Um belo dia, o Doutor aparece com uma jovem dama perfumada que passa a mão sobre teus cabelos e fala mentiras numa língua que você não entende. Mais alguns dias e há uma briga terrível entre Charlotte e tia Águeda, e a tia é expulsa para sempre daquela casa e uma governanta atenciosa assume o lugar daquela que, bem ou mal, era a única que te ouvia. Charlotte faz uma grande festa de recepção à sociedade. Nesta festa Arquelau pode circular, porque é grande e porque é legítimo, e você fica lá no quarto, ouvindo as músicas do piano da sala, frente a um pratinho de doces que te trouxeram. Dias mais tarde, desaparecem todos os adultos, e por muito tempo você fica entregue à sanha de Arquelau. Ele dá cascudos, manda que você nunca apareça quando ele convidar os colegas para virem comer bolo. Ah... este Castelo aqui... Uma vez te trazem para conhecê-lo, e você fica feito bobo, nunca imaginou um castelo aqui no pampa e você hoje se lembra como ficou mais do que bobo, ficou embasbacado com tanto luxo; hoje você nota que os *gobelins* estão um pouco esfiapados, que os tapetes têm nódoas de cigarro, que as cortinas se desbotam a cada dia que passa, enfim tudo está gasto e pronto para se transformar em museu, como é a moda agora. Mas na época em que você vem pela primeira vez parece um conto das mil e uma noites.

Mas passam alguns anos, e há uma revolução, você ouve tiros à distância, há desfiles de homens a cavalo pelas ruas de Pelotas e a governanta te obriga a não aparecer nas janelas, agora por motivos bem plausíveis. Homens barbudos passam e você quer ir junto, cavalgando.

Não se assustem, que não tenho a menor intenção de despertar piedade, porque a piedade eu conheço bem, sou objeto de piedade há muitos anos. Digo essas coisas porque aconteceram.

Agora me perguntam se não houve nada de bom. Pois... um dia a governanta pega você pelo braço e te leva para o quarto e tira de dentro de uma gaveta um retrato de uma senhora numa moldura e diz: "foi sua mãe, a *infeliz*..." Por que dizem essas coisas? Para que reconhecer naquela mulher vestida de negro e já morta a sua mãe? O que adianta, agora? Aí você fica uma fera, arrebata das mãos da governanta o retrato e o joga pela janela do pátio e vai correndo para o quarto e se atira na cama e fica ali, prendendo a respiração até que começa a sentir-se mal, e a governanta chega e te dá uma sumanta de chinelo e você dorme.

Mas há um ano em que acontece algo bom de verdade: Arquelau, achando-se crescido o suficiente, sai do Solar para assumir sua própria estância e você fica sozinho. Não perguntem o que faz um adolescente solitário numa casa, sem pai nem mãe, porque certamente ele sai às escondidas da governanta e vai-se juntar com a ralé de onde saiu, perdendo noites em bolichos de má fama, onde te ensinam a beber por uma guampa. Aí você bebe de tudo, descobre um prazer tão bom como a comida. Vômitos bestiais...

Aí, Charlotte volta da Europa para este Castelo; Olímpio, que resolvia problemas diplomáticos de uma ilha, volta depois, e ante o teu quadro deplorável ambos decidem que você deve ir para o Rio de Janeiro, num súbito interesse pelo teu destino escolar. A solução de sempre, caridosa e inflexível: o colégio interno, dos beneditinos. Enganaram-se se te imaginavam vigiado no Rio de Janeiro: o dono do armazém quase em frente ao colégio, que o provê de linguiça e arroz, passa para o internato algumas linguiças especiais, cheias daquilo que se queira. Cachaça, por exemplo. E você bebe muitas linguiças, mastigando junto alguns pedaços temperados de carne de porco. Num dia de confissão, o padre descobre que teu hálito o entontece, e te denuncia.

[*O disco, rachado, começa a repetir a mesma frase, ele se levanta e vira para o outro lado,* Something new. *Não retorna à mesa, mas senta-se no canapé, para onde leva a garrafa e o cálice, e onde acende um charuto de palmo inteiro, retirado do espólio do Doutor*]

Aí você se emenda, pede perdão e não põe nada de álcool na boca por um bom tempo. Mas junto com alguns companheiros salta os muros e vai-se juntar aos boêmios da Lapa, varando a noite em serenatas, chegando, porém, a tempo das aulas. Assim se passam anos, em que você apenas recebe cartas do Castelo, cada vez mais curtas. O papel da correspondência de Charlotte tem um monograma encimado por uma coroa, e Olímpio raramente escreve. Um dia os beneditinos te dão por pronto, e você vai para uma pensão no Largo da Carioca. Não se queixem, eu disse que minha vida era uma besteira. Como tua única obrigação era ir ao Esteves – não sabem quem foi o Esteves? Não importa, era apenas um comerciante. Aí você cumpre essa obrigação e recebe do Esteves o dinheiro que Olímpio manda sem nunca faltar um mês. Um bom dinheiro, diga-se de passagem. Com ele, você povoa o quarto da pensão com mulheres perdidas, compra roupas, lê os telegramas do estrangeiro à porta dos jornais e vai aos páreos do Jockey Clube. O Jockey é a forma mais divertida de perder dinheiro, nem precisa esforço: os cavalos fazem tudo por você. As cartas dizem que você deve ficar no Rio, no Rio o clima é melhor, não tem o minuano do Rio Grande. Às vezes as cartas trazem notícias dos sucessos políticos do Olímpio, e você as usa para limpar a bunda na privada – com o perdão da senhora aqui presente. A gente esquece a educação... você também pode gastar, e muito, na roleta, no baralho, no caralho. O dinheiro, mesmo farto, não alcança o suficiente. E daí... sempre há alguma triste mulher que se apaixona por você e que resolve te dar o dinheiro de seu trabalho noturno. É claro que essas coisas são perigosas, acabam em navalhadas e polícia, ainda mais se você não tem experiência. Chama-se Olga, é bonita, de lábios vermelhos e cabelos ruivos, e chega a teu quarto ao amanhecer e ainda assim tem disposição para trepar contigo. Você não pode desapontá-la, e mesmo que você tenha de ir periodicamente ao médico e fazer penosos tratamentos à base de permanganato de potássio vale a pena. Isto está ficando uma bandalheira, não é mesmo? Mas se aconteceu não pode ser omitido. Vocês sabem como sou um homem amante da Verdade, da Liberdade, da puta que os pariu. As navalhadas acabam cortando você na barriga, é preciso hospital e suturas, e Olga paga tudo. Como, aliás, considera o seu dever.

Há dias de convalescença, em que você volta para a pensão e é obrigado a suportar a visita de um conterrâneo que toma chaleiras e chaleiras de mate, e te diz que o Rio Grande é terra de homens fortes, destemidos, audazes, de faca na bota e colhões entre as pernas. No resto do Brasil são uns degenerados, negros, raquíticos e cabeças-chatas que nem sabem falar português. Ah, que

suplício... – ainda mais para alguém que precisa ter logo a barriga consertada. Pois o miserável não entende isso, porque se prepara para ser advogado, essa profissão sem sutilezas. Você é cortante, com o perdão do trocadilho: você fala nas degolas, o que ele pensa das degolas da revolução? Ele, é claro, não se faz de entendido, diz que as degolas vieram no bojo de um grave acontecimento político, e, além disso, o que são algumas cabeças a mais, a menos? E essa flor de ideia: as degolas provaram a hombridade do gaúcho. É preciso coragem para passar a faca na garganta de um patrício, é preciso coragem para aguentar ser degolado, é coisa para macho. Aí você diz: "Coisa para macho, me parece, é foder mulher", e o outro levanta-se, irritado, por pouco não te atira a chaleira na cara, mas recupera-se e com um sorriso ordinário diz: "... macho também fode, e muito". Aí você perde as estribeiras e manda o bacharel à merda. E aí os pontos da cirurgia se arrebentam e você volta ao hospital, berrando "malditos doutores, malditos para sempre! que Satanás os leve para os quintos dos infernos! malditos!" – que causa um justificável espanto entre as irmãzinhas de caridade e faz com que o médico mande você calar a boca se não quiser ficar com os intestinos à brisa. Desculpem, preciso interromper um pouco este relato.
[*Levanta-se, tira o disco que acabou, põe o* Hello, baby *e dirige-se ao banheiro. Ouve-se depois a descarga e ele volta para o lugar. Reacende o charuto*]

    Linda música, esta. Me lembra uma borracheira homérica nos braços de Olga. Mas onde estava? Ah, obrigado por me ajudarem. No dia em que você tem alta do hospital, recebe uma carta, assinada por Olímpio. Em tom cerimonioso, te convida para ir ao Rio Grande. Passa-se um mês e você vai, é natural, mesmo porque é preciso discutir algo relativo ao aumento das contribuições mensais, e certas coisas é só *tête-à-tête*, vocês sabem.

    Ficar chocalhando num navio é coisa terrível, só bebendo para esquecer. E obrigado a isso... Você desembarca em Rio Grande trocando as pernas, e é um alívio entrar num sólido trem, que corre sobre trilhos lisos. É bom esse trem, pois vai cheio de cantores de ópera, todos italianos – dos tantos que, vindos de Porto Alegre, dirigem-se a Montevidéu e Buenos Aires, fazendo em Pelotas uma rendosa escala. Ali mesmo no trem você conhece Cecília, uma *prima-donna* que te mostra recortes amarelados de jornal, já teve outras glórias, o infalível *Alla Scalla* de Milão, Pavia, Roma, Nápoles e o Teatro Nacional do Cairo. Há um elogio de Toscanini, esse safado, àquela *"voce carissima, bella, dolce"*. E ela vai virando as páginas, e começam a aparecer recortes cada vez menores, rodapés, teatros que, você logo percebe, são de segunda categoria, e por fim as páginas trazem apenas faturas de hotéis. Cecília tem agora a voz grave de contralto, mas já foi agudíssima soprano *coloratura*, o que bem mostra: elogios de maestros famosos não têm o dom de manter uma cantora em forma pelo resto da vida. Mas Cecília te diz que vão encenar *Sansão e Dalila* no Teatro Sete de Abril, e ela fará o papel central; Sansão é um genovês de cabelos pintados que come sanduíches de mortadela e te dá uma *permanente* para a récita e te pergunta como é Pelotas. "Pelotas é uma flor que murchou antes de desabrochar", você diz, em sintonia com o clima sonhador do vagão. Não é, convenhamos, o melhor a dizer, mas se ocorreu, ocorreu; e isso que eu detesto poesia. Mas vocês conhecem meu compromisso com a Verdade. Cecília tem as pupilas verdes e aquela idade "relativamente jovem" que desfrutam todas as mulheres ante os olhos de um homem galante. Ela insiste em que você não falte, vai pedir ao empresário que te reserve um lugar na primeira fila – e você se cativa por tanta generosidade que tem de ser paga, como de fato o é, com um beijo e alguns afagos às escondidas. O que não faz um homem pela arte! Quando o trem chega à gare e é recebido pela banda de música do regimento, você discretamente tira a mão do seio esquerdo da cantora e promete, e jura que estará na primeira fila no dia seguinte.

Te aguardam na gare Olímpio, Charlotte e o menino Aquiles pela mão de uma empregada. Teu meio-irmão está com os cabelos quase brancos, e o bigode parece maior, quase tomando conta do rosto; tua meia-cunhada emagreceu mais, te estende a mão e você a beija, cerimonioso. Difícil é você suportar com um sorriso um beliscão que Aquiles te dá na bunda e ainda dizer: "Que lindo menino". No Solar dos Leões, você devora um jantar inteiro e se entope de vinho bom. Teus parentes estão muito quietos, e antes de irmos dormir te dizem que amanhã conversaremos. Você dorme como um anjo e ao café da manhã te põem a par de uma ótima ideia que tiveram: você deve abrir mão de parte do campo e partes em imóveis e, em troca, eles abrirão um fundo financeiro no Banco, que te assegurará rendimentos fartos por toda a vida. Você se decepciona: vem para Pelotas para ser recriminado e te oferecem dinheiro. Mas, enfim, proposta é proposta, e você promete pensar. "Mas não demore muito", impacienta-se Olímpio, "não vou ficar por muito tempo em Pelotas e, se você aceitar, precisamos chamar o notário, que ainda precisará redigir instrumentos, etc." Você reitera a promessa e, mudando de assunto, diz que irá à récita do *Sansão e Dalila*, e teus parentes inquietam-se, mas depois de confabular entre si te autorizam, só que não recomendam o camarote deles – eles dois ocuparão as cadeiras da frente, e atrás é horrível de enxergar. Você então se agiganta e mostra a *permanente* e diz que ficará na primeira fila; mas não é preciso que eles se preocupem: nestas alturas dos acontecimentos, ninguém na cidade te reconhecerá depois de anos, neste corpo disforme pela gordura, de olhos empapuçados.

Ah, o Sete de Abril, cheio de pelotenses! Restos de barões do Império, velhinhas com raposas cheirando a naftalina, moços que estudaram em Paris e que voltam com a marca da decadência, jovens mulheres prematuramente tristes... E no entanto todos juram que vêm divertir-se. Você olha para os camarotes, enquanto o pano está cerrado e a orquestra não ocupa seu lugar: lá estão Olímpio e Charlotte, tesos. Ele tem o peito duro de comendas e, de binóculo, olha para a assistência; Charlotte traz entre os peitos muito magros uma faixa vermelha e branca de tafetá chamalotado e um vestido bem de Condessa. É muito branca e magra, e, por mais que você olhe, ela não olhará para você; na verdade, não olha para ninguém, está olhando para o lustre. Por fim, dão as três batidas de Molière e a orquestra – digamos assim –, formada por alguns músicos italianos que lideram os violinistas amadores da cidade, dá início à introdução. Quando Cecília aparece, você custa a reconhecê-la naqueles trajes bíblicos; e tem tanta pintura no rosto que até parece bela. Você a ouve engalfinhar-se com Sansão e tem pena dos dois, esforçando-se tanto... Cecília tem seu ponto alto no *Mon coeur s'ouvre à ta voix*, e você se baba de paixão. A plateia mantém-se firme até o fim, quando aplaude de modo burocrático e começa a retirar-se após duas miseráveis cortinas, não gostaram... os pelotenses cultivam um apurado tino musical, como se sabe. E já têm a sua Zola Amaro, com seu talento precoce e superior à própria GalliCurci.

Ao final da ópera você vai cumprimentar Cecília, e ela, já desafogada da obrigação, cai em teus braços em pleno camarim – digamos – e te pede que a faça feliz, a ela e a todos. Afinal, estão desapontados com a má acolhida, isso é pior do que a morte. Você tem a caridade de convidar a *troupe* para irem ao Solar dos Leões, e eles aceitam. Quando todos chegamos ao Solar, este já está de luzes apagadas, Olímpio e Charlotte recolhidíssimos. Você não quer, mas instala-se ali uma pândega de consoladores copos virados, de tocatas ao piano que estrondam pela praça, as luzes vizinhas se acendem e você ouve a voz de Olímpio te chamando; você vai, já meio cambaleante, e ele te diz que você deve acabar com esta pouca-vergonha, eles querem dormir. Então você diz que são os cantores italianos e ele te responde que lugar de cantor é no palco com a sua gentalha, e não em casas decentes. O bate-boca termina com a retirada de Olímpio, chamado para o quarto por Charlotte, mas com a grave promessa de uma conversa, amanhã.

Amanhã não acontece a conversa, mas te pegam para assinar o papel com o notário – papel que já estava feito, a propósito. Você se despede de seus bens terrenos, ficando apenas com uma minúscula terra adjacente ao Castelo, certifica-se de que o dinheiro está em seu nome no Banco e sai a caminhar pela praça. Você tinha razão: já ninguém te conhece, exceto o negro Dominguinhos, tonel ambulante de aguardente, que te acompanha contando lendas da África, a maioria inventadas. Você não pensa duas vezes, você foi feito para a aventura, dá uma esmola ao Dominguinhos e vai correndo ao hotel onde se hospeda a *troupe*, e prontifica-se a ir com eles para Buenos Aires. Te aceitam com tal entusiasmo que você logo desconfia que é uma *troupe* em franco processo de degradação.

Teus parentes ficam decentemente perplexos, te advertem com as palavras de praxe e te desejam boa viagem. Assim sempre foram Olímpio e Charlotte, não esqueçam.

No Teatro Colón você faz de tudo por amor ao *bel canto*: confere os borderôs das récitas – há apenas duas, dado que as restantes doze são canceladas pela direção do teatro –, ajuda a varrer o palco e enche com muito carinho e champanha as noites de Cecília. Assim são amores de artista! Desnorteados pela crítica feroz que sai no jornal, e com os compreensíveis problemas financeiros, o pessoal resolve improvisar uma popular zarzuela num teatro de bairro. É um desastre, pois estão acostumados a papéis melhores, mais eruditos. Minha Cecília não consegue adaptar-se à parte de soprano, e Sansão rebela-se contra as dezenas de ornamentos da partitura. Começam a passar fome, e você começa a pagar almoços e a honrar notas de despesas. É o fim da *troupe*. Alguns artistas dispersam-se em orquestras de café-concerto e cabarés, o empresário aluga um circo e vai visitar as províncias e, ao fim, te restam Sansão e Dalila.

Eu disse que minha vida era uma besteira. E isso que ainda não contei tudo.

[*Todos ficam ouvindo o ir e vir da agulha no final do disco*]

A COPEIRA: ANTÔNIA GUEDES

"Nasceu como um anjo, a coitada, sem chorar." Nasceu filha de uma empregada de charqueador estabelecido às margens do São Gonçalo. No dia em que nasceu, faziam uma grande fogueira de São João, e a mãe pensou que Antônia nunca seria ninguém, pois nascera fêmea. Nasceu algo parda, e a mãe atribuiu essa cor funesta a um ex-escravo do estabelecimento, embora não tivesse muita certeza. Nascida, ficou na enxerga enquanto a mãe, arrastando-se até a janela do rancho, foi olhar a fogueira e viu muitos homens cruzarem as brasas sem queimarem as solas dos pés. Ao voltar para junto da filha, a mãe terminou o que antes falava: "É mais uma para sofrer, comadre." Dizia só por dizer, todos diziam isso ao nascer uma mulher. A comadre, com sua cuia de mate doce entre as mãos, falou que a menina bem poderia chamar-se Antônia, pois nascera perto do dia do santo, que se comemora a 13 de junho, como se sabe: uma lógica de quem é devota e costuma rezar ao Milagroso desde que perdeu um escapulário, achando-o num córrego seco, em dezembro. Quando a festa acabou e apenas fumegavam os restos da fogueira, a mãe revirou-se na enxerga ao dormir, quase matando a filha, que assim estaria livre de viver a vida. A mãe revirou-se em sonhos, mas, ao acordar, constatou que a filha não era tão escura, e agora atribuía a paternidade a um peão bem claro, de olhos verdes. Embaralhada nessas ideias, a mãe nem notou que a cor verdadeira da filha não era nem branca nem parda, mas sim trigueira, como costumam ser os índios. Se pensasse mais, acharia algum índio ou filho de índio que andara visitando sua cama. Por sorte não pensou, Antônia livrou-se de ser chamada de índia e, quando cresceu, chamaram-na de *china*, bem mais próprio esse nome para quem tinha os cabelos escorridos e olhos um pouco puxados. Os descalabros da mãe, enfim, deram em algo razoável de se ver. Mas, enquanto criança, Antônia brincava com bruxas de pano, sorvia chupetas de goiabada e desenhava, no chão do rancho, infindáveis símbolos que ninguém entendia. Tinha jeito para servir, e seu primeiro ato nessa prática foi levar uma caneca d'água para a mãe, que não pedira nada, e a água foi parar numa lata de querosene onde havia espadas-de-são-jorge plantadas, uma delas um pouco murcha. Mais tarde, Antônia corria pelo pátio do charqueador, observava os carreiros das formigas e maltratava os besouros com um pau, e sua mãe a buscava pendurada pelas orelhas, depois de ouvir a reprimenda da senhora do charqueador. "Me tira essa guria daqui, está me estragando os canteiros", dizia a mulher cheirosa, que traía o marido durante fugas semanais a Pelotas, onde afirmava estudar piano, como Emma Bovary. Quando a menina ganhou corpo, a senhora já se desiludira do amante, resolvendo dedicar-se por inteiro à religião. Antônia foi levada para dentro da enorme casa, onde a ex-adúltera ensinou-lhe a comer verdura e a usar sapatos. Veio uma primeira menstruação e a senhora explicou-lhe que aquilo se chamava "incômodo" e que, durante esse período, ela não deveria aproximar-se da massa do pão nem bater claras de ovos, senão desandavam. Curiosos, os mistérios da vida. E a senhora rezava frente a um oratório, e num dia em que se inteirou com horror de que a jovem não fora crismada mandou chamar o Bispo D. Felício e procedeu a um crisma ciclópico de todos os filhos e filhas de agregados e vizinhos – tal era o seu novo afeto às coisas de Deus. Como não tinha filhos, afeiçoou-se à nova regenerada pelo Espírito Santo e, tendo perdido sua copeira, um dia decidiu que Antônia seria uma pessoa útil aos outros: veio para a sala de jantar, sentou-se na cadeira de balanço e começou a ensinar-lhe algo para a vida, ou seja, o serviço de jantar. Antônia obedecia: primeiro um feltro sobre o tampo da mesa, para abafar o som dos talheres e louça, e para que os pratos não umedeçam a madeira; depois a toalha, de linho bordado: deve ser posta bem esticada e não torta, de modo a que não caia a barra nas pernas dos convidados; não é preciso preocupar-se com os vincos do guardado – isto é sinal de limpeza e capricho. Depois são os pratos, no caso doze: sob os pratos, aquilo a que chamam de *sous-plat*, esse disco de prata aquecido que tem a finalidade de manter tépida a porcelana. Os pratos são colocados a espaços regulares, para que os convidados não fiquem com os cotovelos batendo nos cotovelos do vizinho. Depois, os talheres: primeiro a faca, à mão direita e com o fio virado para dentro, e o garfo do outro lado, com a forquilha para baixo, e não para cima como pensam por aí; a seguir a colher de sopa, com a parte recipiente voltada para cima; se há peixe, como na imaginação assim faziam, colocam-se os talheres apropriados, aqueles com faca meio arredondada e sem fio, e garfos bojudos, de forquilha curta. As facas de peixe não têm fio, porque a carne é tão leve que pode ser apenas separada. Importantíssima a colher de sobremesa, que não deve ser confundida com a de cafezinho, um pouco menor. À esquerda dos pratos grandes, os pratinhos para o pão, postos na linha da ponta do garfo. E abaixo dos pratinhos de pão, essa argola de prata lavrada onde se enfia o guardanapo de linho, cuidando para que fique visível o monograma da casa. Abre-se o capítulo dos copos, devem ser no mínimo de quatro espécies: primeiro os elevados e finos, para o champanha; depois os grandes, de tulipa redonda e bojuda, para a água; a seguir os menores um pouco, para o vinho tinto; por último os pequenos, para o vinho branco. Devem ser dispostos em linha diagonal, do menor ao maior, a começar pela ponta da faca. A decoração da mesa será leve e sem atravancar: bem no centro a floreira de cristal e prata, onde são arranjadas as flores disponíveis, e a boa administradora deve fazer o possível para consegui-las viçosas, mesmo no inverno. Não podem ter perfume forte, para não confundir o aroma das comidas. Os candelabros não podem ser mais de dois, um a cada ponta, de prata, fazendo harmonia graciosa com a floreira. No aparador fica a fruteira, carregada de produtos da época, estabelecendo-se uma gradação de cor, de baixo para cima, das mais desmaiadas às mais vivas. Aquele móvel com tampo de mármore chama-se trinchante, e serve para depositar os pratos de ave e caça que vêm da cozinha; ali a carne é separada de seus ossos, mediante um processo em que é usada essa tesoura de molas e esse garfo maior.

E assim obraram até os candelabros com velas acesas, e Antônia maravilhou-se por descobrir que se podia comer de modo tão difícil. A seguir, a senhora saiu de sua cadeira e veio sentar-se à ponta da mesa, ordenou a Antônia que sentasse a seu lado e passou a dirigir um jantar de fantasia. Desdobraram pela metade os guardanapos sobre as pernas e imaginaram o serviço de pratos complicados. Levavam invisíveis bocados à boca, cuidando que os grãos não caíssem sobre a toalha; apenas os antebraços deveriam pousar sobre a quina da mesa, mesmo que isso representasse uma dor insuportável. Os cálices eram outro problema, deveriam ser segurados pela haste e não pelo bojo, entendeu? A certo momento, a senhora disse: "Isso te ensino não para que aprendas a comer, mas sim para que aprendas a servir". O vinho, ela continuava, deve ser provado antes de pôr nas jarras de cristal, pois pode estar estragado e vão culpar quem? vão culpar a copeira. O vinho, as pessoas de qualidade provam levando um pouco à boca e premindo-o com a língua contra o céu da boca, e aí o deixam até que o perfume inunde o interior do nariz. O gosto do estragado, porém, e que toca à copeira verificar, sente-se nos cantos últimos da língua, uma ardência de fogo e um sabor a vinagre: este vinho deve ser discretamente desprezado e imediatamente substituído. Quanto às diversas espécies de vinho, isso é coisa para o dono da casa. A ciência de uma copeira não pode ir além de verificar a conservação. Assim, é bom esquecer os *bordeaux*, os *chardonnay*, os *sauternes*, os *castelli romani* e os *malvasia* – tanto não lhe exigiriam, nem era preciso, e, pensando bem, era até uma impropriedade conhecer. "Uma criada é uma sombra", dizia a senhora, olhando as velas que se derretiam naquele dia de sol forte, que chegava até a mesa.

Quando a instrução chegou aos pequenos cartões a serem postos acima dos pratos, fincados neste pequeno alfinete de prata, e que devem trazer os nomes dos convivas, a senhora deu-se conta de algo lamentável: a criada não sabia ler nem escrever. Disse-lhe que providenciaria alguém que a ensinasse rapidamente, de modo que logo aprendesse a desenhar letras em caligrafia caprichada. Seria útil escrever e ler para que pudesse fazer o rol das coisas necessárias ao jantar e, em especial, para que soubesse ler e cumprir o *menu* que a dona da casa escolheria e mandaria imprimir numa gráfica de Pelotas. "O *menu*" – e a senhora mandou que Antônia buscasse um antigo, na gaveta do aparador – "o *menu*, que vem todo escrito em francês, deve ser constituído nesta sequência: primeira parte: a entrada, constituída pela sopa, pelos *hors d'oeuvre*, pelo *relevé*, em geral peixe; segunda parte: os assados de aves, rês ou caça; terceira parte: *os entremets*, aí incluídas as saladas, e algum pastel delicado; por fim, as sobremesas, queijos, vinhos, café e licores. Mas, antes de saírem da mesa, os convidados lavam as pontas dos dedos nesta cumbuquinha, cheia de água perfumada com jasmim-do-cabo, o *finger-bowl*, e a copeira deve oferecer a cada um essa toalhinha para se secarem. Percebeu? Os licores, que devem ser no mínimo quatro e servidos no salão, pertencem à obrigação do dono da casa, que os oferecerá em pessoa aos convidados. Percebeu? Uma boa criada sabe onde termina o seu dever." E passou a filosofar: da copeira depende o sucesso de um jantar: as cozinheiras devem-lhe obediência, e todo e qualquer prato que venha da cozinha deve ser examinado até o detalhe e previamente provado, tal como acontece com os vinhos. "À mesa, apenas o melhor." A copeira deve estar atenta a qualquer chamado da dona, que a convocará com a sineta cuja campânula é a saia rodada de uma mulherzinha de bronze. A copeira deve vir rapidamente mas não com pressa, e em passo leve, e ao inclinar-se para ouvir a ordem da senhora não pode apoiar a mão no encosto da cadeira, e deve ouvir a ordem com os braços para trás, sem nenhum sinal da cabeça e, mesmo que não entenda direito, não pode pedir que a senhora repita, mas adivinhar por tudo aquilo que já sabe.

Nas semanas seguintes, Antônia provou muitos vinhos e aprendia a ler e a escrever, dominando o alfabeto com facilidade. Em seis meses já desenhava nomes próprios com mestria, e também começou a grafar os nomes dos talheres, copos e demais peças do serviço de mesa. Quanto à leitura dos *menus*, foi preciso decorar as palavras francesas com a respectiva pronúncia. Então foram as lições de indumentária e higiene, iniciando pelo bom uso dos aventais (brancos, alvíssimos) e pela necessidade de um bom banho nas horas antecedentes ao jantar – banho com sabão sem odores, limpeza absoluta das unhas e cabelo todo envolto numa rede. Colônias, extratos e outros cheiros são proibidos.

Um dia a senhora levou Antônia a um jantar da baronesa de São Martinho, em Pelotas; a baronesa, benevolente e entendendo o pedido, autorizou que Antônia ficasse junto à parede, observando o trabalho da copeira da casa. Foi a aula prática de servir, e Antônia acompanhava o movimento da copeira com ansiosa atenção, pois a senhora poderia solicitar que repetisse tudo ao chegarem em casa. Era a primeira vez que assistia a um jantar de cerimônia, e fascinou-se tanto pelas roupas dos cavalheiros e damas que por vezes descuidava de seu dever, precisando que sua senhora lhe lançasse um olhar severo. Mas era quase impossível não atrair-se pelos peitos esmaltados de goma, pelos vestidos de renda afogados na garganta e pelo modo galante como os cavalheiros esperavam que as damas sentassem para então eles próprios ocuparem seus lugares. A copeira, uma santa inacessível e muda, desossava as carnes no trinchante e executava passos de dança ao redor da mesa, oferecendo os pratos aos convidados, que se serviam de porções tão pequenas que mal enchiam o fundo do prato. Tudo estava em ordem, como lhe ensinara a senhora: a floreira ao centro, a fruteira no aparador, os cálices em linha a começar pelos menores. Por vezes espantava-lhe que um cavalheiro pousasse às ocultas a mão no joelho de uma dama que não era sua esposa: a esposa estava dois convidados além, conversando com um senhor de barbas. Depois do jantar, comendo na cozinha junto com as criadas, Antônia perguntou à copeira que hábitos eram aqueles. A copeira, servindo-se de vinho, disse-lhe que nunca enxergara nada, em todos esses anos. "Aqui só vêm cavalheiros, menina." As outras empregadas riram, e a copeira mandou que saíssem da mesa e fossem lavar a louça.

De volta à charqueação e ao seu quartinho, começando a despir-se e antes de rezar o *Santo Anjo*, Antônia refletiu que muito aprendera nessa noite, e estava pronta para servir qualquer jantar que a senhora viesse a oferecer. Bem cedo isto foi possível: a propósito de alianças políticas, o charqueador – já em vias de extinção – resolveu juntar alguns homens e suas esposas. A senhora, avisada com duas semanas de antecedência, pôde entregar-se bem cedo aos preparativos: escolheu o *menu*, mandou-o imprimir e supervisionou a limpeza geral das pratarias, com muita cinza e vinagre. A porcelana desceu dos armários, e os cristais vieram cuidadosamente para a cozinha, onde foram lavados e postos a secar ao sol. Antônia escreveu bravamente os nomes dos convidados nos cartõezinhos, experimentou os diferentes aventais e a senhora escolheu um bem grande, cuja frente descia até a barra do vestido. A senhora fê-la repetir centenas de vezes uma frase em francês, e que deveria pronunciar à frente dos convidados; e Antônia aprendeu, com um sotaque curioso. Na tarde daquela noite, Antônia teve a honra de lavar-se na banheira da casa, tendo uma criada para auxiliá-la. Às sete em ponto começaram a chegar os convidados, que foram reunidos no salão, e ali conversaram durante o tempo que a educação exigia. A senhora veio avisá-la, Antônia foi ao forno da cozinha e com um pano recolheu os *sous-plats* aquecidos e os foi colocando nos lugares. Deu uma última olhada na fruteira e na floreira e acendeu as velas. Preparou-se. Ao receber o aviso da cozinheira de que tudo estava pronto, ela abriu a porta do salão e, com voz bem firme, disse: "Mesdames et messieurs, le dîner est servi." Os convidados levantaram-se, risonhamente surpresos. Quando toda aquela gente entrou na sala de jantar, e a senhora dava o braço a um convidado importantíssimo e o dono da casa dava o braço a uma dama desconhecida e magra, Antônia tremeu: todos queriam comer, todos queriam beber, e seria ela que os contentaria, pois a senhora esquecera-se dela e entrava na sala de jantar como se fosse também uma convidada. Procuraram seus nomes nos cartõezinhos, sentaram-se, os cavalheiros segurando as cadeiras para as damas. Primeiro todos conversaram, sem pressa, tirando pedacinhos do pão e mastigando-os ao acaso. Os famosos *sous-plats* já deveriam estar frios, mas cumprira-se a ordem. Muito mais tarde, e a um sinal da senhora, Antônia foi à cozinha e veio de lá com uma enorme sopeira e, seguindo a ordem que lhe explicaram, iniciou por servir as damas, depois os cavalheiros, e apenas uma concha em cada prato. Os convidados travavam diálogos entre si, como se nada estivesse acontecendo nem tivessem fome. Mas houve uma hora em que se dignaram a tomar a sopa, e Antônia celebrava com os olhos o bom andamento de tudo. Aquilo durou muito, as pessoas levavam um tempo enorme para pousarem definitivamente a colher. Quando isso aconteceu, com uma bandeja Antônia retirou os pratos de sopa, e, esperando a ordem, trouxe da cozinha o *relevé*, uma gigantesca travessa com um grande *dourado* sobre um leito de couves e batatas; como já viesse partido nas porções indicadas, Antônia apenas aproximava o prato, e cada um dos convidados servia-se, utilizando-se para isso das espátulas correspondentes. Logo, Antônia foi ao aparador e provou o vinho branco, antes de vertê-lo na jarra de cristal: estava bom, por sorte. Encheu a jarra, protegeu o bico com um guardanapo de linho e começou a servir as damas, cuidando para que o cálice ficasse apenas até a metade. E voltou a seu lugar ao lado do aparador. Sem querer, olhava para as mãos dos convidados, e por sorte as mãos apenas cumpriam seu dever de segurar talheres. A dama – a que entrara de braço com o dono da casa – parecia o centro das atenções: esguia, pálida, mal tocou na comida, e dirigia a palavra a um lado e outro, falando sobre seus três filhos; seu marido, quase à cabeceira, conversava baixinho com o charqueador, e o charqueador parecia tão submisso ao que o outro dizia que seu peixe esfriava no prato. Veio o seguimento do jantar, e enquanto Antônia trinchava as aves e os coelhos aquela dama esguia reparou muito nela, e falou algo à senhora. Esta mandou que Antônia se aproximasse. A dama observou-a bem, perguntou-lhe o nome, perguntou-lhe a idade; a senhora do charqueador elogiou suas virtudes de servir e, num passe repentino, Antônia foi indagada pela dama se não queria ir trabalhar na casa dela. A senhora do charqueador, fingindo-se alegremente incomodada, disse à dama que suas criadas não estavam disponíveis, mas a dama foi tão categórica e ficou tão séria que por fim o ambiente transtornou-se. Era, agora, uma questão de honra. O próprio charqueador foi obrigado a intervir, dizendo que, afinal, eles teriam muita honra em ceder a copeira a um casal tão influente, a quem deviam tantos favores, e com certeza seria apenas um empréstimo, e tal. A dama assentiu com a cabeça, agradecendo, e Antônia continuou a servir. Depois do cerimonial do *finger-bowl*, os convidados começavam a levantar-se. A senhora chamou Antônia a um canto e, com os olhos brilhantes de indignação, disse-lhe que nada mais poderia fazer: ela que arrumasse suas coisas, iria naquela noite mesmo para Pelotas, junto com o casal. Assim Antônia fez, e despedindo-se entre lágrimas, prometendo voltar em breve tempo, subiu na carruagem fechada; sentou-se ante o casal, que cruzou em silêncio o trajeto pela noite cheia de estrelas. Havia momentos em que o homem cochilava, apoiando a cabeça no ombro da dama. Chegaram ao Solar dos Leões quando uns primeiros vislumbres de sol douravam o perfil da cidade, e Antônia foi conduzida pela dama até um pequeno quarto ao lado da cozinha. "Durma bem", disse-lhe, "amanhã conversaremos melhor".

Foi acordada tarde por uma senhora chamada Siá Cota, que se apresentou como a governanta do Solar e lhe inspecionou o saco de viagem e disse que ela era bem-vinda. Antônia levantou-se, lavou-se no tanque das roupas, tomou café na cozinha e ficou à espera. A dama apareceu logo depois, e Siá Cota falou que ela era a Condessa Charlotte, a quem Antônia deveria tratar de Condessa. Agora, à luz do dia, a dama era bem mais magra do que lhe parecera na noite anterior, e disse a Antônia que deveria obedecer às ordens de Siá Cota quando estivesse no Solar. "Isto porque hoje mesmo vamos para o Castelo, menina."

Perto do meio-dia, o casal (ele era o Doutor, simplesmente) e Antônia rumaram de charrete para a estação da via férrea. Lá, entraram num vagão e foi a primeira vez que Antônia andou de trem.

O Castelo foi um espanto para os olhos, mas enquanto o casal entrava pela frente Antônia foi indicada para fazer a volta e entrar por trás, onde foi vista com alguma surpresa pelas cozinheiras que preparavam o jantar. Disseram-lhe para ocupar um quartinho sob a escada em caracol e foi ali, sentada na cama estreita, que Antônia concluiu que terminava sua vida. Escutava ruídos límpidos, risos de uma menina e uma discussão entre dois jovens. Um deles, tímido, cruzou pela porta do seu quarto e ficou olhando-a, absorto, para dar o fora quando passou por ali um bem crescido, com seus quinze ou dezesseis anos, que lhe deu um piparote na cabeça e ficou se retorcendo de rir.

Naquela noite, após comer num prato de folha, Antônia foi mandada servir o jantar ao mais crescido. Preparou uma bandeja com a comida e, atravessando corredores sem fim, chegou à porta que lhe indicaram. Bateu, o rapaz mandou que ela entrasse e fechasse a porta.

Foi nessa noite que Antônia perdeu a virgindade, e quando o rapaz erguia a calça e sentava-se à mesa do quarto para comer disse-lhe que ela jamais poderia contar a ninguém o que acontecera.

E muitos anos se passaram. Antônia nunca mais saiu do Castelo: morreu servindo os jantares daquela família.

Embora os jogadores repitam no Club Comercial que a recém-chegada mulher do Doutor é seca, mais alta do que ele e que, ao desembarcar na gare de Pelotas, pouco falou, preferindo manter-se a uma distância de cerimônia, esses mesmos jogadores destinam-lhe uma prévia indulgência, em que não falta uma sorte de conselho às esposas: "Olhem bem, isto sim é uma europeia". Quanto ao irmão, Phillipe, acham-no com um ar "meio ordinário", mas inofensivo o suficiente para servir de companhia na viagem.

  O fato é que Charlotte von Spiegel-Herb e o irmão chegam a Pelotas após uma odisseia particular, acompanhada pelos jornais: em tal dia saíram de Marselha, aportaram sob céu magnífico no Rio de Janeiro, arribaram em Rio Grande após uma viagem de três dias e tempestades e, enfim, o fumarento comboio faz a Condessa pousar intacta na gare, seguida por Phillipe e uma pirâmide de malas devidamente observada por duas dezenas de senhoras que lustraram seu francês nas semanas antecedentes. Mas, como se viu, pouco conseguem praticar com ela neste dia: devem resignar-se a falar francês entre si – o que afinal serve para corrigirem-se os erros de sintaxe.

Para Olímpio, a chegada de Charlotte é um alívio: durante a longa espera, alimentada à custa de duas cartas, ele chegou a desconfiar que o casamento por procuração nunca se realizaria, apesar dos detalhes que Phillipe mandava: preparação dos papéis, proclamas na igreja e providências consulares. Mesmo com a notícia da realização do casamento na igreja dos Mártires, numa cerimônia simples, como deve ser nestes casos em que o noivo está ausente, e mesmo com a informação do comparecimento do cônsul brasileiro e de um par de amigos do cunhado na qualidade de testemunhas, Olímpio precisava ver a esposa para certificar-se. E eis que ela chega, ainda mais aristocrática, um pouco pálida pelos excessos da imensa viagem, mas, mesmo assim, com uma imponência algo avivada pela *pélerine* cinzenta, pelo chapéu ornamentado de plumas e o véu que lhe cobre o rosto. Ele corre a beijar-lhe a mão e diz-lhe que não apenas Pelotas a recebe, mas seu coração de marido apaixonado. Charlotte retribui o galanteio com um sorriso e pergunta *c'est vrai?* Não mudou, nesse quase meio ano, e a curiosidade, algo superficial que dedica às damas, é bem a marca de seu caráter anunciado em Paris: veio ao mundo para ser adulada e servida. "Bela", pensa Olímpio, sabendo ser um qualificativo pobre para tanta nobreza.

Após verificar que a jovem esposa está completamente vista pela *crème de la crème* pelotense, Olímpio leva-a, e a Phillipe, para o Solar dos Leões. Logo após o primeiro deslumbre pela riqueza do Solar, o casal de irmãos é apresentado à tia Águeda, a Astor e a Arquelau (a origem curiosa de Astor é logo revelada, e, após uma breve dúvida, ouvem a Condessa sussurrar: "Bem, *mon cher*, mesmo na casa imperial dos Habsburgos há bastardos"), à governanta e aos demais serviçais, todos tesos no vestíbulo de mármore. À sucessão das peças do Solar, reveladas por Raymond, a Condessa manifesta um polido interesse e indaga as nacionalidades do piano, dos lustres e dos tapetes. Por fim, declara-se cansada. Olímpio, pedindo desculpas pelas vagas do mar e pela precariedade das linhas férreas brasileiras, leva Charlotte ao quarto de casal e, ao abrir a porta, diz-lhe para ficar à vontade e pede à governanta que prepare um banho à senhora. Depois, conduz Phillipe a seu quarto, aproveitando para agradecer a gentileza que teve em trazer a irmã, "favores assim são impossíveis de pagar". O outro diz que não foi nada, era seu dever, e pergunta se há, por ali, algum clube onde possa exercitar-se no bilhar, está "morto por um joguinho, para espairecer". Olímpio diz que sim, que há um clube, e excelente, prometendo levá-lo.

Ao voltar à sala, dá as recomendações aos familiares:

– Quero que tenham grande afeto por ela, que afinal vem para um lugar estranho. A questão do idioma ficará resolvida, Charlotte é pessoa instruída e logo aprenderá a nossa língua.

Duas horas mais tarde, a Condessa aparece, em vestido de seda, plissado e azul, mostrando-se encantada com o conforto do Solar, e, arriscando algumas frases em português, dá presentes para Arquelau – um par de abotoaduras de ouro; para Astor – um grosso volume do *Monde Pittoresque;* e para tia Águeda – um broche de safiras. Diz como ficou feliz com a bela acolhida na gare e que é preciso retribuir a tantas gentilezas com uma imediata recepção à sociedade.

– Uma recepção... ?

– Sim, meu caro Olímpio, como deve ser – ela afirma, sentando-se na *bergère*. – Talvez daqui a uns quinze dias, o suficiente para imprimir os convites e enviá-los.

– Talvez você esteja certa – diz o Doutor, num primeiro gesto de compreensão conjugal. – O Solar está mesmo precisando de alegria, de arejamento.

Ao jantar, Phillipe relata seu passeio de reconhecimento pelas ruas centrais, tudo muito civilizado, há belas casas, pessoas elegantes, chafarizes, e uma igreja muito chique. Admirou-se com a sobriedade da Biblioteca Pública, da Câmara e da Santa Casa; o Teatro Sete de Abril, embora pequeno, é de muito bom gosto. Irá escrever a seus amigos de Paris e Viena, dando conta de que Pelotas não pode ser considerada aquela selva que afirmavam.

– De fato – diz Olímpio, vendo-o servir-se de mais *chablis*. – Aqui há dinheiro, da pecuária, do charque. O Império fez de tudo para atrasar o Rio Grande, mas Pelotas manteve-se uma cidade habitável.

A Condessa intervém:

– A monarquia... você acha que foi bom aboli-la?

— Bom? Eu diria: necessário. A monarquia era um fator de atraso... pelo menos no Brasil.

Charlotte não responde. Contrai-se na cadeira e, séria, serve-se da *suprême* de frango com aspargos que a criada lhe apresenta numa salva de prata.

Depois da ambrosia e das compotas, que Charlotte nem chega a tocar, passam ao salão, onde Phillipe acende um charuto. A Condessa vai até o piano, abaixa a banqueta, senta-se e abre a tampa, retirando o feltro verde.

— Um bom instrumento. Quem tocava nele?

— Minha mãe.

— Romântico... — e pressiona algumas teclas em acordes de terças. — Precisa de alguma afinação, mas é um bom instrumento. Inicia uma mazurca, lenta e valsante. — Sua mãe deveria ser uma mulher rara, em seu tempo.

Olímpio, de pernas cruzadas e bebericando seu café, é inesperadamente atraído pelos sapatinhos de Charlotte, que premem com delícia os pedais. Uma ponta de tornozelo aparece, um pouco sombreada pelas meias azuis... Com a xícara suspensa, o olhar de Olímpio inicia a devassa daquele tornozelo, sobe pela perna, erguendo o plissado do vestido, encontra nenhuma resistência e vai subindo, subindo...

— Uma senhora rara, minha mãe, por isso não foi entendida — ele diz, vindo à tona e pousando a xícara no pires. — O futuro fará justiça a ela. — Mas, novamente amolecido pela fantasia, o olhar retoma o caminho, apalpa os seios pequenos... Olímpio cerra os dentes, é demais para ele, uma Condessa austríaca e tudo, uma flor transplantada da velha Europa que ali está, para seu desfrute. Agoniado, consulta o relógio de parede. Olha para Phillipe, envolto numa nuvem azulada, o bigodinho-risco sobre os lábios, o cabelo engomado. Quando a mazurca termina, Olímpio bate palmas de puro nervoso: — *Bravo!* eu não sabia que você tocava tão bem. — Charlotte sorri, volta-lhe o olhar, e nesse olhar ele julga perceber algo de malícia e impaciência. Ela pergunta se não são horas de irem dormir. Phillipe olha para um, para outro, e diz que vai sair, tem um convite de Arquelau para tomar um pouco de ar e ver como é Pelotas à noite. — Já temos uma boa iluminação pública, você vai gostar – afirma Olímpio, com um entusiasmo maior do que desejava.

No momento em que Astor vem dar boa-noite, a Condessa faz-lhe uma cruz na testa, assumindo um ar irônico mas vagamente maternal:

– Boa noite. – E quando está a sós com Olímpio, ela boceja, levando a mão à boca: – Dura viagem. Mesmo o banho não me descansou o suficiente. E, amanhã é domingo, há muito o que fazer, ir à missa, conhecer a cidade, os arredores. Talvez o pampa. É longe?

– Não. Estamos cercados por ele.

– *Charmant!* – Dá a mão a beijar. – Você também, durma bem, meu caro. – E, pedindo licença, vai para o quarto.

O domingo amanhece cheio de luz. Olímpio, os olhos piscando de sono pela noite maldormida no pequeno quarto junto ao gabinete, leva a Condessa à igreja. Ela pôs um redingote claro e um chapéu de musselina decorado com um laço. Encaminham-se ao primeiro banco, junto ao lugar do Presidente da Câmara. Na passagem, há uma revoada de leques ocultando os comentários das damas, e os cavalheiros fazem uma pequena mesura ao casal. Charlotte sorri, inclinando a cabeça, mas pisando firme. Ao final da homilia, o vigário faz-lhe uma saudação especial, desejando-lhe felicidades, e aproveita para agradecer-lhe o estabelecimento de um lar cristão nestes tempos difíceis de materialismo republicano – e pousa o olhar sobre o Doutor, cuja presença na igreja é uma novidade absoluta. "O idiota" – murmura Olímpio para Charlotte, recebendo em troca um olhar de censura.

Nesta tarde, ele manda preparar uma charrete e, tendo Raymond como cocheiro, vão todos ver o pampa, logo além do canal de São Gonçalo.

– Extraordinário – ela diz para Phillipe, assim que a viatura para. – Lembra a baixa Áustria, mas é mais rude, mais puro, não acha, Phillipe? – Descendo da charrete, com uma das mão empunhando a sombrinha e com a outra espalmada sobre os olhos, ela mira ao longe: – E o Castelo?

– É distante, é preciso ir de trem.

– Quando iremos?

— Quando estiver pronta uma surpresa que preparei. Irei um dia antes, para recebê-los.
— Uma surpresa? Deixou-me curiosa.
Olímpio apenas sorri, enigmático.
Na volta, ele convida para irem à Confeitaria Nogueira, quer apresentar a Charlotte e Phillipe aquilo que é a honra maior da cidade: os doces. Ao entrarem, são logo avistados pelo proprietário, que destina a tanta opulência a melhor mesa, iluminada por uma janela que se abre para a nobilíssima XV de Novembro. Ante a toalha de linho, as porcelanas e pratarias, Charlotte comenta que se sente como na Europa, e que se adaptará logo aos costumes do Rio Grande do Sul — não os imaginava tão refinados. À sucessão dos doces, cujos nomes e ingredientes o proprietário vai dizendo, ela tem exclamações de espanto:
— De fato, não imaginava, *mon cher*... E estes doces são deliciosos só de ver. Não ousarei comê-los. — Olímpio mal imagina que esta frase, no futuro, será uma constante nos lábios da Condessa, tornando-se uma trágica obsessão: tal como sua imperatriz austríaca, Charlotte é uma mulher decidida a manter a esbeltez, nem que para isso tenha de declarar guerra a tudo — líquido ou sólido — que possa ser ingerido. E às delícias do sexo, e como fazendo um *pendant* às renúncias gastronômicas, dedicará um fastio tão grande, tão brutal e calamitoso que o Doutor possuirá sua esposa, pela primeira vez, numa data ignorada em sua biografia.
Não é de admirar, portanto, que nesta noite a cena se repita:
— Boa noite, *mon cher*...
Olímpio, desconcertado, submete-se então ao dever de levar Phillipe ao Clube, onde o apresenta aos jogadores de bilhar. Convidam-no, interessados pelo novo parceiro, e o cunhado ganha quatro partidas sucessivas, ao fim das quais comenta, baixo:
— Por enquanto, só amadores.
Nos dias seguintes, a Condessa e tia Águeda, envoltas nos preparativos para a festa, encontram tempo para odiarem-se. Olímpio intervém:
— Tia Águeda...
— É impossível. Volto para minha casa. Os rapazes já têm quem repare por eles. Boa sorte para sua Condessa. — Como já

está no vestíbulo, apenas dá ordem ao moleque que leve sua mudança. E, atravessando a praça, entra no antigo casarão familiar, onde se encerrará como num túmulo até o dia de sua morte. (Deixará vários amantes imaginários a prantear-lhe a sepultura, e seus bens virão incorporar-se aos bens dos sobrinhos. A Condessa, em Viena, dirá: "Era uma alma ardente, tropical e sensível...")

Não é preciso que Charlotte venha explicar a causa do desentendimento com a tia: Olímpio corre a dizer que, afinal, a senhora do Solar doravante é ela, a Condessa.

– Nem imaginava de outra forma...

Os antecedentes da recepção são, no mínimo, feéricos: a governanta comanda a limpeza da casa, da baixela e dos cristais, além de prover o necessário à despensa. A Condessa, com auxílio de Olímpio, encarrega-se da lista de convidados e ela mesma, com sua letra gótica, escreve o nome dos casais nos pequenos cartões que serão postos junto aos talheres da mesa com dezoito lugares folgados.

Quando chega a noite, tudo está pronto, e a sociedade, representada por seus expoentes, ingressa no Solar dos Leões com a comovente ideia de que penetra num santuário da polidez e dos bons modos. Raymond, promovido a mordomo *ad hoc*, recebe os convidados no átrio de mármore, encaminhando-os ao salão, onde são formalmente apresentados à Condessa e Phillipe. Para esta festa inicial, são convocados os titulares do Império, aliás bastante comuns em Pelotas: três barões, dois viscondes e um conselheiro – todos grandes charqueadores. Raymond insistiu e obteve que convidassem algum marechal bem velho, "nenhuma festa está completa sem marechal, de farda, cheio de condecorações, uma espadinha dourada". Olímpio também tem suas intransigências: mesclou a nobreza aos novos administradores republicanos, entre os quais pontifica Câncio Barbosa, seu antigo secretário de lides propagandísticas.

– Não farão mal... – ele explicou à esposa.

O francês dos convidados é algo sofrível, mas entendem-se. Explicam a Charlotte os seus negócios: há quem se dedique apenas ao charque, mas há também os que exportam sebo e resíduos animais para a Europa... Por acaso ela não tem conhecimento dos produtos pelotenses, na França, na Áustria? A Condessa diz rapidamente que sim e, assumindo um outro tom elegante, assegura que está feliz por incorporar-se à sociedade de Pelotas, e pede que lhe perdoem por alguma inconveniência: afinal, precisa acostumar-se a um novo estilo de vida, mas não lhe faltará vontade para ser digna de tanto apreço. Uma viscondessa, líder das Damas de Caridade, mas talvez designada pelos outros por seus melhores conhecimentos do idioma, larga o garfo sobre o descanso de prata:

— A senhora não precisa preocupar-se. Aqui sabemos compreender estas coisas.

À hora dos jogos, todos comentam o quanto a Condessa é uma pessoa admirável: deixar a Europa e vir para cá, quando eles querem ir para lá. Aquilo que poderia passar por uma falta de gosto acaba assumindo ares de desprendimento, e imediatamente a viscondessa convida-a a juntar-se às Damas de Caridade, haverá um bazar próximo, destinado aos filhos dos operários...

— Certamente – diz Charlotte. – Tão logo esteja instalada. Quero aqui ser uma pessoa útil para tanta gente deserdada pela sorte.

No carteado, Phillipe arrasa todas as mesas, ganhando no *sete e meio* e na *escova* com uma habilidade que põe em debandada os adversários, os quais preferem passar ao salão para conversarem sobre política, enquanto as damas vão reunir-se junto ao piano, pedindo à Condessa que as brinde com alguma página musical. Ela aceita e, embevecidas, ouvem-na tocar alguns excertos das *Chansons sans paroles*.

— Parece a finada mãe do Doutor – dizem as mais velhas. – Há quanto tempo não havia música no Solar...

— É como se voltasse a vida...

E suspiram, embora não possam esquecer que a memória de D. Plácida é algo a ser evitado.

No reduto dos homens, os republicanos tentam demonstrar as virtudes do novo regime, enquanto os titulares do Império, já cedendo ao inevitável, concordam para evitar cenas desagradáveis numa festa tão pacífica. Apenas o Barão da Boa-Nova ergue sua voz:

– Esperem pelo futuro. O Júlio, com esse positivismo, vai levar o Rio Grande ao precipício. Lamento dizer isto na casa de um proeminente republicano que, sei, não o é de coração...

– Como não? – pergunta Olímpio, de pé, as mãos nos bolsos. – Sou republicano de coração, de fígado, de estômago...

– De intestino, talvez – corta-lhe Boa-Nova.

– Barão...

– Não se incomode, meu caro Olímpio. É que a velhice me dá essas liberdades.

Olímpio refaz-se:

– Mas você está certo em emitir livremente seu juízo. Se algum dia o dever cívico, a contragosto, me jogar em algum cargo de responsabilidade, serei o primeiro a lutar pela liberdade de opinião, de imprensa.

– Coisa que seus correligionários no Rio de Janeiro e Porto Alegre não toleram.

– É o momento de consolidação do regime. Depois, tudo volta à normalidade.

O marechal decorativo, que ouvia meio distraído, murmura:

– Veremos, isso veremos.

Os semanários deste sábado elogiam a festa como uma demonstração a mais da civilidade de Pelotas, a Atenas brasileira, e abrem colunas de quase um palmo para descrever os figurinos das damas. Em artigos de fundo, louvam a argúcia dos anfitriões, que souberam reunir harmoniosamente tantos pensamentos antagônicos num mesmo acontecimento, coisa que há muito não sucedia. Desejam ao casal toda a ventura possível em seu matrimônio, que por certo transformará o Solar dos Leões num lugar de encontro da sociedade. "Uma bela nobreza", alegra-se Raymond, recortando as notícias e colando-as num álbum.

– A nobreza da graxa – diz a Condessa. – Como fala em francês, Raymond concorda:

– Sem dúvida. *Cirage* completa!

Conforme o prometido, Olímpio vai para o Castelo um dia antes, acompanhado de Raymond. Ao despedir-se de Charlotte, ele diz:

– Agora sim, minha cara, você e seu irmão irão conhecer o verdadeiro pampa, na viagem para o Castelo. E preparem-se para a surpresa.

O grande sucesso não é o pampa, ao qual a Condessa destinará alguns adjetivos amáveis e circunstanciais, mas o acontecimento à chegada, que com o tempo ganhará ares de lenda gaúcha e que muito mais tarde ainda povoará as histórias que se escreverão sobre o Doutor.

Faz um dia de inverno, mas brilhante. Quando o trem estaca no campo, a governanta mostra a Charlotte, através da janela, a coxilha onde aparecem, serenas como uma epopeia, as duas torres projetando-se nas alturas. Charlotte tem um instante de pasmo e diz ao irmão:

– *Il existe, Phillipe, le château dans la pampe...* – Depois, quer ser a primeira a pôr o pé no sagrado solo de sua propriedade. E o faz com uma sabedoria inimitável, subindo a colina em passos tão largos que deixa os outros para trás.

A meio caminho, acontece o fenômeno lendário, destinado a povoar as biografias, etc: Charlotte para, leva as mãos ao rosto, os olhos fixos entre as torres. E lá, como no sonho de algum compositor de ópera ou pintor romântico, todos veem surgir uma bojuda esfera de seda, vermelha e branca – *un ballon, Phillipe! et avec les couleurs d'Autriche, regardez!* –, uma esfera que, com lentidão e majestade, começa a erguer-se ao sabor das correntes aéreas, revelando-se uma monstruosidade de tamanho nunca visto. E continua a subir, agora já se revela o cordame que, envolvendo o balão, sustenta uma navezinha, também branca e vermelha, onde há dois vultos. Um deles tira o chapéu – *regardez, Phillipe, c'est Olímpio!* – enquanto o outro desenrola uma faixa branca, que logo é estirada pelo vento e onde a Condessa lê: BIENVENUE, MADAME, LA COMTESSE. Maravilhada, Charlotte leva as mãos à cabeça – *C'est fou, mon mari!* – e instigada pelo espetáculo, vence o restante da subida e, chegando frente ao Castelo, vê o balão movimentar-se, pairando nas alturas sobre sua cabeça. E as vacas pachorrentas, os cavalos e os cães levantam a vista e enxergam: como uma chuva de cores, começam a cair pétalas de rosas, vermelhas e brancas, que Raymond – o segundo vulto – vai tirando de uma cesta, despejando-as aos punhados sobre a nova dona do Castelo. Coberta de pétalas, Charlotte sorri ao perceber que Olímpio dá uma ordem e o balão vai descendo e com suavidade pousa ao lado da torre Norte. Olímpio abandona a navezinha e encaminha-se para a esposa, de braços abertos. Ela corre até ele, abraçam-se e é o momento em que ele diz:

– Só o amor explica estas coisas. Seja bem-vinda, Charlotte.
– E beija-a na testa.

Da porta central do Castelo surgem as empregadas, de uniforme branco imaculado, com ramos de rosas entre os braços, e que formam uma ala que conduz até o início da pequena escadaria. Raymond, que já ancorou o balão a uma argola de ferro presa à parede, corre até dentro da casa e volta com uma bandeja onde estão uma garrafa de champanha e várias *flûtes*. Olímpio convida a todos para brindarem. A rolha do champanha voa nos ares e as *flûtes* são servidas. Bebem, e, meio tonta, Charlotte é levada pelo braço do esposo em direção à grande porta de carvalho, onde há uma fita, também branca e vermelha. Olímpio entrega-lhe uma tesoura de prata:

– Agora, isto é seu.

Charlotte corta a fita e entra no Castelo. Quando sua botinha pisa no tapete indiano do vestíbulo, tem início o mito da Condessa, que, por mais que passe o tempo e as revoluções, jamais será esquecido nestas paragens do pampa.

DAS MEMÓRIAS DE PROTEU

Vejo-me no Solar dos Leões, e dono de 82 moedas de ouro, servido por duas empregadas e tendo sobre mim o desvelo de Siá Cota – algo louca, mas eficiente. Meu pai retirou-se para o Castelo: vivemos nos escondendo um do outro; quando venho para cá, ele vai para o Castelo ou viaja; quando vou, ele volta.

Estou sozinho no salão com apenas uma janela aberta. Espero meu professor de violino. Na estante de música, o livro de exercícios de Czerny, e o violino repousa sobre o piano. O que me salva é que os pelotenses não me imaginam como um futuro virtuose: jamais perdoariam uma vocação musical que fosse além do mero diletantismo. No entanto, eu estudo com afinco, porque mamãe quis e porque me falta ousadia para largar. Não frequento mais o Conservatório: mamãe contratou-me um mestre francês, aqui chegado há um ano, logo ao término da Guerra; diz-se que lutou em Verdun, mas eu não acredito. O fato de tomar aulas particulares livra-me das meninas do Conservatório, tolas e entendidas em revistas de moda, e cuja aspiração maior, no que se refere à música, é tocar *Pour Elise* no dia dos quinze anos, dando por finda sua carreira; mas... com o professor a domicílio ampliam-se as horas em que devo passar entregue a mim mesmo, a observar o relógio de pêndulo e o brilho do piano de minha avó Plácida. Quantas vezes eu a imagino, solitária como eu, sentada naquela banqueta, a tocar para as paredes forradas com tecido. Não há retratos dela no Solar, não há mais os livros, suas roupas desapareceram dos armários; deixaram apenas o Pleyel, que não traz sinais de sua proprietária original. Ali está a Genebrina de má fama, pálida, os dedos aflorando o marfim das teclas, vítima de si mesma, sempre à espera de algo, de um anseio jamais satisfeito, de um abalo sem nome, algo indefinido, triste, doloroso, inacessível. (Roger – meu professor – queixa-se desse instrumento, diz-me que, sendo eu estudante de música, preciso saber piano para tornar-me um artista completo, e não vai ser com esse velho Pleyel... De minha parte, uso-o para bater a nota *lá* e afinar o violino. Está um quarto de tom mais baixo, mas por que usar o moderno diapasão, se já possuo o *lá* da Genebrina, vindo de épocas perdidas, carregado de tanto desejo?)

Siá Cota avisa-me que chegou "o professor francês", e que traz junto um rapaz com um estojo de violino. Entram, o professor Roger Floquet com uma pasta de partituras, gordo a ponto de estourar os botões do colete, intempestivo, vermelho e de suíças, com pelos no nariz e meio sujo; quanto ao rapaz, reconheço-o logo, é neto de um dos barões desta terra, e sumido desde que foi estudar em Paris. Chama-se Renê, e volta falando na excelente escola onde começou as aulas de violino; regressou depois que seu pai morreu; sua mãe o prepara para assumir a estância da família, embora ele deteste o campo... Procuro-o nos traços de hoje; era mirrado e com o cabelo curto; agora o vejo com o cabelo abundante sobre a testa, pestanas longas, pupilas de porcelana e o corpo másculo tomando forma. O professor explica-me que Renê está no meu nível de adiantamento, e que bem poderíamos tocar juntos o Concerto para dois violinos op. 3 do *L'estro armonico*, de Bach; se ficar bom, até é possível darmos uma audição no Teatro Sete de Abril, o que eu penso? Poderemos começar pelo segundo movimento, *larghetto e spirituoso*, o mais fácil dos três, o que acha? Hesito um pouco, nem tudo é tão simples, eu precisaria estudá-lo muito. O professor Roger insiste, diz que me ensinará, e ele próprio tocará no piano a parte da orquestra. E tomando ares de dono manda Siá Cota abrir todas as janelas, retira da estante o meu livro de Czerny, põe lado a lado ambas as partituras de Bach e senta-se ao Pleyel, dizendo que nesta semana, sem falta, eu devo mandar afiná-lo, agora precisaremos muito dele... Renê abre o estojo do violino e identifico um antigo instrumento, com veios avermelhados na madeira do tampo. É um Baldantoni, veja só, ele diz e, chamando-me para junto da claridade, mostra-me a etiqueta manuscrita do fabricante, onde leio o ano *1838*. Nossas cabeças quase se tocam. Fico um instante surpreso, imobilizado. O professor Roger interrompe-nos, dedos de violinista, não é mesmo? Renê não tem dedos de violinista? Olho-os: são longos e finos, e há um pequeno anel de ônix no indicador da mão direita. Sim, digo, bem diferentes dos meus... Renê sorri, esse Roger... ademais, não acho que você não tenha dedos para o violino – e toma-me a mão entre as suas: dedos perfeitos, Proteu. Renê adquiriu um vago acento francês, de modo que soa *Proteo*, algo inesperado, que prolonga meu nome, arejando-o com uma vogal redonda e cantante. E, então, vamos tentar? – Diz o professor, chamando-nos; iniciaremos com a parte do primeiro violino, que é sua, Renê. E explica-me que não devo sentir-me diminuído, pois a parte do segundo violino tem a mesma importância do primeiro, neste concerto não há hierarquia na relação entre os dois. Eu, o segundo violino, respondo que sim. Roger dá o *lá* melancólico da Genebrina, afinamos nossos instrumentos, aguardamos. O início do *larghetto e spirituoso*, eu o conheço, tem uma frase melódica magnífica, sem começo nem fim, parece-me que Bach capturou um fragmento no ar e apenas o transcreveu... O professor Roger toca a frase no piano e pede a Renê que a repita no violino. Observo Renê, que está tranquilo, os dedos da mão esquerda premindo com segurança as cordas no *espelho*, enquanto a direita, obedecendo às indicações da partitura, faz o arco gerar as notas como se já nascessem unidas umas às outras. *Bravo!* diz o professor Roger, e agora você, Proteu. Ponho o instrumento na posição, e minhas notas, que deveriam repetir a frase, ressoam pobres e sem cor. Mais ou menos, adverte o professor, você atrapalhou-se no dedilhado, mas vou-lhe ensinar – e, levantando-se, pede-me o instrumento e toca; depois, pega um pedaço de lápis da orelha, molha o grafite com saliva e assinala-me o dedilhado sobre as notas, é fácil, é só seguir as indicações, viu? tente de novo. Eu tento, e sai melhor, mas ao final dos compassos pergunto se não é muito para mim, afinal é Bach, um autor complexo. Nada, ele se impacienta, Bach é tão fácil como uma cantiga de roda, essa gente de Pelotas é que não o entende, o importante é que vocês dois se acertem, de modo a que não se saiba quando um violino começa e o outro conclui, e, para isso, é fundamental que usem o mesmo dedilhado e as mesmas arcadas; e quando chegar o momento do primeiro contracanto, Proteu, que este soe como um complemento do canto principal, e não como um simples comentário; e isso vale para os dois, porque há instantes em que o primeiro violino é que sustenta o segundo, entendido? Renê e eu sorrimos um para o outro, vendo o professor, tão imenso e barrigudo, a falar nessas filigranas. Ambos concordamos e eu peço a Roger que volte ao piano e dê a introdução. Ele reinicia... Renê concentra-se, e sua frase soa enérgica, preenchendo todos os espaços do salão de D. Plácida. Na minha vez, esforço-me, obtendo uma sonoridade cálida, bem semelhante à de Renê. É pouco: quero que seja igual. Para nossa surpresa, Roger continua a partitura, e me vejo obrigado a estabelecer à primeira vista um contracanto que, embora mantendo personalidade própria, preencha os vazios deixados por Renê. *Suivez! suivez!* o professor incentiva, está ótimo, *suivez!* E percute o salto do sapato no chão, marcando o *tempo*, incitando-nos a ir adiante. Mas está mal, eu digo, acho que vamos nos perder... Perder nada, estão certos, *suivez!* agora é você, Proteu, *suivez!* E minha frase, secundada pelas dóceis notas de Renê, alteia-se pela primeira vez, dominando o outro violino com um atrevimento inesperado. Quando Renê volta com sua melodia, eu me recolho à minha posição subalterna, tratando de fazer-me menor, não incomodar. E assim tocamos até quase metade da música, ora eu, ora ele com o domínio. O professor está feliz, agora vamos até o fim, porque é tudo repetição, Bach é um sábio. E Renê apoia o espaldar do violino sobre a clavícula esquerda com a naturalidade de um maestro e vejo-o, agora, mais do que o escuto: a testa brilha e os músculos do queixo pulsam ao sabor das passagens laboriosas – mas o casual esforço dá-lhe uma dimensão de imprevista altivez – e é impossível suportar a ideia, embora me confunda e me faça estremecer: Renê é espantosamente belo. Sucumbido a esse instante que me prende e me paralisa, deixo pender o arco do violino... O que espera, Proteu? diz o professor, entre, logo! Eu entro, nervosamente, minha parte inicia tímida, mas aos poucos me recupero, sobrepujando o violino de Renê, que se retrai para as linhas inferiores da pauta.

Ao fim, o professor está arfante, vocês tocaram bem, esse piano de merda é que não está à altura, é preciso afinar. Renê indica-me com a ponta do arco uma passagem, veja, é melhor assim; e toca minha parte. Roger bate palmas, é isso! vocês devem ajudar-se um ao outro, *da capo!* – e volta ao teclado, começando a introdução.

Quando Siá Cota entra com o chá, largando a bandeja sobre a mesa, estamos os três sentados, discutindo aspectos da partitura. O professor Roger vai servir-se, toma o bule e versa o chá na xícara, diz: acho que dará certo a minha ideia, é uma questão de vocês dois estudarem, e muito, pois Bach, embora não seja difícil, tem suas armadilhas. Eu digo que Bach é superior à minha técnica, acostumada a Czerny. Não se trata de técnica, intervém Renê, mas de interpretação, de sensibilidade, e isso você tem, pude notar pelo som redondo das frases, pelos *crescendo* uniformes, por esse sentido de dinâmica que distingue os artistas dos meros tocadores. E mais – ele prossegue –, não pense que estou muito seguro da minha capacidade; acho que estamos igualados. Vem sentar-se junto a mim, põe o braço sobre minhas costas: é isso, professor, o senhor não perde por esperar, vamos dar uma surpresa à cidade. É assim que se fala!, diz o professor, levando a xícara aos lábios. Por um instante a mão de Renê pressiona minha espádua, sinto arrepiar-me, mas me desembaraço e em pânico vou em direção à mesa, digo que, antes de fazermos novo ensaio conjunto, eu devo estudar sozinho a minha parte, e para isso preciso de alguns dias. Como você quiser, diz Renê, um pouco desapontado, aceitando a xícara servida que lhe estendo, eu também preciso estudar... e talvez ir até a estância, minha mãe morre de desgosto se eu não for até lá. E quanto a Czerny?, eu pergunto ao professor. Ora, ele responde, amanhã eu volto e vejo seus progressos; Czerny também é necessário, pela disciplina que impõe ao aluno.

Antes de irem embora, já no vestíbulo de mármore, eu hesito mas acabo dizendo de modo compulsivo: pensando bem, não tenho condições de tocar esse Bach. Como?, quer saber Renê, os olhos piscando de surpresa. É isso, eu digo, é muito difícil, é quase insuportável... estou tonto de tanta beleza... nunca conseguirei realizar aquilo que vocês estão esperando de mim. O professor Roger para atônito, mas Proteu, acabamos de combinar...! Sim, eu respondo, mas dei-me conta só agora da minha impossibilidade absoluta. Renê aproxima-se, posso quase sentir sua respiração junto ao meu rosto, sussurra: pense um pouco, amigo... eu ficaria triste, muito triste. Eu tento manter-me firme, digo que não insistam, e a Renê que me compreenda, talvez eu ainda deva praticar muito o Czerny. O professor Roger ainda faz algumas tentativas, mas por fim incomoda-se, diz a Renê que, se eu quero condenar-me a nunca tentar nada mais enriquecedor para minha vida, eles nada podem fazer. E faz um gesto irritado a Renê, convidando-o a irem embora. Eu corro a abrir-lhes a porta e, quando a fecho, sei que não voltarei atrás.

Nesta noite, eu caminho pelo salão, vou até o gabinete de meu pai, sento-me em sua cadeira, observo os papéis intocados desde que esteve aqui pela última vez: rascunhos de artigos, discursos; abro a janela aos primeiros ares do outono e vejo lá fora a cidade na sombra e no silêncio, as imprecisas torres da igreja... Um vento espalha os papéis sobre a mesa; fecho a janela e venho até o piano, passo os dedos sobre o teclado da Genebrina, tateando as notas, que ressoam como pontos de luz nos recantos escuros do aposento; enfim, não resisto mais, algo me obriga, tomo o violino, toco a frase inicial de Renê, que tenho de memória... a primeira inquietação ao vê-lo chegar com o professor, nossas cabeças que quase se tocaram, o anel de ônix, aqueles dedos firmes sobre as cordas do violino, a insuperável beleza daquele rosto: largo o instrumento e, ao procurar o refúgio da *bergère*, trago junto um álbum com paisagens; aumento a intensidade da lâmpada: ali estão castelos, montanhas nevadas, aldeias às margens de lagos onde nadam cisnes. Fecho o álbum sobre os joelhos, cruzo os braços e fixo o tapete, acompanho uma linha sinuosa que, partindo da barra, penetra a intrincada ramagem com pássaros e frutas: confundo-me com a linha, volto ao ponto inicial, e daquela linha depende minha vida. Acho-a, por fim, quando meus olhos começam a pesar; não posso dormir, retomo o álbum de paisagens, uma bailarina dança a tarantela tendo ao fundo a baía de Nápoles banhada pelo sol, o Arco do Triunfo... Quando na torre da igreja soam quatro da madrugada, eu apago a luz e vou para o quarto. Lá, dispo-me lentamente e meu corpo desnudo é um lampejo perturbador no espelho do armário; ponho o pijama, abro as cobertas cujas pontas Siá Cota encarregou-se de dobrar de modo convidativo, deito-me, faço escuridão, ponho os braços sob a cabeça: até quando substituirei minha genuína natureza por essas coisas inócuas, como a música?

    Em meu diário, escreverei tal como Luís XVI no 14 de julho de 1789: *hoje não aconteceu nada.*

SEGUNDA NOITE

Com toda certeza vocês estiveram pensando muito em mim e na besteira que foi minha vida, e por isso imagino que já estejam fartos de me ouvir. Se quiserem que eu pare, eu paro... Não? Bem, vou seguir. Mesmo porque preciso explicar minha teoria. Mas o que vem agora é uma besteira maior. Preparem-se.
[*Traz a garrafa de vinho para o lado da poltrona, serve-se. Fica um tempo segurando o cálice, contemplando a leve espuma que se desfaz na borda*]

Onde era?... Sim, Buenos Aires. Ah, lugar perdido! Lugar de putas e gente metida a besta. Um bom lugar para você passar as férias, nunca para morar. Você está junto com Sansão e Dalila no Hotel Infanta de España e as despesas correm por tua conta. Mas uma bagatela: você tem um monte de dinheiro no Banco Pelotense; então há jantarolas nos melhores restaurantes, bifes de *chorizo* e *parrilladas*, vinho de Mendoza e você continua engordando – o que é sinal de saúde. Cecília aparentemente abandonou sua Dalila, e dedica-se a comer junto contigo. Quanto a Sansão, depois de desfrutar boa cama e mesa, um dia te vem dizer que encontrou um emprego de copista de partituras na orquestra do Teatro Colón. Isso é um ato de grande dignidade. Seu primeiro trabalho, ele te mostra, é copiar o segundo ato da *Tosca*. O coitado diz que não é fácil adaptar-se à cópia, e que precisará muito treino; afinal, sempre gostou de cantar, e... o infeliz cai chorando nos teus braços e você se obriga a dizer que o copista tem uma função muito importante na orquestra, e, se não há copistas, não há música. Ele tira um lenço do bolso, seca os olhos, assoa o nariz, te agradece por todo o apoio recebido e diz que de agora em diante irá morar num hotel mais modesto e próximo ao Colón, e pagará com seu trabalho. Você insiste em continuar ajudando, mas ele é determinado: põe o chapéu sobre os cabelos tingidos, aperta tua mão e, quando você o vê afastar-se, encurvado, carregando a pilha de papéis meio podres, você se lembra do Sansão bíblico, a derrubar colunas com os braços. Como é quase noite e você está no restaurante do hotel e já bebeu o necessário, você sente os olhos encherem-se de lágrimas. Quando Cecília desce do quarto e vem ao teu encontro, você relata o acontecido e agora ambos choram, abraçados, até que chega o garçom com a fumegante sopa de mexilhões, que vocês devoram em silêncio.

Ei, eu me esqueço da vitrola!

[*Vai à vitrola, escolhe um disco, coloca-o no prato e quando começa o* The man I love *ele retorna ao lugar e olha feroz para os ouvintes*]

Não me peçam para tirar o disco. Mas continuando: você, o que faz em Buenos Aires? Passa as manhãs dormindo, para curar-se das borracheiras; nas tardes de quartas, sábados e domingos, você frequenta o Jockey; nas outras tardes caminha pela Rua Florida e fica abestalhado ao ver tantos automóveis, essa novidade que apenas começava no Rio de Janeiro; à noite vai ao teatro e à ópera, a pedido de Cecília. Cecília ainda procura falar com os colegas cantores líricos, à busca de novas oportunidade, mas estas são cada vez menores. Buenos Aires é um covil de cantores que se matam uns aos outros. Uma atividade, aliás, de todos os cantores líricos em qualquer lugar do mundo. Você tenta subornar um diretor de elencos, e quando o negócio já está quase concluído o homem morre. Assim: morre, levando teus dólares para o túmulo. Uma agonia...

Um dia, brilha a aurora: Cecília te acorda aos gritos, empunhando um jornal e dizendo que a oportunidade chegou, e te mostra um pequeno retângulo com a notícia de que o Teatro São Carlos de Lisboa está selecionando cantoras para duas vagas de contrato. Você não entende bem, mas ante uma xícara de café tuas ideias se aclaram e você exulta com a ideia. E começam os planos, que não podem *tardar* a serem executados, pois o prazo de inscrição termina dentro de quarenta dias. Telegramas vão, telegramas vêm, e a candidatura de Cecília se confirma. Você vai ao Banco de Argentina, providencia que lhe venha um pedaço de seu dinheiro gaúcho e assim, uma bela manhã – bela na expressão, porque chovia –, você e Cecília estão junto à amurada do *Hernán Cortez*, abanando para Sansão. Quando o navio ganha o Rio de la Plata, Cecília te diz que seu único sentimento é deixar o pobre do Sansão... mas ele assim quis... não se pode contrariar os destinos humanos, não é mesmo?

[*Como o disco chega ao ponto da rachadura, ele vai deslocar o braço da vitrola para um ponto adiante*]

Depois de escalas enervantes e transbordos em Rio Grande, Santos, Rio de Janeiro e Recife, aportamos em Lisboa. Já falamos sobre Lisboa? Lisboa é uma cidade bela, vista do Tejo. Na elevação à direita, o Castelo de São Jorge; na esquerda, o Bairro Alto; no meio, no plano, a Baixa Pombalina. Lindo. Desembarcamos alvoroçados, pois é a primeira vez que você vai à Europa, e, para Cecília, é a primeira vez que vem a Portugal. Hospedamo-nos no Hotel Duas Nações, na esquina da Rua Augusta com a Rua da Vitória, a dois passos do Rossio, esta praça magnífica onde circula a sociedade, e onde você vê muitos automóveis, muitos mais do que em Buenos Aires. Logo depois da instalação no hotel, você sobe com Cecília ao Teatro São Carlos. É setembro, início do outono e da temporada, e há vários empregados lavando a fachada e o átrio. "Aqui você brilhará", você diz a Cecília, "e no papel de Dalila". Cecília sorri, olhando para o grande escudo que encima o frontão, e onde brilham as armas da extinta monarquia. O diretor do São Carlos os recebe com elegância, e dá uma data – daí a duas semanas – para a prova de admissão. Naquela mesma tarde, você, para comemorar as boas perspectivas, arruina um pouco as finanças e compra um automóvel Ford e contrata um *chauffeur*, como se dizia naquela época. E assim passam-se os dias, você e Cecília dando voltas no Rossio, você meio bêbado subindo e descendo a Avenida da Liberdade, cruzando por baixo do Arco e girando pela Praça do Comércio, indo até a estação de Santa Apolônia, voltando, excursionando aos Jerônimos, à Torre de Belém. Uma bela vida, que você parece que está sonhando. Mas, desgraçada é a curiosidade dos homens! Você poderia ficar muito bem refestelado, de *chauffeur* e tudo, mas não. Você, que já bebeu dois copos de ginjinha, quer que o homem te ensine a conduzir aquilo... O homem recusa-se, Cecília pede que você abandone essa fantasia, mas você oferece um belo dinheiro e o homem aceita e vão para o porto, onde você se assenta no banco frente à direção, o *chauffeur* ao lado, Cecília atrás... E ele te diz: Vossa Excelência aperte aqui, solte ali, Vossa Excelência controle esse ponteirinho, e aos poucos a geringonça começa a mover-se, soltando traques. O acelerador daqueles tempos era acionado pela mão, e tua mão vai girando, girando... e aquela merda a ganhar desenvoltura, e a direção transforma-se em algo leve, e você mexe para cá, para lá, imaginando que é assim. O automóvel anda em ziguezague, bate no passeio, quase atropela uma carroça, o *chauffeur* te grita para frear e você não sabe como fazer; e aí, sim, você se dá conta de como está próximo o cais das Colunas, cada vez mais próximo, e a geringonça entra pelo cais e vai baixando pela rampa, e por mais que você faça, puxe um inútil freio, nada impede aquela marcha infernal rumo às águas, e assim – lentamente, gloriosamente, como uma nau saindo a descobrir o Brasil, e tendo como fundo os gritos cantantes de Cecília e os impropérios do *chauffeur* – o Ford vai entrando Tejo abaixo. Ele para apenas quando o motor se apaga e o *chauffeur* consegue tirar o freio de tua mão e vocês ficam com água pela cintura. Vocês são resgatados por um pescador de sardinhas, ante o riso geral... ah, a miséria humana! Cecília é conduzida por uma senhora ao hotel, e o *chauffeur* e você – tremendo de frio e vergonha – precisam tomar providências para retirar o Ford, são necessárias duas parelhas de cavalos, e a vergonha, a vergonha. Você vê o Ford ser içado a uma carroça e ser levado embora. O *chauffeur* declara que o automóvel tornou-se imprestável, talvez.

Trata-se de uma semana tensa, pois Cecília não sai do quarto, gripada, tossindo, com medo de não recuperar a voz para a

prova no São Carlos e pior: te culpa por tudo aquilo. E vote passa a ouvir umas roucas interpretações do *Mon coeur s'ouvre à ta voix*. Você precisa ir passear pela Rua Augusta, para esquecer a tragédia, para ver as modas. Vai a um alfaiate, encomenda uma casaca para usar no São Carlos, um par de luvas, manda fazer um sobretudo novo e sobe ao Chiado, senta-se desolado a uma mesinha de mármore do café *A Brasileira*, e o garçom te traz uma *bica*, o conhaque, os jornais, e te pergunta se quer mais alguma coisa. Você ouve falar em português do Brasil, bem às suas costas. Volta-se: é um casal jovem, e te convidam para passar à mesa deles. São de Minas Gerais, e estão em lua de mel na Europa. Logo ao início, te apontam um cavalheiro tímido, de bigodes, óculos e chapéu, que se aproxima do balcão e de olhos baixos pede um café: é o poeta que publicou um poema do qual você jamais esquece a frase que a moça te declama: *Ó rodas, ó engrenagens, r-r-r-r-r-r eterno!* É isso poesia, esse *r-r-r-r-r-r eterno*? A moça, contudo, parece encantada, e você olha de novo para o autor, já sentado, que leva a xícara aos lábios e abre um jornal: esse coitado ainda tem muito a aprender com Castro Alves, muito... Depois de uma longa conversa, você troca cartões com os brasileiros, desejando-lhes boa viagem a Madri. Ao retirar-se do café, você ainda olha para o jornal do poeta, ele está lendo as participações dos enterros. Esse certamente nunca dirigirá um automóvel, nem o afundará no Tejo. Eu conto essas coisas porque o poeta se tornou famoso depois de morto, e a dama aqui presente o conhece muito.
[*Termina o* The man I love *e ele bebe um cálice inteiro e põe outro disco: inicia-se a protofonia de* O Guarani]
  Os dias passam e o Ford, parece, não sobreviverá. E chega, enfim, o dia da prova – e Cecília ainda rouca. Há um primeiro susto: já estão na antessala do diretor cerca de seis contraltos, inesperadamente o mundo está povoado de contraltos. Tua Cecília conhece duas, italianas, "em Roma lavavam o chão do teatro". Assim é o mundo. Quando Cecília entra para a prova, você vai estirar os nervos no átrio, vê um automóvel... ah!...
  Depois de uma hora, ela vem ao teu encontro, abafando a garganta com a *écharpe*. Está preocupada, ficou ante uma comissão de músicos e cantores, que a ouviram, mandaram que

repetisse, lamentaram que estivesse resfriada, sortearam a *Habanera* da *Carmen* e ela teve de cantar de improviso, o pianista era um horror e a voz falhou diversas vezes. Terá o resultado em três dias. Preparando-se para o pior, você a convida para irem a Estoril, onde, no Cassino, você deixa uma fortuna; também! tão nervoso está! Resta olhar o mar através das vidraças, olhar os pescadores com suas redes e, naturalmente, provar todos os champanhas e vinhos do hotel. É o momento em que você se pergunta: "quem sou? para que estou vivo? para onde vou?" Você se compara ao irmão, célebre, cada vez mais conhecido no Brasil e no mundo, criando gado, plantando, escrevendo livros, poderá chegar a presidente da República. Mas é uma fatalidade. Há os que nascem com estrela, outros não. No terceiro dia, você amanhece à porta do Cassino, e um policial te recolhe e te leva para o hotel, onde Cecília te recebe, te põe na cama e te dá um chá de limão. Com linguagem de sinais e frases escritas num idioma bárbaro, ela te pede para deixar a bebida, e você consegue dizer: "Estou triste porque você perdeu a voz por minha causa". Um belo gesto. Nessa mesma tarde vocês voltam para Lisboa, e você em pessoa vai ao São Carlos. Na sala de espera, de novo as contraltos, nervosas, à espera da divulgação do resultado. Quando batem os lúgubres sinos do Ângelus, o diretor aparece com um comunicado e depois de um enervante prólogo, em que são referidas as apreciações da comissão de prova e demais adendos, ele anuncia as vencedoras: as duas mulheres que lavavam o chão em Roma. Você fica meio aturdido, pede explicações, solicita uma nova prova, mas ante a inflexibilidade do diretor você vai ao *A Brasileira*, pede um conhaque, olha o poeta, que está impassível, lendo o seu jornal, como se nada houvesse acontecido, e você tem vontade de dar-lhe um soco no nariz. Já é noite fechada quando você chega ao hotel. Cecília está à tua espera, sentada no pequeno saguão, e, assim que te vê, levanta-se e vem ao teu encontro, "infelizmente...", você então diz... "as faxineiras ganharam..." Cecília começa a bater com os punhos no teu peito, desesperada, e se conseguisse gritar te diria os maiores palavrões que você já ouviu. Você suporta tudo com muita sabedoria, é uma mulher que perdeu tudo e – esta é uma constatação terrível – agora só possui a você na vida. Passado o primeiro momento, Cecília entrega-se a um furor resignado e pede para subirem ao quarto. Você a atende, e quando a vê despir-se para deitar-se, aquelas carnes flácidas e brancas, você pensa que chegou ao fim de tudo e que nada mais resta senão levar tua infeliz existência até o fim; num pensamento inexplicável, você se lembra de teu pedacinho de terra, lá no Rio Grande... e você espera que ela se deite e durma, e sai perambulando pelas ruas da Baixa, onde encontra duas mulheres de má vida e você sobe com elas à Alfama. Lá, naquele bairro de perdição, você tenta cantar o fado, tenta tocar bandolim, devora meio porco à alentejana e embebeda-se com valor. Por um acaso do destino, você acorda no outro dia e está no quarto do hotel, ao lado de Cecília. Triste momento em que você, na hora do café da manhã, pergunta a Cecília o que ela pretende fazer quanto à sua carreira; ela, separando um par de torradas que vieram unidas, te diz que precisa voltar para a Itália, lá é sua pátria. Você concorda, a situação aqui ficou difícil... e você diz que quer ir junto; Cecília alegra-se e reafirma seu amor por você. Agora é o momento de agir: você veste-se da melhor forma e vai à embaixada da Itália tratar dessas questões burocráticas. Lá, é apresentado a um Visconde da Albufeira, grisalho pelo deboche, viúvo, rico como um paxá e dono de uma propriedade perto de Sintra. Sábado é seu dia de anos, e o Visconde, reconhecendo-te como um homem de sociedade e desculpando-se pelo intempestivo, pergunta a você se o honraria comparecendo "com sua senhora", será apenas "uma festinha de amigos". Você não sabe o que pensar, está ali para tratar de passaportes, mas teu espírito aventureiro aceita. Cecília reluta, quando você a informa. Mas no fim concorda, estamos mesmo necessitados de distração.

A quinta da Albufeira é um palácio do século XVIII, situado no meio de um grande parque de castanheiros e olmos, e tendo ao fundo um bosque de carvalhos. Um criado de libré recebe-nos e nos anuncia: entramos como dois príncipes, rigorosamente à hora marcada, e somos os primeiros. O visconde, desempenado em seu fraque, possui ainda uma graça juvenil, e maravilha-se ao saber que Cecília é cantora. Como diz, ele próprio é um amador de óperas, e ali mesmo inicia um *Panis Angelicus* de sacristia. Cecília ajuda-o como pode com o resto de voz, e o resultado é cada vez mais lamentável. Estão nessa cantoria quando chegam os outros convidados, quase à mesma hora. Não querendo interromper, ficam à distância, apreciando o espetáculo. Ao final, batem palmas corteses, e o visconde vai receber os cumprimentos, apresentando vocês dois. Começa a festa, de boa bebida e excelente comida. Uma pequena orquestra toca valsas antigas e algumas peças do bom povo português. O visconde tira Cecília para dançar, e você fica num canto, comendo filhoses com vinho doce. Ao terminar a dança, você observa que o visconde pede a Cecília que permaneça como seu par. Você tira uma dama encarquilhada, e enquanto a dama – ao saber que você é um fazendeiro latino-americano – fala de seus bois e ovelhas nas cercanias de Évora, você nota que Cecília ganhou a plena voz e conta seus sucessos do passado, tem um álbum de recortes no hotel... É uma situação insuportável, e você, aproveitando um momento de pausa, vai reclamar a Cecília do papel pouco conveniente que está representando, e ela te diz que você deve deixar de ser bobo, o visconde é quase um velho. "Pior", você exclama. "O que é pior?", diz o alegre visconde, aproximando-se. E você diz que pior é o Brasil, que não tem essas festas tão civilizadas. E o visconde te arrebata Cecília, pedindo licença. Às duas da madrugada a festa está em vias de terminar, e o gentil visconde oferece sua casa para pernoitarem e antes que você diga algo Cecília já aceitou. No imenso quarto rococó, sob um dossel de anjinhos, há uma briga funesta, Cecília dizendo que não vê nada de mais, muitos convidados aceitaram, e você querendo esbofeteá-la.

No outro dia, o visconde improvisa uma caçada ao porco-do-mato com os convidados, e você se vê num traje ridículo, de botas, culotes de montaria, casaco vermelho e boné. Na mão, um pingalim. Cecília veste uma belíssima *amazona* cor-de-rosa, que você suspeita haver pertencido à falecida viscondessa. E se vão todos para o parque, onde os esperam uma matilha de cães impacientes e um oficial corneteiro. Montam e saem em direção ao bosque de carvalhos, onde toda aquela gente movimenta-se com uma desenvoltura fidalga. A tua dona de bois e ovelhas ganha um vigor insuspeito e não arreda de teu lado, e chega a improvisar-se em professora de montaria; você dispensa a aula, afinal você é um gaúcho, acostumado a essas coisas de campo. Ouvem o toque da corneta, você não vê mais Cecília, sumida entre aquela nobreza toda. E a dama te leva por caminhos só conhecidos por ela, mas acabam perdendo-se entre os carvalhos, apenas ouvindo a corneta ao longe e os latidos dos cães, não sabendo de onde vêm. A dama está desconcertada, isso nunca aconteceu... Você se irrita, bate firme com o relho nas ancas do cavalo, o cavalo dispara, e assim, chocando a cabeça nos galhos e deixando para trás a dama, penetra em clareiras, some-se em trevas e por fim chega a uma aberta, onde os cavalheiros e as senhoras estão reunidos, discutindo para onde foi o maldito porco-do-mato. Cecília ri, ao lado do visconde, que nobremente lhe explica as artes da caça.

Não quero ser demasiado, ao relatar aquilo que já imaginam: Cecília está apaixonada pelo visconde da Albufeira, e com tal paixão que chega a ignorar teu corte na sobrancelha. Vá alguém confiar em mulheres...
[*Ele bate a cinza do charuto no cinzeiro de cristal*]

A caçada termina sem porco, como era de se esperar. Segue-se uma ceia servida no jardim de inverno, e a dama pecuária não te larga, quer que você conheça suas terras. Você promete, de olho em Cecília, que você enxerga muito próxima do visconde, a elogiar a magnífica recepção. O homem está fascinado, e você de repente dá-se conta de que perderá aquela batalha, mas, por descargo de consciência e para abreviar as coisas, você bebe duas taças de ponche e vai tirar satisfações. O visconde demonstra que possui muito mais séculos de educação e *savoir-faire* e te diz que você está enganado, e que é costume as senhoras divertirem-se com os cavalheiros, não compreende como você pode pensar coisas. De inopino, Cecília diz que ele não deve incomodar-se e pede para falar a sós com você. E te fala que o visconde é um homem que entendeu perfeitamente a sua arte, e que, se ele pedir, ela fica na quinta e nem regressa mais ao hotel. Você ostenta uma previsível indignação, queixa-se de todo o dinheiro gasto com ela e vai embora dali, pegando em Sintra um carro de praça que te deixa, tarde da noite, na Baixa. Você vai ao Duas Nações, troca de roupa e, mesmo àquela hora, você sai, à procura de um bom bife no Martinho da Arcada. Como o bife tarda, você esvazia uma garrafa de Periquita, a olhar os comensais, certo de que encerrou tua carreira operística. Adeus Sansão e Dalila, adeus São Carlos, adeus Lisboa.

Tudo uma besteira, como se vê. Na segunda-feira, você recebe do *chauffeur* o que restou do Ford. Miraculosamente anda, e você consegue que o homem o leve de volta ao importador de automóveis, com ordem de venda. O *chauffeur* retorna com menos de metade do que você pagou, e esse dinheiro você o transforma numa passagem de volta para o Brasil.

Chega por hoje? Mesmo porque a Protofonia terminou e não tenho ânimo para ouvir nem falar mais nada.

A COZINHEIRA: ZULMIRA PACHECO

Cozinhar não é difícil, assim pensava Zulmira Pacheco, a iniciada nas artes obscuras de todos os negros e alguns brancos de São José do Norte. Mas não estava lá, e sim parava-se frente ao fogão dum cabaré-restaurante que se mantinha à beira do desastre, no porto de Rio Grande. Por uma intricada rede do destino, viera não para ser cozinheira, mas para saciar outras fomes dos marinheiros europeus; acabara na cozinha depois de ferir brutalmente um comandante holandês, que quisera penetrá-la por trás. Frigia peixes, e por isso seu cabelo, de carapinha redonda, levava para o quarto os odores dos pargos e corvinas – o que punha à distância os atrevidos. O patrão concordara com a mudança de profissão da empregada, mesmo porque ela se revelou exímia em alguns pratos, salvando a casa. Pagava-a em libras, as mesmas que recebia dos marinheiros. Zulmira não estava rica: apenas tinha libras. Contudo, era melhor que ir para a cama com qualquer um.

Não é difícil cozinhar num cabaré-restaurante, basta que se ignorem os gemidos que vêm dos quartos, e que se conheça a qualidade do peixe e que se saiba escolhê-lo pelo vermelho vivo das guelras e pelo líquido dos olhos. Os peixes maiores, depois de tiradas as vísceras, são cortados em postas, não muito espessas, o bastante para serem fritas sem que o interior fique cru; os menores são feitos inteiros e sem cortar fora a cabeça e o rabo, para que apresentem boa figura quando forem à mesa. Para os gostos mais delicados, é possível tirar os filés, usando para isso uma faca bem afiada e algo curva, para não levarem junto partes da espinha, que deve sair completa. O patrão certa vez lhe disse que os fregueses da cidade se queixavam do modo monótono do preparo dos peixes, e Zulmira aprendeu a cozê-los, criando um prato de panela, onde as postas, cabeças e filés vinham imersos num caldo rubro e grosso, recendente a louro, transbordante de cebolas e tomates. Um português disse-lhe que ficaria ainda melhor com um copito de vinho tinto; ela experimentou e todos gostaram, passando a chamar o prato de *Poisson à Zulma*. Como nem só de peixe se alimenta a humanidade, e porque os marujos estrangeiros exigiam, o patrão passou a apresentar-lhe gelatinosos polvos, lulas e enguias, e, vencido o primeiro nojo, Zulmira inventou modos de diminuir-lhes a repugnância. Dessa forma, as lulas transformavam-se em ingênuos anéis, e os polvos vinham à mesa com tentáculos emasculados – simples trocinhos de quase imperceptíveis ventosas. As enguias, de tão retalhadas, eram confundidas com bochechas de peixe-anjo. Para dar um aspecto mais familiar, Zulmira afogava tudo isso num molho de camarões, e impunha ao lado um pirão de farinha de mandioca com temperos verdes.

As ajudantes passaram de duas a três e, em breve, a quatro. Aprendiam logo, embora Zulmira se reservasse a mão definitiva, que muitos confundiam com uma espécie de arte oculta. O patrão passou a remunerá-la melhor, e ela esquecia de sua anterior atividade, reservando o amor dos domingos à tarde a um carregador do porto, casado e pai de cinco filhos.

O estabelecimento recebeu visita ilustre: o filho irresponsável do proprietário do melhor e maior hotel de Rio Grande, que chegou liderando uma legião de debochados. Depois de beber até ficar azul, o rapaz teve fome, e Zulmira foi requerida para fazer o peixe. Comeram, esvaziando rapidamente um panelão, e o jovem foi procurá-la em plena cozinha. Quis saber como se fazia tal prato, mas, como se encostava às paredes de bêbado, não conseguiu entender direito, preferindo subir com duas mulheres para o reservado. Mas acordou lúcido e mandou chamá-la, e ali mesmo na cama, agarrado a uma puta e tomando café com broas, fez-lhe uma imediata proposta de trabalho no hotel – Hotel Paris. O patrão bufou, implorou, mas foi calado com ameaças de tragédias administrativas. Ao perceber que ele se dobrara à fatalidade, Zulmira aceitou: ganharia em moedas nacionais, mas em maior número.

Hotel Paris: um reduto de estancieiros de passagem e políticos, mas também local de pouso para exportadores de charque, sebo e crina, que vinham verificar pessoalmente o embarque de suas mercadorias. Não só homens; por vezes os estancieiros traziam suas exigentes mulheres e filhos, o que dava ao hotel uma ostensiva riqueza, obrigando-o a possuir a melhor cozinha de Rio Grande. O salão de refeições era recoberto de espelhos, e do teto pendiam lustres de cristal. O *Rei do Atlântico*, assim dizia o cartaz amarelo e preto logo à entrada. Às mesas, os comandantes estrangeiros encarregavam-se de falar em seus respectivos idiomas, o que era uma elegância a mais para a freguesia. Esses oficiais apresentavam-se em seus uniformes de marinha, e pousavam os quepes com passamanarias de ouro nos encostos das cadeiras.

Zulmira foi levada à cozinha, que era branca até o teto e com um enorme fogão de centro, de onde saía uma ceifa monumental a projetar nuvens de gordura para o alto. Pendurados em longarinas de ferro, estavam todos os instrumentos possíveis de cortar, serrar, bater e espetar; sobre a bancada de cinco metros e recoberta de granito polido, havia panelas de variados formatos e utilidades. O patrão, informado pelo filho, estabeleceu uma nova disciplina: Zulmira ficaria com o preparo dos peixes, enquanto as outras cozinheiras seriam divididas entre os restantes pratos do famoso cardápio. Impuseram-lhe um pano branco na cabeça e um avental que cobria todo o corpo. Os sapatos eram revestidos com um invólucro de estopa. Tudo deveria ser lavado diariamente, mesmo que não estivesse sujo. Folgas eram nos domingos à tarde, o que não alteraria os prazeres com o homem do porto.

Na primeira semana, Zulmira fez muitos pratos de peixe, mas logo o patrão incluiu no cardápio outros frutos do mar, e ela pôde mostrar sua habilidade. Em pouco tempo, o cartaz incluiu o adendo: *Também o melhor em frutos do mar*. Como os comandantes tinham o gosto de ser cozinheiros amadores, ela aprendeu novas receitas, entre elas um escabeche feito com vinagre puríssimo e azeite Galo, o melhor: numa caçarola de ferro, ela vertia o azeite, e logo a seguir o alho, cinco cebolas em grossas rodelas, folhas de louro tenras e pimenta-do-reino. Depois de tudo bem remexido ao fogo e posto a esfriar, era a vez do vinagre, numa porção capaz de tinir a língua. Aquilo era derramado sobre postas de badejo, bem fritas. Era prato que se conservava por vários dias, e vinha arrefecido à mesa. Muitos o comiam como petisco, entre goles de vinho branco. Já o bacalhau à moda do Porto requeria uma ciência próxima à magia; demolhado por dois dias na água e um dia no leite, era aferventado brevemente, e limpo de sua pele e espinhas. À parte, era preciso fazer um refogado de azeite, temperos, cebolas, azeitonas – negras, carnudas – e pimentões; fritavam-se fatias de pão francês até ficarem crocantes e ferviam-se batatas e ovos. Numa panela de ferro, as postas de bacalhau entremeavam-se às fatias de pão, e por cima despejavam-se o refogado, as batatas e os ovos partidos, levando-se essa arquitetura ao forno para cozinhar até que o bacalhau de cima estivesse bem macio. O resultado era de um aspecto brando, com uma consistência tão fugaz que precisava ser retirado da panela servindo-se de duas colheres e uma concha. Para acompanhar, arroz branquíssimo, tão solto que fechavam a janela próxima para que não voasse com o vento.

Ao final de dois meses, e como o outono entrava, Zulmira viu a cozinha encher-se de caças de pena e pelo. Eram pilhas de marrecas, perdizes, codornas, coelhos e lebres. As cozinheiras transformavam-se em esfoladoras, cobrindo-se de sujeira até às orelhas, retirando as entranhas dos cadáveres com uma habilidade cirúrgica. "Isso nunca", Zulmira pensava, embora a curiosidade a levasse para o lado delas, a admirar a maneira como penduravam, por exemplo, uma lebre e fendiam-lhe o ventre como quem abre um saco, para tirarem dali o fígado, o estômago e os intestinos, ainda móveis e viscosos. Os peixes são seres pálidos e sem vida, quase uma ilustração; já as caças são animais pulsantes, criaturas de Deus, e por isso Zulmira tinha piedade e sua alma cobria-se de luto.

Para esquecer a hecatombe diária, ela se dedicava a novas receitas de peixe, criando ela própria um logo famoso robalo ao forno, que vinha inteiro sobre socalcos de purê de batatas e recoberto com queijo gratinado. Um oficial francês da escuna *Colbert* elogiou-o com tanta ênfase que o prato foi batizado de *Robalo à Colbert* e assim passou a integrar o cardápio.

Mas como a morte sempre ronda nossos passos, o patrão perguntou-lhe se ela poderia preparar um coelho tão bem como preparava os peixes. Zulmira tremeu, mas disse que sim, desde que lhe entregassem apenas as carcaças dos pobres bichos. O patrão riu daquela exigência e, com jovialidade, concordou.

Um coelho sem pele, sem orelhas, sem vísceras, é uma pequena ovelha, e por isso ela o preparou como tal, oferecendo no primeiro dia um prato de sabor misterioso, que atrapalhou a muitos, embora os conhecedores identificassem o coelho pelos ossos. O segredo estava no alecrim, esse tempero das casas de religião africanas, habitualmente usado para os cabritos das cerimônias, mas que agora ganhava os pórticos do Hotel Paris. Quando o nojo era apenas uma lembrança, Zulmira fez um coelho à caçadora, no qual as perninhas e bracinhos eram mais evidentes. Ao arrumá-los entre folhas de alface e agrião, teve um pequeno enjoo, mas foi o último. Pecado puxa pecado, e Zulmira aprendeu tanto do preparo de caças que tirou do trono as cozinheiras mais antigas, remetendo-as aos doces. Não se contentava em ouvir as receitas de viva voz. Passou a ganhar livros de receitas, ingleses e franceses, que os comandantes e senhoras da sociedade tinham a pachorra de ler e traduzir para ela. No auge do inverno, tentou o *gulash* à húngara, e o prato ficou tão forte que as pessoas comiam-no entre lágrimas, mas achando que precisavam daquilo mesmo para enfrentarem o frio.

O território da pastelaria era defendido com bravura pela mais velha cozinheira, e Zulmira teve de pagá-la para aprender. "A massa é como a vida", dizia a cozinheira, "quanto mais se dá nela, melhor fica". E do forno começaram a sair pastéis de galinha, massas folhadas, empadinhas e, por fim, *vol-au-vents* recheados com arenques – foi quando a mulher disse que até ali chegava a sua sabedoria.

No momento em que Zulmira concluía que a vida humana era uma grande despensa, o carregador do porto anunciou que abandonaria a família para viver com ela; Zulmira disse-lhe que assim ela estava muito bem e não tinha intenção de apresentar-se como teúda e manteúda. O empregado decepcionou-se tanto que a acusou de perversa e jurou vingar-se do dono do hotel. Não cumpriu: de desgosto, foi para Porto Alegre com a mulher e filhos. No dia em que isso aconteceu, Zulmira aprendeu por si mesma a fazer massa folhada, essa coisa temerária e improvável, apenas acessível a quem atinge os píncaros da ciência culinária.

Estava nesse ponto quando seu reduto teve a inesperada visita da Condessa Charlotte, embevecida por uns *petits-fours*. A dama foi logo dizendo que não comia nada, mas lamentava a cozinha de sua casa, tão pobre e com serviçais sem a menor inspiração.

Zulmira chegou ao Castelo no início do verão e, sob o ardor do sol, espantou-se ao ver que toda aquela propriedade servisse para tão pouca gente. Mas à vista da cozinha, fresca de azulejos portugueses, enterneceu-se como quem enxerga o paraíso celeste.

Morreu trinta anos depois, sem filhos e sem homem, mas tão sábia que a lenda da Condessa por vezes confundia-se com a lenda de sua mesa.

Talvez por serem muito jovens, em poucos meses as dependências do Castelo habituam-se à personalidade da Condessa: ela mesma, abrindo sucessivos caixotes vindos de Buenos Aires e Paris, encarrega-se de rechear os armários com a delicada porcelana do Augarten; pendura quadros nas paredes – onde fulge uma cena campestre de Constable, pequena, mas milagrosamente autêntica, comprada por Olímpio em Paris; acomoda nos balcões os faqueiros Christofle; provê as cristaleiras de peças da Boêmia e, enfim, dispõe tudo aquilo com tal sabedoria que uma tarde o Doutor exclama, babando-se de contentamento: "Raymond, se uma mulher pudesse mandar em alguma coisa, a minha seria diretora de museu".

Uma diretora de museu que exige cerimônia ao jantar:

– A arte da civilização prova-se no campo – ela adverte, desdobrando o guardanapo sobre os joelhos.

E assim, solitários e vestidos a rigor, comem em silêncio.

(Houve uma cena inicial, perversa, em que o pampa quis mostrar as suas garras: a antiga cozinheira, salva da destruição da casa de Bento Maria, quis um dia aproveitar-se da ignorância da Condessa e apresentou-lhe, sobre a mesa da cozinha, uma ove-

lha inteira, recém-esfolada, perguntando-lhe qual parte a Senhora gostaria que fizesse para o almoço. Charlotte olhou o animal sanguinolento, de onde saía um bafio quente de vísceras, e, sem perder a paz, indicou:
— Esta.

Comeram durante três dias espinhaço duro com pirão, mas aquela insolência levou a dona do Castelo a substituir de pronto a criadagem, trazendo-a dos melhores lares de Pelotas. Essas empregadas: duas de mesa, uma copeira, duas cozinheiras, quatro para a limpeza e, numa classe à parte, a governanta, convocada do Solar dos Leões – interessaram-se pelas novidades de Charlotte, servindo-a com passos almofadados e com uniformes brancos e tesos como madrepérolas. Mais tarde seriam trocadas lentamente por outras, mais ao gosto da Condessa.)

Phillipe, após entregar a irmã e quebrar todas as bancas de jogo de Pelotas, viajou para a Europa em dois meses – Olímpio insistiu em estar presente à estação da cidade, e, ao dar-lhe o último abano, o mundo pareceu-lhe mais risonho.

Campos são belos, quando vistos por uma Condessa genuína. Após o inverno, ela e Olímpio gostam de enxergá-los das janelas, mas também a cavalo, em longos passeios matinais. Olímpio não precisou ensiná-la: ela cavalga com a graça perene das amazonas de sangue, ironizando o modo pelo qual montam as mulheres da terra; prefere pôr-se inteira sobre a sela, as pernas prendendo nos flancos do animal, o corpo reto, com um véu de gaze que envolve o chapéu de feltro e que esvoaça ao sabor da aragem. Olímpio, para destacar sua ligação com o pampa, veste-se à gaúcha, e a esposa elogia sua indulgência. Vão em todas as direções, descem canhadas, evitam os ninhos térreos dos quero-queros, cruzam lajeados, penetram nas clareiras e vadeiam sangas rasas, sem jamais conseguirem alcançar as cercas de pedra da propriedade. Apenas nas culminâncias é que avistam, ao longe e entre capões, as minúsculas casas dos lindeiros, e Charlotte, embora decorando seus nomes de família e possíveis títulos, ainda não manifesta desejo de conhecê-los, "um dia, talvez" – e crava as mimosas esporas de prata, pedindo para seguirem adiante. Os pequenos ranchos dos posteiros encantam a jovem esposa, que apeia e faz alguns agrados às crianças ranhentas, achando-as "lindas, de uma rusticidade à Rousseau". O idílio é apenas rompido na volta, com o aparecimento repentino de uma vistosa cobra coral, ostentando as cores do arco-íris; mas Charlotte não perde a coragem e, de cima do cavalo, acompanha a serpente que se esgueira entre a vegetação rasteira. "São venenosas?" Olímpio responde-lhe rindo que sim, mas jamais ousariam atacar alguém de sangue nobre. Retornam ao Castelo cegos de tanta luz e paisagem; ela abandona-se à *récamier* da Biblioteca e, refrescando-se com um leque chinês e um copo de limonada, diz que jamais viu tantos motivos pictóricos. Olímpio faz-lhe uma explanação sobre as potencialidades econômicas do campo, que, "além de proporcionar um panorama agradável, pode servir para o progresso do Rio Grande, se for, como pretendo, aproveitado em tudo aquilo que pode oferecer". Às subsequentes dissertações sobre a melhoria dos rebanhos e cultivo da terra, ela boceja com discrição, trazendo o leque para o rosto.

Raymond, à falta de uma função específica, canta modinhas do Império na Esplanada e caminha pelos corredores e salões, passando a ponta do indicador nas superfícies dos móveis. Um dia Charlotte pergunta ao marido qual a finalidade de Raymond, agora que o dono da casa possui esposa que tudo provê. Olímpio diz não ter pensado no assunto e que Raymond foi um empregado muito importante, não ficaria bem dispensá-lo como se fosse um qualquer. Convence-a, mas sabe que o assunto voltará. Chama Raymond à parte e o cientifica das dúvidas da Condessa. O criado põe-se triste, enfia as mãos nos bolsos e lamenta o destino, imaginava que com a vinda da Condessa ele se transformaria em mordomo efetivo...

– Temos a governanta, Raymond... mas não se exaspere.

Nesse clima de ócio, o Doutor encarrega-se de trazer vida à Biblioteca, onde as vozes ainda reboam no vazio: mesmo com as coleções do Solar, com os livros do Hotel Central, mais os comprados na França, apenas uma parcela mínima das prateleiras ostenta as lombadas que futuramente serão a marca daquele espaço de cultura.

– E eu que pensei que tinha muitos livros, Raymond.

Como não bastasse a escassez, o Doutor um dia incinera 132 livros de poesia, dos quais reserva os clássicos ao estilo de Camões e Dante. Com o rosto em brasa pelas labaredas da pira literária, ele diz:

– Cheguei a uma conclusão inesperada: poesia, para mim, é de 1800 para baixo. – Chega a ter uma rápida e nauseante lembrança de *Alucinações*, a degenerada obra de juventude.

Durante as longas orações da Condessa na capela, às quais é obrigada toda a criadagem, o Doutor solidifica duas ideias: construir uma estação para o trem e trazer os fios do telégrafo até lá, "não posso ficar à margem do que acontece no mundo". Em seguidas viagens a Pelotas, trata de tudo, e aos poucos começa a erguer-se o pequeno prédio branco, na baixada, e, à custa de centenas de postes e imensos rolos de fios, a linha telegráfica desdobra-se pelo pampa, rente aos trilhos do trem. O Doutor encontra, enfim, uma utilidade para Raymond, o que aplaca a Condessa: sob mil reclamações, é mandado estudar o Código Morse em Porto Alegre, e um dia volta com roupas novas e falando em tracinhos e pontinhos, mostrando às empregadas um diploma de telegrafista.

O Doutor volta à leitura dos jornais de Porto Alegre, feliz por perceber o quanto as coisas se arranjam.

As notícias vêm, ao longo do tempo, construindo um quadro de sombras: o *Rei do Rio Grande* volta ao Brasil com os privilégios intocados, volta ao Estado e começa a resgatar os antigos correligionários, aos quais soma dissidentes do PRR, criando a União Nacional – "porra, nunca me vou livrar desse puto" –; o Marechal-proclamador endurece o regime, há manifestações de rua em Porto Alegre, alguns populares são fuzilados pela polícia, Júlio faz e desfaz Presidentes do Estado, elege-se Deputado à Constituinte republicana no Rio de Janeiro, brilha nas sessões, volta ao Rio Grande e, encabeçando uma chapa de republicanos, vence a União Nacional – já transformada em Partido Federalista – nas eleições para a Constituinte do Rio Grande do Sul. Mostra-se implacável com os opositores, esperando-se um desastre a qualquer hora. É preciso, e urgente, que uma terceira força se anteponha.

— Estou recolhido aos meus arados — Olímpio diz a uma comissão de oito estancieiros reunidos na Esplanada do Castelo, numa tarde de outono e refrescos. Vieram de Bagé, Alegrete, São Gabriel, Herval, Piratini e Cacimbinhas, e suas terras somadas representam 10% do Estado. — Lamento, senhores, mas a política não está nos meus planos imediatos. Minha última atividade nesta área, e que me decepcionou, foi mandar cartas com conselhos aos adversários políticos na Constituinte, alertando-os quanto à necessidade de manter-se a Liberdade intocada. E o resultado foi aquele, uma Constituição retrógrada. Depois, tenho esta propriedade para cuidar, e que, como os senhores sabem, precisa do olho do dono. Quero experimentar novas técnicas e métodos modernos de criação. Além disso, tenho ideia de escrever outros livros, e para isso preciso de paz e recolhimento.

Um dos estancieiros, um profeta barbudo e mal-humorado, batendo com o relho no cano das botas, diz que Júlio está ultrapassando todas as medidas, não consulta ninguém, passa por cima dos correligionários, não aceita indicações para os cargos públicos e ainda se impõe de tal maneira na Constituinte Estadual que logo estará transformado num ditador. E o pior é que está com toda a simpatia do governo do País. Da forma como andam as coisas, será impossível deter a debandada de considerável parte dos republicanos para o lado do *Rei do Rio Grande*, para o lado dos monarquistas de ontem. E, depois, há essa coisa de positivismo, que justifica tudo. Até o povo, em Porto Alegre, está perdendo a paciência.

— Isso eu sei, senhores — Olímpio retruca. — Sempre alertei para os males do positivismo, desde a Academia. Os positivistas têm solução para tudo. Para eles, o mundo reduz-se a uma equação.

— Mas na prática revelam-se um desastre feio.

— Os positivistas queriam o poder. Agora o têm. Toca a eles governar e suportar as oposições. De minha parte, não tenho intenção de intervir. Por que os senhores não falam com o Borges?

Os estancieiros entreolham-se, desanimados.

— O Borges é um mudo. Nega-se a qualquer interferência — intervém um daqueles Xavier da Fonseca, de clã portentosa e irmãos furibundos, imensos em campos de primeira. — Pelo que entendemos do pouco que diz, o Borges está apoiando o Júlio. Não é segredo que tem ambições. Talvez a Presidência do Estado, quando o outro deixar a política. E apoiado por ele. E cá entre nós, bem entre nós: quem são esses doutores que se adonaram do governo, saíram de onde? Antes se sabia bem quais eram as famílias e a qual partido pertenciam, dava para saber sempre quem estava em cima e quem estava embaixo. Mas agora é isso que se vê.

Olímpio ri, estirando-se na cadeira: – Você, Xavier, pertence à verdadeira cepa gaúcha e naturalmente custa um pouco a entender. As famílias permanecem. Apenas estão em novos grupos. E essa história de um dia o Júlio se afastar... Perdoe-me, mas essa trajetória só termina com a morte. Embora honesto, como sabemos, Júlio é um obcecado pelas próprias ideias, considera-se um predestinado. Quanto a isso de fazer do Borges seu sucessor, não é de acreditar. Júlio é pessoa que poderia dizer, como o Luís da França: *Après moi, le déluge.*

– Então devemos procurar outro, Doutor?

Olímpio hesita; diz:

– Outro... ? – E a pergunta fica pairando entre os estancieiros, que aceitam uma rodada de mate.

Chega a Condessa, todos se erguem.

– Boa tarde, senhores. – Ela para-se de pé, ao lado do esposo: – Estejam à vontade. – E recolhe com o olhar aquela reunião de homens antigos que voltam a sentar-se: – Sei que querem alguma atitude do meu marido – seu português agora é perfeito, e o sotaque, adorável. – Parece que ele se recusa, mas posso assegurar que ele pensará no caso, e, se for para o bem do País e do Estado, aceitará.

Sentindo-se objeto de tantos olhares, Olímpio fixa a vista na paisagem. Quase anoitece, e o sol, ainda límpido no horizonte, doura as coxilhas próximas, etc, destacando pequenos pontos iluminados: são os homens a cavalo, recolhendo para os galpões. Mesmo o vago fedor de bosta, que o vento traz da estrumeira distante, tem vestígios bucólicos.

– É como diz minha esposa. – Volta-se para o pequeno grupo: – O campo me atrai, com seu apelo irresistível... sou no fundo um campônio, mas não quero afastar de modo radical a possibilidade de, um dia, suportar o dever cívico.

A partir daí, o assunto desfaz-se. Os estancieiros, já mais animados, tomam seu mate, e um deles elogia a morada, que conhece "por fora".

– Não seja por isso – diz Charlotte. – São todos convidados a pernoitarem aqui.

Pernoitam, acomodados em colchões de penas, e na manhã seguinte rumarão para seus domínios, certos de que jamais viram tanto luxo e esbanjamento como entre as paredes do Castelo. Escutaram no meio da noite as dúbias cantorias de Raymond, mas silenciarão quanto a esse pormenor.

E, numa tarde, a primeira da seguinte primavera, Raymond recebe uma mensagem, decifrada após inúmeros pedidos de repetições: *Preciso urgente aqui prezado amigo pt Julio.*

– Não foi para isso que eu quis o telégrafo – lamenta o Doutor, mostrando à Condessa os garranchos de Raymond.

– Você deve ir – diz Charlotte. – Não se recusa o convite do homem mais importante do Rio Grande.

– Eu sei o que ele quer. Quer sugar-me.

– Mesmo assim, você deve ir. – E, como é noite, ela diz, retirando-se para o seu quarto e deixando lá fora o marido: – Boa noite, *mon cher...*

Olímpio passa a noite em claro, na Biblioteca. Ele já sabia que Júlio estava incumbido de escrever uma Constituição para o Estado. "Quer-me para isso." Sem muito ânimo, vai à estante e de lá retira a Constituição dos Estados Unidos e a traz para o *bureau*. Quando o relógio francês bate duas da madrugada, ele apaga o lampião e recosta-se no sofá. Às cinco, ele se levanta, toca a campainha, manda chamar Raymond e diz-lhe:

– Prepare nossas malas. Vamos a Porto Alegre. E depois passe um telegrama para o Júlio: *Atendendo pedido vg rumo para aih pt Olímpio.*

Chegando à Capital, Olímpio constata que as medidas autoritárias dos republicanos começam a formar grupos de descontentes nas esquinas vigiadas pela polícia. Ao sair do hotel para a audiência, observa, constrangido, uma manifestação liderada

pelo advogado Ildefonso Gomes, que acaba em desaforos e com a prisão do orador.
– E ainda dizem que o Estado está em calma, Raymond.
Júlio recebe-o em casa, nas cercanias do Palácio. O chefe do PRR e verdadeiro governador do Estado dedica-lhe uma atenção exemplar: sente-se honrado com a aceitação do convite e em poucas palavras explica-lhe a missão que lhe deram. A Constituição do Estado tornou-se uma necessidade, agora que a Federal está pronta e promulgada. É preciso fazer um rascunho razoável para submeter aos Deputados.
– Mostre-me o rascunho – diz Olímpio, seco. – Deve estar pronto.
Júlio aparenta surpresa, mas, depois de um momento, balança a cabeça:
– Seu maroto...
– Mostre-me.
Júlio vacila, mas, ante o olhar seguro de Olímpio, abre a gaveta da secretária, tirando de lá um calhamaço de folhas escritas em letra miúda e firme. Olímpio toma-o entre as mãos e o folheia ao acaso. Para nos últimos parágrafos.
– Como eu imaginava. Pronta.
– Precisa de alguns retoques...
– E você chamou-me para os retoques. Certamente de estilo, coisinhas de vírgulas e adjetivos.
– Não. Questões substanciais. Não vou negar que alguns itens não podem ser tocados, sob pena de ficarem comprometidos nossos propósitos republicanos.
– Positivistas...
– E por que não? Imagine, Olímpio, o Rio Grande terá a única Constituição com essa filosofia, no mundo todo. É o momento de mostrar que as teorias podem passar à vida social.
– Enumere-me as questões substanciais, como você chama.
– Concentração do poder na mão do mandatário esclarecido, a Assembleia com poderes orçamentários...
– Apenas orçamentários.
Júlio tem o primeiro instante de impaciência:
– E como compartilhar o poder com a multiplicidade de opiniões de uma Assembleia formada em grande parte de inimi-

gos? A administração em pouco tempo ficaria paralisada, à espera dos senhores parlamentares.

Um criado pede licença, entra e murmura algo ao ouvido de Júlio, que ordena:

– Mande entrar, logo.

Olímpio faz menção de levantar-se.

– Não. Fique. É um amigo... chamado especialmente para este encontro.

Logo o criado introduz Borges no gabinete. Está ainda mais esguio, de casaca preta e bigodes esfiapados que se projetam para além do rosto magérrimo. Ao ver Olímpio, estende a mão algo tímida:

– Há quanto tempo...

Abraçam-se, e Olímpio sente, por debaixo da casaca, as costelas do ex-colega de Academia. Borges mostra uma fímbria dos dentes:

– Desde o duelo com o Águas Mornas...

– Apenas rapaziadas... E vejo que o Júlio soube arranjar as coisas, como é do feitio dele.

Sentam-se. Júlio volta para seu lugar atrás da secretária:

– De fato, arranjei esta reunião que, além de significar o reencontro de velhos confrades, simboliza a união de esforços pelo Rio Grande. Não podemos ter ilusões, amigos. Nós somos as cabeças deste Estado e, se não estivermos unidos, o Estado perecerá. O Borges aqui – e o indica a Olímpio com a ponta de um abridor de cartas – já entendeu nossa missão. É preciso, é necessário, é rigorosamente imprescindível que não esmoreçamos. Nossos adversários...

– Seus adversários – corrige Olímpio.

– ... eles pretendem solapar um trabalho que vimos construindo há anos. O Senador está aí, de volta, com sua empáfia. Os Silva Tavares começam a coçar-se, em seus campos de Bagé. Alguns de nossos próprios correligionários começam a mostrar as unhas, passando-se para esse ridículo Partido Federalista, estimulando essas arruaças em Porto Alegre, e tudo por quê? Porque não ganharam postos no governo, porque sentem ciúmes do apoio que recebo do Marechal Deodoro, porque suas sogras têm reumatismo, porque lhes doem os calos. Acharam de contestar todas as minhas atitudes, quando antes aplaudiam. Não estou certo, Borges?

Borges assente com a cabeça. Parece uma ave, e Olímpio não sabe qual.

— Pois então — Júlio prossegue —, esta Constituição tem de sair, e logo, para que o Presidente do Estado possa governar com autoridade e restabelecer a hierarquia.

Uma carroça passa frente à casa, os aros de ferro erguendo um estrondo no calçamento irregular. Borges cruza os braços, e seu olhar vaga pelos retratos de Augusto Comte e do Marechal. O pequeno ser no lado de Olímpio exala um odor de colônia e casimira de boa procedência. Os sapatos, de solas grossas, estão brilhantes. Ele então suspira, erguendo o peito mirrado. Júlio intervém:

— Borges suspirou, percebeu? Tanto ele como eu estamos indignados por tanto desrespeito às mais elementares regras da convivência política. Esses *federalistas*... — e sorri ao dizer o termo — essa denominação é um deboche.

— Um momento, Júlio — Olímpio estira a mão, detendo-o —, você, nos tempos da propaganda, bem poderia imaginar que, após a Proclamação, o Partido Republicano teria opositores. E os federalistas o são.

— Ainda se o fossem! Mas diga-me: qual a ética social, qual o pensamento político dos inimigos? Nenhum — e Júlio agita as mãos, significando o vácuo —, nada. Ainda se fossem monarquistas, mas nem isso são! Servem apenas a seus primitivos interesses familiares. Nós sim, nós representamos a ordem, a disciplina e o progresso. Os tempos modernos.

— Eu e você temos conceitos diferentes do que seja moderno. Para mim, não há nada moderno se não há liberdade. Liberdade de imprensa, liberdade de ir e vir, liberdade de associação. Não é por nada que o povo reclama. Antes de vir para cá, assisti a um incidente lamentável, em que a polícia agiu com selvageria contra um *meeting* do Ildefonso Gomes.

É um novo momento de pausa. Júlio passa os dedos pelo seu rascunho.

– Então você não nos ajuda? Você é pessoa importante no Estado, um homem proeminente e ilibado. Seus livros mudaram a face do Rio Grande.
– Esse é o ponto, Júlio. O que você quer é que eu dê meu aval para sacramentar esse projeto. Não posso prestar-me a isso. Tenho um nome a zelar.
– E uma carreira para cumprir...
– Por que não? Tal como você. Tal como o Borges. Ou estou errado, Borges?

Borges tira uma pequena bolsa de tabaco da casaca, pega uma palha de milho e alisa-a com a lâmina de um canivete. Depois enrola calmamente um cigarro, acende-o e aspira a fumaça, soprando-a pelas narinas translúcidas:
– A questão é estar-se do lado certo, para pensar em carreira política. – As palavras caem como tábuas de gelo.
– Entendi... – Olímpio diz. – Já que estamos em reunião fraterna, de ex-colegas de São Paulo, permito-me dizer: sim, faremos política, todos nós. Contudo, mesmo que eu esteja do lado errado, reservo-me o direito de fazê-la a meu modo.
– Pense bem. Borges tem os olhos semicerrados. – Há atitudes que não têm volta.
– Sei bem disso.

Vem o vinho do Porto, que eles bebem sem se olharem. Lá fora passa um amolador de facas soando a flauta de Pã. Olímpio devolve o cálice à bandeja:
– Há mais algum assunto a tratar?
– Não – Júlio responde.

Na Praça da Matriz, Raymond – despedindo-se de um forte sargento de infantaria – vem ao encontro do Doutor. Consulta o relógio.
– Já de volta?
– Mas foi o tempo suficiente para estabelecer limites. Daqui por diante, tudo está claro. O Rio Grande dividiu-se entre republicanos e federalistas.
– E o que querem os republicanos? E os federalistas, Doutor?

O Doutor vagueia o olhar pelo Teatro São Pedro e pelo prédio gêmeo da Câmara:

— Talvez eu tenha de mentir daqui por diante. Mas a você eu digo: querem a mesma coisa, Raymond. A mesmíssima coisa.

— E o senhor? De que lado está?

— Ora, vá pentear macacos, seu fresco. Isso não se pergunta a um homem da minha posição.

Ao atingirem a Rua da Praia, encaminham-se aos correios e Olímpio passa um telegrama à Condessa: *Tudo aconteceu como eu previa pt Não hah conciliação com os positivistas pt Saudosos cumprimentos Olímpio.* Depois, vão ao ponto em que Olímpio teve a briga com o Rei do Rio Grande e, olhando para o chão onde caiu, o Doutor crava a ponta da bengala entre as fendas das pedras, como a demarcar o exato lugar de sua desonra. Está absorto nesse ato romântico quando observa que os inconformados partidários de Ildefonso Gomes, já reagrupados, vêm insultando Júlio com palavras torpes e pedindo o imediato restabelecimento das liberdades no Estado. Olímpio cuida para não ser reconhecido, mas sua mão desobedece e em pouco – e ignorando os pedidos de Raymond – ele está saudando com o chapéu erguido. É claro: reconhecem-no e o cercam, pedindo que tome posição.

— A fruta podre cairá por si mesma, senhores. O importante é não deixar que Ildefonso Gomes seja mais uma vez humilhado.

Alguns policiais aproximam-se, com cassetetes e espingardas. Olímpio diz-lhes:

— Já estão com ordens de Júlio? Pois cumpram-nas. As pessoas à volta aplaudem, os policiais desconcertam-se, e um deles, possivelmente o chefe, aproxima-se de Olímpio:

— Com todo o respeito, Doutor, pedimos que dissolva esta manifestação, que foi proibida pelas autoridades.

— Como, proibida? Isso não acontecia nem nos tempos do império.

— Insisto em sua compreensão, Doutor.

Olímpio observa-o melhor. O homem treme.

— Tu és de onde?

— São Borja, Doutor.

— Então volta para tua terra, vai cuidar dos teus pais, que devem ser velhos. – E toma-lhe a espingarda, jogando-a ao chão. – Assim virá abaixo a ditadura. – Fixa o grupo, agora acrescentado por dezenas de manifestantes: – Aqui neste mesmo lugar caí por obra dos monarquistas. Não cairei pela ação dos republicanos. E viva a liberdade do povo gaúcho!

Os policiais, olhando para um e para outro, vão recuando de costas, as espingardas apontadas para o povo.

– Isso, voltem ao Palácio, contem tudo. Quando os policiais já correm Ladeira acima, Olímpio sente que o alçam pelas pernas e em pouco está suspenso nos ombros. O cortejo de chapéus esvoaçantes vai pela Rua da Praia, faz uma volta completa à Praça da Alfândega. Olímpio, já à frente do hotel e todo amarfanhado, pede para ser posto no chão e sobe a uma cadeira. Estende os braços, pedindo silêncio. Quando o rumor acalma, ele repõe a cartola e faz, ali e sob o sol, o mais importante discurso de sua vida até aquele momento. Clama por justiça, augurando um lamentável fim a "estes que, julgando-se sempre impunes, acham que o Rio Grande é seu feudo, quando aqui sempre foi a terra da liberdade, a terra dos heróis de 35!" Depois dos aplausos, pede que se dispersem, mas que nunca esmoreçam. Ao entrar no saguão do hotel, ordena a Raymond que lhe sirva um *bordeaux* e brinda com alguns mais afoitos, que não querem sair dali, entre os quais reconhece algumas das mais significativas figuras do Estado.

– É isto, senhores: ainda há dignidade no pampa.

TERCEIRA NOITE

[*Desta vez exige vinho melhor, que manda vir da adega, dizendo que é bem hora de botarem a perder as garrafas intocadas durante anos. Na vitrola, o clarinete de Benny Goodman*]

E você volta para o Brasil, depois do desastre de Lisboa. Dedica-se a comer, beber e contemplar a passagem das eras; quando vê, tem trinta e seis anos e é dono de um campo gaúcho onde cabem apenas vinte quero-queros. Mas – ó sorte! – com regularidade bancária, o dinheiro dos juros continua vindo de Pelotas. Nunca mais você ouve falar em Cecília; é possível que tenha vivido algum tempo com o Visconde da Albufeira, para depois regressar à Itália, onde certamente morreu no desamparo de algum pulguento *music-hall* de subúrbio, cantando as poucas peças adequadas à sua voz. Fazer o quê? Foi ela quem escolheu esse fim, ao te abandonar.

A dama aqui presente sabe o que era o Rio de Janeiro naquela época: chapéus-picareta, ternos de linho branco e muitos piqueniques à beira da praia. Agora inundada de automóveis, a Capital começa a ficar cinza de fuligem, e todos dizem que é o progresso. Mas o Café Colombo, por sorte, mantém seus amplos espelhos, e você pode comer *profiteroles* olhando a própria cara e ninguém te chateia. Um belo ponto de observação, pois cruzam por ali todas as moças disponíveis do Rio, calorentas, safadas, risonhas, mesmo que estejam sob o olho dos pais. Mas você nem sonha com elas: teu organismo deve estar tão combalido pelos vícios e pela gordura que você nem se imagina casado. Depois dos *profiteroles*, a bebida. E você inicia pela cerveja com trigo velho, bem social; saindo do Café Colombo, você procura os botecos de cachaça. Lá, sempre encontra irmãos do copo, dispostos a ouvir de novo a história do Ford descendo Tejo adentro. Você conta, exagerando os pormenores, paga a despesa de todos e se despede até amanhã. Tua pensão agora é em São Clemente, e do centro até lá você desce duas paradas antes para espairecer, mesmo que tuas pernas não te obedeçam. Encontra a pensão – elegante, no meio de um terreno, cercada de palmeiras imperiais e com um belo quiosque no jardim – depois de errar a rua. Custando a enfiar a chave na fechadura, você afinal entra nos aposentos privados, constituídos de quarto, banheiro de louça belga, sala de estar e saleta de recepção, com vários cabides. Você joga o chapéu num deles, a bengalinha de cana sobre um sofá e assim vai tirando a roupa e batendo nos móveis e afinal chega nu ao quarto; atira-se na cama, de costas, suando, a enorme barriga parece que vai arrebentar... Você fica um instante no escuro meditando sobre a morte próxima; depois acende a luz de acetileno, leva a mão ao piso, passa os dedos pelo tapete e alcança o jornal. Falta ânimo para erguê-lo frente aos olhos, você não quer mais nada, você é apenas uma coisa grande e sem vontade, atirada sobre uma cama: sempre há a esperança de que hoje seja o dia do Juízo Final. Alguém entra no quarto, e você se lembra do dever com a Minervina, a lacrimosa camareira. E, sem dizer palavra, ela se despe, massageia teus pés entorpecidos, depois sobe pelos tornozelos, pelas pernas, onde já aparecem algumas veias. E as mãos substituem-se pela língua ágil, uma ágil camareira que te vai molhando todo até chegar ao sexo inerte pelo álcool... Ainda bem que não é preciso contar tudo, senão a dama aqui iria incomodar-se. Iria mesmo? Pelo sim, pelo não, é bom simplificar: teu sexo inerte começa a dar sinal, e a Minervina, constatando que tudo está de acordo, vai para cima de ti e, agarrando-se a teus ombros, ajeita-se, começa a subir e a descer os quadris, e cada vez mais rápido e mais e mais, por fim você chega naquele ponto sem volta e... deu-se. A Minervina cai por cima de você, toda mole, e fica um tempo sem fim. Você fecha os olhos, entregue. Depois, como é muito recatada, a Minervina estira-se toda para alcançar o abajur, apaga a luz, sai dali, e você percebe que ela se veste. Ao sair, ainda te dá um beijo. Você fez algum bem neste dia. Aí você acende a luz e consegue trazer o jornal para a cama. Artigos, artigos. Como carioca gosta de artigos de fundo! Mas não são os artigos de fundo o teu interesse, e sim os resultados do Jockey. E você com um lápis vai marcando as *pontas* e os *placês*. E naquela madrugada você tem um susto, sentando na cama e aproximando o jornal da luz: teu meio-irmão Arquelau está no Rio, trazendo uma égua, a Setembrina, para o Grande Páreo. Dedica-se agora a isso? É o fim você reconhecer que tem algo que te una a um ser tão vil. Você se lembra dos *cascudos* na cabeça e tem uma náusea, e você diz, dramático e pouco convicto: "Todos, menos ele". Você não está convicto porque, naquelas horas e circunstâncias, ninguém reflete nada a sério. Aí você volta para a cama e consegue adormecer duas horas depois, pensando na casaca que está no guarda-roupa, feita nas antigas medidas de Lisboa, mas ainda assim útil para o Grande Páreo.

Quando é meio-dia, a Minervina aparece e abre as duas janelas do quarto. Lacrimosa, ela se queixa de que você está arruinando a saúde com a cachaça, e conta que um tio morreu assim: gordo e bebendo. Você protege os olhos com o lençol e ordena que ela feche as janelas. Ela, porém, diz que o café está servido sobre a mesa, precisou tirar de cima a cueca e o colarinho falso para pôr a bandeja, e você tem uma infinita pena de todas as camareiras do mundo. "Oh, Minervina", é o máximo que sai de tua boca. Ela então te conduz para a banheira fumegante, e, de passagem, você olha para a mesa onde ontem largou a cueca: há ali um cartão dobrado na ponta, com o nome de Arquelau, o Legítimo, em letras cursivas. "Perverso, miserável, filho da puta. Como é que esse cartão chegou aqui?" A Minervina te esclarece que foi um senhor, ontem... "Era um cretino?", você a interrompe, "com cara de porco imundo, um prepotente?" Você pega o cartão e começa a ler o escrito a lápis: *Estou no Rio. Vim trazer*

uma égua. *Te aguardo no Grande Páreo. Arquelau.* Assim é! Ele te dá ordens! Mas você irá ao Páreo, já estava decidido a ir, e irá brilhante com a casaca. Se o asqueroso meio-irmão pensa que encontrará um ser destruído pela bebida, um escarro do destino, está muito enganado.
[*Há um constrangimento na minúscula assistência. A dama afasta-se, sentando-se ao lado de uma lanterna de parede; acende-lhe a luz e passa a ler uma indecifrável* Neue Illustrierte. *O narrador tira o Benny Goodman da vitrola, fazendo-se silêncio*]

Não serei cruel, podem me acreditar. Mas, se querem assim, daqui por diante eu passo a contar apenas para o cavalheiro aqui. E assim o cavalheiro poderá ser o único a conhecer a minha teoria.

Na tarde de domingo, você chega cedo ao Jockey e se encaminha aos guichês das apostas. Pega a tabela, revê a lista dos cavalos do Grande Páreo, e ali está a Setembrina. No verso, uma breve genealogia do animal: filho do famoso *Calígula* e neto da *Rayo de Sol*, esse fenômeno das pistas uruguaias. Tem chances, embora as apostas ainda estejam fracas. Mas você joga alto na favorita, a Dama de Copas. E sai a caminhar. Aos poucos, o Jockey começa a encher-se de senhoras de chapéu e cavalheiros enluvados, de cartola, e você tem receio de encontrar o imbecil. Não pode confiar em ti mesmo se topar com ele pela frente. Você será, talvez, muito hostil, e para isso tem grande energia... No balcão do champanha, uma surpresa: ali está o conterrâneo que te amolou no passado, com suas teorias a respeito da superioridade dos gaúchos. Feérico de ardor regional, ele te abraça, aparentemente esquecido do desaforo. Diz que apostou tudo na Setembrina, por uma questão de princípio, e te pergunta como vai a saúde, soube que você andou pela Europa. Todas as tragédias do mundo não se comparam a isso: dar explicações a uma besta. E você as dá, e ele te pergunta se você apostou também na Setembrina – afinal, é um dever patriótico, e mais: insinua que se trata, para ti, de um dever para com a família. Você o puxa bem para perto e diz: "Ouve bem: vai-te foder". Não acontece uma luta selvagem porque ele finge não ter ouvido, pega uma taça de champanha e te dá as costas. Ótimo. Você também pega uma taça e vai observar a pista, passam um último nivelador sobre a areia. Uma velha senhora a teu lado também olha para lá, com um binóculo revestido de madrepérola. "Lindo dia", você diz, e ela responde que "de fato", voltando-se para o marido, que chega. O marido tem a cara de algum antigo barão, te cumprimenta, gentil, "não sei se fomos apresentados..." Há as apresentações necessárias, você se declara gaúcho e ele não é um barão, mas dono de uma fábrica de tecidos em São Paulo e tem um sobrenome italiano, Mazzini. Ele te convida para irem às cadeiras dos sócios e você aceita: ali estará a salvo de Arquelau. Os funcionários do Jockey correm a abrir a cancela, vocês entram no reservado. Dali, a visão é perfeita, e um grande pássaro voa sobre a pista. Mazzini puxa o relógio de ouro e olha as horas. Com um enfado muito industrial, ele comenta que uma das coisas mais insuportáveis é a falta de pontualidade; se conseguiu chegar onde está, é porque sempre levantou cedo e dormiu cedo e sempre foi aquele que abria e fechava o escritório da fábrica. Te pergunta se você já tem o cavalo escolhido para o Grande Páreo, e você diz que sim, é a Dama de Copas. "Boa égua", ele diz, "égua de valor... mas nós aqui temos a nossa preferência, não é mesmo, Maria Augusta?" Dona Maria Augusta pergunta por que você não joga na Setembrina, e você desconversa, é uma boa égua, pelo pai e pela avó, mas não vê muita chance. "Ah, o Rio Grande...", o cavalheiro suspira, "temos interesses no Rio Grande, a sua terra é boa, gente brava, um pouco petulantes, os gaúchos, mas terra de bons campos, grandes famílias..." Um assunto nauseabundo, como se pode notar. Começam os páreos preparatórios, acompanhados com desinteresse pela sociedade. Nos intervalos, os garçons suprem o reservado com sanduíches de atum e refrescos, e você bebe um pouco demais, só parando quando começa a ver dobrado. Civilidade é civilidade. Mazzini, nesses intervalos, vai contando coisas de sua vida, inicialmente muito pobre, filho de imigrantes que trouxeram apenas um tear da Itália. Esse tear foi o começo da fábrica, à qual ele se dedicou com um empenho superior às próprias forças. Anos e anos de luta, ameaças de falências espetaculares, recuperações valentes. Hoje, ele é comendador pelo Vaticano e já estiveram, ele e a mulher, em audiência privada com o Papa. Mostra, na lapela da casaca, um pequeno botão, é a comenda. Num dos intervalos, havia surgido a filha, barulhenta, muito jovem e bonita. Ri por qualquer coisa e, com o binóculo da mãe, percorre toda a assistência, dá gritinhos a cada chapéu estranho e comenta os vestidos. Bem como qualquer jovem faria. Sim, é bonita, com uma pequena boca, mas você nota que tem uma aliança na mão direita. Um território proibido, portanto. Mesmo, você tem o dobro da idade dela, e você imagina o papel ridículo que faria com aquela moça, na cama. Sim, você tem esses pensamentos reprováveis. Impossível negar, você tem compromisso com a verdade.

A partir de certo momento, a jovem transforma-se, vai ficando desapontada, entrega o binóculo para a mãe e fica olhando para o chão, fazendo beicinho, talvez pense no noivo ausente. Você quer ser gentil e pergunta-lhe se não deseja mais uma taça de champanha, pode ir buscar. Ela agradece, não aceita, é até ríspida. Dona Maria Augusta, um pouquinho ruborizada, confirma tuas hipóteses e murmura que a filha anda sofrendo, não repare. Coisas do coração... insiste num casamento com que o pai não concorda, o moço é pobre, oficial administrativo no Ministério do Interior... e não veio ao Páreo, como havia prometido, "aliás, algo muito bom". Inserido assim na intimidade da família, você fica sem palavras até que chega o Presidente da República com a esposa e assume seu lugar na tribuna de honra. Há o *canter*, e ali passa a Setembrina, uma pintura de égua baia, mas com uma espécie de maldade, que decerto adquiriu do proprietário. Mais tarde, os cavalos saem do *paddock* e vão para o partidor; soa a sirene, a jovem Mazzini ainda não está recuperada, e você nota que os olhos estão vermelhos. Você faria tudo para restituir-lhe a alegria de antes, chega a dizer que ela é uma mocinha muito bonita e que tem a vida pela frente, essas bobagens. Ela te agradece com um sorriso murcho e você pensa que, não fosse a idade, as diferenças de saúde e de comportamento... A vida é uma merda...

Ao levantar a fita, os cavalos partem em disparada, e você constata, espantado, que a Setembrina não largou! O comendador Mazzini inquieta-se, maldiz a sorte, e é só por um instante, porque a Setembrina, ainda que atrasada, larga a uns oito corpos de desvantagem, mas com celeridade vai recuperando chão e logo alcança os últimos cavalos, cruza um, cruza dois, cruza três. E a plateia lá embaixo aos gritos. A moça, você olha de refilão, enovela com o dedo uma pequena mecha de cabelo, mas enfim está assistindo. A mãe entrega-lhe o binóculo, incentivando-a a olhar; a moça olha sem gosto, devolve o binóculo. Você volta para a corrida, a feroz Setembrina é incontrolável e você já a supõe vencedora e passa a torcer pela Dama de Copas. Ainda assim a Setembrina continua ultrapassando os outros, embora num ritmo menos célere, e se aproxima perigosamente da Dama de Copas. "Dá-lhe, Dama!", você grita, "dá-lhe!" A Dama de Copas reage e tira dois corpos de vantagem sobre a Setembrina e ao fazerem a segunda curva da pista a égua de Arquelau parece que vai botar os bofes para fora, vai perder, é a glória. A menina Mazzini ergue um pouco a vista, pega o binóculo, mas, em vez de olhar para a corrida, perpassa desolada a plateia.

Na pista, o jóquei começa a fustigar com violência as ancas da Setembrina; a égua estira o pescoço e suas pernas são quatro projéteis rumo à meta, levantando pedaços do chão e erguendo uma polvadeira que cega os que vêm atrás. A Dama de Copas consegue livrar uma vantagem irrecuperável e já se anuncia como ganhadora. A plateia silencia, à espera do desfecho, e os assistentes a teu lado têm as testas cheias de suor.

Ao cruzarem o disco de chegada, você bebe um cálice inteiro de champanha e incorpora-se às palmas: a Dama de Copas venceu, com a Setembrina em segundo lugar, a três corpos. O casal Mazzini educadamente te aperta a mão e o cavalheiro te diz que aquele segundo lugar é um lugar de honra – "*placê* no Grande Prêmio, um belo início de carreira". Não fosse a vacilação inicial, era certo que ganhava. Logo você cai em si, e descobre o motivo de tanto interesse pela égua gaúcha: Arquelau é conhecido da família, e quando surge do nada e sobe à tribuna, torrado de sol, para receber o cartão de prata do Presidente da República, os Mazzini te convidam para irem cumprimentar também. Você, ao ultrapassarem a cancela, vê-se obrigado a revelar o parentesco. "Ora, homem", diz o cavalheiro, "por que não falou antes?" E Dona Maria Augusta, muito sagaz e percebendo que ali havia coisa, recomenda discrição ao marido. Arquelau ganha o cartão de prata e, atravessando o povo, vem em direção aos Mazzini.

Ao enxergar você, hesita um instante, mas a euforia é enorme e ele abre os braços, "Astor, por aqui!" Você, o que faz? Cumprimenta-o, naturalmente, assim como fazem os Mazzini. E você pensa que aquele era um bom dia para ter ficado na pensão, aos cuidados da Minervina. Arquelau envelheceu, mas só pela casca: tem uma desenvoltura de rapaz e o corpo flexível de quem vive cavalgando à brisa do pampa. Você se sente um gordo infeliz, encharcado de coquetéis... Aí o mundo verdadeiramente cai sobre tua cabeça: há mais do que conhecimento entre eles, e Arquelau aproxima-se muito da moça e entrega-lhe o cartão de prata, curvando-se: "É seu. Este placê dedico à senhorinha". A idade o remete a uma distância interplanetária da moça, algo repugnante. Mas o comendador Mazzini está encantado com Arquelau, quer saber detalhes sobre o jóquei, será bom evitá-lo para o futuro. Aos poucos, todos se encaminham para o restaurante, onde há um *buffet* frio à espera, e você indo junto, não podendo escapar. A moça está à beira de um desespero que se transforma em raiva. Por fim, uma mesa circular, com pratinhos, talheres e cálices; sentam-se. O cavalheiro manda vir champanha e você pede para si um drinque de rum. Logo a conversa entre o cavalheiro e Arquelau vai trilhando caminhos de negócios e te resta conversar com Dona Maria Augusta e a filha. Vem o champanha, vem o drinque, e você com o estômago vazio começa a misturar bebidas e a conversar com mais desempenho, e acaba por contar anedotas de salão para as duas mulheres. A moça consegue rir, esquecendo por um instante o displicente noivo. O comendador Mazzini, muito cortês, chama a atenção da filha para o assunto importantíssimo que Arquelau está falando; a filha finge algum interesse e de modo imperceptível a conversa atinge um tom mais particular, quase confidencial. Arquelau já fala em sossegar a vida, assumir responsabilidades de família, e o cavalheiro o apoia.

Não quero ser longo, nesse relato, mesmo porque sei o quanto estou sendo inconveniente. Mas com terror você nota que o cavalheiro e Arquelau passam a tratar dos negócios humanos, algo que envolve a moça e Arquelau, há muito preparado. Dona Maria Augusta mantém-se reticente, diz uma coisa, diz outra, segura a mão da filha, mas sei que está cedendo.

É uma merda, a vida... Dois meses depois, Arquelau e Beatriz casam-se numa cerimônia pomposa, na igreja da Candelária. Perdi mais uma vez... não fosse minha teoria, hoje eu era um louco de hospício. E lá está você, na apertada casaca, jogando arroz na cabeça dos noivos. Beatriz, a voluntariosa, não se casa, isto é certo: entrega-se ao fado cruel apenas para fazer desfeita ao noivo que não foi ao Páreo – estou mentindo?

[*Beatriz larga a* Neue lllustrierte, *pega um velho* Correio do Povo *e pergunta por um lápis, quer decifrar uma charada*]

PERCEBO COMO UM FILHO DA PUTA PODE CONSEGUIR O QUE DESEJA BASTANDO SABER A UTILIDADE DAS CAMPAINHAS ELÉTRICAS

E eu, Páris, milionário e autor de quatro mortes, o filho de Selene e Hermes, fui recambiado por meus tios Arquelau e Beatriz às amarelas paredes do colégio jesuítico em Porto Alegre. Com alguma reticência e palavras admoestadoras, o Reitor acolheu-me de volta, mas passei a ver as coisas pela metade. Quando ele me levou à sala de aula e sentei-me na primeira fila, frente a um jesuíta velho e muito alemão, percebi logo que ele não tinha dois braços, mas apenas um, e seu cabelo não tinha meio, e o colarinho eclesiástico era apenas uma finíssima lua crescente. Então a metade dele falou: "Esperamos, senhor Párrris, que doravante o senhor se comporrrte. E agora continuemos a aula".

"Padre, estou vendo mal."

"A pouca contemplação do Bem acaba produzindo a cegueira do espírito."

"Estou vendo mal, muito mal."

"Sim?" – E pareceu um pouco interessado. "Deve ir ao oculista. Fale com o Senhor Reitor."

"Estou vendo tudo dividido."

Acabei por voltar ao gabinete do Reitor.

"Não imaginei, Páris, que você recomeçasse tão cedo..."

"Não incomodei na aula. É que estou vendo mal."
"Como?"
"Vejo tudo dividido."
O Reitor estendeu o braço direito:
"O que está vendo?"
"Sua mão solta, sem o braço."
"Isso é sério" – e mandou-me recolher ao quarto. Fui para o quarto amparado por um colega, deitei-me na cama de ferro, levantei-me, abri a janela e, voltando à cama e recostando-me no travesseiro, olhei para fora: a metade do Guaíba corria majestosa, com a metade das ilhas habituais. Depois de uma hora, ouvi baterem soturnamente à porta; gelei quando o meio trinco começou a abrir-se, com uma sinistra lentidão... A Morte, eu bem sabia, traveste-se de belas estampas: um cavalheiro pálido, com um cavanhaque em ponta, meteu a cara pela fresta. Agarrei-me ao colchão.

"Não é preciso ter medo, menino" – e entrou, sentando-se na minha cadeira de estudos, frente à mesa de pinho. Olhou-me com a maligna ternura da Ceifadora:

"O que você está sentindo, meu jovem?" "Nada. Estou vendo errado." – Então expliquei a natureza do meu mal. A Morte abriu uma pequena meia maleta e tirou instrumentos... os longos dedos, terríveis, pontudos, dos quais eu via a metade... Aproximou-se de mim, eu me encolhi, ordenou-me que eu ficasse quieto, mediu-me a pressão, examinou-me a língua, fez-me sentar na cama, bateu com um martelo no joelho, auscultou-me o peito. Disse "está ótimo" e, colocando na cabeça um espelho redondo e levando-me à janela, abriu-me as pálpebras e senti uma grande luz que invadia meus olhos. Assim ficou, durante vários minutos, em um e outro olho. Findo o exame, guardou com paciência os instrumentos.

"É, você está vendo pela metade." Para isso não era preciso que Ela em pessoa me dissesse. Apenas murmurei:

"Quanto tempo tenho de vida?"

A personagem riu, pérfida:

"Não sei. Ninguém sabe. Esse é um grande mistério da existência." Mas, recuperando a seriedade: "Você andou batendo com a cabeça em algum lugar?"

Não, que eu me lembrasse. A personagem então voltou à mesa, cruzou os braços e disse-me que se chamava Doutor Antônio Gomes da Costa e que eu precisava fazer um tratamento. Nada de aulas, só repouso. E que não precisava alarmar-me, essas coisas acontecem inesperadamente e, com sorte, podem curar-se em pouco tempo. Convenci-me de que o Doutor Antônio não poderia ser a Morte, já que Ela não falaria em tratamentos, só coisas definitivas. Logo: eu estava mesmo doente e, como qualquer doente, senti-me no direito a algumas vantagens.

A partir de então, um quase-padre chamava o carro de praça e íamos ao consultório do Doutor Antônio, que ficava na Praça Júlio de Castilhos. Lá, num ambiente branco com telefone, ele me tratava. O que fazia, eu não sei, apenas me lembro que ele me punha em uma cadeira que se transformava em cama, narcotizava-me os olhos com um remédio e começava o trabalho, ao mesmo tempo em que a Rádio Farroupilha, ligada da sala de espera, dava notícias extraordinárias do *Führer* e de seu desejo de morder a Polônia. Hoje, quando penso num cego, lembro-me de Hitler. Ao fim da consulta, eu era conduzido a uma sala de recuperação, e a bela enfermeira – mesmo uma meia enfermeira pode ser bela – dava-me pastel e gasosa; eu saboreava com uma certa revanche ao imaginar que o quase-padre ficava louco de fome e sede, mesmo que seus olhos perfeitos fingissem ler uma *Revista do Globo*. Passado o tempo necessário, ele se erguia, pegava-me pela mão, despedíamo-nos da enfermeira – hoje o quase-padre faz bodas de prata de casamento com a outrora bela enfermeira e dá aulas em quatro escolas ao mesmo tempo, consumindo a maturidade em preparação das matérias e correções de provas: minha revanche, afinal, não precisava ser tão arrasadora. Mas naquela época voltávamos para o Colégio, onde eu era devolvido ao meu quarto. Com os olhos fechados, passei a prestar atenção aos ruídos cotidianos: a cigarra chamando para a formatura matinal, a entrada dos colegas para as aulas, um longo silêncio no pátio, apenas rompido pelo rumor de automóveis na rua Duque, novamente a cigarra, novo rumor, a cigarra... De vez em quando uma campainha elétrica emitia um código de sinais: cada padre possuía seu próprio sinal, era a forma de convocá-los à Reitoria, e vinham esbaforidos pelo pátio, trêmulos do medo. Um sinal longo e dois curtos: o padre do Latim; um longo, um curto, um longo: era o padre da Matemática, etc. Tornei-me um especialista em código de chamar padre, o que me foi muito útil pouco tempo depois.

Havia também professores leigos, em geral recrutados entre os católicos de confiança. Suas gravatas eram de nó pronto, e com frequência manchadas. Via-os, soturnos, de pasta na mão, encaminhando-se às salas de aula – lá, eram vítimas preferenciais dos alunos externos, pertencentes às famílias distintas do Estado. Como aquele emprego era a única salvação para a prole, suportavam tudo sem anotar no Diário de Classe: cobras de pano no púlpito, bilhetes que duvidavam de sua masculinidade, guinchos e assovios. Um deles, velho e doente, e que possuía o natural apelido de *Próximo Feriado*, teve uma síncope cardíaca e morreu empunhando um aviãozinho feito com a lista de presenças. Tivemos o tal feriado, que afinal não me beneficiou muito.

Mesmo enfermo, exigiam-me a missa diária, na capela ornamentada com copos-de-leite. Mas não me desgostava a cerimônia, celebrada no rigor do rito tridentino. O padre de Português, que no dia a dia apresentava-se enxovalhado e triste, adquiria transcendência com a alva, a casula e o manípulo impecáveis. Ao fim da missa, dava-me santinhos e aconselhava-me resignação à doença. Eu quase chorava. Por essa época, frequentava as missas um senhor velhinho, magrinho e triste. Ficava ao fundo, o pescoço envolto num cachecol branco, meditando, o terço esquecido na mão. Durante décadas, fora o homem mais poderoso do Rio Grande, e agora me sorria com seus olhos transparentes. Assim voa a glória do mundo.

Depois de algum tempo, foi útil continuar a dizer que estava tão cego quanto antes. O Doutor Antônio desolava-se, e eu tinha pena de seus esforços e de suas constatações desconcertadas: "Seu exame de fundo de olho está bom, não entendo" – e eu me deliciava com a gasosa e o pastel. Uma tarde fui procurado por tia Beatriz. Na fúnebre sala de visitas do Colégio, ela imprecava baixinho contra os jesuítas que a tinham cientificado apenas no momento de pagar a conta do médico, e trazia-me frente aos olhos qualquer objeto, um cinzeiro, seu par de luvas, e eu afirmava solenemente minha cegueira parcial. "Você quer sair daqui? Pode ir para a nossa estância. Será muito difícil convencer Arquelau, mas posso tentar." Eu a interrompi perguntando se ela sabia notícias de minha mãe, ao que ela respondeu "não pense nisso agora, trate de curar-se". E atochou-me de bombons Gaúcho. Recusei-me a ir com ela, apenas lembrado da cara de tio Arquelau, o Monstro. "Mas saiba que você pode chamar-me a qualquer momento, afinal eu estou no lugar de sua mãe." Inteirou-se do tratamento, avaliou os progressos e, antes de sufocar-me de beijos e despedir-se, disse que a questão dos inventários (afinal, tanta gente morrera!) estava num emaranhado que ninguém entendia, mas que eu estivesse certo de que minha qualidade de herdeiro estava preservada e que quando os formais de partilha ficassem prontos ela seria a primeira a colocar-me a par de tudo. Quando ela entrou no carro de praça, eu pensei que agia certo, pois desejava ficar ali, gozando a obrigatoriedade *dos outros* de assistirem às aulas.

Como o ano já estivesse em setembro e algo deveria acontecer em minha vida, Hitler finalmente invadiu a Polônia. Então eu vi – porque eu já enxergava perfeitamente – um grupo de pseudoalemães passarem marchando frente à rua Duque, festejando a invasão. Atirei-lhes de minha janela uma saraivada de bolotas de plátano, colhidas na imensa árvore de nosso pátio, e os facínoras vieram queixar-se ao Prefeito de Estudos, que me repreendeu: o que eu sabia de política? que não me metesse em encrencas, pois, mesmo eu doente, o Colégio não teria escrúpulos em expulsar-me mais uma vez, tal como fizera por ocasião do incêndio da lavanderia. Recolhi-me feliz à minha abjeta condição de perturbador da ordem, vingado daqueles homens. De um jornal recortei a figura de Hitler, que passou a alvo de disparadas e palavrões, desferidos a cada notícia da Europa. Mas, de um modo geral, o Colégio militarizava-se: obrigaram-nos ao uso de um uniforme que nos tornava semelhantes a motorneiros de bondes – quepe, túnica cor de merda e meias brancas. Nos ombros havia galões indicativos do ano que frequentávamos, e assim instalou-se uma hierarquia miserável, propiciadora de atos de sadismo que a Reitoria não chegava a saber. Muitos dos pais eram integralistas não conformados com a extinção oficial de seu movimento, e os filhos discursavam nos recreios, cativando os mais tímidos. De minha janela, eu observava esses pastichos do exilado Chefe Plínio Salgado: cabelos à escovinha, olhar desafiante e uma dezena de frases decoradas. Não resisti, num sábado: baixei da minha cidadela e, arrebanhando alguns colegas, desmantelamos o comício à força de pó de mico, fabricado com os esporos das – mais uma vez! – bolotas do plátano. Vendo-os desmoralizados de coceira, atacamos com pontapés e socos, o que degenerou em confusão e fez com que os padres interviessem, e logo estávamos todos enchendo o gabinete do Prefeito de Estudos. Os integralistas receberam um tratamento melhor, foram mandados embora, enquanto nós, talvez os *comunistas*, recebemos a pena de ficarmos reclusos à tarde no Colégio, o que era um suplício para os externos e para mim dava no mesmo. Numa sala de aula, fizeram-nos decorar os parágrafos iniciais da Primeira Catilinária; aleguei minha condição de cego, mas nada demoveu os algozes: "Para fazer baderna você vê muito bem". Interroguei meus colegas de prisão, descobrindo que alguns estavam no Colégio com bolsas de estudos propiciadas pela Interventoria getulista, e jamais poderiam ser confundidos com aristocratas. Mas havia, distinto desses, um que me impressionou: era filho de famoso e rico advogado e queria seguir a carreira do pai; possuía espinhas no rosto e chamava-se Robespierre. Sorria ironicamente aos frasalhões de Cícero, declamando-os em forma de pastiche: *Até quando, ó Getúlio, abusarás da nossa paciência?* Contei-lhe minha proeza de jogar bolotas nos nazistas, e ele me disse que, embora fosse algo louvável, eram precisos atos de maior envergadura, golpes de mão, etc. Fiquei mudo, mas não imaginei que Robespierre desempenharia um papel decisivo em meu improvável futuro. Nosso castigo acabou às sete da noite, pois os prisioneiros internos deveriam ajudar o preparo da capela para a missa dominical. Antes de soltar-nos, o Prefeito de Estudos enfatizou a ação misericordiosa do Colégio, que com aquele gesto mostrava-nos o caminho do bem, fazendo-nos aborrecer o pecado e a bandalheira; Robespierre, em nome de todos, agradeceu com humildade o corretivo que a Instituição nos dava, e prometeu que seríamos obedientes dali por diante. Já no pátio, convidou-me para ir à sua casa no domingo. Ante minha perplexidade, disse que seu pai arranjaria a licença. Como de fato: depois do jantar fui chamado pelo Reitor, que me comunicou a decisão de liberar-me no dia seguinte, após a missa, para ir à casa do Doutor Antonello Corsi.

O próprio advogado veio buscar-me com Robespierre, num Nash sedan vermelho; sentei-me no banco de trás e agradeci a oportunidade de sair daquele "antro infecto, refúgio de baratas". Doutor Corsi olhou-me pelo retrovisor e sorriu: "Uma coisa é certa, rapaz, você tem imaginação de poeta". A casa de Robespierre Corsi era um sobrado de duas cores em meio a um desmesurado jardim, no bairro Moinhos de Vento – daquelas casas que hoje são clínicas. Natural que Robespierre tivesse duas irmãs maiores, e não vou ser maçante em dizer que eram bonitas e – conforme soube mais tarde – defendiam suas virtudes até o ponto em que isso não significasse grande sacrifício. Amei de imediato a ambas, conforme era lícito esperar de alguém que começava uma puberdade de tormentos – elas me sorriam e preparavam-se para uma festa, aparecendo a toda hora na sala, às vezes com um sapato diferente em cada pé, pedindo o conselho da mãe, uma senhora de bom gosto, poliglota, aparentada com Luís Carlos Prestes e dona de dentes magníficos. A horas tantas, enquanto comíamos doces, apareceu um carro buzinando lá fora e dentro vinham dois rapazes, aos quais as moças foram entregues com recomendação de que as trouxessem até as dez da noite. Cedo eu viria a saber que aquele horário de retorno era apenas uma vaga referência que a liberalidade da casa não apenas tolerava, mas até incentivava. Quando eu estava no ato de desejar a morte dos dois rivais, contive-me, lembrado de meu poder. Mas o Doutor Antonello Corsi possuía uma amedrontadora biblioteca, não tão grande como a do meu avô, embora tivesse *O capital;* referi-lhe a Biblioteca do Castelo, fatos e pormenores, e ele quase caiu para trás: "Então você é neto do Doutor Olímpio?" Confirmei-lhe, e senti-me tão à vontade que acabei por narrar toda minha história. Ele não queria acreditar naquele dramalhão de casamentos escondidos, perfídias e segredos que resultaram em minha pessoa, mas dei-lhe tantas circunstâncias que por fim convenceu-se, chamando a esposa: "Eis aí o ponto a que chega a decadente nobreza do pampa, Edite. Eu não estava certo?" Dona Edite lançou-me um olhar terno, dos tantos que já me haviam sido dirigidos em minha existência pública, e por isso não dei muita importância.

Mas, durante o jantar de rosbife e salada, o Doutor Corsi e Dona Edite perguntaram-me se eu não queria vir morar com eles, eu seria muito bem-vindo. A ideia agradou-me e entusiasmou Robespierre, e perguntei ao advogado como resolveria o caso, pois, afinal, eu tinha tutores nas figuras de tio Arquelau e tia Beatriz; ele pensou um pouco e disse que talvez isso não fosse problema, advogados existem para convencer; depois, havia a questão da herança, era um absurdo que eu não desfrutasse ainda nada, eu que poderia viver folgadamente, viajar... Para que esse relato não fique muito longo, eu o encurto: ao largarem-me de volta no Colégio, eu já vinha decidida a precipitar as coisas, o que pus em prática no dia imediato.

Logo após o café da manhã, esperei que os alunos entrassem para as aulas e, aproveitando a calma, esgueirei-me pelo corredor que dava no gabinete da Reitoria. Ninguém por ali, exceto a sombra de uma freira velhinha que aguava as infalíveis samambaias dos ambientes religiosos. Saudei-a com um *louvado seja* e ela respondeu-me com um *para sempre*. Cruzei o corredor sem problemas e, ao chegar ao gabinete, enchi o peito de coragem e abri a porta... Naquele sacrário, a mesa ocupava um lugar central, ladeada pela bandeira do Brasil e pelo pavilhão com o *IHS* de Santo Inácio. Fui até a cadeira do Reitor, sentei-me e comecei a procurar, atento a qualquer ruído... eu tateava por debaixo do tampo, pelo entorno das gavetas, até que meus dedos acharam o que procurava, meio escondido na borda da mesa: o botão da campainha, um pequeno seio de celuloide, com um bico tentador... Repassei mentalmente os toques de chamar padre e, inflando o peito, comecei a tocar a campainha, iniciando pelo padre de Matemática... depois o de Latim, a seguir os padres de Português, de Química, de História, e assim eu os convocava todos ao gabinete para alguma reunião importantíssima, considerando que era pleno horário de aulas. Depois, calculando o tempo preciso para que toda aquela congregação desarvorada viesse atender ao chamado, saí do gabinete, cruzei inocente pela freirinha, subi correndo as escadas que levavam para os quartos, encostei-me junto à amurada do corredor que se abria para dentro do Colégio e enxerguei-os, curvados e céleres, cruzarem o pátio, enquanto tinha início uma grande algazarra dos alunos, impossível de conter pela interferência dos professores leigos, que andavam de aula em aula como moscas tontas. Em pouco tempo a confusão estava formada, aviõezinhos voavam pelas janelas, uma bola surgiu e uma classe inteira saiu para o pátio, começando um jogo de futebol. A cigarra começou a soar freneticamente, misturando-se aos gritos dos alunos, e vi o Prefeito de Estudos irromper no meio da balbúrdia, os braços abertos mandando que voltassem às aulas; não o obedeciam, o Prefeito ameaçava-os com reclusão, enfim nada funcionava naquele clima de catástrofe. Entrei no meu quarto e esperei... Poucos minutos depois, batiam à porta, e o Prefeito, não aguardando que eu abrisse, entrou porta adentro e, tomando-me pelo braço, levou-me até o gabinete do Reitor, entupido de padres que pediam explicações uns aos outros. Ao me verem naquela condição de prisioneiro, entenderam tudo. O Prefeito mandou-os de volta e que se arranjassem como pudessem para reconduzir os alunos às aulas. Eu soube depois que houve reclusão geral para classes inteiras, o que transformou o Colégio, naquela segunda-feira, numa gigantesca prisão. O Reitor chegou logo depois e declarou-me definitivamente desligado do Colégio, eu não soubera honrar a condescendência que os padres tiveram ao aceitar-me de volta. Mandou-me para o quarto e foi assim que recuperei minha liberdade. Passei dois dias de espera, vivendo com a comida que a freirinha delatora me trazia num prato coberto por um guardanapo. Na quarta-feira, chegou minha tia Beatriz acompanhada de tio Arquelau, este com pequeno distintivo dos integralistas na lapela. Ótimo, pensei, agora eu possuía uma boa razão para desprezar até o fim da vida esse infeliz que comeu a minha Amália junto à despensa do Castelo. E ele não me olhou, não me tocou, apenas apertou os dentes e percebi como seu ódio aumentava ao ouvir do Reitor minhas façanhas políticas e desagregadoras, bem como minha desfaçatez de declarar-me doente dos olhos quando eu via muito melhor que eles todos juntos.

Enfim: eu estava expulso, e deveria retirar-me naquele mesmo instante. Beatriz chegou-se para mim e me disse: "O que vai ser de você, meu anjo?"

Como minha mala já estivesse pronta, busquei-a no quarto e pouco depois caminhávamos pela rua Duque; tio Arquelau pisava forte no chão e, quando passou por um conhecido, ergueu o braço e disse "Anauê!", ao que o outro respondeu despudoradamente "Anauê pelo bem do Brasil!", com a conivência de um policial que vinha junto, e assim seguimos em direção à rua Marechal Floriano, que descemos até o Hotel Ideal, onde meus tios se hospedavam. No quarto, sentaram-me na cama e tio Arquelau começou um interrogatório que só terminou quando eu o interroguei sobre o que estava fazendo com a empregada Amália naquele dia, com as calças arriadas e ela agarrando-se aos cabides. Tio Arquelau parou-se junto à janela, olhando bestificado para alguma fatia do Guaíba. Beatriz sorriu-me, "de onde você tirou isso, meu querido?", ao que eu disse que não tirara de lugar algum, que apenas tinha visto. Quando a tempestade começou a desenhar-se e imaginei aquele cinto nazista cantando na minha bunda, tive a ideia magnífica e contei o convite que recebera de Antonello Corsi. Tio Arquelau viu ali a tábua da salvação e concordou sem vacilar. Tia Beatriz nem tanto. Mas foi dessa forma que na quinta-feira, sob chuva, entrei triunfalmente na casa do advogado, eu com minha mala. O entendimento entre tio Arquelau e o advogado realizou-se de pé, ríspido e sem perda de tempo, e fui entregue de boca para aquela família como um caso perdido. Antes de irem-se, Beatriz levou-me até o jardim encharcado e ali, sob um guarda-chuva, me disse que por ela nada disso acontecia, mas logo que tio Arquelau morresse ela viria buscar-me para vivermos juntos. Eu perguntei se ele estava doente, ao que ela respondeu que não, mas que ela o mataria, se ele custasse muito a decidir-se. Condoído, ofereci-me para concretizar aquele desejo, talvez eu pudesse dar-lhe um tiro, mas ela recusou, queria ter a honra de, em pessoa, aliviar o mundo daquele ser abjeto.

Quando saíram, o advogado e Dona Edite disseram-me que eu seria ali como um filho, e que me procurariam um outro colégio, uma vez que os jesuítas jamais me dariam nova oportunidade. Depois, Antonello Corsi disse-me que cuidaria para mim dessa história de herança, pois era impossível que eu continuasse passando necessidades. Disse-lhes que sim, precisava de outro colégio e confiava em seus préstimos e que, quando pudesse dispor de meus bens, iria dar-lhe um automóvel ainda maior, talvez um avião. Quanto ao colégio, concordei que nem como aluno externo os jesuítas me aceitariam, e logo depois fui provisoriamente posto no quarto de uma das filhas, afundando no colchão de penas, cercado de laçarotes e babados cor-de-rosa. Quando Robespierre apareceu, chamando-me para o jantar, eu, o novo aristocrata urbano, cruzei os braços sob a cabeça: – Tem rosbife, hoje?

DAS MEMÓRIAS DE PROTEU

Ah, sim, Porto Alegre. Vejo-me em Porto Alegre, envolvido com os cadáveres estirados sobre as mesas anatômicas. Rígidos, nus, violáceos, entregavam-se com infinito descaso aos cortes do professor. Eu ouvia os risinhos dos colegas, ao redor da mesa. Enquanto o professor, de cavanhaque, segurava com duas pinças os restos de um fígado rasgado pela cirrose, eu me atraía por ti, minha amiga – a única mulher da classe –, sem saber que consequências isto teria. Suportavas mais que os homens o retalhamento dos corpos, e observavas com uma atenção concentrada o desenvolvimento do trabalho. Depois da aula, ias para casa e, numa letrinha invisível, passavas a limpo todas as anotações. Os colegas debochavam do teu gosto pelo estudo, mas a ti é que iriam recorrer quando se aproximassem as provas finais. Tu, Rosina – pequena, branca, de cabelos negros *à garçonne* –, possuías vestígios de uma anterior beleza, mas consumida pelos estudos e pelas múltiplas ocupações de filha única de um pai senil, viúvo e maníaco. Dizias-me que estudavas para poder sair decentemente de casa. Não pretendias ser uma luminar, embora tuas ações revelassem o contrário. Falavas em ir para a África, curar os negros... Cultivavas, portanto, todos os atrativos de uma alma sinuosa. Lembras, certamente: eu te procurei no intervalo das aulas e tu, arriscando-te a ser mal compreendida pelos outros, aceitaste minha companhia e caminhamos pelo Parque da Redenção, aproveitando o sol do outono. Juntavas algumas folhas perdidas e me falavas de um noivo que desaparecera às vésperas do casamento. Chamava-se João, ou Tiago, e nunca mais o viste. Nada mais te restara senão vencer a desonra pública e levar adiante o projeto dos estudos. Consideravas-te um perfeito escândalo e, mesmo quando os primos punham em dúvida tua moral, tu os persuadias: antes isso do que estar consumindo tardes inteiras na igreja ou bordando cueiros para os filhos dos outros. No fundo, me dizias ao erguer o rosto para o sol, os olhos fechados, no fundo eu entendo meus primos, é admissível o destino de Florence Nightingale, mas ser médica é uma indecência, imagine que o professor de anatomia quis dispensar-me das aulas práticas, sugerindo-me estudar nos livros, ou apenas em cães, e isso com a concordância do diretor.

Eram poucas as vezes em que falavas de ti, e aquele dia foi uma exceção que trataste de desfazer: me perguntaste a que eu pretendia dedicar-me, depois de formado. Insisti em dizer obstetrícia, embora ao falar eu não estivesse muito seguro. E tu aumentavas minha confusão: você, de família tão rica... nem precisaria estudar... Quando voltamos para a Faculdade, me convidaste para ir à tua casa no sábado à tarde. Era teu aniversário.

Fui ao Alto da Bronze, à velha casa de porta e duas janelas, de relevos na fachada, porém modesta. Logo ao entrar, te ofereci um pequeno broche de marcassitas montadas em prata, e tu o recebeste dizendo que eu não precisava me incomodar. Fui depois apresentado a teu pai, aquele senhor de camisola de dormir e olhar disperso, que me confundiu com um parente dele; apertou-me a mão e deu-me as costas, sumindo no longo corredor, arrastando os chinelos pelo trilho de linóleo, lembras? Não se importe, me disseste, e sentamos nas cadeiras de palhinha da pequena sala decorada com antúrios. Ali havia a mesa de trabalho, os cadernos, livros – nem todos de medicina –, o tinteiro de cristal, herança do avô. Sobre o mármore de um trinchante, vi alguns docinhos, e disseste eu mesma fiz, quer provar? Aceitei, e me deste um olho de sogra envolto em celofane transparente. A certo volteio do corpo, achei-te parecida com alguém: sabe, Rosina, você me lembra um pouco minha irmã, Selene, o modo de caminhar, mas ela é apenas uma menina de onze anos. E quiseste saber mais sobre meus irmãos, nem imaginavas que eu os tivesse. Então falei também de Aquiles, que estuda Engenharia aqui mesmo em Porto Alegre, disse-te que raramente o vejo, e que mora em outro hotel, e que somos diferentes como água e vinho. Te vi surpresa: parece coisa de romances antigos, e sua mãe? Respondi que lá estava, no Castelo. Depois me disseste que nem perguntarias por meu pai, todos o conhecem pelos jornais, embaixador, político... é verdade que vai concorrer para Presidente do Estado? Respondi a verdade, que não sabia, não me interessava este assunto. Entendo... foi teu comentário, mordiscando a ponta de um bem-casado, coisas de famílias tradicionais... – era tua ideia marcar a distância fundamental que nos separava, mas eu tentei dissuadir-te, afirmando que buscava um caminho só meu, longe do nome da família, longe desse peso que às vezes me sufoca, e que gostaria de ter um nome absolutamente comum. Começaste a rir, não acreditando e me dizendo: mas se você tivesse um nome comum talvez nem estivesse na capital, apenas estudando. Percebi como estavas ausente ao falar na mãe, morta há três anos: era duas mulheres ao mesmo tempo; uma que cuidava do marido doente, sem nunca queixar-se, e a outra que levava a filha ao cinema e à ópera no São Pedro e gostava de rir e encher a casa de flores. Em certa altura fiquei surpreso, me falavas na morte, o que eu pensava sobre a morte? A visão dos cadáveres te impressionava, e aquilo que entendiam por aplicação ao estudo na verdade era uma espécie de fascínio: um cadáver, um simples cadáver é muito superior a qualquer de nós, pois para aquele homem ou aquela mulher já foi revelado o mistério da vida, enquanto nós permanecemos aqui, tecendo hipóteses; e estamos tão próximos um do outro... podemos abrir aqueles músculos e aqueles ossos, mas não conquistamos a mesma sabedoria daquele ser sob nossas mãos. Eu olhei pela janela e, através da cortina, acompanhei o passar barulhento de um automóvel – são também seres estranhos, que de repente começam a invadir as ruas de Porto Alegre, todos os ricos querem um automóvel. Eu jamais conseguiria conduzir aquela coisa. A morte... eu disse, não sei o que pensar sobre a morte... para mim a morte é apenas o cadáver dos outros. Eis um grande erro, naquele momento, não ter dado a devida atenção às tuas ideias. Da mesa pegaste um livro: era Antero de Quental, que ouvi de tua boca: *Dormirei no teu seio inalterável... Morte, libertadora e inviolável.*

Não perdi a oportunidade de dizer que achava muito estranho que uma moça com tantos ideais, e no próprio dia do aniversário, estivesse preocupada com a morte. Fechaste o livro, dizendo: eis mais um mistério, talvez eu não tenha tantos ideais como pareça.

Decidi acabar com aquilo e pedi para sairmos. Lembras do que aconteceu naquela tarde? Pediste licença, retirando-te; ouvi que falavas com o pai, e voltaste com um chapéu panamá, branco, com pequenas flores artificiais nas abas. Eu até diria: estavas bela. Seguimos pela rua Duque até a Praça da Matriz, onde procuramos um banco junto ao monumento a Júlio de Castilhos. Passavam velhotas em direção aos confessionários de sábado na Catedral, e eu te disse que minha mãe era muito religiosa, há uma capela no Castelo. Não foi o melhor assunto, pois tive de explicar-te em detalhes a Biblioteca dos 25.000 volumes, a Esplanada, a imensa sala de jantar. Como estavas voraz às minhas palavras, Rosina. Bebia-as. Falei depois que gostava de poesia e de música, até fui músico amador, violinista. Sem querer, eu dava ocasião a comparações com teu ex-noivo, ou estou agora criando fantasias? Digo isto porque em certo instante, aproveitando um movimento breve de acertar o chapéu que se desviara pelo vento, teu braço roçou no meu, de modo intencional. É certo que o retiraste, rápida, e notei como perdeste a fala. Ali ficamos até quase noite, olhando as nesgas do Guaíba, dourado pelo último sol. Ao voltarmos, vinhas ainda silenciosa, medindo os passos, como retardando o momento em que deverias ficar só.

Na segunda-feira começaram os primeiros ares da estação, e apareceste na Faculdade vestindo um casaco de lã que ostentava na lapela o broche que te dei, e arrependi-me: eu poderia ter dado algo melhor, talvez de ouro. Havia uma pequena luz em teu olhar, e comentei contigo. Ora, Proteu, foi tua resposta temerária, é apenas o resultado de sua visita. Sentindo um calor no rosto, corri a mostrar-te uma lâmina ao microscópio e perguntei se fizera bem o trabalho. Colocaste as vistas nas oculares e estavas muito compenetrada ao dizer: acho que está bem, mas a última palavra é do professor. Tão perto, percebi um inédito perfume, que me lembrou casas antigas, panos frescos e velhos móveis.

Um novo passeio pela Redenção, a teu pedido. Querias instituí-lo como um ritual, e isso não me agradava de todo. Mas submeti-me, e passamos a adivinhar os nomes das árvores. Minha ciência botânica é falha, por isso eu inventava: esta chama-se Prudência; esta outra, de galhos morrentes, é Desespero... E, assim fomos até nos perdermos nas trilhas do bosque, algo confuso. Tu encontraste a saída: por aqui! Em pouco tempo estávamos numa clareira onde corriam pequenos esquilos. Já não fazia o mesmo sol do domingo, substituído por uma nebulosidade cinza e fria. Mas tu disseste: como está lindo o dia!

No meu quarto do Hotel Lagache, naquela tarde, eu observava o movimento da rua. Uma menina cruzou-a, de mão com o pai, e levava um estojo de violino. Lembrei-me do meu violino, dentro de sua caixa, no armário de meu quarto em Pelotas. Fazia três anos que não o tocava, desde uma tarde em que me impuseram Bach... algo que jamais compreenderias. Voltei para minha mesa de estudos, onde havia cartas, uma delas de Selene. Pus os óculos: minha irmã contava-me haver descoberto que seu nome significa lua em grego, e por isso gostava de ficar horas olhando para a lua. Já sabia que a lua é um satélite da terra e que tem mares com nomes bonitos, e tem também montanhas. No próximo ano deveria ir para o colégio interno em Santa Maria, iria morrer de saudade... A outra carta era de mamãe – deixei-a intocada, com suas queixas e advertências. Olhei, por fim, o bilhete que me passaste, à saída da Faculdade. Estirei meus dedos, tomei o bilhete entre o indicador e o polegar. Papel de matemática, dobrado duas vezes. *Para Proteu*, escrito em tinta cor de violeta.

Quando fui interrompido pela visita de Aquiles. Chegou, mais gordo, exalando uma vitalidade carnal. Sentou-se em minha cama, afundando o lastro de molinhas. Olhou para o meu aposento, girando para os lados a cabeça de pescoço suíno, que não flexionava o suficiente para cima; por isso, e por acaso, não viu os quadros que eu trouxe do Solar dos Leões. Está gostando desta pocilga?, ele me perguntou. Não respondi, perguntei-lhe se queria café, e ele aceitou. Apertei a campainha e pedi à camareira que trouxesse um bule e duas xícaras. E eu perdendo tempo com Aquiles, quando deveria abrir o teu bilhete... E as mulheres, ele me perguntou com um riso abjeto, como vão as coisas neste terreno? Disse-lhe que iam bem, há uma tal Rosina, que conheci há pouco e que me serve duas vezes por semana. Usei teu nome porque foi o primeiro que me veio à cabeça, me perdoas? Ótimo, disse Aquiles, e quanto ao violino, botou fora aquela merda? Sim, respondi, nem sei onde está... Eu sabia que ele não vinha para falar destas coisas, e logo estava dizendo como crescia a ideia do lançamento da candidatura de nosso pai à Presidência do Rio Grande, e que a nós, os filhos, restava-nos ajudá-lo. O Ratão Positivista estava querendo disputar nova eleição, e era preciso acabar com aquilo. Falou-me de política, arranjos de partido, empregando a palavra *correligionários* com uma naturalidade espantosa. E então, o que eu pensava? Nada, eu disse. Aquiles bufou: como, nada? nada? Sim, eu repeti, isso de política não me importa. Aquiles encolerizou-se: como não importa, se somos filhos de político? ah, mas garanto que se importa com o dinheiro que vem todos os meses para pagar este hotel, suas roupas, comida, luxos, e que nosso pai manda sempre, esteja onde esteja. Eu comecei a suar nas mãos, Aquiles sempre consegue me amedrontar: esse dinheiro é nosso, é da família, nosso pai também herdou muito; e, além disso, você faz a mesma coisa. Aquiles levantou-se com dificuldade da cama, puxou o colete para ocultar a barriga: pelo que estou vendo, você já começa a pensar em heranças, é incrível, talvez queira a morte do pai... e ainda pensei que você tinha mudado. Não, não mudei, eu levantei a voz, e não mudarei nunca, nem que tenha de pedir esmola. Sempre é assim. Nossos encontros são breves e acabam aos gritos. Quando a camareira apareceu com o café, Aquiles já estava saindo, de chapéu, e quase fez a mulher rolar escada abaixo. Nem sei por que te conto isso, o que te interessa, agora? Peguei a bandeja, dei uma gorjeta, voltei à minha mesa, acendi o

cachimbo, repus os óculos e tomei mais uma vez o teu bilhete, Rosina, abri-o: *Quero agradecer sua visita no meu aniversário. Foi a primeira vez que me sentei na praça e fiquei conversando. Não deixe nunca de visitar-me. Eu morreria. Rosina.*
    Mais uma vez acontece..., pensei, tirando os óculos. Mas desta vez eu seria categórico, definitivo, isso não pode criar-se. No dia seguinte, procurei-te no intervalo e estávamos de pé, no saguão. Esperavas que eu dissesse algo sobre o bilhete. Eu quase podia sentir o tremor de teus membros. Rosina, eu disse. Sim?, tu aguardavas. Rosina, eu disse, preciso que você entenda algo. Sim, Proteu? Preciso dizer algo, Rosina. E aos poucos minha odiosa fraqueza começou a penetrar as palavras: Rosina, tenho pouco tempo, os estudos... é difícil visitá-la... mas... sempre posso achar um momento... também gostei de sentar na praça... acho você muito inteligente... Verdade?, teus olhos luziram. Sim, eu reafirmei, me afundando cada vez mais, você é uma moça inteligente, mais do que esses todos aí. Ao fim do intervalo, subindo as escadas, conseguiste minha promessa de visitar-te no próximo domingo. Durante o resto da semana, não me procuraste, apenas sorrias ao longe, por entre os ombros dos colegas. Sei, não querias pôr a risco minha dívida.
    No domingo, eu, o covarde, perdi a hora combinada, comecei a inquietar-me, olhava o relógio, e ao fim desci desabalado, comprei um ramalhete de margaridas e fui à rua Duque. Ficaste espantada ao enxergar-me, já estavas em roupa caseira, mas foste te vestir depressa e em pouco tempo estávamos na Rua da Praia. Pediste para irmos até a margem do Guaíba. Ali alguns homens pescavam, lembras? enquanto as mulheres cuidavam das crianças que jogavam diabolô, lançando para o alto os discos de madeira, e que tombavam certeiros nos fios entre as duas varetas. Crianças, disseste, eu um dia quis ter muitos filhos com meu noivo. Ofereci balas de alcaçuz, que devoraste com ansiedade, e me perguntavas se já tivera uma namorada, uma noiva, talvez. Menti agoniado que sim, recolhendo com o olhar os pequenos barcos que cruzavam pelo meio do rio com suas velas brancas, mas fora algo muito passageiro, coisa de pessoas muito jovens, nada a sério. Eu não teria gostado de ver-me ao espelho naquele

instante. Seguimos pela margem até um ponto das docas onde ficam os grandes navios internacionais que, vindo pela Lagoa dos Patos, atingem a cidade. Ocupamo-nos em identificar as bandeiras: Estados Unidos, França, Dinamarca. Falamos em viagens, e me disseste que a morte pode bem ser uma viagem sem volta, por vezes desejável, rumo ao nada, o fim das aflições. Ora, eu gracejei, isso deve ser coisa do Antero, afinal um homem que se matou em frente aos muros de um convento chamado Esperança, esse homem bem podia dizer isso. Achaste graça, jogando um seixo nas águas, vendo como ele ricocheteava sobre a superfície. Fiz o mesmo, e esquecemos Antero e suas angústias. Ríamos juntos, e eu peguei tua mão, e hoje confesso, fiz isto porque me sentia feliz, quase exultante. Tua mão amiga, de enervações trêmulas. O que aconteceu, lembras? Deixaste tua mão na minha, como quem abandona um pequeno animal à proteção alheia. Jamais poderias ter permitido que eu te enganasse daquela forma.

No Hotel Lagache, nesta noite, arrependi-me, e declarei às paredes que amanhã eu seria duro, brutal.

Estavas do outro lado da mesa anatômica. O professor começava uma longa incisão no tórax do cadáver de uma mulher, enquanto o assistente preparava a serra niquelada para as costelas. Vejam, vou ensinar de novo, dizia o professor, a incisão deve começar aqui e ir até este ponto. Baixavas a cabeça, anotavas no teu pequeno caderno de dorso vermelho e de repente subias o olhar até os botões do meu jaleco, ali estiveste perdida por um longo instante de delícias e voltaste ao caderno. Sei que não anotavas mais. Teu pequeno sorriso, às ocultas dos colegas. Trabalhamos até quase meio-dia, e fui esperar-te ao pé das escadas. Subimos até a Praça do Portão, falavas muito, e terminaste por dizer que tinhas uma tia que morava numa chácara, para os lados de Viamão, e me perguntaste se não poderíamos ir lá no domingo, a tia cultivava um belo jardim, havia também cavalos, e um arroio. Eu parei, e tu, surpresa, também. Disse-te que não iria no domingo, nem nunca mais, queria que entendesses, mas se pensavas que poderíamos gostar um do outro... disse-te que isto era impossível... havia algo impossível de ser dito sem imensa vergonha. Meu outro erro foi pensar que aquilo não te abalara, e pediste para continuarmos caminhando. Deverias ter falado, porque eu voltaria atrás, minha amiga, e talvez até te levasse ao meu quarto, onde, com a cumplicidade do gerente – afinal, filhos de estancieiros costumam levar mulheres para o quarto –, subiríamos e eu te deitaria na minha cama e, esquecendo de mim, eu te possuiria. Mas não, seguimos em silêncio pela rua Duque e quando me dei conta já caminhávamos havia muito e estávamos em frente à tua casa. Me estendeste a mão e me desejaste bom dia, entrando rápida. Quando abriu-se a porta, vi a sombra de teu pai, parado no corredor.

Não foste à Faculdade na terça-feira. Na quarta, vieste transfigurada, ainda mais branca, sem o broche de marcassitas. O cabelo tornara-se uma tragédia de fios desalinhados. Assististe às aulas com uma atenção fugidia e desapareceste antes que eu pudesse falar-te. Falhaste na quinta-feira, e o que vi na sexta era talvez um fantasma. Fui a teu encontro no intervalo, e me disseste: eu sabia... eu sabia... nada é permanente nesta vida. Rosina, eu te interrompi, não quero que você fique por aí, sofrendo... Tu recolheste os livros junto ao peito e desceste as escadas quase a correr. Corri atrás, mas todos estavam vendo, e eu te deixei ir.

Tentei ocupar o fim de semana respondendo à carta de Selene. Recolhi fotografias da lua em revistas, recortei-as e as pus dentro do envelope. Num *P.S.* afetuoso, escrevi que encomendara uma luneta na Casa Masson, viria no próximo Natal, meu presente para ela. Ao final da tarde de domingo, saí à rua e, não suportando mais e enfrentando a chuva fininha já de inverno, fui até a rua Duque. As janelas estavam fechadas. Bem, hesitei. Depois bati à porta. Veio atender teu pai, de camisola: ela saiu... saiu minha filha... Uma mulher com cara de enfermeira surgiu da escuridão, tomou o velho pelo braço e, dizendo que estavas na chácara da tia, fechou-me a porta. Eu deveria ter entendido, aquela mulher estranha... Fiquei olhando para a porta, onde há, fundida em ferro e sobre uma fenda, uma lâmina pintada de verde: *Cartas.*

Na segunda-feira, um bedel entrou na aula, foi ao púlpito do professor e falou-lhe algo. O professor balançou a cabeça, levantou-se e, empertigando-se, disse: senhores, tenho uma notícia trágica, vossa colega Rosina morreu ontem; por ordem do diretor, as aulas estão suspensas. No meio da confusão de perguntas que me faziam, eu recolhi minhas coisas e saí sem destino e, depois de muito caminhar, estava na margem do rio. Sentei-me, peguei um seixo e joguei-o no Guaíba, vendo como erguia chispas de água. Foi minha última homenagem de amizade, e sei: foi o máximo que eu sempre pude te oferecer.

Agora aqui vou, a teu lado, te acompanhando junto com os colegas até o teu definitivo sossego, já ninguém me pergunta nada, apenas comentam que eras meio estranha, embora boazinha. Nem teu pai te prendeu à vida que renunciaste, e devo respeitar teu desejo.

Recito o verso de Antero, que não esqueci, e que ficou reboando na minha cabeça desde aquele dia em que te visitei pela primeira vez: *Morte, libertadora e inviolável.*

Revoluções são inevitáveis, no pampa. Acontecem com a fatalidade dos furúnculos nos corpos envenenados. Os momentos de calmaria constituem-se em meras pausas de reflexão, quando os homens arquitetam formas de romper com a ociosidade. Os motivos, elaborados ao sabor das disputas políticas e dos interesses, amoldam-se às discutíveis luzes de quem constata um dia: "Isto aqui está ficando muito parado". Assim, do pampa não se esperem grandes avanços filosóficos, especialmente nessa época: tudo se passa à flor da pele. Já nas cidades e palácios administrativos, os homens têm o tempo e o mau humor necessários para torturarem-se com teorias, algumas delas perigosas.

Estando o Rio Grande dividido entre republicanos e federalistas – aliás, mais tarde pica-paus e maragatos –, esta circunstância gera uma tensão a ponto de romper-se ao gesto de acender um cigarro. O *Rei do Rio Grande*, voltando, criou ao seu redor uma legião de inconformados com o regime de Júlio, que fez aprovar *sua* Constituição na Assembleia, continuou a tanger os cordões da administração estadual até ser escolhido para o cargo de Presidente do Estado pelo novíssimo mandatário da república brasileira, o Marechal Floriano Peixoto; Júlio tendo a manter-se perigosamente no poder até que seu positivismo deixe de ser uma quimera de desvairados.

Como tudo tem um início, um dos tantos potentados Silva Tavares, de Bagé – Joca Tavares – subverte o Estado, chamando-o às armas: *Concidadãos, às armas!* Não foi preciso o acender de cigarro, portanto: bastou um simples manifesto revolucionário. *O Rio Grande, pátria de heróis, está convertido em terra de escravos, com os pulsos algemados e a boca amordaçada:* reconheçamos, não há muito brilho na frase, mas isso foi escrito por um homem de 75 anos, que lutou na Revolução Farroupilha, na Guerra do Paraguai, é brigadeiro honorário, Barão de Itaqui e dispõe de 3.000 temíveis guerrilheiros – e isto é o suficiente.

– Eu sabia – diz Olímpio ao correligionário Câncio Barbosa. Estão na Biblioteca do Castelo, recebendo sucessivos telegramas que Raymond vem trazendo da estaçãozinha. – O Júlio não poderia ter ignorado os adversários. E lambeu muito as botas dos senhores de ontem. Agora é isso que se vê: o Visconde de Pelotas, o elogiado Visconde a quem o Júlio fez primeiro Presidente do Estado, está aí, unido aos rebeldes. Sabe? o Júlio cavou a própria sepultura.

Calam-se. As informações criam um clima desastroso: atendendo ao chamado de Joca Tavares, acorrem inúmeros estancieiros, na maioria ricaços que podem arrebanhar contingentes de homens dispostos a lutar por algum dinheiro e, talvez, por ouvirem falar que os inimigos são os outros. Na verdade, esta revolução só é entendida perfeitamente por quem a vive. Alguns nomes começam a sair dos limites de suas terras, povoando os jornais e as conversas fiadas: Juca Tigre, Gumercindo Saraiva, Maneca Machado, maragatos temíveis, dispostos a irem até o fim. Júlio, apoiado irresistivelmente por Floriano, arma-se em Porto Alegre, distribui tropas estaduais por todo o território, cria oficiais de última hora e começam as escaramuças, curtas mas sanguinolentas, tomadas de cidades, tiroteios nos cimos das coxilhas, violações de mulheres. E tudo isso praticado por honrados chefes militares e de família, que não conseguem controlar seus homens, ou bem não desejam, ou querem mas não dizem.

– Aqui esses putos não vão se meter – assevera Olímpio a Câncio Barbosa.

– Quem, os putos?
– Todos.
– Mas desde aquele seu discurso na frente do hotel, em Porto Alegre, eu pensei que você estivesse totalmente contra o Júlio.
– Como de fato estou visceralmente contra esse sátrapa positivista. Mas jamais pegarei em armas. Primeiro: você sabe que pegar em armas significa, em outras palavras, juntar-se a esses federalistas de merda, ao *Rei do Rio Grande*, com quem ainda não ajustei contas. Segundo: tenho esta propriedade para cuidar, e que começa a dar seus frutos. Assim sou mais útil à Nação.

Começa a dar seus frutos: eis outra frase retórica do Doutor, mas não destituída de verdade. Ergueram-se espantosas cercas de arame que os lindeiros vêm olhar, abriram-se mangueiras, moderníssimos banheiros para lavar os animais, as pocilgas são servidas com água encanada, instituíram-se novos métodos de criação e, principalmente, importaram-se vários casais de merinos australianos, de cornos em espiral, que chegaram desesperados pela longa viagem, mas que foram reanimados pelo Doutor, e hoje procriam ao sol. Inclui-se, aí, a magnífica colheita de milho, que entulha os novos galpões de alvenaria, e que não encontra comprador. Logo estará deteriorado, mas é inegável que esta colheita também pode ser incorporada ao designativo genérico de *frutos*.

– Uma vez que Charlotte está em Pelotas, vamos lá fora, eu mesmo vou-lhe explicar o jardim, meu caro Câncio.

Explica: fazendo uma alameda de oitenta metros que liga ao pórtico frontal estão as mudas de plátanos gregos, de metro e meio de altura, e que em poucos anos darão uma protetora sombra a quem entrar; esta alameda estabelecerá o limite entre a barbárie e a cultura; uma outra ligará com a lateral do Castelo, com a plantação de milho; o jardim propriamente dito, junto à escadaria, traçado por Henri Leverrier em moldes versalhescos, já ostenta um labirinto de buxos, um lago e canteiros, onde a Condessa em pessoa, de luvas e avental, plantou anêmonas, frísias e tulipas com suas mãos mimosas – por ora os bulbos adormecem, mas na seguinte primavera explodirão em coloridos petardos florais.

– Há também um lado triste – convida o Doutor.

A pequena distância, ao término de uma trilha empedrada, o Doutor fez construir um cemitério, por ora ainda não merecedor desse nome, pois está felizmente vazio de defuntos: mas já ostenta as mudas de ciprestes rentes ao quadrilátero de muros, e demarca-se o espaço para um grande túmulo. Há em tudo uma silenciosa e nobre simetria.

– Um dia virei para cá, meu Câncio... o destino de todos nós... E perante a morte, Câncio, o que pode significar uma revolução, essa coisa fugaz e torpe, típica de povos sem História?

– Mas é uma realidade. Logo os revolucionários estarão aqui, invadindo seus campos, pedindo apoio... Preocupo-me muito com isso.

– Eu me preocupo com minhas obras, que são este estabelecimento e o manual de agricultura e pecuária que estou escrevendo, mostrarei na prática como se tratam os campos. E minhas obras são superiores a qualquer revolução.

Neste mesmo momento, federalistas e republicanos chocam-se nos campos de Inhanduí, numa batalha que envolve mais de dez mil homens; Olímpio consulta o Omega e, sentindo fome, pede que passem à mesa do almoço, "hoje temos duas belas piavas das barrancas do Rio Uruguai"; esta peleja do Inhanduí acabará em grande carnificina e com a quase vitória dos fiéis de Júlio, o qual afoitamente mandará um telegrama ao Marechal Floriano, dizendo que a revolução "foi estrangulada". Na adega do Castelo, os amigos escolhem um *Wininger*.

– O que acha, Câncio? Safra 1883.

Almoçam as piavas e vêm para a Esplanada, gozar a nova estação.

– Gosto do outono... – o Doutor divaga, com as mãos firmes na balaustrada – essa paz... a luz do sol torna-se doce, não há mais os rigores do estio, e o mormaço dissipou-se. Charlotte também gosta muito, embora prefira passá-lo em Pelotas, lá com suas caridades e concertos. Eu, eu prefiro ficar no remanso da Biblioteca, ouvindo o balir das ovelhas de Virgílio.

– Aqui só faltam crianças, Olímpio.

– Talvez...

Na última canhada das terras do Castelo, uma invisível semente de guajuvira espera setembro; apenas quando a futura árvore der sombra, nascerá o primogênito Aquiles, satisfazendo-se assim a vontade do advogado Câncio Barbosa.

Neste inverno a Condessa volta prematuramente de Pelotas, e a revolução chega ao Castelo. Charlotte declara-se esgotada pelos tantos atos de sociedade que a posição lhe impõe, e relata ao marido uma descoberta: a nobreza do Brasil não é hereditária. *Três comique...*

Já a revolução apresenta-se sob a forma do coronel federalista Nicácio Fagundes, um gigante, analfabeto e criador poderoso em São Gabriel, e que vem no comando de uns cem homens barbudos, sujos, estropiados e a cavalo. Safaram-se de uma força governista nas cercanias de Pelotas, e vão de marcha batida – nem pensar no uso do trem republicano – para Bagé, onde esperam agrupar-se com os homens de Joca Tavares, para dali desfecharem uma arremetida contra Alegrete.

O caso é simples: é rechaçá-los ou acolhê-los. O Doutor já esperava este incômodo, pois os telegramas sucessivos informavam-no a todo instante do deslocamento maragato.

Agora o atrevido coronel está lá, junto ao pórtico, e pede licença para entrar com seus homens, que precisam de pouso, comida, água e cavalos de troca.

O Doutor chama a Condessa:

– Gostaria de ouvi-la, Charlotte.

– Dar abrigo a esta gente é romper de vez com o Júlio. Por outro lado, é sua oportunidade de fazer um nome próprio.

– E não tenho como resistir. Eles são uma centena.

Charlotte olha pela janela:

– E muito armados.

– Pois vou recebê-los. O que tiver de ser, que seja. – Manda a Raymond que vá até o pórtico e que autorize a entrada do coronel. A seguir, vai para seu quarto, veste-se rapidamente e reaparece de fraque, cartola e luvas, colocando-se à porta, no cimo da escadaria. Dali, avista a marcha automática de Raymond, a conversação breve que este trava com o coronel. Em pouco, ambos caminham pela alameda e chegam até o pé dos degraus.

— Buenas, Doutor. — O coronel Nicácio leva dois dedos à aba do chapéu. — Gracias por me atender. Quero pouca coisa, não vou molestar o patrício. — O coronel de quase dois metros veste um poncho de lã, e a barba negra consome todo o rosto cor de couro, "um modelo de quadros trágicos".

— Pois vá chegando, coronel. — Olímpio espera que o homem suba até a porta e estende-lhe a mão: — Seja bem-vindo. Esta casa é sua.

— Coronel Nicácio Fagundes, seu criado. — Quando diz isso, Olímpio sente-lhe um fedor rançoso de suor e tabaco.

Leva-o para a Biblioteca. Ali, o coronel tira o chapéu e olha desconfiado para os tapetes, para as porcelanas dos armários, para os lustres tilintantes à aragem do inverno, que entrou junto. Não quer sentar-se.

— Vou sujar seus móveis. E meu assunto é curto.

— Faça o favor. Meus móveis podem ser trocados, mas seu cavalheirismo jamais. — A frase impressiona, e o coronel, depois de relutar, leva as abas do poncho para cima dos ombros e acaba por sentar numa poltrona. Ajeita a espada ao lado do corpo e espalma as mãos nos *napperons* de crochê branquíssimo. As botas embarradas esmagam os delicados motivos do *persa*. Olímpio diz a Raymond para trazer dois copos de vinho do Porto. O coronel recusa:

— Não posso beber quando meus homens estão lá fora passando frio. — E tira do bolso do dólmã um cigarrão de palha, que acende com um isqueiro de chifre. Sopra a fumaça com força. É talvez seu primeiro momento de descanso em muitos dias. Mas não parece disposto a acomodar-se: — Do senhor, Doutor Olímpio, eu quero apenas pouso e cavalhada. Posso contar com o patrício?

— Completamente. Tudo o que quiser.

— Tenho também meu estado-maior. Dois capitães e um tenente.

— Ficarão em minha casa, junto com o senhor, e comerão na minha mesa. Quanto aos soldados, podem utilizar os galpões. Não dá para todos, mas os que sobrarem podem acomodar-se na cavalariça e nos estábulos. Mandarei retirar os animais.

— É só por esta noite. Amanhã bem cedo me sigo embora. Vou dar as ordens. Com licença... — Nicácio faz menção de levantar-se. Olímpio o detém:
— Mandarei chamar seus oficiais. — E dá instruções a Raymond. Pouco depois os oficiais adentram na Biblioteca, tilintando as esporas, sem tirarem os chapéus: de feições indiáticas, os ponchos esfarrapados, calçam garrões de potro, com os dedos à mostra. O coronel determina-os, e os oficiais saem.
— Muito gaudério, o seu pessoal... — comenta Olímpio.
— Os três juntos já mataram doze governistas. — E Nicácio apaga o cigarro sobre as tábuas do piso, calcando com o tacão da bota.

Quando chega a hora do jantar, Olímpio procura Charlotte:
— São selvagens, mas pitorescos. Seria bom que você aparecesse, para conhecer o verdadeiro pampa.
— E por que não? Não esqueça que minhas terras, em Engelhartsteten, ficam na fronteira com a Hungria.

A governanta dispôs a mesa com seis lugares, destinando as extremidades à Condessa e ao Doutor. Antes de sentarem, Olímpio apresenta os oficiais a Charlotte:
— Eis aqui os bravos do Rio Grande.

A Condessa não dá a mão a beijar: aperta uma por uma as mãos estendidas.
— Tenham a bondade, senhores — e vai para o seu lugar, enquanto os capitães e o tenente fixam seu comandante, que lhes diz: "Sentem. E cuidado com a louça". Obedecem-no, e ficam olhando para os pratos, para os guardanapos de linho, para os cálices de toda altura e formato. Olímpio observa-os: apresentam-se com a cabeça descoberta, os cabelos lambidos de banha. De modo canhestro, imitam a Condessa, no seu gesto de levar o guardanapo para os joelhos. Já Nicácio está mais à vontade:
— Muito lindo, isso tudo, Doutor. Bem melhor do que o tratamento que nos deram os pica-paus. — E, enquanto a governanta serve-lhe a sopa: — Sopa... coisa quente entrando na barriga...

E fala sobre a atrocidade de que foram vítimas, perto de Pelotas: os governistas pareciam rendidos, levantaram uma bandeira branca na ponta de uma Comblain e, aproveitando a comemoração do lado revolucionário, atacaram de surpresa, dizimando quase metade da tropa, que lutou como pôde, mas teve de bater em retirada. Lá ficaram no campo cerca de vinte homens, furados de bala e baioneta.

– Uma traição! – Exclama Olímpio, batendo o punho sobre o tampo da mesa.

– Isso não é nada. Os bandidos ainda nos perseguiram, conseguindo abater mais uns oito.

– Infâmia... infâmia... Saiba, coronel, que não admito que tratem assim pessoas de bem, que estavam lutando de modo honesto. – Olímpio afasta o corpo para ser servido: – O senhor e seus homens terão de mim todo o apoio. Só possuo as armas de meu uso pessoal, mas tenho bons cavalos, água e muita comida para o fiambre da sua tropa.

– Então está certo.

Os oficiais tomam a sopa sem maiores acidentes. À hora da carne estufada, porém, dispensam os garfos e agarram os nacos, levando-os ainda gotejantes aos dentes. A Condessa percebe, e ela própria descansa seu garfo ao lado do prato e, pegando um fio de carne com a ponta dos dedos, faz o mesmo que os homens.

"Mulher excepcional", pensa Olímpio, arregaçando as mangas e atracando-se à carne.

Quando vêm as compotas, Charlotte limpa os dedos no *finger bowl*, secando-os na pequena toalha com monograma que a governanta lhe apresenta:

– Estes homens sofreram muito, Olímpio. Creio que você já sabe o que fazer agora.

– Se sei! Vou telegrafar ao governo, rompendo politicamente.

Não será preciso. As notícias voam e, no outro dia, bem cedo, quando Olímpio toma mate na Esplanada com Nicácio, Raymond vem com um telegrama furioso de Júlio. O líder republicano, talvez advertido do rumo tomado pela tropa do coronel Nicácio, adverte o Doutor da impropriedade de eventualmente acobertar facínoras; e dizendo mais: este gesto, se ocorrer, será o rompimento definitivo entre dois ex-companheiros de ideal. E que acobertar selvagens significa apoiar o *Rei do Rio Grande*, algo incompreensível. O telegrama termina com uma frase que a História ainda não

legitimou: *Serah que o amigo vg impressionado com o casamento aristocrático vg se passarah para os monarquistas?*
   Olímpio segura o telegrama entre as mãos iradas.
   – Ordinário... – E, tomado por uma ideia que chegou a pensar durante a noite: – Basta de contemplações. Decidi-me. Vocês precisam chegar logo a Bagé, e a melhor forma é usar o trem. O trem passa nas minhas terras.
   – Mas como? – o coronel espanta-se. – O trem é deles.
   – O trem é da Nação. Não vou-me acovardar ante esses governistas de merda. Prepare seus homens. Vamos interceptar o trem e exigir que os levem.
   – Seria bom. Mas eles trazem sempre uma escolta.
   – Não terão coragem de enfrentar-me.
   – É empreitada difícil... mas como queira, Doutor – e pela primeira vez o rosto do coronel parece abrir-se num sorriso.
   O trem passará às onze horas, o tempo suficiente para Nicácio organizar uma linha de homens a cavalo ao longo de um quilômetro junto aos trilhos. Olímpio, de bombachas e lenço ao pescoço, arma-se de duas pistolas e monta em seu melhor cavalo. A Raymond, dá ordem de ocupar seu posto junto ao aparelho de telégrafo, "e não me olhe com essa cara, vai duma vez!" A Charlotte, ele diz:
   – Minha honra deve ser preservada. Não posso transigir com insinuações infames.
   Charlotte recomenda-lhe cuidado e firmeza, sobe à torre Norte e, com um binóculo, observa o marido reunir-se aos oficiais e descer até a estação, onde vigiam sobre os trilhos. A luz tremeluzente das objetivas perpassa daqui para lá, focalizando os vultos indóceis dos cavaleiros. As espingardas rebrilham. Passa-se o tempo... Perto das onze, os homens agitam-se, e na distância a Condessa avista a fumaça da locomotiva, manchando a paisagem do pampa. Tira o binóculo dos olhos, guarda-o no estojo de veludo vermelho. Chama a governanta e vai para a capela, ajoelhando-se no genuflexório.
   Na estação, Olímpio também vê a fumaça, e prepara-se:
   – É agora, coronel. Não se atreverão. Ainda sou o Doutor Olímpio.

A locomotiva surge e começa a diminuir a marcha. Os maquinistas apontam as cabeças, fazendo sinais com as mãos para desocuparem a linha. Os homens de Nicácio, alvoroçados, abandonam seus postos e vêm ladeando a composição de vários vagões, indiferentes aos soldados da escolta, que começam a aparecer nas janelas, apontando as espingardas.

– Não se atreverão, coronel. Mantenha-se firme.

Olímpio fixa em desafio o focinho do comboio, que avança perigosamente. Quando está a uns cinquenta metros, ouve-se um tiro, seguem-se outros e instala-se uma saraivada de parte a parte. Os homens de Nicácio, sempre atirando, apeiam às pressas e entrincheiram-se atrás das pedras, retomando a fuzilaria. No meio das nuvens de pólvora, ouve-se o rangido dos freios, a locomotiva bufa e estaca com um estrondo de ferragens.

O Doutor e o coronel correm para a estação, e instalam-se às duas janelas, de onde abrem fogo de revólver.

– Peleia braba! – exulta Nicácio. Nota Raymond que, com os lábios brancos, se ajoelha junto à parede, os dedos presos ao manipulador do telégrafo: – E mande dizer ao miserável do Júlio que não vamos deixar nenhum pica-pau vivo!

Entre os *bip-bip-bip* frenéticos do telégrafo e o tiroteio, passam-se alguns minutos sem definições nem mortes; Olímpio esgota várias caixas de balas. Pouco a pouco, os tiros começam a escassear lá fora.

– Não convém gastar pólvora preciosa em pica-pau – diz Nicácio. – Vou fazer alguma coisa para eles se renderem.

– Espere – diz Olímpio. – Eu mesmo me encarrego disso. – Ergue-se, pega o outro revólver e assim, as duas mãos armadas, caminha resoluto para fora da estação, parando-se sobre os dormentes da linha, frente à locomotiva. Os tiros cessam por completo.

A voz do Doutor reboa no pampa:

– Apareçam, seus bostas! Venham lutar se são homens.

Nada se move, "e o silêncio é pesado como um manto de ferro. Apenas os quero-queros rompem a quietude do grave momento".

– Dei-lhes oportunidade. Apareçam, mas agora com as mãos para cima.

E dos vagões começam a saltar os soldados, largando as espingardas junto aos trilhos, as mãos sobre a cabeça. Não passam de uns dez, malfardados e infelizes. Um deles, talvez um cabo, toma a dianteira:
— Nós nunca iríamos atirar no senhor.
— Então se entreguem.

Meia hora depois, o comboio parte com o coronel Nicácio, seus homens e seus prisioneiros, deixando os cavalos, que cinco peões se encarregarão de levar até Bagé. Olímpio abana com o chapéu para a composição:
— Me recomendem a Joca Tavares!

O coronel, de pé na plataforma do último vagão, ladeado pelo estado-maior, perfila-se numa continência.

O Doutor sobe ao Castelo e vai à capela, onde encontra a Condessa ainda ajoelhada. Relata-lhe o acontecido. Ela faz o sinal da cruz e volta-se, quase sorrindo:
— Vejo que o Rio Grande possui outros heróis, além daqueles dos livros.

Nesta noite, estuante de epopeia e paixão, ele vai até a porta da esposa:
— Charlotte...
Ela, porém, dá-lhe a mão a beijar:
— Boa noite, *mon cher*... — e fecha-lhe a porta mais uma vez.

O JARDINEIRO: JONES

Até certo ponto da Revolução, Jones dedicou-se a cortar gargantas de republicanos, regenerando-se depois de um milagre de Santo Antônio; muito depois de encerrado o conflito, aceitou o cargo de jardineiro do Castelo como uma espécie de conclusão da existência. Mas isto aconteceu apenas no dia em que seu braço foi incapaz de surrar devidamente a mulher: "Fiquei broxa", pensou, imaginando que dali por diante começaria a perder os últimos dentes.

Jardinagem é ocupação de velhos. Ninguém decide ser jardineiro para o resto da vida, exceto se esse resto for algo muito exíguo. Em geral são homens que desejam adoçar, em meio às flores, a rudeza de toda uma vida. "Mas só os homens podem ser jardineiros; as mulheres gostam de *mexer na terra*, o que é diferente. Para serrar, podar galhos e cavar a fundo, só mesmo um homem."

Pensando dessa forma, Jones encarou o novo trabalho como uma forma de mostrar à mulher que, se não a surrava mais, não era por haver perdido de todo a energia, mas porque iria dedicar-se a algo com resultado mais palpável do que lágrimas e queixas. E também porque precisava de dinheiro, como toda a gente.

Não era Jones, mas Joaquim Eleutério da Silva, criado nos campos de Bagé, e, obviamente, só conheceu a mãe – mulher branca demais para a escuridão da pele dos restantes agregados da estância de Joca Tavares. Cresceu além da conta e fez tudo o que qualquer um faz: aprendeu a montar, a laçar, a marcar, a castrar, a domar, embora muitos estranhassem a clareza algo suave de seus cabelos. Não o chamavam de fresco porque não se atreviam: era capaz de estourar a cabeça de qualquer um com sua mão gigantesca. Atribuíam-lhe as paternidades as mais fantásticas, e isso o colocava numa categoria especial, e assim obteve proveito: Joca Tavares, quando maduro, serviu-lhe de padrinho, num dia de batismo geral na estância. Olhando o moço, o estancieiro quis premiar-lhe a tez incomum e chamou-o de Jones, imaginando que todos os britânicos tivessem aquela cor.

Passava os dias nas lidas do campo e aprendeu algumas palavras em inglês, ensinadas por uma das enfastiadas primas da casa: *room, table, horse*. Contudo, e porque era jovem, recusou-se a formar frases: isso sim, seria frescura. Sua notoriedade consolidou-se quando recitou seu vocabulário a um comerciante de Bristol, de passagem pela estância. O homem encantou-se, tornando-se mais um desses viajantes que escreveram livros falando na cultura dos gaúchos.

Após muitos anos, os cabelos de Jones ganharam alguns fios brancos, mas mantiveram-se no lugar. Construiu no fundo do campo um rancho coberto de santa-fé e casou-se de igreja com Francisca Inácia de Jesus, e teve filhos. Passou a espancar a mulher ao perceber que todos faziam o mesmo.

Quando Joca Tavares lançou sua proclamação revolucionária, Jones afiava adagas ao sol, numa pedra de grês. Todos sabiam que, mais cedo ou mais tarde, todo o povo macho da estância seria convocado para participar da luta, como uma extensão de seu trabalho. E para isso se preparavam, na certeza de que Joca Tavares seria o chefe do movimento. Não odiavam Júlio de Castilhos, que era apenas um nome e, no fundo, talvez nem existisse. Porto Alegre, aliás, não existia, era apenas um lugar para onde os estancieiros viajavam. Mas Jones levava as adagas à pedra mediante um processo que ele chamava de "cortar o fio", algo que só ele entendia. Todos gostavam, provando a arma em folhas de árvores, que ficavam reduzidas a tiras finíssimas. "Foi afiada pelo Jones", diziam.

Jones um dia ficou olhando para uma cerca viva da estância, mas esqueceu-se disso.

O estourar da revolução não teve grandes ruídos, pois, além da proclamação de Joca Tavares, não houve um início: tropas formaram-se ao sabor do improviso e se foram para as coxilhas. Era a única revolução que conheciam, pois a anterior atingira somente os avós, agora já muito esquecidos e mentirosos. Assim, a degola foi uma instituição razoável, como novidade, e em pouco tempo Jones aprendeu que inimigo morto é melhor do que vivo, embora não tenha tanta graça. Não foi dos grandes degoladores, pois havia aqueles, de parte a parte, que alcançaram fama. É que matavam por atacado, enquanto Jones preferia a qualidade: de preferência os oficiais republicanos. Começou a aborrecer-se depois do primeiro ano: no momento em que limpava a faca do sangue, dizia que era a última vez. Mas sempre vinham pedir, e ele concordava. Certa ocasião foi aprisionado com uma partida inteira de rebeldes e chegou a entrar na fila para a degola; lembrou-se de que era batizado e encomendou-se a Santo Antônio, o primeiro que veio à mente, prometendo que abandonava o banditismo se o livrassem. E Santo Antônio apareceu em pessoa e segurou a mão do degolador, salvando Jones.

Emendou-se, e quando foi posto em liberdade por uma troca de prisioneiros a primeira coisa que fez foi roubar uma imagem pequena do santo, de uma capela de estância submetida à pilhagem. E passou a levar a estatueta junto com a espingarda e a adaga. Nunca mais degolou, preferindo o tiroteio limpo.

Na pacificação do Estado, a família de Joca Tavares o dispensou, e ele foi morar nas cercanias de Bagé, onde passava horas deitado na cama, rememorando fatos. Por sorte, instalara-se à beira de um arroio, e sua mulher sabia lavar roupa como as pessoas finas queriam; logo a casinhola transformou-se num amontoado de camisas, punhos e colarinhos. Os filhos, estranhamente moços para a idade do pai, perambulavam soltos pela cidade e sempre voltavam com algum dinheiro. Jones chegou a afiar facas de cozinha e alguma tesoura, mas não era coisa de homem, e voltou para a cama. Levantava-se para comer, beber e maltratar a mulher.

    Correu algum tempo, e um dia ele teve de podar uma pitangueira que impedia a entrada do portão. Proveu-se de uma adaga e pôs-se a trabalhar, assobiando. O trabalho foi executado com mestria, e ele teve o capricho de dar alguma forma à pitangueira, algo semelhante a um porongo. As pessoas exclamaram: "Que porongo!", e ele até voltou para olhar como havia ficado. "Faço melhor do que isso", pensou, e pediu emprestado um tesourão comido pela ferrugem; limpou-o e com ele podou outras pitangueiras nas redondezas, dando a elas os formatos mais estranhos. Assim, passaram a dizer: "Que abóbora", "Que bota!" As autoridades municipais ficaram sabendo, e um capataz de obras chamou-o para podar alguns arbustos na praça, alertando-o de que deveria fazer apenas bolas – nada de ideias engraçadas. Jones venceu a preguiça e criou métodos para simplificar o trabalho, inventando aparelhos complicados que serviam de moldes, e, enquanto transformava os arbustos em esferas perfeitas, ia mentindo histórias da revolução aos moleques.

    Certa ocasião, a mulher do capataz pensou que a praça ficaria bonita com flores, e o marido determinou a Jones que se encarregasse disso; é claro que recusou com veemência, mas, ante as ameaças, foi informar-se com os jardineiros dos jardins privados. Quando descobriu que o jardineiro da família Conceição, além de conhecer as rosas e os cravos, sustentava duas mulheres e contava fatos escabrosos, concluiu que não haveria conflito entre a jardinagem e a hombridade. Com ele, Jones aprendeu o tempo exato da semeadura, do transplante e da arrumação geral dos canteiros. E passou a falar em estufas, jasmins, dálias e violetas. Num final de inverno, escolheu uma área livre na praça, fincou dois paus a cinco metros um do outro, amarrou uma folgada corda em cada um deles e com um pau pontiagudo estendeu a corda ao máximo. Andou em volta de um lado a outro, desenhando uma elipse, fundando ali um canteiro. Revolveu a terra, adubou-a com bosta e erva de chimarrão e para lá transplantou mudas de cravinas variadas, estabelecendo uma ordem de cores, desde as mais fortes, ao centro, até as mais claras, nas bordas. As senhoras, ao cruzarem a praça, paravam para ver. E Jones, encostado a uma enxada, era obrigado a responder a perguntas sonhadoras, mas o fazia com tal ciência que logo ganhou a fama de bom jardineiro. À mulher, mentia que apenas podava árvores.

Quando o salário inteiro da municipalidade não chegou para pagar o médico que atendeu a um filho, Jones pensou que estava perdendo tempo, dedicando-se dessa forma a homens miseráveis que não davam a mínima importância a seu trabalho. E o jardineiro dos Conceição a contar façanhas de gastos, vestidos para as duas mulheres... Jones foi falar com o capataz, que prometeu interessar-se, embora ao dizer isso estivesse tirando cera do ouvido com um grampo. Jones esmerou-se em inventar novos canteiros, redondos, quadrangulares, plantando neles, bem ao centro, mudas crescidas de camélias que no auge do inverno dariam as flores mais bonitas de todas. Voltava cansado para casa, antes passando por dois ou três bolichos. Chegava com a consciência algo subvertida e, ao ver a mulher frente à bancada de passar roupa, indignava-se tanto que a derreava a pancadas.

Mas os canteiros floriram a pleno na primavera, o que fez os vereadores criarem o cargo de jardineiro especialmente para Jones, mantendo o mesmo salário, que lhes parecia o mais digno. Ganhava um pouco mais que os varredores de rua, mas muito menos que os acendedores dos lampiões – que já ganhavam mal. Um estancieiro, de volta de uma viagem à Europa, trouxe alguns bulbos de papoulas, presenteando-as ao presidente da Câmara, que os mandou repassar a Jones. Ante a caixinha com aquelas batatas acinzentadas, Jones até achou graça, mas, obedecendo às instruções que lhe decifraram de um livrinho, plantou-as, esperando o resultado. Os talos brotaram e, em sequência, ostentaram flores muito chiques, que se agitavam ao vento, perdendo as pétalas. "Vou descobrir o segredo dessas plantas", pensou Jones. Dedicou-se a estudá-las e em pouco tempo chegou a algumas ideias que pôs em prática no período certo: e as papoulas, desta vez, vieram vigorosas, desafiadoras.

Nas comemorações de um Quinze de Novembro, a cidade recebeu a visita de políticos que passaram o tempo em bailes e saraus, vindo refrescar-se na praça, de braço com suas mulheres. Um desses casais parou à frente de Jones: a dama, tão alta como ele, sob uma sombrinha rendada, perguntou-lhe com um leve sotaque gringo se aqueles canteiros davam muito trabalho. "Nem tanto", Jones respondeu. A dama olhou um tempo as papoulas, comentou com o marido como Jones era branco e, dando as costas, seguiram. Jones tirou o chapéu e disse, curvando-se: *"Good bye"*. A dama voltou-se: "Como disse?" Jones repetiu: *"Good bye"*. Ela pareceu intrigada: "Você sabe inglês?", ao que Jones respondeu que aprendera algumas palavras, há muito tempo, na estância do Coronel Joca Tavares. Aí foi a vez do cavalheiro: "Grande homem, o Joca... e como você aprendeu jardinagem?" Ele então explicou que aprendera ali mesmo...

Jones assistiu, embaraçado, a um entendimento entre o casal, e pegava alguns pedaços: "Aquilo ficou uma miséria na nossa ausência... precisamos fazer alguma coisa, senão fica um matagal..." "Você é quem sabe... um jardineiro inglês, interessante..." A conversa cessou e o cavalheiro perguntou a Jones se ele não gostaria de ir trabalhar na casa deles, a meio caminho para Pelotas. Tinham um jardim que precisava de cuidados. E perguntou-lhe também quanto ele ganhava na Municipalidade e, ao ficar sabendo, foi curto: "Pago o dobro, mas você precisa aprender inglês de fato. Decida até amanhã".

Em casa, Jones contou o sucedido, deixando bem claro que o assunto o interessava. Discutiram, a mulher alegou que ali estavam bem, e os filhos já começavam a arrumar biscates. Em certa altura e algo irritado, Jones arregaçou a manga e, quando foi dar um tapa na mulher, o braço fraquejou e uma dor maligna invadiu-lhe o ombro. Foi aí que pensou que estava broxa, e todos tiveram pena e isso foi decisivo.

Jones serviu ao Castelo por quinze anos. Morreu num dia em que um prego furou-lhe o pé e ele teve tétano. Nunca conseguiu dizer: *"I am Jones, the gardener"* – apesar de todos os ensinamentos e mágoas da Condessa.

NESTE PONTO, NARRO COMO *NAZISMO E COMUNISMO* TORNARAM-SE PALAVRÕES EM PORTO ALEGRE, E COMO TORNEI-ME UM OBCECADO PELAS CAUSAS DAS MINORIAS. (E O AUTOR PRESTA UMA HOMENAGEM AO AMIGO MOACYR SCLIAR.)

Mas antes disso: o Doutor Antonello Corsi, meu protetor, era comunista. Também o era toda sua família, incluindo-se aí a mulher, as belas filhas e Robespierre. Sua casa dos Moinhos de Vento, como qualquer ilha, cercava-se de nazistas por todos os lados. Isso significava insultos a toda hora e acusações de bandalheiras praticadas entre as paredes bicolores. Quanto a mim, indigitavam-me de filho ilegítimo do advogado, o que não me incomodava, ao contrário: enfim, eu tinha um pai público. Naturalmente que Antonello Corsi era alvo de interesse do Estado Novo, e eram frequentes as visitas dos policiais do DOPS à nossa casa. Chegavam, entravam, inteiravam-se da guerra pelo potente rádio de Antonello, jantavam o famoso rosbife e iam-se, meio ébrios com vinho Porca de Murça. Os vizinhos, que estouravam foguetes a cada vitória de Hitler, indignavam-se com a complacência governamental e faziam abaixo-assinados – que, como se imagina, acabavam em nada. O vizinho imediato, um Lugger (Lugger não, que era o nome de uma pistola alemã) ou Fugger (também não, porque era o nome de uma família de banqueiros alemães), que até pouco tempo atrás, como me dissera Robespierre, ostentava um vistoso uniforme dos integralistas, era o mais furibundo: levantara um imenso muro para o lado do doutor Corsi, alteando-o com arame farpado, e gritava que a casa do advogado tornara-se um antro de comunistas. O doutor Corsi retribuía-o com altas audições gramofônicas da *Internacional*. O asqueroso nazista não sossegava, e certa noite tivemos uma saraivada de pedras sobre o telhado. No outro dia o doutor Corsi, passando pela cozinha, pegou uma galinha recém-morta, mergulhou-a em tinta verde e jogou-a sobre o muro, justo no momento em que o criminoso colhia rosas. A galinha voou, e corremos Robespierre e eu para a calçada, de onde o vimos esbravejando, a camisa toda manchada. E assim por diante, num ciclo diabólico e infindável. Do meu quarto, eu ouvia muitas reuniões de estudos sobre *O capital;* realizavam-se mais ou menos às claras, mas eram lúgubres, pois os participantes da reunião também marcavam num mapa os avanços das tropas alemãs em solo europeu, mantendo um embaraçado silêncio quanto às ofensivas russas contra a Polônia. Quando aconteceu o pacto de não agressão entre a União Soviética e a Alemanha, houve uma cisão no grupo; Antonello Corsi abominou a atitude de Stálin, o que irritou os ortodoxos: retiraram-se de uma reunião em meio a gritos, ameaçando expulsá-lo do Partido. Fui consolar meu protetor, e encontrei um agonizante ideológico, cercado por um pintor, duas senhoras indefinidas e uns quatro-cinco homens com aspecto de oficiais administrativos. O doutor Corsi aceitou minha solidariedade com algumas palavras benevolentes e dispensou-me, grato, recomendando-me que eu fosse fazer companhia a Robespierre. Algum tempo depois, expulsaram o doutor Corsi do Partido, o que foi comemorado com uma garrafa de champanha e uma noitada no Teatro São Pedro, onde assisti, entre desmaios de sono, a um interminável *Otello*. Mas algo tornou-se claro: a casa ficava em definitivo contra a Alemanha. A partir daí acompanhei a guerra do meu quarto, lendo o *Correio do Povo*, e declaradamente adepto da guerra como a única forma de civilizar os povos.

  Minha situação escolar, porém, era lamentável, impedido de voltar ao colégio jesuítico, nenhuma escola quis aceitar-me em meio ao ano letivo – apesar de todos os esforços do doutor Corsi. Isso, é claro, não me desagradava, propiciando-me longos momentos de ócio na Praça da Alfândega, durante as aulas de Robespierre. Com o dinheiro que me mandava meu tio Arquelau – o doutor Corsi interviera, ameaçando-o com ações judiciais –, eu comprava sorvete e revistas, e um dia quase fui preso: entrei na Livraria do Globo e pedi *O capital*. Queria dá-lo a Antonello Corsi, em substituição ao velho exemplar da casa. O livreiro disse que não tinha, mas quis saber para quem eu queria comprar, e respondi que era para mim. Fui levado à alta administração, mas salvou-me um jovem escritor, de largas sobrancelhas, que intercedeu junto ao dono, dizendo que era um absurdo estarem interrogando um adolescente sobre questões políticas. Soltaram-me, e eu, em retribuição, disse ao escritor que ele ainda seria muito famoso.

Tudo isso eu fazia porque estava apaixonado. Minha paixão pelas duas irmãs de Robespierre era avassaladora, e tornei-me experto em classificar-lhes os namorados: uns eram stalinistas, outros frescos, outros ainda nazistas, embora não passassem de vagabundos. Aumentava a frequência daquilo que me punha louco: chegavam de automóvel e levavam-nas a festas mais ou menos obscenas, trazendo-as tarde da noite. Falavam inglês e descreviam viagens pregressas à Europa, dando vida a cidades como Madri e Amsterdam. Nos serões inexplicavelmente vigiados por D. Edite, programavam passar o verão na praia de Torres com as namoradas, e instavam com a benevolente mãe a acompanhá-los, uma vez que o doutor Corsi deveria "estar muito ocupado". Aurora, a mais puta e religiosa, dava saltinhos no sofá, pedindo que a mãe concordasse, "imagine, nós todos em Torres". Aurora era morena, baixa e com cabelos curtos, o que me agradava muito. Já Liberdade, cujo nome significava uma grande esperança para os rapazes, preferia submeter-se à decisão dos outros, embora eu mais tarde percebesse que fazia isso por método, quando as coisas se encaminhavam a seu favor. Liberdade também tinha cabelos curtos, era baixa e morena: compreende-se que eu estivesse ardendo de amor por ambas. D. Edite prometia estudar o caso de Torres, ela própria estava precisando sair um pouco de Porto Alegre, cidade que no verão submerge na umidade escaldante do Guaíba. Quanto a Robespierre, este disse que preferia ficar com o pai, o que me colocava num dilema: neste caso era meu dever também ficar, mas eu me transtornava ao pensar em Liberdade e Aurora na praia, seminuas e de óculos escuros, a passear de mãos dadas com aqueles vermes.

 Para resolver o dilema, houve um fato: no princípio de fevereiro, numa sexta-feira, eu e Robespierre andávamos pelo Centro, melancólicos de calor, procurando um presente de aniversário para D. Edite; na altura da casa Sloper, encontramos com duas moças conhecidas dele, Clara e Fanny. Era a primeira vez que eu via de perto o objeto de raiva dos nazistas; quando elas nos convidaram para irmos à Confeitaria Rocco, concluí que Hitler deveria ser mesmo um demente. Aqui neste retrato que um fotógrafo de rua nos tirou, estamos os quatro: minha figura está bem razoável, cabelo para trás, terno de linho branco – naquele tempo o terno incorporava-se precocemente ao guarda-roupa do homem –, olhos redondos e vivazes; Robespierre não difere muito de mim, embora um pouco mais alto, como se vê. Clara e Fanny vestem estes infalíveis conjuntos em *petit-pois* e sandálias de cortiça e, com um pouco de imaginação, pode-se até enxergar o movimento das saias, descobrindo as pernas retas de Clara. Ao subirmos a calçada estreita da rua Marechal Floriano as amigas foram na frente, e enquanto eu avaliava qual a cor de suas calcinhas Robespierre disse-me que Clara era filha de um dos comunistas expulsos e neta de um dono de atacado na Voluntários da Pátria; quanto a Fanny, ele pouco podia informar, mas havia uma história qualquer de filiação ilegítima, um "mau passo" de alguém com um imigrante polonês. Bastou: logo que foi possível, corri e fiquei junto de Fanny. Talvez fosse ruiva, apenas porque hoje me parece a cor mais polonesa, mas o certo é que tinha sardas pelo rosto redondo, pelos ombros e braços, e caminhava como se fosse perseguida por alguém. Assustou-se um pouco ao me ver caminhando ao lado, mas disse que estranhava muito que eu tivesse o nome de uma personagem tão mitológica. Maravilhei-me, pois era a primeira vez que não me confundiam com a capital da França. Quando quis saber onde eu estudava, respondi que por ora não estava em colégio algum, pois nenhum me parecia suficientemente bom em Porto Alegre. Ela riu e cochichou algo ao ouvido de Clara, que também riu. E assim chegamos à Confeitaria Rocco, cujos enormes ventiladores de teto refrescavam as testas suadas. Sentamo-nos a uma mesa perto da janela, o que me dava a sensação de ser um manequim de vitrine. Pedimos sorvetes, umas taças enormes e coloridas, coroadas com *waffles*. Fanny não teve nenhum pudor em dizer-me que seu pai, mal chegado em Porto Alegre, fez uma filha – ela! – numa moça solteira, retirando-se para Buenos Aires; quanto à mãe, casara depois com um homem tão compreensivo que permitia a ela, Clara, ficar na casa. Um pouco complicado... O padrasto chamava-se Saul, e tinha bigodes. Todas aquelas revelações imobilizaram-me o *waffles* entre os dentes, e eu apenas falei "que ótimo", sem saber ao certo a que me referia. Eu então lhe disse que era milionário – mostrei-lhe o relógio de ouro, ganho de meu avô – e que, como meus pais residiam numa estância, eu morava em Porto Alegre na casa de Robespierre, naturalmente pagando todas as despesas. Como a conversa entre Robespierre e Clara prosperava a ponto de quase colarem os rostos em confidências e risadas, senti-me à vontade para estender minha mão a Fanny, que a agarrou com relutância e gula, olhando para os lados. Paguei a conta coletiva e, descontadas algumas aventuras anteriores, Fanny tornou-se ali a minha primeira namorada oficial.

No outro dia, Robespierre informou-me que ela morava numa casinha da Avenida Azenha, próxima à loja de armarinhos do padrasto. Depois do almoço, declarei a meu amigo que iria visitá-la, o que ele achou bom, desde que eu não me comprometesse – ali haveria encrenca. Agradeci-lhe, lustrei meus sapatos e peguei dois bondes até chegar ao endereço que Robespierre conseguira num telefonema a Clara. Flores são o presente clássico para uma namorada, e dei-me conta disso apenas quando estava à porta da casa. Nas vizinhanças não há nenhuma florista, como se sabe. Então subi, *pede calcante* e ao sol, até o cemitério São Miguel e Almas, onde comprei um ramalhete de florzinhas roxas, do qual pedi para retirarem o laço fúnebre. Desci com a ideia de que carregava a morte entre as mãos. Saul era um homem alvo, gordo, de bigodes – confirmei – e abriu-me a porta com certa curiosidade. Ao ver o ramalhete, mandou-me sentar na salinha escura. E surgiu a mãe, a perdida-regenerada, que era uma espécie de reprodução fotográfica da filha, embora esmaecida por tantos pecados da juventude. Deu-me chá e bolo de gengibre. Assegurou-me que Fanny logo chegaria, estava na casa de uma colega de aula. Pediu licença e retirou-se para o interior da casa, chamando o marido, que ainda não vencera a curiosidade. Olhei para as paredes emboloradas, que ficaram ainda mais decrépitas com uma nostálgica música de gramofone, oriental e numa língua incompreensível, e que perpassava as cortinas de chita. Naquelas paredes penduraram, em outras épocas, uma única gravura, representando um ancião de barbas, e sobre uma estante de pinho havia um *memorath* de velas empoeiradas e uma bandeirinha vermelha do Esporte Clube Internacional. Imaginei tudo aquilo meio cagado das moscas, o que não era falso, como constatei ao olhar para o interruptor da luz. Fanny abriu a porta e entrou gritando "estou com fome!" Ao enxergar-me, estacou, "você aqui...?" Eu, que deixara o ramalhete no sofá, ofereci-lhe o resto de minha fatia de bolo em meio a um sorriso desandado: "Quer um pouco?" Ela, que não se convencia da minha presença, deixou-se cair sobre as flores, enfunando o vestido, "você aqui...", e olhou para a cortina. Para vencer o embaraço mútuo, convidei-a para sair. Ela hesitou, precisava ajudar a mãe, mas logo levantou-se (recolhi as flores amassadas, rápido) e foi pedir licença. Voltou autorizada a um passeio curto e eu então ofereci-lhe o ramalhete, que ela recolheu com ternura, jogando-o depois sobre uma pilha de jornais velhos. Saímos, e logo entendi que Fanny tinha um temperamento especial: convidou-me para ir ao cemitério israelita, "um lugar muito calmo". Subi mais uma vez a colina e, suando toda a camisa, passei com ela pelas veredas do cemitério, olhando como idiota as lápides em hebraico, e as estrelas de Davi. De resto, ela também não entendia hebraico e assim, os dois ignorantes, caminhávamos, procurando as poucas sombras. Como o calor era imenso, propus-lhe um beijo, e ela abandonou-se, abraçando-me com furor e girando a língua entre meus dentes. Um vigia enxergou-nos, e mandou que fôssemos embora, aquilo era lugar de respeito. Eu então disse a ela que os cemitérios cristãos são mais liberais, e logo perambulávamos pelo São Miguel; em meio às cruzes mortuárias, senti-me mais em casa, mas Fanny contraiu-se e disse-me que era melhor irmos embora. Nossa tétrica excursão acabou no Cinema Castelo, onde assistimos a um dos piores filmes da história recente, mas que me rendeu um conhecimento menos superficial dos seios de Fanny. Quando a larguei em casa era quase noite, e seus pais sentavam-se em cadeiras junto à porta, pegando a fresca. Perguntaram-nos como tinha sido o passeio, e respondi que tinha sido bom e, despedindo-me agoniado, peguei o primeiro bonde – por acaso no sentido inverso, e que me deixaria num bairro remoto e desconhecido se eu fosse até o fim; desci, peguei o bonde no sentido certo e cheguei aos Moinhos de Vento quando D. Edite servia o jantar.

No dia seguinte, eu contei a Robespierre tudo o que havia acontecido, e ele recomendou-me cuidado, que uma cristã teria menos complicações, "isto se não for de família muito cristã", mas sempre havia a possibilidade de encontros às escondidas. Eram tantas as variantes de Robespierre que decidi ficar com Fanny.

Durante o almoço, discutiram sobre a ida à praia de Torres. Aurora, que sentara-se à mesa ainda sonolenta, acordou-se de pronto para exigir praia; Liberdade deixou-se ficar calada, a esperta; D. Edite declarou sua vontade de descanso, e Robespierre reiterou que ficaria com o pai em Porto Alegre. Por fim, Antonello Corsi decidiu conforme os múltiplos desejos, e marcou-se a data da viagem, quarta-feira. Perguntaram-me qual minha vontade, e disse que preferia não ir à praia, apesar de com isso perder minha vigilância sobre as apaixonantes irmãs.

Na segunda-feira, eu me consumia de desejo pelos peitos de Fanny e, sufocado pelo mormaço, procurei-a à tarde. Aleguei que eram férias e consegui levá-la para mais um passeio. Desta vez fui destemido: pegamos um bonde e em poucos minutos estávamos no centro da cidade. Caminhamos de mãos dadas, entramos na Livraria do Globo – ali relatei-lhe minha quase prisão – e acabamos novamente num cinema, onde minha exploração sistemática dos mistérios de Fanny acabou sendo compensada: saí do cinema meio tonto e já sem interesse pelo que pudesse acontecer a Aurora e Liberdade.

O dia da viagem chegou, e com ele a sorte: Antonello Corsi, numa justificável preocupação com a honra familiar, resolveu levar de carro a família, e decidiu ficar até o final de semana. Robespierre então decidiu ir junto e convidou-me, disse-me que era minha oportunidade de conhecer o mar. Aleguei que já o conhecia e que, se não se importasse, preferia ficar em Porto Alegre. Ele não entendeu de início, mas logo, dando-se conta e sorrindo, aconselhou-me discrição com o namoro. Depois do almoço, foram-se, e me despedi das irmãs com uma ênfase perversa, desejando-lhes bom veraneio. Esperei que a empregada terminasse de lavar a louça, dei-lhe dinheiro e disse que estava dispensada até o dia seguinte. Como era de esperar, voei até a Azenha, onde encontrei Fanny à janela, lendo uma revista. Estando Saul na loja, coube à mãe a autorização para sairmos, afinal eram férias... Depois de uma rápida conferência, pegamos um táxi na esquina e foi assim que fizemos nosso trajeto nupcial até os Moinhos de Vento. Ao desembarcarmos frente à casa dos Corsi, uma contrariedade: o vizinho, de suspensórios, o tal Lugger ou Fugger, estava no portão de sua casa. Enquanto Fanny esperava junto ao portão e eu atrapalhado tentava achar a chave frente à porta, ele se aproximou – eu soube depois – e perguntou a Fanny quem ela era. Apavorada, Fanny declinou nome e sobrenome. Por fim achei a chave, pedi a Fanny que viesse e entramos. Disse-lhe para sentar no sofá e fui buscar uma limonada no refrigerador. Ao voltar com a jarra, ela estava apenas de combinação e descalça, e fingia olhar os quadros. Larguei a limonada na *console* e abracei-a por detrás, beijando-lhe o pescoço. Ela voltou-se e pôs-se a lamber meu rosto, enquanto eu tirava o casaco e a camisa, e dessa forma caímos no tapete, onde eu comprovei que ela não era mais virgem, e ela me entediou com suas dispensáveis justificativas. Passamos uma tarde inesquecível. Nos intervalos, bebíamos limonada.

    Pelas oito da noite ela engatinhava pelo chão, catando as roupas e declarando-se ansiosa por voltar. A mãe nem tanto, mas Saul certamente estaria furioso. Vesti-me, dei-lhe um último beijo, e, quando abrimos a porta, surpresa!, ali estava, pintada com piche, uma imensa estrela de Davi. Fanny olhou a estrela, olhou para os lados, olhou para mim. Eu apenas lhe disse "vamos". Tomamos um táxi e larguei-a à porta de casa prometendo vir no dia seguinte, bem cedo. Ela que me esperasse vestida.

E aconteceu assim: pelas sete horas da manhã, voltei de táxi, pedi ao motorista que ficasse esperando, acordei todo mundo e quase raptando Fanny – eles me perdoariam, à tarde – enfiei-a para dentro do táxi e fomos para a rua dos Moinhos de Vento. Lá chegando, pedi ao motorista que dirigisse bem devagar, para maior efeito dramático: e Fanny, de queixo caído e com os olhos úmidos de revanche, foi verificando meus estragos noturnos: a começar pela esquina da rua 24 de Outubro, as casas daquela rua, todas, independente de seu tamanho ou da circunstância de terem um ou dois pisos, não importando se tivessem jardim ou não tivessem, todas as casas, com coberturas de quatro ou de muitas águas, todas ostentavam, pintadas nas portas com tinta amarela e indelével, uma cruz suástica. E a casa do Lugger, ou Fugger, também foi contemplada com cruzes nazistas nas paredes, além de várias outras, pequenas mas decorativas, ao longo da calçada onde até o dia anterior havia um primoroso trabalho de ladrilhos representando ânforas e linhas gregas. O motorista, ignorando a presença de uma donzela em seu carro, cuspiu para fora e disse, divertido e levando o quepe para a nuca: puta merda! pegaram os filhos duma égua! "Fui eu", eu disse, ao que ele encostou o automóvel na calçada oposta, disse-nos para levantarmos os vidros e passamos a assistir de camarote ao enxame de nazistas que, pouco a pouco, ia constatando a hecatombe máxima; desesperavam-se, arrancavam os cabelos, gritavam-se em alemão e português, reunindo-se num tumulto frenético defronte à casa de Antonello Corsi. O Lugger-Fugger, de revólver na cintura, parou junto ao portão e berrava aos outros que esperaria ali a volta do comunista, nem que fosse o último ato de sua vida. Mas refez os planos quando, volteando o olhar em fogo, descobriu-nos dentro do táxi. O motorista acionou rápido o motor, disse-nos para nos agarrarmos e saímos cantando os pneus no calçamento. Olhei para trás: os nazistas corriam às suas garagens, alguns já saíam, e Páris e Fanny enfiaram-se pelas ruas dos Moinhos de Vento, fazendo mil voltas até atingirem de novo a 24 de Outubro e, escapando de abalroamentos, cruzaram a Praça Júlio de Castilhos, dois nazistas atrás, ganharam a Independência e assim, esbaforidos e alegres, atravessaram a geografia da cidade e acabaram de volta à Azenha, onde passava um enterro em direção à colina. O motorista aconselhou-nos a saltar do carro e entramos numa casa funerária, de onde assistimos à passagem dos carros do cortejo. Os nazistas cruzaram voando, levantando protestos, e acabaram ampliando seus conhecimentos a respeito das árvores numa frondosa paineira que havia no entroncamento do cinema Castelo. (Hoje me dou conta de que a incorporação ao cortejo incidiria num penoso clichê cinematográfico.)

Ao chegar em casa, Fanny contou o que nos acontecera e desmaiou. Levaram-na para a cama e eu, transformado em herói, fui autorizado a passar o dia ali, ao pé da desvanecente. Quando saíram, passei para a cama de Fanny, onde nos distraímos depois de tantas peripécias.

DAS MEMÓRIAS DE PROTEU

De tudo que lembro, lembro melhor dos invernos em Porto Alegre: rancorosos, alegóricos e lentos. Estou a uma janela do terceiro piso da Santa Casa de Misericórdia, olhando para as copas das figueiras arrepiadas da praça em frente. Cai um resto desta chuva que atormenta a cidade há duas semanas, e já nem identifico a cor original do céu, ora anunciada por algumas abertas na espessa camada de algodão encardido que ameaça desabar sobre a cidade.

Os doentes enchem todas as enfermarias. Imóveis e humildes, apenas os olhos acompanham meu trajeto entre os leitos. Vou à portaria, para onde me convocam. Não é hábito chamarem os doutores durante o expediente e, enquanto desço as escadas sem cor, a providência habitual: guardo o estetoscópio no bolso do jaleco. Ao chegar à portaria, a surpresa: ali está Selene, de pé, ao lado de uma pequena valise, junto ao banco onde se alinham os enfermos para a triagem. Ao me ver, corre em minha direção e joga-se em meus braços, dizendo Teteu querido, querido... O que foi, mana, pergunto, tentando entender, pegando sua valise e conduzindo Selene para a saleta da recepção. Faço-a sentar-se, fecho a porta, e ela se entrega a um choro passivo, cortado por soluços. Sento-me a seu lado, abraço-a e espero que esgote toda a ansiedade. Tão pequena, tão envolta num casacão de lã... Tento lembrar-me das últimas cartas, nada de extraordinário: o assunto mais grave era a oposição de nossos pais ao casamento com Hermes, e ela sempre afirmando que no fim conseguiria dobrá-los, era uma questão de tempo. Eu, preso às minhas próprias angústias, esqueci o assunto. Não deveria: a vida corre, mesmo que decidamos ignorar certas coisas. Selene tira um lenço da bolsa e o leva aos olhos, secando as lágrimas, depois assoa o nariz. Sinto de imediato que ela agora está entregue a mim. O que foi, Selene, repito suavemente a pergunta. Em palavras breves e magoadas, ela me conta uma cena terrível com papai, na Biblioteca, por causa de Hermes. Esbofeteada, insultada, pegou suas coisas e implorou ao motorista que a levasse para Pelotas; o homem ficou com pena e, arriscando o emprego, levou-a. Em Pelotas, tomou o trem e está aqui, veio direto da estação. Talvez se você falasse com mamãe, Selene me pede, talvez pudesse conseguir alguma coisa.

Eu falar com nossa mãe: eu, num gesto mecânico, pego o cachimbo, encho-o de fumo e o acendo, soprando a fumaça. Penso: eu, o pervertido, falar com nossa mãe!... Depois que ela me dissesse de novo que eu envergonhava a todos, nem me deixaria tempo para dizer nada. Tento convencer Selene de que precisa acalmar-se, depois veremos o que fazer. A primeira coisa, agora, é ir para o Lagache comigo, tomar um banho bem quente, trocar de roupa, confortar-se com um café. Ela me pergunta se pode fazer um telefonema para Hermes, ele ainda não sabe de nada. Minto que não há telefone na Santa Casa e faço-a levantar-se. Ela de novo se abraça a mim e eu passo a mão sobre seus cabelos ainda úmidos. Vamos, eu digo, vamos sair desse ambiente gelado. Na portaria, pego meu guarda-chuva, entrego o jaleco, visto a capa de gabardine e mando avisar ao médico-chefe que precisei sair e retorno em uma hora.

No Lagache, arranjo-lhe o melhor quarto e digo-lhe para tomar o banho, preciso voltar para a Santa Casa; dou ordens de lhe trazerem um café e sanduíches, e antes que eu saia ela me diz que não quer atrapalhar minha vida, afinal, foi ela que armou toda aquela confusão. Beijo-a na testa e prometo que volto logo ao final do expediente. Quando ela fecha a porta com um sorriso de lágrimas, digo ainda: fica em paz, mana, isso passa.

A primeira coisa que faço na Santa Casa é telefonar para a fábrica de cofres. Hermes não quer acreditar, não esperava... pergunta-me o que deve fazer. Eu mesmo não sei, digo, talvez nada, mas talvez seja bom ir ao Lagache, mais tarde. Quando desligo e subo para a enfermaria da obstetrícia, decido enfrentar minhas recém-parturientes com a maior objetividade, embora minha cabeça esteja fervendo. Consulto os boletins, prescrevo medicamentos. Numa pausa, vou à janela para fumar, e vejo que as abertas do céu já se transformaram em grandes espaços de azul, e a chuva cessou. A temperatura baixa de modo assustador, as pessoas caminham encurvadas na rua, as mãos nos bolsos. Lembro-me de minha última ida ao Castelo, da discussão com mamãe – que ninguém ficou sabendo –, do baile de Pelotas, e de como ocultei e protegi o amor de Selene e Hermes, naquela noite no Solar. Quantos ressentimentos represados, quantos anos de humilhação, para que eu fizesse aquilo!...

À noite jantamos os três no restaurante do Lagache; Hermes está confiante em que tudo dará certo e pousa a mão sobre a mão de Selene: agora é casar, não há mais volta. E nos diz que o fato de Selene estar aqui, sob minha proteção, é talvez o melhor aval para mostrar que nada está sendo feito às escondidas. Minha irmã não demonstra a mesma segurança e tem silêncios constrangidos. Não, não está arrependida do que fez, como eu chego a perguntar, mas seria importante se ela e papai conseguissem falar, esclarecer. Impossível, eu digo, depois do que aconteceu, é impossível que papai queira vê-la pela frente, ao menos por um bom período. Aí tratamos de questões práticas: é importante que ela fique aqui no hotel, até que eles formalizem o noivado e marquem a data do casamento. Que precisará da autorização legal do Doutor, lembra Hermes. Calamo-nos, e depois eu digo que tudo é muito recente, é preciso esfriar o assunto.

Quando Hermes se despede, prometendo retornar amanhã, levo Selene ao quarto, digo-lhe que durma bem, visto meu sobretudo e saio. A Rua da Praia está deserta, o calçamento ainda tem vestígios de água da chuva entre os paralelepípedos de granito rosa e cinza. Chego à Praça da Alfândega, perto dos cinemas. Nas árvores, os pardais de papai dormem, quietos, com as cabecinhas sob as asas.

    Agora *eles* passam, falantes, alegres, com longos cachecóis de franjas saindo para fora das golas erguidas. Conheço-os a todos pelos nomes e apelidos, e eles me conhecem. Fazem-me ocultos sinais de saudação e seguem adiante, quase todos acompanhados por homens obscuros. Encolho-me junto à porta do Cinema Guarani, que já apagou suas luzes. São poucos os automóveis naquela hora e, quando cruzam por minha frente, levam pessoas venturosas, abafadas em peles, rumo ao calor das casas. Sinto que os pés gelam, de um frio que as meias de lã e o solado de borracha não conseguem amenizar. Acendo o cachimbo e espero... O relógio iluminado dos Correios marca onze horas, confiro-as no meu *Patek Phillipe* de prata: onze horas e nove minutos. Começo a olhar para os lados, não o vejo... abaixo a aba do chapéu ao enxergar o Carlinhos, que passa pela outra calçada, de braço com um senhor bem mais velho. Lembro do último verão, quando fomos apresentados na praia de Torres, a água do mar que Carlinhos me trazia entre a concha das mãos; tentava aprisionar alguns peixinhos que escorriam por entre os dedos e dizia: coitados... tão pequenos! Corríamos, então, para ver quem vencia, e ele sempre vencia, com seus dezenove anos nutridos de exercícios. Agora o inverno tudo destrói e desfaz, e Torres é apenas uma lembrança, teria acontecido? É curioso: hoje nada mais sinto, ao vê-lo com aquele senhor. Que vá, que vá gozar sua vida, e que possa desfrutar de alguma felicidade, mesmo que tenha a duração de uma semana.

    O porteiro do Guarani fecha a porta do cinema e me saúda. Diz-me que ninguém gostou do filme de gladiadores e deseja-me boa noite e até amanhã. Detesto-o, por essa intimidade pretensamente cúmplice.

    É o tempo de avistar quem espero: vem colado às paredes, caminhando rápido, olhando para o chão, o guarda-chuva fechado no braço. Quando chega à minha frente, está sério como uma criança, a cabeça perfeita sob um boné em motivo escocês. Acerto-lhe a gravata e pergunto por que se atrasou. Coisas de família, ele me diz, e saímos em direção à zona do Quartel-General. Sua respiração vai lançando vapores no ar gelado, e, vendo seu perfil, sou mais uma vez seduzido pela linha ainda imprecisa do nariz, a boca de lábios pequenos, entreaberta, deixando à mostra os dentes retos. Diz-me que os pais tiveram uma briga medonha durante a janta, e ele teve de intervir: sempre o dinheiro, o dinheiro. E me olha de viés, enfiando a mão sem luvas no bolso de meu sobretudo, encontrando minha mão: eu a aqueço, prendendo firme os dedos enregelados. Ao passarmos por um policial à frente do Correio do Povo, ele retira apressadamente a mão do bolso e nos separamos, ele caminhando à frente. O policial nos observa, os braços cruzados. Eu digo boa noite e sigo atrás, fingindo olhar a vitrina de um *bric*. Logo chegamos ao bar, e ele entra. Entro também, e vamos para uma mesa ao fundo, eu de costas para os poucos fregueses. Peço uma garrafa de bom vinho tinto e cubinhos de queijo. Nicolau – Nicky – tira o boné, ajeita os cabelos negros, abundantes sobre as orelhas, e assobia baixinho um *charleston* de Roger Smith, enquanto movimenta os ombros na cadência do gramofone sobre o balcão. Divirto-me da graça quase feminina com que desenrola o cachecol e o arranja de forma estudada sobre o peito, fazendo um arco. Olha para os lados, curioso por tudo que acontece. O garçom deposita sobre a mesa dois cálices, a garrafa de vinho e o prato com o queijo. E eu pergunto: e então, Nicky? Ele me olha, pegando com os dedos de alabastro um pedacinho do queijo, que leva à boca, mastigando-o: então o quê? Nicky está assim, nos últimos dias, desatento ao que eu pergunto. Na verdade, não quer responder. Deixo um silêncio proposital e depois volto: e então? Bem, ele diz, decidir não decidi, mas não quer dizer que não queira decidir... sou muito jovem, e você já tem vinte e tantos anos... o Paulo é mais moço que você, tem quase a minha idade. Mas ele é pobre, eu digo, começando a entrar num terreno miserável, e ele nunca vai lhe dar o que eu posso dar. Nicky de repente concentra-se: e o que você me dá? o quê? esta camisa, este sobretudo, este relógio? A brutalidade das palavras de Nicky me enoja. No entanto, não posso perdê-lo, e me ocorre algo: escute, Nicky, tenho no hotel uma coisa de que você gostará, com certeza. Sim?, ele diz, interessado.

Uma hora mais tarde, depois de bebermos duas garrafas, saímos do bar e vamos pela Rua da Praia até o Lagache, que a esta hora tem apenas uma pequena luz na portaria. Passamos pelo porteiro, a quem sou obrigado a dar uma gorjeta, e subimos ao meu quarto. Nicky senta-se numa poltrona: o que você queria me mostrar? Eu faço mistério, sorrio... vou até o armário e tiro de lá a caixa com as 82 moedas: achei isto aqui enterrado, há muitos anos, no Castelo. São de ouro?, ele pergunta. Sim, eu respondo, e já mandei avaliar, dá para comprar cinco Ford, só pelo valor intrínseco do ouro, fora o interesse de algum colecionador.

No momento em que vou me aproximar de Nicky, ele se levanta com violência, vejo um canivete em sua mão. Não o reconheço, com aquele olhar de rapina, os olhos tesos e secos. Ergue a lâmina trêmula em minha direção e me diz: passe pra cá isso, passe logo. Eu nem tento argumentar, submeto-me à vergonha... aquela bagatela que eu iria dar para ele, de qualquer forma... Entrego-lhe a caixa e nesse ato seguro-lhe ternamente a mão e aproximo-me de seu rosto, tentando dar-lhe um beijo. Ei, sai daí, ele grita, empurrando-me, caminhando de costas para a porta, o canivete sempre apontado, gritando fica aí parado, seu fresco de merda. Eu, fazer-lhe algo? Eu?... Quando ele sai com uma forte pancada da porta, eu me jogo na cama e me abraço ao travesseiro, ah, tantas coisas abjetas!... por quantas misérias terei ainda de passar, antes que tudo se transforme numa escuridão eterna?

E no outro dia ainda preciso ser forte para consolar Selene, a quem procuro no seu quarto. Está rasgada de dor, os olhos inflamados pelo choro e não deixa de falar em papai, se pudesse voltava atrás, pedia para ser perdoada. Não há consolo como deveria, apenas a ouço, e a todo momento me volta a cena da noite anterior, aquele canivete infantil apontado para mim... E quando Selene me diz como ela foi ingrata com papai, afinal ele é um homem sábio, superior, eu a interrompo, basta! que espécie de pessoa você é que não percebe o quanto nosso pai sempre nos ignorou? Eu próprio, como me foi difícil chegar a essa conclusão? A vida é mais importante do que essas culpas, há tanto para viver, para amar, para dedicar-se aos outros. Ela me escuta, distante, e depois me pergunta Teteu, o que devo fazer, não penso direito. Você deve, eu digo, você deve agora levar até o fim o que iniciou, vamos providenciar para que você fique melhor instalada e então vamos tratar desse casamento, não é o que você quer? Sim, ela responde, mas só posso ser feliz se papai me entender e me disser que esqueceu, eu estava louca, não sabia o que estava fazendo. Então não resisto, abraço-a e digo, bem baixo em seu ouvido, enquanto ela recomeça a chorar: você não está só, mana querida... você deve procurar seu próprio bem, você é muito jovem, essas coisas passam, é só este momento difícil que é preciso passar, mas eu estou a seu lado, sempre estive, e vamos juntos resolver isso tudo, vou telefonar para Hermes, pedindo que ele vá falar comigo na Santa Casa. Ah, Teteu, ela se agarra mais a mim, você vai me ajudar? Sim, eu murmuro, pode acreditar em mim. E ela me surpreende, perguntando: e você, é feliz? Sou... eu digo, tenho a vida que escolhi para viver, faço o que gosto, todos me querem bem, sou um homem feliz.

A GOVERNANTA: CHRISTINE HOFHEIMER

Dizer que Heilingenstadt é um subúrbio de Viena é desprezá-lo. Heilingenstadt tornou-se famoso, e não apenas pelas curas das águas medicinais, mas também porque ali passou alguns verões o grande sinfonista Ludwig van Beethoven, e ali escreveu seu célebre testamento; mudou de casa ao sabor de credores ou fugindo de vizinhos que se incomodavam com os sons que se projetavam de sua habitação. Christine Hofheimer nasceu justo na Probusgasse, a cinquenta metros de uma dessas casas do músico. Mas ele morrera havia décadas, de modo que sua lembrança tinha muito de invenção popular.

A Probusgasse é uma rua estreita, com edificações de dois andares coladas umas às outras, e os vizinhos costumam tratar de seus assuntos *por sobre* as carruagens que, vindo de Viena, rumam para o campo; desta forma, o pai de Christine pôde um dia gritar à casa em frente: "Ei, Walther, nasceu minha filha, que nome devo pôr?" Walther apareceu na janela, tirou da boca o cachimbo de porcelana, cuspiu para o chão e disse: "Parabéns. Que tal Wilfriede?" O pai de Christine agradeceu a péssima sugestão e perguntou à velhinha que passava na calçada: *"Gruß Gott!* Frau Linzer, que nome devo dar à minha filha?" Frau Linzer parou, pousou o saco de cânhamo onde levava um leitão, consultou mentalmente seu calendário onomástico e gritou para cima: "Chame de Christine, hoje não é dia 24 de julho? pois é dia de Santa Christine". O pai respondeu "que ótima ideia!" e não pensou mais no assunto, que para ele já ficava longo.

Christine foi batizada no último domingo de agosto, e não no modesto templo de Heilingenstadt, mas na imponente e muito barroca igreja de São Pedro, em pleno centro de Viena. Isto aconteceu porque os pais vieram aproveitar um dia de calor no Prater, este parque para onde vão todos os vienenses – à tarde, as pontes sobre o canal do Danúbio ficam congestionadas de carruagens, e muitos desistem no meio do caminho, mas já não têm como dar volta; quando conseguem enxergar alguma nesga de gramado e abrir suas cestas de piquenique, é hora de voltar. E voltam, suados, vermelhos, mas felizes por poderem dizer aos basbaques "hoje fomos ao Prater, e você, o que ficou fazendo?", embora nem tenham chegado perto dos artistas ambulantes, dos mágicos e palhaços que as autoridades imperiais pagam para divertir o povo. Christine foi batizada após a missa das sete da manhã – tendo como padrinhos um casal de tios, irmãos da mãe –, e a família conseguiu ir cedo para o Prater, a tempo de escolher um bom lugar. Christine ficou deitada sobre um cobertor estendido na grama. Sua visão eram os ramos verdes de um carvalho, que balançavam para cá, para lá... de vez em quando os ramos eram substituídos pelo rosto agradável da mãe, que falava, falava, e, depois disso, pegava Christine no colo e a punha a mamar ao seio, quando então Christine fechava os olhos para aproveitar melhor, assim como quem beija. Essa primeira experiência no Prater foi muito importante, vital mesmo.

Veio o outono, depois Heilingenstadt cobriu-se de neve, Christine foi abafada em edredons de penas de ganso, e seu olhar não ia além das paredes do quarto, onde havia um crucifixo antigo sobre a cabeceira da cama dos pais. O pai, durante a semana, raramente podia tomar a filha nos braços, pois sendo ferreiro, e sendo proibidas as ferrarias em Heilingenstadt – o subúrbio sempre teve problemas com ruídos, como se vê –, era obrigado a viajar uma hora para chegar a seu estabelecimento, além da orla do campo, e muitas vezes nem vinha dormir em casa, pois não valia a pena.

Christine cresceu, e em sucessivos verões os pais levaram-na de volta ao Prater e ela podia circular por lá, onde se enternecia com os prestidigitadores que faziam voar pombos das cartolas e espantava-se com os paus fumegantes que os malabaristas giravam no ar, apanhando-os com uma certeza inabalável. Também havia teatro de fantoches, levado por preguiçosos que não queriam eles mesmos irem para o palco. E representavam comédias e óperas engraçadas. Christine gostava também das atrações incompreensíveis e que eram moda: máquinas que jogavam cartas sozinhas; aparelhos que animavam pássaros de corda, fazendo-os cantar como se estivessem nas campinas; bonecos autômatos, de turbante, que liam a sorte.

Em meio a tudo isso, houve o desfile de alguns animais do Zoológico de Schönbrunn, gentilmente cedidos por Franz Joseph I: uma girafa e um chimpanzé tornaram-se os bichos mais famosos. Adquiriram nomes e todos os visitantes passaram a considerá-los como pessoas da família. Nessa ocasião veio junto um amestrador de cobras, e esse fato, pelas reviravoltas do destino, acabou por ocasionar uma dura prova à medicina do Rio Grande do Sul. Christine encantou-se com as serpentes mais do que seria necessário, e o amestrador, enrolando-as no braço, fazia com que deslizassem por seus ombros, passando-as de uma mão à outra. "Por que você gosta de cobras?", perguntou a mãe de Christine, encontrando-a na barraca do amestrador, "elas são nojentas". A menina não achava, pois as cobras lembravam-lhe muito aquelas víboras que emergem das nuvens sob os pés da Virgem. Naquela tarde, a mãe deixou-a ficar ali, pois o amestrador garantiu-lhe que elas não tinham dentes.

Os austríacos são muito católicos. E Christine levava sua religião muito a sério, tanto que no dia de sua crisma, em meio a um repente místico, disse à mãe que nunca iria casar-se, tal como as santas. Isso alarmou os pais, mas ante a decisão forte da filha, e porque não tinham vontade de manter por toda a vida uma filha solteira, acharam por bem que deveriam mandá-la para um convento, embora seus bens não dessem para pagar o enxoval que as irmãzinhas pediam. Procurado, o padre de Heilingenstadt intercedeu junto ao convento de Melk, cujas centenas de janelas do século XVII abrem-se para o Danúbio; ante a inflexibilidade das freiras, o vigário decidiu que ele próprio daria o enxoval; com isso, dizia, aumentava seus créditos na eternidade, ele que gostava tanto de dedicar-se à enologia prática nas mesas das *heuriger* do Grinzing.

A despedida da vida profana foi como sempre: numa sexta-feira Christine lavou, passou e cozinhou, ajudando a mãe. No sábado abafou-se num casacão cinza, beijou os familiares e vizinhos e, já tomando ares circunspectos, entrou na carruagem em que seu pai e um baú a esperavam.

No convento de Melk, as irmãs viviam numa silenciosa penumbra de virtudes, o que foi muito ao gosto da recém-admitida. Avaliaram sua capacidade intelectual ante tabuadas e mapas-múndi, e pediram-lhe para recitar os dez mandamentos. A comissão de religiosas era muito sábia, tanto que chegou a um parecer que remetia Christine às salas de aula e aos esfregões. O noviciado ficaria como uma promessa, uma esperança para dias futuros. A jovem não reclamou, pois achava que assim deveria ser.

Em três anos, Christine, além de frequentar as aulas, passou a chefiar uma congregação de serviçais: descobria cantos não lavados e andava pelas salas atrás das sujeiras deixadas pelas botinas das freguesas que se encorajavam a subir a ladeira até a casa de recolhimento para comprar os famosos lençóis bordados em pintura de agulha. Mas ia além disso, pois levava uma chave pendurada à cintura por uma fita, tendo portanto acesso aos dormitórios das irmãs; ali inspecionava a arrumação das camas e mandava recolher os urinóis com dejetos tão sagrados. Também a cozinha ficou sob sua alçada, e assim comandava as copeiras e cozinheiras, evitando às irmãs a miséria das pequenas disputas. Nos dias prévios às visitas pastorais, preparava tudo para que o Bispo pudesse dizer, nos concertos de Viena: "Melk é um primor de convento".

Christine vagava pelos corredores, uma pequena sombra de eficiência, à espera do dia em que subisse ao noviciado. As irmãs, ao passarem por ela, diziam *Jesu, mitis et humilis corde*, ao que ela respondia *fac cor nostrum secundum Cor tuum*, e seguia adiante, em direção à capela – uma verdadeira igreja – para verificar se os altares já estavam com flores. Um desses altares era o de sua preferência: continha o nicho da Virgem que calcava as serpentes com os pés rosados. Essa oposição entre a besta e a pureza lembrava-a do Prater, embora não tivesse mais tanta saudade.

Nos verões, ela descia ao Danúbio com as colegas e ficava de longe vendo como as noviças arregaçavam os panos do meio-hábito e molhavam as canelas brancas, dando gritos de prazer. Um dia ela faria o mesmo.

Com outras meninas chegando, as irmãs concluíram que Christine estava assoberbada de trabalho, e ela passou a compartilhar suas tarefas de supervisão com mais duas admitidas, formando uma tríade exemplar. Quanto à ascensão à categoria de noviça, ficou ainda para mais tarde: as irmãs alegavam que ela não estava pronta.

Numa tarde de início de um verão, ela foi para a janela e olhou o rio. "Nunca serei noviça", deduziu pelo volume das águas barrentas. E resolveu que voltava a Heilingenstadt.

Mas uma semana mais tarde o convento recebeu a Condessa von Spiegel-Herb, acompanhada de seu esposo, o embaixador do Brasil. Vinha à busca de uma governanta para sua propriedade na América do Sul, para onde estavam se retirando.

Christine ofereceu-se de imediato, num repente tão presto como sua decisão de nunca se casar; as irmãs opuseram frouxas dificuldades, acabaram por telegrafar aos pais, e estes, já um pouco esquecidos da filha, concordaram, desde que não fosse para sempre. "Não será para sempre", disse a Condessa, enquanto seu esposo olhava irônico para um quadro do Sagrado Coração de Jesus, "é apenas para que ela dê instruções às outras. No Brasil as governantas são lamentáveis."

No primeiro dia de sua chegada ao Castelo, ajudou a Condessa a abrir a gaiola dos pardais, e encantou-se quando as pequenas aves bateram asas e perderam-se no céu infinito.

No segundo dia, quando começava a iniciar-se nos códigos da casa, Christine foi ao campo colher flores para o altarzinho da capela, já achando que o pampa tinha o mesmo caráter doméstico das redondezas de Heilingenstadt. Logo viu uma cobra coral e, fascinada pelas cores impossíveis de existir, pegou um pauzinho e chegou-se muito perto...

A medicina do Rio Grande, posta à prova, não conseguiu salvá-la.

E a Condessa teve de formar uma nova governanta, retirada dentre as broncas serviçais do Castelo, e esta foi a definitiva, aquela que correu as cortinas na tarde da morte do Doutor.

"A degola, vista sem dor nem preconceito, sem pruridos políticos nem históricos, esquecendo-se Pecado e Moral, a degola é, na essência, um ato cirúrgico, exercido por um revolucionário bastante hábil, que adquiriu esta destreza em centenas de pescoços mais ou menos inimigos. Porque a ação da adaga – ou faca – é, na essência, um separar de tecidos e um rompimento de nervos e músculos, estabelecendo uma nova ordem corporal e fisiológica, onde a garganta não mais existe como uma unidade, e cria-se uma chaga através da qual um estudante de medicina pode verificar, *in natura*, o quanto são idôneas as descrições dos livros anatômicos; será preciso limpar o sangue coagulado e afastar a camada de gordura sob a pele, é certo; mas quem se dê a este trabalho verá que o esôfago é mesmo um tubo reto, e a traqueia, que lhe fica ao lado, e por onde passou o último sopro do moribundo, tem uma aparência semelhante, embora as funções sejam muito distintas. Descobrem-se, também, os vasos sanguíneos, a carótida, a jugular...

Cordas para enforcamentos, além de raras e destinadas a amarrar as montarias, ainda precisam ser dependuradas aos ramos das árvores, o que leva tempo, e as revoluções são pressurosas, e por vezes não há tantas árvores disponíveis. Depois, há a questão prática a recomendar que se evitem fuzilamentos: em grupos militares com pouca munição, é preciso guardar as balas para as operações de guerrilha, tais como as praticadas nos sagrados campos do pampa. Fuzilamentos ficam para as guerras verdadeiras, entre verdadeiros exércitos de nações adversas, ficam para a Europa, que há muito encontrou formas tão elegantes quanto dispendiosas de eliminar prisioneiros.

A classe dos degoladores é constituída por homens que tiveram um pai, uma mãe, irmãos e primas e que, em alguma altura da vida, sugaram num seio e brincaram com tropilhas feitas de vértebras bovinas: é possível que, precocemente, cultivassem alguma cândida preocupação em saber se, nos corpos humanos, os ossos corresponderiam, na forma, aos ossos dos animais. Na idade adulta, se a faca que empunham – ou a adaga – cortar mais a fundo, atingirá as cervicais; os degoladores ficarão enternecidos até o pranto em constatar que elas se parecem, e muito, com as vértebras de seus brinquedos infantis.

Facas ao pescoço, então: é um gesto de ciência, economia, rapidez e ternura.

Como se pode depreender, degoladores são poéticos, buscam a essência das coisas – daí por que, dificilmente, uma mulher poderia ser *degoladora:* acostumadas às coisas sérias, como dar à luz, criar e educar a prole, passar trabalho e aguentar maridos bêbados, não teriam tempo para essas frescuras."

Assim pensariam o Negro Sílvio ou o *sargento* Fere-Rindo se tivessem o dom de refletir sobre si mesmos e sobre o momento em que vivem. O primeiro é da Serra do Caverá, e degolou o irmão enquanto este gritava "viva o Doutor Lopes". O maior feito do Negro Sílvio foi passar na faca vinte e sete prisioneiros numa tarde suave, de bons ventos do sul, enquanto os sabiás cantavam trechos de melodias pastorais. Já o *sargento* Fere-Rindo, como seu nome indica, é um riso só, e antes de degolar pergunta ao supliciado se conhece a anedota do padre que comia morangas. Caso o infortunado não a conheça, Fere-Rindo diz "pois então ouve" – e conta. O quase-defunto vai às gargalhadas para o Reino das Sombras; se o prisioneiro conhece a história, Fere-Rindo manda que a conte: e assim todo o pelotão se ri, fazendo coro aos estertores do supliciado. A anedota, naturalmente, já está velha, e os soldados agora acham graça para salvar a própria pele.

As degolas são realizadas ao ar livre, e os prisioneiros são justiçados a partir de duas concepções estéticas: no primeiro caso, ficam alinhados lado a lado, e o degolador movimenta-se entre eles; no segundo, os prisioneiros arrumam-se em uma fila, e o degolador não sai do lugar, apenas recebendo seus fregueses que são tocados para a frente.

Ambos os degoladores desenvolveram métodos eficazes para sua arte: assim, enquanto Negro Sílvio acavala-se nos ombros do homem ajoelhado e com a mão esquerda ergue-lhe o queixo para expor melhor o pescoço à ação da faca, Fere-Rindo prefere que o homem seja posto de pé, com dois outros manietando-o – talvez faça isto para contar ou ouvir a anedota frente a frente. Uma vez Fere-Rindo e Negro Sílvio discutiram seus processos, enquanto tomavam mate, e chegaram à conclusão de que cada qual estava certo, era um caso de filosofia.

Se não foram os doutores que estabeleceram essas liturgias de morticínio, sacramentaram-nas, pelo pouco caso ou pela conivência explícita. "Como segurar meus homens?", perguntam no Café Java, de Porto Alegre, patéticos, acendendo o charuto, "faço de tudo, mas quando a Revolução chega em certo ponto, nós perdemos o controle, tornamo-nos impotentes. Não vê a Revolução Francesa? Ou você acha que Robespierre era um assassino?" Ao darem o pé da botina para o engraxate, e lembrando os adversários políticos, podem ainda acrescentar: "Mas a culpa é dos federalistas, que levaram as coisas a esse estado lamentável". Quando for noite, esse eventual doutor, mordendo o peito leitoso de uma dançarina *francesa* do Clube dos Caçadores, babujará algo parecido com: "Naná de minha vida, sou teu cachorrinho, vou-te comer vestido de cigano", o que mostra bem a transitoriedade de suas impotências.

Revoluções são assim, na província-boi: aulas de anatomia conjugadas a ações eróticas, e não poucos sucumbem à tentação de exercer uma classe de perversidade que faria a delícia de Sacher-Masoch. É claro que nem tudo se evidencia assim à primeira vista, pois há muitas desculpas de teorias políticas, partidos em conflito ou simples vinganças pessoais, estas últimas estimuladas pelas desavenças familiares que vêm de eras pregressas, quando o Rio Grande ainda se formava, à custa de avanços ao mapa espanhol na América. O fato é que, nesta extremidade do país, a vida humana confunde-se com a dos bichos, e não se distingue onde uma começa e a outra termina. Justiça se faça: há também as avozinhas que bordam e tecem nos recônditos das salas enfumaçadas pelos candeeiros e, entre uma agulhada e outra, suspiram, rezam e bebem mate doce em cuias de porcelana. Poderá haver também um gato ronronando sobre pelegos e damas bem-constituídas e misseiras, cujos ardores se afogam em festas do Divino. E cavalheiros citadinos que vivem para o metódico trabalho nos empórios ou em estabelecimentos de secos e molhados, e que da Revolução ouvem dizer que "vai braba", mas que se preocupam mais com as penúrias cotidianas do vestir e do comer. Revolução é coisa para machos da campanha, vagabundos que dispõem de tempo para pensar em táticas, escaramuças e assaltos aos inimigos. A degola, por essas artes, chega às cidades como o eco longínquo de barbarismos, jamais alguém de gravata pode imaginar uma faca a desfazer-lhe o nó de seda. Nos arredores do Palácio-sede do governo estadual, vive-se de mãos nos bolsos e assobio nos lábios, contando-se as horas que faltam para o almoço ou jantar. Também os jornais são lidos, em especial *A Federação*, com seus pasmados editoriais, e mesmo *A Federação* não chega a impressionar, com tantas e abstratas ideias.

A Revolução é um animal enjaulado nos domínios do pampa. Jamais fará mal a quem se põe ao abrigo nas margens deste rio Guaíba e à sombra da Catedral.

Sente-a de verdade o pobre-diabo das planícies; seu rancho é invadido a qualquer hora, e os bandidos levam-lhe os improváveis mantimentos, a filhas e a mulher. As vezes é capado para não ficar propagando gerações governistas ou revolucionárias. Na melhor das hipóteses, é degolado, e seu corpo apodrece lentamente no inverno e de modo desabalado no verão: mas acaba sempre em branco esqueleto do qual os urubus vêm limpar as derradeiras carnes. Os cães domésticos, os que não aderem às nômades cozinhas guerrilheiras, também morrem; se não por cutiladas nas nucas, morrem de saudade, apenas se afastando de seu imóvel dono quando o odor da putrefação remete-os a uma distância de onde podem assistir, com olhos ranhentos, à metamorfose de um ser humano em objeto. As aranhas alegram-se, pois agora podem estender suas teias às enxergas, janelas e mesas, sem que alguma pessoa venha de vassoura a destruí-las em dias de tempestade. E a casinhola do finado vai perdendo aos poucos seus resquícios de alecrim e banha, substituídos por mofos verdosos onde poderá nascer alguma planta de nome ignorado. Os potreiros, agora devastados de seus animais, criam pastos vertiginosos, adubados pelos antigos excrementos: assim ficarão até que alguém mais audaz ali chegue e diga: "bem, isto é meu" e resolva trazer bois vadios, cães e alguma *china*, para pecar com ela nos catres novamente limpos. Novas crianças rabujarão pelas exíguas peças, até que outros pseudossoldados lembrem-se de passar por aqueles ermos.

As cidades do interior, prostitutas por definição, já não se envergonham em mudar de partido ao sabor do coronel que as tomou na semana passada; as mocinhas correm a saudar os novos dominadores com guirlandas de flores, e derramam algumas lágrimas de paixão por este ou aquele tenente que o pai recebe em casa para jantar. E, pelas frestas das portas, observam seus ícones, e as mais virtuosas masturbam-se entre as saias fofas. Os rapazes, embalados pelas façanhas reais ou mentirosas que lhes chegam aos ouvidos, pretendem engajar-se em alguma tropa – revolucionária ou governista –, temendo alguns cascudos na cabeça, desferidos pelos pais furibundos. Por vezes a Liberdade faz com que corram balas perdidas nas esquinas: então é o momento de agacharem-se todos nos corredores, esperando que passe a zaragata – e isso bem pode durar um dia, dois, o necessário para deixar os músculos em brasa e os ouvidos zumbidores. Muito primo se agarrou à prima nestes momentos de pavor, e conheceram-se, numa inesperada epifania, as saliências e concavidades que distinguem os homens das mulheres.

– Viena... a seus pés...

O Doutor está no cimo da torre Norte da Catedral de Santo Estêvão, de costas para o famoso e rachado sino Pummering. Como em toda igreja gótica, também dali – daquele mesmo lugar onde o Doutor apoia as solas de seus sapatos – um arquiteto medieval ganhou impulso para jogar-se em direção ao abismo, desta vez por problemas amorosos – parece.

A cidade, abaixo, cobre-se de neve. O interlocutor de Olímpio é Silva Jardim, aquele furioso propagandista da República e depois esquecido por ela. Silva Jardim também é o mesmo que encontrará a morte na ardente cratera do Vesúvio, como Empédocles, no Etna, quando quiser espiar mais... e mais... A futura vítima do vulcão parece deprimida:

– Viena falta pouco para ser o polo. Não sei onde eu andava com a cabeça... fazer turismo em Viena, no mês de março.

– Queria que você visse isso aqui no verão, cheio de pássaros. Os pardais vienenses dão um chique à paisagem, um requinte... Sabe, tenho ideia de levar os pardais para o Rio Grande, para civilizar um pouco aqueles índios.

– Talvez... Mas, já que hoje não há pardais, vamos descer que estou congelado.

– Duvida que eu leve os pardais?

– De você não duvido nada.

Na Stephansplatz há uma alegre confusão de tílburis e carruagens de aluguel. Evitam-na, entrando pelo Graben. À frente da Coluna da Peste, Olímpio levanta a gola de pelica.

– Mas seguindo nosso assunto anterior, meu caro Jardim, o que explica as degolas da última revolução? Como pôde um povo tão nobre, tão ancestral e digno como o rio-grandense, como pôde esse povo comportar-se como hunos? Doze mil mortos...

– Isso é coisa de gaúchos, que gostam de se matar uns aos outros. Não entendo nada. Mas acabou tudo bem, não é? Fizeram-se as pazes, o Júlio manteve-se na Presidência do Estado, o Borges cresce em influência... – Silva Jardim tem os lábios roxos e começa a bater o queixo. – E você arranjou-se bem com a República, embaixador em Viena, casado com uma condessa austríaca, os bens preservadinhos no Rio Grande, o Castelo... Realmente, você não precisa de mais nada.

— Preciso, sim, preciso de um chá – diz Olímpio, pegando o braço de Silva Jardim.

Entram na primeira confeitaria, a mais cara. O ambiente aquecido traz cores ao rosto de Silva Jardim. Tiram os sobretudos e os chapéus, que um garçom corre a apanhar, e vão para a única mesa disponível. A confeitaria, àquela hora, é um mar de cabelos brancos e luzes. Ao fundo, meio abafada pelas vozes e pelo tilintar das porcelanas, ouve-se a Valsa do Patinador, tocada por um trio de cordas. Olímpio olha para os lados, tirando as luvas:

— Strauss... bela civilização. Bastante decorativa, embora um pouco monótona. – Passa os dedos pela lista do cardápio, joga-o sobre a mesa e, com elegante displicência, diz ao garçom em alemão decente: – Traga-nos aquilo que sempre se oferece aos visitantes. – Em virtude dessa nova habilidade linguística do Doutor, ele e Charlotte já estabeleceram que o alemão será um dos idiomas falados no Castelo, o que implicará remeter o francês a um dia específico, para o sábado, por exemplo.

Passados alguns minutos, o garçom deposita duas fatias da torta Sacher, um bule de chá, duas chávenas, um açucareiro de cristal, um pratinho com limão e dois copinhos de água. Silva Jardim olha para aquilo:

— E agora você bebe chá e come torta... Você, um gaúcho macho.

— Para que tanto amargor, Jardim? Vamos esclarecer as coisas: não me "arranjei com a República", como você diz. Fui propagandista de primeira hora, desde a Academia.

— Como eu, aliás. O que não tive foi sorte. Ou amigos nas horas certas.

— Amigos? – diz Olímpio, ensinando Silva Jardim a servir-se do chá. – Tive foi algozes. Estou aqui porque me tornei incômodo no Rio Grande. Depois do episódio do trem, o governo não descansou enquanto não me viu pelas costas. Quer açúcar? Use pouco, esta torta é tão doce que chega a doer nos queixos. E se houve algo decisivo para eu estar aqui foi o fato de ser casado com uma condessa da Áustria. Não esqueça que isto é uma monarquia.

— É... – Silva jardim remexe o chá com desatenção. – Mas ninguém é embaixador contra a vontade.

O Doutor olha com espanto para o órfão da República:

— Mas há certas biografias em que não pode faltar uma embaixada!

Nesse momento dá-se uma agitação, as pessoas levantam-se, arrastando as cadeiras, atrapalhando-se com os guardanapos. O trio de cordas ataca o *Deus salve o Kaiser*. Dois oficiais empenachados ladearam a porta, por onde agora entra um cavalheiro de suíças, acompanhado por uma jovem talvez excessivamente maquiada. Perante a tesa assistência, que se inclina à passagem, o casal atravessa o salão, dirigindo-se para algum *reservé*. O hino termina e os frequentadores da confeitaria voltam a sentar-se, começando um burburinho de conversas ao pé dos ouvidos.

— Quem é? — pergunta Silva Jardim. — O Imperador?

Olímpio ri:

— Os músicos foram zelosos demais. É apenas o Arquiduque Franz Ferdinand. — Se Olímpio pudesse prever o futuro, não riria: este Franz Ferdinand em 1916 acabaria morto em Sarajevo pela bala de um estudante sérvio, dando início à Grande Guerra. — Olímpio continua brejeiro: — É o Arquiduque com sua amante, uma atriz do Burgtheater.

— A aristocracia é uma merda abjeta — diz Silva Jardim, levando um bocado da torta Sacher à boca. — Escarnece do povo.

Olímpio torna-se profundamente sociológico:

— Este povo aqui, este povo ama sua aristocracia. Que, aliás, trouxe a estabilidade e o telefone à Áustria. Quando comparo isto com a selvageria dos nossos hábitos, com a ausência de pardais, com os nossos barbudos revolucionários gaúchos, com as degolas, com os combates nas coxilhas empapadas de sangue...

— Bravo — Silva Jardim não esconde a ironia. — Ideias perfeitas para o dono do Castelo.

— Um castelo da Liberdade, não esqueça — e Olímpio espreme uma rodela de limão no chá. — Um momento! — olha para uma dama, duas mesas além, que bebe café com um homem gordo. — Maldita.

— Quem?

— Aquela lá, Marie. Esposa do ministro sueco.

— E maldita... — Silva Jardim olha de soslaio — por quê?

— É minha ex-amante. E está com o atual amante, um banqueiro. Se fosse em outra época, eu o desafiaria para um duelo. – Suspira, voltando a espremer o limão. – Hoje... – as gotas caem sobre o chá – ... hoje os duelos me dão muito tédio.
— Agora tornou-se cínico.
— Cínico não, meu Jardim. Amadurecido.

Saem da confeitaria depois de muita conversa e dois cálices de *stregga*. Na rua, Olímpio consulta o relógio:
— Preciso buscar Charlotte. Peço solidariedade nesta hora, acompanhe-me.

E vão pelo Kohlmarkt até a Livraria Artaria. A Condessa está ao balcão, atracada a uma pilha de partituras e livros. Logo que enxerga o marido, vem a seu encontro:
— Demorou. E eu aqui sem achar o libreto.

Olímpio apresenta-a a Silva Jardim:
— Um patrício. Está de visita à Áustria.
— Ah sim, muito prazer – ela diz em português – o que está achando do meu país?
— Muito bonito. Os Alpes...
— Acompanha-nos até nossa casa?
— Desculpe. Preciso ir a um alfaiate que Olímpio me indicou.
— Ótimo. – Oferece a mão a beijar. – Quando puder, apareça. Mas é bom marcar hora.
— Por certo, Condessa.

Em frente ao Hofburg, a carruagem espera o casal. Entram, e Olímpio chama a atenção da esposa:
— Tratou mal o homem.

A Condessa não o ouve, está cantarolando uma ária italiana:
— E os ingressos?
— Grande maçada, Charlotte. Mas já estão comigo.

A Ópera leva *O trovador*, e, nesta noite, ao adentrarem o saguão de mármore rosado, Olímpio enxerga a sueca, risonha, envolta numa raposa prateada e de braço com o marido. Mulheres da vida são assim. Charlotte está feérica, com um grande chapéu. Aqui está em seu meio, pensa Olímpio, algo tocado. Quando a lembra em Pelotas, cercada por aquelas gordas baronesas de bigodes, tem um arrepio.

— Sabe — ela diz — lembrei-me de Pelotas. Aquele pequeno teatro, tão romântico...

— Um pardieiro.

— Nem tanto. Precisa de alguns arranjos. Frederika! — e Charlotte corre para uma senhora magérrima, de costas levemente encurvadas, apesar de moça. Volta com ela: — Olímpio, quero lhe apresentar a condessa von Sobiek. Foi minha colega no colégio das franciscanas.

— Encantado, senhora...

Frederika von Sobiek não possui apenas os olhos profundos: repetidamente os encobre com as lentes cinzentas de um *face-à-main* ornado com pequenas pérolas, e dedica a Olímpio uma atenção devoradora. Outra puta... Olímpio pede licença e vai ao encontro do embaixador paraguaio, de cabelo escuro e pele índia, e que elogia a figura lendária e morta de Solano López a um grupo de cavalheiros. Naturalmente que *não* sabem de quem se trata.

— Solano López? — diz Olímpio, aproximando-se. — *Un degenerado. Un maricón.* — E traduz aos circunstantes. O embaixador, erguendo-se sobre as pontas dos sapatos, exige que ele retire o insulto.

— Um gaúcho nunca retira o que disse. *Maricón e degenerado.*

Dá-se uma batalha verbal ante os perplexos assistentes, e as luvas do índio voam ao chão. Olímpio olha-as, olha para o embaixador:

— *No tengo ganas de pelear con usted.*

Isso de luvas ao chão os cavalheiros entendem, e dividem-se em dois grupos para acalmar os contendores. Por sorte soa a campainha para o início do espetáculo. Olímpio desvencilha-se sob promessas de paz e vai recolher Charlotte e Frederika, deixando o índio a esbravejar seu ódio ao Brasil.

— O que aconteceu, Olímpio? Estávamos aqui conversando e vimos aquele alvoroço...

— Nada. Um infeliz, de uma raça miserável. Vamos?

Sobem ao camarote, para o qual convidam a condessa von Sobiek. A orquestra assume seu lugar e, ao comando do maestro, dá início ao hino. Todos se voltam respeitosos para o camarote imperial, onde surgem o velho Franz Joseph e Sissi, esta vestida de negro e extremamente séria. A Imperatriz, depois do casamento deslumbrante que apaixonou o mundo, transformou-se numa dama azeda, come o estrito necessário para não morrer, pratica exercícios de barra, faz versos anarquistas e há muito expulsou o marido do quarto conjugal. Não ri nunca, em luto ostensivo pelo filho que se suicidou e para não mostrar os dentes imperfeitos. Ir à ópera é uma concessão fugaz a seus deveres de Estado. Também será assassinada por um anarquista, dois anos mais tarde, com um serrote no coração. Mas ainda é mulher interessante. Charlotte admira-a e, em alguns aspectos que Olímpio bem conhece, imita-a.

O trovador transcorre em meio aos cotovelaços da condessa von Sobiek. Sentou-se entre Olímpio e Charlotte e, muito desprevenida, a certa altura esquece a mão sobre o braço da poltrona. Olímpio vê-se obrigado a pegar aquela mão. Mas, aproveitando o fragor das palmas ao final do *Di quella pira*, sussurra-lhe que procure outro homem, mais jovem e solteiro. Frederika recolhe a mão e, alegre, soma-se às palmas.

À saída, Olímpio percebe o paraguaio no meio do povo que corre atrás de seus cocheiros. Chega a pensar em procurá-lo, mas prefere seguir adiante. Um acerto, conforme constatará mais tarde.

Em casa, enquanto retira os alfinetes que prendem o chapéu, Charlotte diz:

– Creio que Frederika ficou desapontada com sua atitude.

– Já estou enfadado dessas mulheres ordinárias que você me apresenta.

– O que você queria? Que eu apresentasse as virtuosas?

– Saiba que eu serei sempre um marido fiel.

– Pois isso é que me preocupa.

Passam-se doze dias. A neve, derretendo, descobre subitamente a vegetação do Burggarten, e já começam a navegar alguns barcos pelo centro do canal do Danúbio. O Doutor sobe de dois a dois os degraus do prédio do *Ring* onde se esconde a embaixada, e pensa que já é hora de voltar ao Brasil. Ali, naquele serviço de carimbar passaportes e frequentar bailes, perde sua real vocação. E o romance com a sueca, tão cômodo, acabou como sempre, numa cena pavorosa de lágrimas e ameaças. No Brasil, os mais diferentes grupos entredevoram-se para ver quem fica com os despojos da República: permanecer em Viena é condenar-se a ser um eunuco político. Há quem tenha estômago...

Em cima da mesa de trabalho, encontra uma carta de Borges. Abre-a, curioso. Borges tenta reconciliação, onde não falta uma espécie de anúncio de uma possível e futura candidatura à presidência do Rio Grande, apoiada por Júlio. "Mas como insiste, esse animal." Dispõe-se a responder à altura quando recebe um telegrama do serviço diplomático. O ministro dos Negócios Estrangeiros do Brasil, Barão do Rio Branco, pede explicações a respeito do incidente com o embaixador paraguaio, houve um protesto formal da legação do Paraguai no Rio de Janeiro. "Eu, dar explicações a um barão? Jamais."

– Jamais – ele repete mais tarde a Silva Jardim, que vem despedir-se. – Jamais farei isso.

– Eu nunca tive ilusões com essa República de merda.

– Por isso você se diverte viajando.

– Agora vou para a Itália. É um país mais quente e tenho vontade de visitar o Vesúvio.

– Eu, eu quero é vulcões que engulam o Ministro. – E, tomado por mais uma ideia repentina, Olímpio declara: – Vou renunciar à embaixada. Preciso voltar ao Rio Grande, antes que o Borges tome conta de tudo. Não que eu pretenda me dedicar à política ativa, mas só minha presença será um anteparo moral contra os positivistas.

– E sua mulher?

– Vai-me acompanhar. – Descem até a azáfama do *Ring*. Antes de entregar o amigo às lavas do Vesúvio, o Doutor ainda comenta: – Charlotte não possui mais nada na Áustria, meu Jardim. Cedo descobri isso. O irmão encarregou-se de liquidar com tudo.

– A senhora Condessa, decerto, ficou muito incomodada, não?

– Mais ou menos. Eu soube, também, que tudo já estava hipotecado quando ela foi para Paris. Uma espécie de nobreza falida.

– Enfim, você foi logrado...
– Nunca. Uma condessa é sempre uma condessa. E sou homem rico e, mesmo que não o fosse, jamais usaria um centavo de minha esposa.
– Assim fala um gaúcho.
– Não me venha com suas ironias.
– Então, adeus. E não esqueça os pardais...
– Com toda certeza. Você verá. Divirta-se, na Itália. Recomendações ao Papa.

À notícia do retorno, Charlotte desespera-se durante dois dias, fica amuada por mais três e, no sexto dia, sem mais nenhuma palavra e como libertada, dá ordens ao mordomo:
– Providencie os engradados para os móveis. – Não quer apenas levar os móveis, mas também a baixela, a louça, as roupas de cama e, se possível, a roda-gigante do Prater e os camelos do zoológico de Schönbrunn. – Se me vou enterrar de novo, que seja com minhas coisas. – Junto com Olímpio, faz uma viagem ao convento de Melk, voltando de lá com a moça que considerou apta a ser governanta do Castelo. – Assim terei sempre comigo uma parte da *Tu felix Austria, nube* – Charlotte diz, ao olhar para a jovem Christine Hofheimer, uma esperta suburbana que vem ao seu lado, balançando na carruagem.

Mas a Condessa não está infeliz por completo: Olímpio, no último ano, notava-lhe os momentos de reflexão, ao fim dos quais ela dizia: "Viena não é mais a mesma... " Ou ainda, a cabeça pendente: "Às vezes tenho saudades do Castelo... de Pelotas... do pampa... agora percebo que lá eu sou alguém." Certamente acarinhava uma inútil nostalgia por suas extintas propriedades em Engelhartstetten. Adquiriu gosto pela pintura – contratara um professor – e, ao invés da intensa vida dos salões, em certas ocasiões preferia o recolhimento de seu estúdio: pintou uma soberba paisagem, representando o Castelo no outono rio-grandense.

Quanto a Olímpio, manda fazer uma gaiola cúbica, de dois metros por dois, onde porá uma centena de pardais, entre machos e fêmeas.

No início do verão, acomodam suas bagagens e a canora gaiola no vagão especial. Partem da Hauptbahnof e, acompanhados pela ex-interna de Melk, cruzam a Itália. No porto de Nápoles, embarcam no *Regent* rumo ao Rio de Janeiro. Ao final de uma ceia com o comandante inglês, após ultrapassarem o estreito de Gibraltar, Olímpio diz ao homem:

– Os europeus jamais entenderão a nós, os gaúchos. A minha recente estada na Europa me abriu os olhos.

O comandante acende o cachimbo.

– Talvez... essas revoluções que o senhor me contou...

– Nem os brasileiros nos entendem. Na verdade, isto apenas significa que somos diferentes do resto do mundo. Somos muito jovens. Quando pisou o primeiro europeu no território do Rio Grande, o convento de São Bento, na Bahia, já era uma ruína, carcomido por dois séculos de escravidão e subserviência. Essa juventude histórica deu-nos um sentido muito próprio de Liberdade.

– Na Inglaterra também somos livres.

– Mas não possuem o pampa.

No camarote, a Condessa interroga o marido, por que falou aquelas coisas? Acredita mesmo?

– São palavras, Charlotte.

Chegam ao Rio debaixo de um calor diabólico e Olímpio, após depositar a gaiola no armazém do porto e deixar Charlotte no hotel, vai ao Itamaraty procurar o Barão do Rio Branco. Vai disposto a dizer algumas verdades. Rio Branco desarma-o:

– Ora, essa questãozinha com o paraguaio... Não era preciso uma atitude tão drástica, renunciar ao posto. Eu apenas pedi explicações, era meu dever de ministro... Mas, enfim, há males que vêm para o bem. Preciso muito do senhor.

– Precisa de mim...

O barão explica-lhe um caso delicado. A Inglaterra ocupou militarmente a Ilha da Trindade e não quer arredar pé. Traz um mapa e mostra-lhe a ilha, uma manchinha marrom em frente ao litoral do Espírito Santo. Coisa para não dar importância, se não fosse a soberania nacional.

– Penso no senhor para resolver o caso. Desde que não seja tão suscetível como na questão de Viena. É o momento em que a pátria exige muito do seu patriotismo... e de sua diplomacia.

Olímpio olha para o mapa:
— Mande outro. Preciso voltar às minhas terras.
— Louvável. Mas o Brasil espera que o senhor preste ainda este serviço.
— O que eu deveria fazer? — A pergunta sai junto com um suspiro.

Sai de lá carregado de mapas, acordos internacionais e uma credencial de Ministro Plenipotenciário junto à corte inglesa.

Charlotte não quer acompanhá-lo:
— Recém chegamos. E os ingleses me dão medo. Vou para o Castelo.
— Como queira. — E Olímpio vai telegrafar a Raymond, para preparar a recepção à Condessa.

No dia em que leva a esposa e a futura governanta ao porto, ainda lhe diz:
— Cuide bem do Castelo para nós, Charlotte. Espero estar de volta em pouco tempo.
— E quanto aos pardais?
— Assim que chegar, solte-os no pampa, por sua própria mão.

Ficará seis meses em Londres; para resolver o caso, pedirá a intervenção de Portugal — afinal, os portugueses mantinham documentos sobre a posse antiquíssima da ilha. A uma cantora da Royal Opera ele dirá, enchendo a taça de champanha:
— Vocês, ingleses, são excelentes. Lançam-se à aventura militar e ficam esperando a reação. Conforme o resultado, retiram-se ou permanecem. No caso, retiraram-se. É o que se chama ser prático. No Brasil somos muito românticos.

A cantora mordisca-lhe a ponta da orelha: mmmm...
— A Inglaterra me fascina. Um estilo de vida... Um estilo de fazer política... — Olímpio refere-se às suas visitas à Câmara dos Lordes, onde assistiu aos debates parlamentares. — O parlamentarismo inglês é a solução para o Brasil, já que não inventamos nada de original até agora.

Volta ao Brasil disposto a escrever um livro sobre o assunto: é hora de acabar com o centralismo positivista, responsável, por exemplo, pela ditadura de Júlio.

Ao pisar a soleira do Castelo e beijar a mão da Condessa, ele dirá:

– Daqui por diante, além do francês e do alemão, falaremos inglês aqui em casa. – Mostra seus novos ternos: – Até a roupa inglesa é melhor.

QUARTA NOITE

[*A complexa dama da outra noite – ou Beatriz –, mostrando que nenhuma dor pode ser eterna, pega um cálice de* Dão Meia-Encosta *e volta para seu lugar, disposta a ouvir a sequência da narrativa. Ela mesma põe o* The man I Love *na vitrola*]

Grato. Vejo que me perdoa pela inconfidência de ontem. Mas saiba que, se pequei, foi pelo meu grande amor à Verdade, e porque a exposição de minha teoria não pode deixar de lado nenhum episódio.

Retomando: você, ali no Rio de Janeiro, depois de jogar o arroz sobre o casal Arquelau-Beatriz e desejando que o meio-irmão morra de alguma síncope ainda antes de embarcarem para a Europa, você vai encher a cara no boteco habitual, onde o dono, ao te ver entrar, certamente tem pena: você prematuramente velho, de casaca e luvas, redondo como Buda (mas sem o menor traço de virtude), o rosto intumescido e com papada, bolsas sob os olhos, os cabelos esfiapados mal cobrindo as orelhas e um pouco sobre a testa, se encosta ao balcão e pede um *liso*. O dono te serve e pergunta como transcorreu a vida desde ontem, e você estende a mão aberta, um pouco trêmula, e teus dedos gordos balançam, significando: *mais ou menos, hoje perdi a ilusão da vida ao entregar* uma menina a um velho sátiro, que infelizmente é parente próximo; mas, enfim, vou vivendo, enquanto puder me emborrachar em paz e meu dinheiro não me falte. Ah, você não deveria ter pensado no assunto do dinheiro, nunca! Dinheiro não se pensa, se gasta. Digo isso porque, ao chegar na pensão, você tem uma surpresa imerecida depois de tanto pesar: há uma carta de teu irmão Olímpio, o Doutor, o Sábio, o Político e Honra da Família; pois esse infeliz te fala que as coisas na campanha do Rio Grande, do ponto de vista financeiro-econômico, correm mal; os pecuaristas andam alarmados com o excesso de produtos (o que te interessa essa merda?), e foram levados a isso pela instalação de frigoríficos estrangeiros que... você salta os parágrafos, quer ir ao que importa naquela conversa... enfim: teu banco está malíssimo das pernas e há suspeita de quebra iminente. Urge que você tire de lá o dinheiro e o aplique em algo seguro; Olímpio se oferece para fazer isso, desde que você assine a procuração anexa... E você fica ali, com o papel na mão: por que o pérfido Arquelau não te falou nada, se ele sabia de tudo? É isso: queria te foder, o crápula. E você caminha até o jardim, para aclarar as ideias. Senta no quiosque envidraçado onde numa madrugada comeu a Minervina, lança uma maldição ao papagaio atrás do muro, que repete *aqui, ó! aqui, ó!* Ficar sem dinheiro nunca passou seriamente por tua cabeça. Imagina-se pobre: como será viver da mão-para-a-boca? Pedir emprestado, ficar devendo no armazém, dependendo da caridade... Sentindo um calafrio, volta correndo para o quarto e assina o documento, sem refletir mais: não resta outra alternativa – é confiar ou não confiar em Olímpio, como sempre. Você lasca a assinatura, chama a Minervina e pede a ela que na segunda-feira ponha a carta no correio, e ali vai a tua sorte. Quando ela te olha tão lacrimosa, você não resiste, é obrigado a recompensá-la por mais este favor.

Durante algum tempo você vai recebendo notícias que não te deixam absolutamente tranquilo: teu meio-irmão, sempre às voltas com o Borges, inventa de exilar-se em Buenos Aires e de lá te manda a notícia de que teu dinheiro foi retirado, foi aplicado em quotas de uma charqueada, a charqueada *parece* que vai bem... Há noites em que você não dorme, pensando nos bois que são mortos às cutiladas para que você possa beber os drinques, fazer roupas cada vez maiores, gastar no Jockey – evitando o casal Mazzini, por razões óbvias –, saldar a pensão onde mora, pagar as corridas de auto de praça e ainda alcançar algum dinheiro para a Minervina.

Aí você se apaixona! – ou algo parecido, uma vez que você nunca sabe muito bem o que acontece contigo. A última paixão foi a ingrata Cecília, e agora, que também será a última – você sempre vive últimos amores –, trata-se de mulher com trinta anos, filha de família, solteira porque desiludida da vida, e pintora de pequenos quadros redondos de flores. Aliás, a casa dela está cheia desses quadros, e você, que a conheceu no famigerado Jockey, frequenta-a às quartas à noite e aos domingos à tarde, sempre sob os olhares dos pais: ele o banqueiro Rodolfo, que já está ciente da tua boa condição social; D. Ema é uma dama tão gorda como você e tem olhos cúpidos para tua possível condição de marido da filha. Tua namorada chama-se Tina (na verdade, Vicentina) e vive numa tal premência em estar contigo que, afinal, você está preso: eis a armadilha para um coração simples. Cedo ela se esquece de suas desilusões e, no outro lado do sofá, diz que sofreu muito mas que agora está feliz. Você se envaidece a ponto de não beber às terças e aos sábados, para aparecer sem bafo na casa que te acolhe com tanta simpatia. Tina não é, a rigor, uma bela mulher, pois um certo ar antigo tira-lhe um pouco do frescor. Mas possui belos dentes e te faz sentir muito saudável.

Domingo: aproveitando a complacência da proprietária da pensão, uma senhora muito distinta, filha do Barão de Igarapé-mirim, você passa a sesta nos braços de Minervina, as janelas fechadas ao mundo; depois, um banho formidável de espuma, ao qual se segue o vestir-se: camisa de seda, gravata vermelha porque é verão, fatiota de linho creme, sapatos bicolores, chapéu-picareta, a bengala de cana, borrifadas de *Le chemin d'homme* e, para complemento, uma orquídea que a Minervina te põe na lapela, dizendo que você parece um nobre. Tudo isso para tomar um auto de praça e desembarcar, janota, no palacete de Tina, que te espera igualmente florida. Você sai com ela e os pais, e, depois de um respeitoso passeio a pé pela calçada do Flamengo, o motorista da família leva vocês até o Jockey. Uma bela tarde... você se cuida para beber só refrescos, o que aumenta teu cartaz. Você descobre em Tina uma súbita voluptuosidade quando ela diz: *acho que perdi... apostei mal...* E você procura aproximar-se mais e, num intervalo, segura aquela mão que pintou tantas flores. Sente-a viva, plena de existência. Diz para Tina que você é um homem solitário, mas que agora que a encontrou muito espera da vida. Ela te diz que seria muito feliz sendo tua esposa, é o homem que sempre esperou. E aí há um arroubo, você lhe dá um beijo às escondidas; você, para provar a honestidade de intenções, vai ao banqueiro e pede-lhe a filha em noivado quando o homem do Jockey, de megafone, apregoa: "Terceiro Páreo: em disputa Ricky, Enchova, Traição..." – "O senhor está certo do que deseja?" – "... Bacalhau, Baião de dois..." "Estou certíssimo, e saiba que darei um lar honrado e confortável a sua filha" "... Yonville, Capítulo-Oito, Mestre..." – "De minha parte faço gosto, e minha senhora também..." – "E, como estreias, Comício e Flaubert!" D. Ema me congratula e ali marcamos a data do noivado, a ocorrer na Páscoa.

São preparativos enredados, embora o enxoval, pronto há décadas, não seja o problema. A maior questão é a casa. Você não tem ideia definida, procura alguma para alugar... e o pai te salva, compra uma como presente de núpcias, também no Flamengo, e, quando você e Tina a visitam, você se emociona com o sobrado à antiga, com um belo jardim, do qual o pai contrata a reforma. E vocês traçam desenhos, passam a imaginar como disporão a mobília, os quadros redondos...

A vida! Que espetáculo sombrio de tragédias! Numa noite em que a Minervina se convence em aceitar um bom dinheiro para resignar-se, chega um telegrama... Olímpio, naturalmente. Teu irmão, regressando do mentiroso exílio de Buenos Aires, pede tua vinda imediata a Pelotas, tem um assunto grave. Logo agora!... O que fazer? Você vai falar ao Doutor Rodolfo, mostra o telegrama, pede um tempo para ver do que se trata, diz que manterá a todos informados do que está acontecendo. Tina entra em

crise, exige pressa, morrerá de saudades. Você a consola e reitera promessas, mas com a alma em pânico. E faz a viagem. Agora, um momento.
[*Ele tira o* The man I love *e põe a ária da calúnia, do* Barbeiro]
Grande ópera! Eu e Rossini temos uma grande afinidade: somos gordos.

Chegando a Pelotas depois de um itinerário que teu organismo já não suporta com a mesma eficiência, e aguardando tétricas notícias, você se esborracha na *bergère* da sala do Solar dos Leões. Olímpio não sabe bem como começar, faz muitas voltas, falando nas dificuldades por que todos passam, muitos estancieiros faliram porque o Banco Pelotense, com a crise do pós-guerra europeia, exigiu o pagamento dos débitos em trinta dias, e aqueles que aplicaram por fora acabaram por perder fortunas em investimentos aparentemente seguros. É o pior momento da pecuária gaúcha. Você custa a acender um charuto e depois de aspirar a fumaça pergunta: "Enfim: estou quebrado?" Teu meio-irmão te diz que talvez, você tem ainda uma fração de terras junto ao Castelo, mas quebrados estão quase todos os estancieiros; ele mesmo perdeu uma fábula em aplicações de capital. Não a ponto de deixá-lo pobre, *of course*, mas a perda foi suficiente para abalar um pouco suas economias... Mas como lutar contra esse estado de coisas a que o Borges levou o Estado? "A política", Olímpio diz, "tem uma íntima conexão com a economia, e onde uma coisa vai mal, a outra vai também". "Estou quebrado?", você repete a pergunta, e quando afinal vem a confirmação você percebe que, mais do que nunca, você precisa elaborar uma teoria que te ponha a salvo de tantas desgraças morais e financeiras. Você pede licença à tua Condessa-cunhada, que, silenciosa, ouvia a conversa, e sai. Atravessa a praça e, porque precisa ir a algum lugar, vai em direção às torres da Catedral, cruzando as retilíneas ruas de Pelotas. De repente todos aqueles homens, de magníficos solares de criados à porta, todos te parecem empulhadores. O festivo Clube Comercial ali está, abrindo suas portas à aristocracia, nada mudou. Olímpio diz que os estancieiros faliram, mas ali estão eles, eternos, sólidos, e só você está quebrado. E, quebrado, nem pensar em casamento. Sem perda de tempo, escreverá uma carta, explicando tudo ao exfuturo-sogro e à tua noiva. Nem campo, nem casa, nem Cecília, nem automóveis, nem Minervina, nem pensões, nem Tina – só uma teoria poderá evitar tantos desastres daqui por diante.

Na Catedral, as beatas saem da reza do Ângelus, e você observa como dão esmolas a um mendigo que estende o chapéu. Você, porque tem pena, procura uma moeda e a dá ao homem, que parece mais velho que da outra vez. O coitado te agradece e você procura um banco, senta-se. Mentalmente faz as contas de tudo o que já perdeu na vida e de repente chega a uma conclusão: você sempre perdeu porque sempre desejou coisas! Para seres como você, a quem tudo dá errado, o melhor é não querer nada – o que vier será uma festa. E pensa no mendigo: hoje de manhã não contava com a tua moeda, e agora a tem – ganhou, portanto. Fodido como você está, só te ocorre isso: pensar na tua teoria. Quando entardece, você não vai de volta para o Solar, mas pega um bonde até o Areal, lá onde há um bolicho de que teu coração se lembra vagamente. No Areal, você ouve violões, gente cantando tango e você, enfim, se emborracha a rigor. Em horas tardias não há mais bondes, e a solução é aceitar a hospedagem amiga da dona do estabelecimento, que te põe a dormir num catre cheio de gatos e que fede a mijo. Ótimo – isso você não esperava, e portanto é um ganho. E você, no entressono, começa a pensar como comprovar a teoria na prática... Ao amanhecer, bem cedo, você bebe uma caneca de café com muito conhaque, acompanhado por *galletas* uruguaias, agradece a acolhida, enche uma garrafinha e gasta alguns tostões no bonde. Quem te vê assim não imagina um homem sem posses: a fatiota creme, o chapeuzinho-picareta, a pequena bengala. Ao passar por perto da praça da Catedral, você apeia, bebe um imenso gole e, tirando a gravata e colocando-a no bolso, ruma decidido ao templo. Pede licença ao mendigo e ocupa o outro lado da porta, sentando-se no pequeno degrau. O mendigo começa a te estranhar e você tira o último dinheiro e o dá a ele; o homem olha desconfiado para as moedas e te pergunta se você vai ocupar aquele ponto para sempre. Você diz que não, não quer tirar privilégios de ninguém; está ali para divertir-se um pouco. É uma mentira, talvez; e no meio da névoa do conhaque você nota que uma viúva encurvada vem caminhando pela praça, chega perto, olha para você, e sem que você peça abre a bolsinha, remexe lá dentro e te dá uma moeda, dando outra ao mendigo titular. O mendigo te olha, satisfeito, e comenta que aquela mulher nunca deu nada para ele, decerto você trouxe sorte. Você agarra a moeda da viúva e a leva a um raio de sol: tua teoria começa a confirmar-se.

Mas sempre há quem se importe com o fato de um meio-nobre estar pedindo esmola à porta da igreja: mais mulheres vêm chegando para a missa, e algumas te reconhecem e formam um pequeno grupo e ficam falando entre si, no limiar do adro. E te olham e comentam, algumas dizem que não pode ser você; outras, as muito velhas, dizem que sim, que você é do Solar dos Leões. Só para bisbilhotar, resolvem te dar dinheiro, e uma delas te pergunta se você não é o irmão do Doutor, e você confirma, mas elas não devem se importar com isso, e se está pedindo esmola é porque ficou quebrado, elas não sabem que o Banco Pelotense deixou muita gente na miséria? Horrorizadas, elas entram na igreja e voltam com o cura da Catedral, um velhinho de boina que te pede para entrar para conversarem, e você se nega: se sair dali não vai ganhar esmola. "Eis no que dá a bebida", diz o bom homem às devotas, "mas vou tomar uma providência". Por essas artes do telefone, ele se comunica com teu meio-irmão e logo estaciona um automóvel, Olímpio desce e está à tua frente e você sentado, olhando para ele como se não o conhecesse, afinal, não quer deixá-lo constrangido. E Olímpio te ordena que você se levante, e você diz que não, que ali é teu lugar, e ele te puxa por um braço, diz que vai te levar para curar a borracheira. Começa o povo a juntar-se e naquele instante teu meio-irmão pede ajuda ao motorista, um homem forte que te agarra e te põe dentro do automóvel e assim você atravessa a cidade e entra pelo portão do Solar e é retirado do automóvel e teu meio-irmão te proíbe de fazer aquela afronta à população de Pelotas. Se você está mal de vida, nada mais resta a ele senão te dar abrigo: de agora em diante você estará sob a proteção familiar, mas deverá retirar-se para o Castelo e nunca mais aparecer em Pelotas; no Castelo, terá casa e comida para sempre, e a visão de teu irrisório pedaço de campo – tão pequeno que parece de brinquedo. É um homem correto,

Olímpio, e defensor da honra de sua casa: cumpre o prometido, e em poucos dias você está aqui, certo de que não sairá nunca mais. Difícil é escrever a Tina e ao pai, acabando com tudo; você precisa se embebedar para dizer cruamente que não possui mais nada de seu e deseja que tua noiva não sofra muito e que encontre um noivo à altura; mas é teu último ato de coragem.

Mas foi preciso perder tudo para começar a ganhar; cada dia aqui no Castelo, cada foda com uma criada, cada prato de comida, cada disco novo que você manda vir, cada garrafa de vinho que você bebe, tudo isso é lucro. Daqui por diante você não quer mais nada, para ganhar tudo. Não sei se ficou clara a minha teoria. A partir de amanhã contarei como eu estava certo na minha decisão.

[*Condoídos, servem-lhe mais vinho. Ele aceita, segurando o cálice à altura do rosto. Dir-se-ia que está chorando, mas há um pequeno vestígio de sorriso no olhar*]

A LONGA MÃO DA PÁTRIA ME PEGOU, COMO ACONTECE A TODOS OS VADIOS

No ano em que o General Cara-de-Bunda tomou posse na Presidência da República, Robespierre e eu fomos convocados para o serviço militar. Vivia-se uma festa, no país pós-guerra: 1. eu abandonara de vez os estudos; 2. os partidos, recuperados de uma longa letargia, punham suas cabeças de fora; 3. o doutor Antonello Corsi, após uma reconciliação – os adversários renegaram Stálin –, fora escolhido como secretário do PCB no Rio Grande do Sul. Nossa casa nos Moinhos de Vento livrara-se de seus indesejáveis vizinhos nazistas, que foram lamber suas feridas nas colônias germânicas perdidas no interior do Estado ou, melhor ainda, na Alemanha, que se reconstruía pedra a pedra, janela gótica a janela gótica. O episódio das casas e muros pichados, após o entusiástico apoio do meu protetor, acabara em denúncias que foram abafadas, e eu fortaleci-me no bairro. Quanto a Fanny, nosso namoro esvaiu-se quando o pai verdadeiro, cansado de tangos, veio conhecê-la, e ela aceitou – abandonando em lágrimas a mãe e o Saul de bigodes – ir com ele para São Paulo, onde se estabeleceram com uma mercearia na Avenida Brigadeiro Luiz Antônio. Eu a reencontraria bem mais tarde, e numa situação algo cômica, conforme veremos, se eu tiver vontade de contar.

Tive outras mulheres, mas inqualificáveis. Em geral senhoras tristes que me agarravam pelos cabelos, me sufocavam com beijos-vampiro e tinham o costume de abandonar os maridos, ficando à minha espera na casa de uma prima devassa. Meus rompimentos eram espetaculares e traziam consequências: os maridos recuperavam as esposas, as esposas reencontravam a si mesmas e abriam uma modesta loja de armarinhos: o suficiente para falir a família. Havia também as boas da cabeça, que se paravam numa contemplação muda à minha passagem, limitando-se a olhares românticos e cochichos. Às vezes mandavam bilhetes, que Robespierre me entregava: "É o terceiro, nesta semana, é bom ter cuidado". O doutor Antonello Corsi ria e incentivava o filho a imitar-me; Robespierre, porém, tinha tantas preocupações ideológicas que nunca sobrava tempo para estas coisas.

Esquecia de dizer algo: tornei-me um galã. Isto é, um rapaz bonito, e recebi muitas sugestões para tentar a sorte em Hollywood. Até uma dama – imaginando que eu fosse pobre – quis dar-me a passagem; sua única condição era que iria junto, para gozar um pouco a vida. Custei a livrar-me dela. Sem modéstia: fui considerado a mais bela estampa de Porto Alegre, e a mais jovem empregada dos Corsi tirava-me fotografias em sua Kodak-caixão e depois colava-as na parede de seu quarto, cercadas de flores. Proibi-a de fazer isso, pois me dava uma impressão de morto, e fui obrigado a frequentar seu quartinho para readquirir a ideia da existência humana.

Mas o serviço militar, esse resultado de uma noite maldormida de Olavo Bilac – não era ele, o *dandy*, quem iria lavar as latrinas dos oficiais –, pegou-nos da forma mais vil, justo quando tentávamos escapar dele, eu com uma asma mortal e Robespierre com um pé chato que o deixava entrevado numa cadeira de rodas. Os médicos militares mostraram-se implacáveis, e fomos designados para o mesmo regimento de cavalaria, nos lados do Partenon, e no dia de nosso encaminhamento ao patíbulo o incansável doutor Corsi nos levou. Ao largar-nos frente aos portões providos de inúteis arames farpados, disse-nos que ficássemos quietos e cumpríssemos as ordens, se não quiséssemos passar todo o tempo na cadeia – e desta cadeia ele não tinha o dom de tirar-nos. Robespierre foi preso no segundo dia, pois rebelou-se com a altura do corte de cabelo a que o submeteram. Quanto a mim, aceitei o corte, na premonição de que me aguardavam prisões mais dignas. Aprendi a cavalgar bem, com um sargento gordo. Não é tão difícil como dizem.

Como sempre, a sorte me ajudou. Viera da academia militar um aspirante a oficial apenas três anos mais velho do que eu, e que me tomou como ordenança. Ordenança é um soldado cheio de privilégios, como ser ignorado nos exercícios e nas formaturas diárias; presta contas exclusivamente ao oficial que o tomou a seu serviço. Desta forma, eu assistia de camarote aos outros soldados preparando-se para uma guerra que acabava de terminar – algo comovente. O motivo de minha escolha como ordenança foi a solidariedade de classe: Gonçalo Mendes Ramires – não estou mentindo, este era mesmo o nome dele – era filho de estancieiros de Alegrete, e tão milionário como eu. Robespierre não aprovou muito a situação e me acusou de estar reproduzindo na caserna a estrutura social da oligarquia gaúcha, uma coisa detestável. Consolei meu amigo, dizendo que era algo passageiro e que não significava nada de mais. Ele não ficou muito satisfeito com minhas explicações e mantínhamos, durante as horas da caserna, uma distância que, entretanto, não abalou em nada a nossa amizade doméstica.

Gonçalo era um pândego, para usar uma palavra fora de moda. Escapara de ser expulso da academia e atingira o quase oficialato com as calças na mão. Diplomaram-no e o mandaram para nosso regimento com mil advertências ao comandante. À chegada, escolheu um cavalo muito cínico para sua montaria, chamado obviamente de Relâmpago, embora o apelidassem de Cisco, e Gonçalo preferisse Pai-d'éguas. Eu e Gonçalo fizemos uma boa camaradagem, e o aspirante me disse para tratá-lo por *você*.

Gonçalo Mendes Ramires (como confessava esse severo genealogista, o morgado de Cidadelhe) era certamente o mais genuíno e antigo fidalgo de Portugal. Raras famílias, mesmo coevas, poderiam traçar sua ascendência, por linha varonil e sempre pura, até os vagos senhores que entre o Douro e o Minho mantinham castelo e terra murada, quando os barões francos desceram, com pendão e caldeira, na hoste do "Borguinhão". E os Ramires entroncavam limpidamente a sua casa, por linha pura e sempre varonil, no filho do conde Nuno Mendes, aquele agigantado Ordonho Mendes, senhor de Treixedo e de Santa Irineia, que casou em 967 com D. Elduara, condessa de Carrion, filha de Bermudo, "o Gotoso", rei de Leão.

Perdão, me embaraço com tantas leituras. Mas era certo que Gonçalo tinha o porte altivo dos senhores de terras do Rio Grande – que eu não conseguira adquirir – e um ar de serena ociosidade que o distinguia de seus camaradas, oriundos de pequenos comerciantes de lápis à orelha ou funcionários de guichê com pala de celuloide sobre os olhos; tratava os coronéis com uma ponta de desmazelo e raramente discutia. Mesmo porque seus interesses eram outros, aliás bem próximos dos meus. Não dormia à noite; passava-as, com o Pai-d'éguas à porta, em casas de esposas tristes do Partenon. Como ordenança, eu pretensamente zelava para que tudo transcorresse sem maiores incidentes, fingindo vigiar nas esquinas obscurecidas. Foi aí que aprendi uma coisa: é possível dormir sobre um cavalo, basta achar a posição correta. Gonçalo aparecia ao amanhecer, a cara estremunhada, e decidia que era hora de voltar ao regimento. E assim os dois entrávamos soberbos no quartel, Gonçalo recebendo o apresentar armas da sentinela igualmente insone; retirava-se para o alojamento dos oficiais, onde tomava um banho, bebia uma xícara de café sem açúcar e vinha incorporar-se à formatura no pátio, todo lampeiro com a espada de ouro que seu bisavô usara na Guerra do Paraguai e que ainda ostentava as armas do Império. Os camaradas queriam comer-lhe o fígado, por causa da espada e pelas inúmeras mulheres que o aspirante possivelmente comia em suas andanças da noite.

Numa dessas formaturas, foi lida uma ordem: no dia seguinte fariam uma inspeção geral na cavalhada, e o comandante designava a vistoria das diferentes partes dos cavalos do regimento, que foram distribuídas entre os oficiais, assim:

Cabeça: Ten.-Cel. Esteves.
Lombo: Major Gomes Souza

Anca: Capitão Araújo
etc.
Ânus: Aspirante Mendes Ramires.
"Ânus?", berrou Gonçalo, no meio da ordem. O capitão-secretário parou um pouco a leitura: "Sim, aspirante, ânus mesmo" – e seguiu lendo. Os oficiais vingavam-se. Vi meu aspirante entesar-se, e sua fisionomia, de irritada, foi lentamente passando a uma espécie de máscara de impassibilidade. Quando a formatura terminou, acompanhei-o a seu gabinete no esquadrão. Tinha afrouxado o cinto e a espada estava sobre a mesa. "Idiotas", foi jogo dizendo, "o que eles pensam, esses aí? Nós, nós os que sempre mandamos nessa merda de Estado, somos obrigados a essas coisas. Antes a minha estância." Consolei-o como pude, perguntando-lhe se não queria que eu matasse o comandante. Ele recusou a oferta, entregando-se a uma resignação soberba, mas logo depois espatifou um tinteiro na parede, fazendo uma mancha negra com o formato do mapa do Brasil.

À noite, saímos para mais uma verificação do nível erótico das famílias vizinhas. Acabou mal. Um marido precavera-se, montando guarda ao portão. Gonçalo saudou-o, comentou a respeito do tempo e dos jogadores do Grêmio e mandou que déssemos meia-volta. Cavalgamos até os lados de Teresópolis, onde havia uma esperança: mas uma esposa de farmacêutico não pusera o costumeiro código da colcha à janela, e Gonçalo gritou injúrias aos ares, até que acudiu uma cachorrada feroz, pronta a defender as resoluções de sua dona. A terceira investida, a uma costureira complacente, deu na mesma: a coitada tinha muito serviço, precisava entregar dois vestidos de baile e ia fazer serão. "Pago o dobro", ele rugiu, e a mulher entretanto disse preferir sua responsabilidade profissional. "Esta noite está uma merda, Paris", ele resignou-se, sugerindo que fôssemos adiante. Acabamos em um bar de quinta categoria, onde ele jogou dominó com dois vagabundos e se emborrachou com uma disciplina exemplar. O que faz a solidão humana! Quando o dono do bar fechou as portas, eu recolhi Gonçalo, depositei-o sobre a sela e vim na frente, segurando-lhe o bridão do Pai-d'éguas. Talvez pela influência do vento fresquinho, Gonçalo estava em começos de recuperação ao chegar ao regimento, e aprumara-se um pouco na sela, mas vítima de um espumante ódio ao mundo. Quando desceu para a formatura, trazia uma tira de pano úmido amarrada na testa, estava de óculos escuros, queixava-se de uma tremenda dor de cabeça e "disposto a rachar ao meio qualquer um".

Depois da formatura, e sob um sol medonho, fomos à *carrière* aberta do regimento, onde se enfileiravam os cavalos, cada qual conduzido por um soldado. O capitão-secretário ia distribuindo pranchetas e lápis entre os oficiais; nas pranchetas havia uma grade onde deveria ser anotada a situação de cada parte anatômica dos cavalos. Gonçalo pegou sua prancheta onde, no cabeçalho, estava escrito "Ânus – Asp. Of. Mendes Ramires" e, nas linhas paralelas abaixo, o número de cada cavalo à esquerda, mantendo-se um espaço à direita para as observações. "Vergonha", disse-me, entregando-me a prancheta e o lápis, indo sentar-se debaixo de uma árvore. O comandante passou por ali e mandou que ele fosse para seu lugar, ao que ele respondeu que poderia fazer ali mesmo o serviço. O comandante suspirou e, para evitar maiores insubordinações, concordou, fato de que se arrependeria por muitos anos. E a cavalhada começou a passar, descrevendo um grande arco. Os oficiais examinavam segundo a parte que lhes fora designada e iam anotando na prancheta. A fila dos cavalos desviou-se para a árvore, para que Gonçalo pudesse trabalhar. Ele então disse-me para levantar o rabo de cada animal, que ele olharia, dando o resultado do exame. No primeiro cavalo, ordenou-me escrever: "Cavalo nº 122: cu igual ao da mãe do comandante", depois os outros: "96: avariado como o cu do capitão-secretário", e assim fomos avaliando até que, ao fim de tudo, entreguei a Gonçalo uma formosa lista onde eu acrescentei algumas observações pessoais: e todos os oficiais foram assim contemplados. Prevendo desastre, fui parar-me junto à cerca da *carrière*, de onde assisti à reunião dos oficiais, que entregavam suas pranchetas ao capitão-secretário. Este, ao examinar o nosso resultado, entrou em delírio, bufava e gemia, gritou possesso com Gonçalo e participou tudo ao comandante. Dando saltos de meses e anos: meu precário amigo foi imediatamente preso, submetido a julgamento, e não apenas impediram sua ascensão ao oficialato como o desligaram do exército. Ele voltou às suas terras, tornou-se grande estancieiro, casou-se bem e ainda está vivo, contando esta história aos amigos, enquanto toma mate.

Eu naturalmente também fui preso e expulso, não chegando a concluir o serviço militar. Mas na noite daquele dia, recolhido à cadeia, vi através da janela gradeada uma fantástica lua, que surgia entre as nuvens. Mares, montanhas... Recordei algumas coisas que tia Beatriz me contara a respeito de minha mãe e pensei que naquela hora Selene poderia também estar vendo a mesma lua. Nas noites seguintes, enquanto a lua diminuía de tamanho, desenhei os mares e montanhas antes de submergirem nas trevas do minguante. Tornei-me um preso romântico, vítima de nostalgia, mas logo decidi transformar a nostalgia em maior eficiência com as mulheres. A lua é sempre um bom motivo de sedução. E a cadeia também. E Selene perdeu-se.

No meu primeiro dia de civil, tive a notícia feliz da morte do tio Arquelau. Beatriz telegrafou-me alvoroçada da estância, e dias depois recebi uma carta, onde ela detalhava a morte: tio Arquelau morrera de enfarte, na cama; na cama de uma empregada, mas enfim morrera. Ao fim da carta, pedia-me para ir morar na estância, uma vez que o caminho estava livre para que eu tomasse posse de meus bens: a partilha de meu avô estava quase pronta e eu herdara uma importante fração de terras, do gado e uma "parte ideal" do Castelo, do Solar dos Leões e de todos os seus pertences. Imediatamente discuti o assunto legal com o doutor Antonello Corsi e confirmei a herança. Beatriz ainda ficaria de minha tutora por dois-três anos e, enfim, eu disporia inteiramente do meu quinhão. Fiquei meio atordoado, nunca pensara em ser estancieiro de fato, e minha primeira ideia foi, assim que pudesse, vender tudo e fazer uma viagem perdulária à Europa, lá ficando até que o dinheiro acabasse. Antonello Corsi dissuadiu-me, recomendando-me prudência. Passei quatro dias pensando, e conversei muito com o crioulo Pandorga, um dos porteiros do Cinema Carlos Gomes. Dele também ouvi o mesmo conselho. Robespierre, agora com responsabilidades no Partido, mas ainda soldado, apoiou a ideia: quem sabe eu no futuro daria minhas terras para uma experiência-piloto de reforma agrária, etc.

Em duas semanas eu me despedia de Aurora e Liberdade, entregando-as sem pesar a seus namorados, que naquelas alturas já estavam na terceira ou quarta geração, e cada vez mais bandalhos. Com Dona Edite as coisas foram bem mais complicadas: chorou ante um prato de rosbife, a coitada, e me disse que gostava de mim como filho e pediu-me que nunca os esquecesse. "Jamais", eu disse, sem saber como eram verdadeiras as minhas palavras. Tive uma lágrima, na ocasião. O doutor Antonello e Robespierre levaram-me à estação de trens e, quando o trem partiu e os vi parados na gare, acenando-me, fechei logo a janela e tentei dormir. Após complicadas conexões, várias e cansativas horas depois e gozando um dia límpido, desembarquei na pequena estação do Castelo. Evitei olhar para ele. Esperava-me o automóvel de Beatriz, dirigido por um motorista meio bêbado. O trajeto até a estância de meu finado tio era apenas uma trilha no campo que se estendia por mais de uma légua, e furamos dois pneus, que o motorista trocou, lançando mil pragas e reclamações de mau salário.

A estância parecia ter adquirido vida. Até no pequeno jardim as flores brotavam. Tia Beatriz acolheu-me com um abraço demorado e dois beijos, levando-me a meu quarto, no qual eu já estivera alguns anos antes, e em situação calamitosa. Olhei para fora: lá estavam, à distância, sólidas como o inferno, as torres do Castelo. Não gritei, como da outra vez: tratei de abrir minhas malas, eu mesmo guardando minhas roupas no armário de jacarandá que recendia a alfazema. A propósito, o quarto estava um primor de imaginação: uma cama de ferro com uma colcha floreada, uma mesa de cabeceira com lâmpada elétrica, uma secretária lavrada e respectiva cadeira, uma poltrona de braços e uma estante de livros muito lidos: romances de Hemingway, D.H. Lawrence – *Filhos e amantes* –, Eça de Queirós, contos de Machado de Assis, Erico Veríssimo – *O resto é silêncio* –, Cyro Martins – *Porteira fechada*, entre outros. Percebi logo que minha tia afinara seu gosto pelo pampa. De fato: até perdera um pouco a sua sibilância carioca, adquirindo também um modo de ser mais lento, mais arrastado, e tratava as criadas com aquela generosa arrogância que as torna felizes. O cardápio engordurara-se, e no jantar comi rabada com mandioca e espinhaço de ovelha. Tudo muito saudável para um jovem. Beatriz renovara-se como a casa. Mesmo à luz crua das lâmpadas, seu rosto não apresentava nenhuma ruga e mesmo seus quatro fios brancos de cabelo não a envelheciam. Cumprimentei-a pela juventude, e ela agradeceu-me. No outro dia, os fios brancos de cabelo não estavam mais.

Tio Arquelau não existiu, nem como lembrança a ser odiada. Como um ente de fantasia, dele nada restara, nem uma foto, nem uma navalha de fazer a barba, nem uma cadeira de balanço sobre a qual pudessem dizer, apontando: "Ele gostava muito daquela cadeira. Parece que o estou vendo, tomando mate, olhando para fora". Não, não diziam isso – nem nada.

No primeiro dia espiei para o quarto de Beatriz, e vi apenas uma cama nova, talvez de solteiro, mas com uma largura levemente esperançosa. Como passaria seus momentos de viuvez, mesmo imaginária? Aquela solidão nos campos... os poentes nas coxilhas, aquele silêncio apenas rompido pelos quero-queros, o arrastar dos chinelos das empregadas, o ruído do gerador de eletricidade à noite... – preciso cuidar-me: tornei-me excessivamente literário nos últimos tempos, procurando descrições sérias, primores de estilo, furtos aqui e ali; isso é coisa de quem pretende fazer carreira na literatura. Mas voltando: de tédio Beatriz não morrera, porque ainda estava viva. Mas é certo que deveria inquietar-se. Embora cumprindo uma promessa que me fizera sob um guarda-chuva, era certo que me mandara chamar porque necessitava de alguma distração, e para isso nada melhor do que eu, o palhaço.

Ela quis apresentar-me a uma possível parte de minha herança, os chamados semoventes – ou, como me explicara Antonello Corsi, do latim *per se moventes*, isto é, os que se movem por si mesmos: os animais. Por que não os homens, também? – No caso eram bovinos e ovinos, já que na estância de Arquelau o único muar era ele próprio. Montamos em cavalos dóceis e nos fomos em direção à coxilha mais próxima, que me pareceu próxima, mas custamos quase meia hora a chegar até lá. Bem belos: ela, a ex-carioca do Leme, e eu, o ex-interno dos jesuítas na Capital. Mas Beatriz entendia mais, uma questão de convivência com o finado e esquecido. Mostrou-me algumas vacas mastigadoras e olhei com vagar para aquelas caras enormes, pacíficas, inteligentes e meditativas, e perguntei para minha tia como é que alguém poderia sentir-se dono daqueles seres – como diria? – tão humanos. Beatriz riu com meu espírito, mas eu disse que estava falando a sério, era uma imoralidade. Minha tia então olhou-as, também, e, depois de um instante de abstração, concordou. Seguimos, um tanto mudos. No reduto das ovelhas, minha raiva aumentou: tão tristes, as orelhas penduradas... "Mas em relação ao campo você não sente essas coisas, não?" – ela me indagou – "aliás, este campo em que estamos poderá ser seu." Fixei a grama, apeei e examinei melhor: ali cresciam florzinhas amarelas e corriam alegres perdizes. Ela me mostrou a toca de um tatu, um cupim onde corriam formigas, céleres, trabalhadoras e, mais além, uma pequena sanga onde nadariam peixes aspirando oxigênio das águas. Não precisei dizer nada, minha expressão foi o bastante: meio envergonhada, pediu-me que voltasse a montar.

    Regressamos ao entardecer. Durante o jantar, filosofamos. À noite, bebemos licor de bergamota e ouvimos uma parte do *Il Rigoletto*, transmitido pela Rádio Belgrano de Buenos Aires. Beatriz disse-me que prefería o jazz, desligou o rádio e pôs Louis Armstrong na vitrola manual. Depois Charlie Parker e Count Basie. Com Lester Young, dançamos. Eu, estancieiro *malgré moi*, dormi com a cabeça cheia de notas musicais.

A AMA: FRANCISCA ALMADA

Aos oito anos, Francisca tinha cinco obrigações, e uma delas era acompanhar o pai quando, às terças-feiras, ele – de boné e capote – ia à praça central de Évora, para tratar de negócios com os outros agricultores. Talvez a obrigação menos importante de Francisca fosse tratar dos porcos, que, como tudo que se move sobre quatro patas, são abundantes no Alentejo. Durante as longas conversações do pai, ela corria às ruínas do templo de Diana e ali ficava, entre as colunas coríntias, a brincar com as outras crianças. Às vezes encontrava um pedaço de vaso romano, que os professores lhe arrebatavam das mãos e iam juntá-los às outras velharias do seminário. Um dia ela achou a cabeça de mármore de uma dama, que escapou à vigilância dos professores e foi acabar no alforje do pai. Em casa, olharam a cabeça. O nariz quebrado deu uma grande compaixão à mãe, que pensou tratar-se de vandalismo à imagem de alguma santa da Igreja, e a sepultou num funeral apaixonante. Mas com aquela cabeça Francisca adquiriu um gosto muito intenso pelas figuras humanas. Teve muitas bonecas, quase todas de pano e malfeitas.

Uma terceira obrigação era cuidar dos cinco irmãos, todos menores do que ela. Corriam ranhentos pela casa e Francisca os perseguia, e quando alcançava um, o outro já estava fora, a rir para os melros. Então ela ia para a cozinha e exclamava: "No dia em que tiver os meus miúdos, vou dá-los à mamã para cuidar".

Como sua vida era muito cotidiana, as outras duas obrigações eram tão comuns que Francisca nem se dava conta quando as cumpria.

Um dia o pai voltava muito triste de Évora; Francisca, a seu lado, montada num burrico, perguntou-lhe o que o incomodava. O pai apenas disse: "Não é da tua conta, ó rapariga" – e seguiram pelos quatro quilômetros em frente. Chegaram, apearam, e o pai foi tratar dos animais. Quando a mãe lavava-lhe os pés numa selha decorada com florzinhas amarelas, ele disse: "Ó mulher de minh'alma, não podemos mais depender desses forretas. Vamos para o Brasil". Ela concordou, venderam tudo o que tinham e embarcaram no porto de Lisboa. Os parentes emigrados falavam que o Brasil era terra de abundância, e por isso o Rio de Janeiro pareceu a Francisca um reino de paxás: ela andava pela Praça Quinze e com facilidade davam-lhe esmolas, que a mãe depositava nos altares. O pai, muito distraído, instalou-se com um temerário armazém na Zona Norte, e apenas percebeu que o negócio ia mal quando olhou para os lados e viu que estava cercado de outros estabelecimentos do mesmo ramo. Os parentes não foram de muita utilidade, eram empregados de salário, sem nenhuma prática em comércio. Disseram-lhe: "Para um gajo nesta tua situação bestial, só o Rio Grande".

O Rio Grande do Sul era uma terra gelada, nos confins do país, e só os doutores viajavam para lá. Mesmo assim, o pai recolheu a família e os destroços financeiros e mandou-se, desembarcando no porto de Porto Alegre num domingo de inverno, quando alguns curiosos saíam da igreja das Dores e vinham bisbilhotar o navio que chegava. Olharam, apontaram e foram-se embora sob os guarda-chuvas enormes como barracas. O pai fixou o imediato deserto, olhou para o céu negríssimo e disse: "Bela acolhida que nos dá o Rio Grande." E desceram pela tábua corrugada, e quando Francisca pôs o pé na pedra exclamou: "Enfim meu pezinho pisa em algo firme", e todos riram. Mal disse isso e já saiu a correr pelo porto, atrás dos irmãos que se perdiam no meio dos fardos e pipas. A mãe, que o Brasil deixara ainda mais parva, apertou um pouco o olhar e murmurou: "Ó Chiquinha, que não dás conta de teus irmãos, olha que se perdem". E Francisca correndo, ia tropeçando nas gastas pedras, caía, e quando se levantava já não via mais os manos.

A família foi acolhida por um patrício que tinha açougue no mercado; o pai tornou-se seu funcionário de balcão, enquanto a mãe fazia chouriços em casa, com a carne vinda do açougue. Moravam no Menino Deus, que recebia a denominação novíssima de "bairro". É preciso esclarecer que o Menino Deus tinha dois lados: primeiramente o lado da iluminada avenida, onde a incipiente burguesia iniciava a construir suas imitações de palácios ornadas com máscaras de estuque a mostrar as línguas; e o *outro lado*, isto é, das ruazinhas laterais, com casas de porta e janela e um corredor tão comprido que as crianças finavam-se aos gritos para serem ouvidas de um extremo a outro. Numa destas casas foi morar a família Almada, mas esse longo corredor iludia: não havia quartos para todos, e Francisca teve de arranjar-se no sofá da sala – se é que como tal se pode considerar um móvel da idade do século; por sorte o aluguel era pouco, e pago apenas quando o proprietário, também patrício, lembrava-se de aparecer e ficava um pouco mais para enternecer-se com os chouriços e beber um quartilho de vinho. A sina de Francisca continuava: à medida que os irmãos cresciam, ela crescia também, de modo que "nunca deixou de ser a mais velha", como se admirava a mãe. Essa condição fraternal continuava impondo seus deveres, e Francisca nem se dava conta de que a vida passava lá fora da janela, em cortejos de carnaval, procissões e rapazes bonitos. Todos os filhos Almadas aprenderam a ler e a escrever, e liam coisas bobas, como *Ivo viu a uva* – e Francisca ficava imaginando a cena de um Ivo, de capote e tamancos, olhando para uma curiosa e solitária uva. Como progredisse mais rapidamente do que os irmãos, Francisca fazia-os lerem a cartilha, enquanto ela ia pensando essas coisas. Aos domingos arrumavam-se melhor e iam à avenida para contemplar a vida dos ricos, que chegavam em viaturas barulhentas com faróis de latão. A mãe observava os carros que se moviam sem cavalos... Esses divertimentos eram tudo. Francisca recolhia-se para casa na certeza de que a mãe a mandaria botar os irmãos na cama, e em pouco tempo ouvia-se a voz cansada: "Ó Chiquinha, faz um favor à mamã, põe lá os manos na cama", e o mundo era bem previsível.

A pobreza, de tentáculos inexoráveis, fazia seus avanços: o pai queixava-se de que os porto-alegrenses eram ainda mais miseráveis do que o pessoal de Évora e que não comiam suficiente carne; o dono do açougue acabou por vender o estabelecimento, retirando-se para o Douro. Como a escravidão estava extinta, o pai não foi vendido junto, e com muita sorte conseguiu manter o emprego, mas por um salário reduzido à metade.

Numa terça-feira de certo ano, a mãe, ao encher um chouriço, parou com a tripa de boi suspensa na mão, pensou e disse a Francisca: "Estou a pensar que a menina Chiquinha já deu muitos préstimos a esta casa. Mas os miúdos já ficaram grandes e devem cuidar de suas vidas. Se calhar a menina agora podia empregar-se para aumentar nosso dinheirinho, que ficou tão pouco". Francisca também pensou e respondeu "pois... se calhar, sim..." e continuou girando a manivela da máquina de moer carne.

O amor de Francisca pelas bonecas, contudo, persistia, e, mesmo naquela idade avançada, não havia Cristo que delas conseguisse afastá-la à noite, quando se abafava entre os cobertores. "Bem, das bonecas eu não preciso cuidar, elas se cuidam sozinhas." E, para provar, deixava-as mijadas e com fome. Ao acordar, elas estavam felizes.

Ao suceder das primeiras regras, Francisca foi instruída com grande saber pela mamã, o que resultou em um poderoso acréscimo no rol de superstições da Humanidade. Nesse dia Francisca pôs seu vestido azul, tomou um bonde e foi até o Mercado Público, onde encontrou o pai atrás de uma cortina de linguiças e lhe disse: "Ó papá, já tenho regras". O pai perturbou-se, olhou para os lados e mandou que se calasse e, principalmente, fosse para casa sem olhar para nenhum gajo. Francisca sem palavras agradeceu a recomendação e numa das bancas comprou duas laranjas, pediu ao homem que as deixasse sem casca e assim subiu pela ruas de Porto Alegre a olhar para as vitrinas e a chupar laranjas, em comemoração de sua inegável sorte de haver nascido mulher.

De tanto subir, deu-se na Praça da Matriz, este espaço de luz e árvores em meio à cidade cinzenta. Circundou o monumento e baixou os olhos à nudez das estátuas e aos testículos de bronze do cavalo. Encontrou uma menina clara, de tranças, que empurrava um aro ao redor de um canteiro. Quase chocou-se com ela. Enfim: estavam uma frente a outra, imaginando quem daria passagem. "Passe você", Francisca falou, afastando o corpo. Quando a menina cruzou por ela, deixando no ar um perfume de bom sabonete, Francisca teve o gosto de ir atrás e perguntou-lhe o nome. A menina parou e disse: "Selene". Francisca pensou logo que as pessoas eram bem tolas em dar um nome desses a uma criança e teve pena. E quando Selene disse "lindo esse seu vestido, de que cor é?", Francisca certificou-se de que os nomes estranhos, por vezes, podem deixar as pessoas meio abobadas. "Pois é azul meu vestido", respondeu, ao que a menina disse "bonito... azul..." e saiu rodando seu aro, agora em direção a um casal – os pais, certamente – que estava sentado num dos bancos de ferro e madeira. O senhor tinha bons bigodes e era um pouco mais baixo do que a senhora de sombrinha aberta sobre a cabeça de ambos. A menina falava com os pais, explicava algo, apontou para Francisca. Por um instante Francisca não pensava que fosse com ela, mas, quando a senhora insistiu em chamá-la com gestos, convenceu-se e foi até lá. A senhora perguntou-lhe o nome, "ah, portuguesa..." e pediu-lhe que ficasse um pouco por ali, distraindo sua filha, e prometeu dar-lhe uma moeda. Não pela moeda, que viria a recusar, mas por pena, Francisca ficou. Selene revelou-se uma menina daquelas que jamais daria trabalho para cuidar. Apercebendo-se de que tinha verdadeiro problema com as cores, Francisca tratou de ensinar-lhe as cores de tudo: das árvores, da terra, do céu, e a menina repetia, embora parecesse que muitos já haviam tentado ensiná-la. Até que por fim Selene sorriu e disse: "Não precisa se incomodar mais..."

Quando aquele automóvel com um *chauffeur* de quepe estacionou em frente à casa do Menino Deus, e a mãe viu Francisca descer dali ao lado de uma menina, e logo depois desceu uma senhora imensamente rica, com colar de pérolas, coque impecável, pensou logo aquilo que de fato era: a senhora trouxera Francisca à boleia e aquela menina era sua filha. E que a senhora vinha para perguntar-lhe se não se importava que Francisca passasse a trabalhar em sua casa, possivelmente um castelo. Tanto imaginou que, quando a senhora, com ambas as mãos sobre o cabo da sombrinha, começou a falar com seu acento sedutor, a mãe de Francisca já foi dizendo que não resolvia nada sem falar com o marido, ao que a senhora concordou, nas famílias honestas era assim que se procedia. Abriu a bolsinha de prata e franjas e lá de dentro tirou um cartão e o entregou, pedindo que o pai de Francisca a procurasse dentro de três dias no máximo. Antes de pôr a botina de verniz e veludo no estribo cromado do automóvel, a senhora ainda disse que precisava de uma moça bem como Francisca; sua filha vivia muito sozinha numa casa muito grande. Coisa para pouco tempo, até a menina ir como interna em Santa Maria, e o pagamento seria o que pedissem. Francisca despediu-se da menina, beijou a mão à senhora e abanou para o automóvel, que partiu com grande majestade em direção à avenida. "O que diz no cartão, ó rapariga?", quis saber a mãe. Francisca leu e disse o que já sabia, que a senhora chamava-se Charlotte, e o marido, Olímpio. "E o que mais tem escrito?" – "Aqui diz ainda: Grande Hotel – Porto Alegre." Só pessoas perdidas moram em hotel, assim pensou a mãe, e quando o marido chegou deu-lhe conta da oferta do emprego, mas era contra, por motivos morais. O pai incomodou-se então, ora, motivos morais! ela não via que morar num hotel era tudo o que existe de mais fino? "Eles não moram", disse Francisca, "estão de passagem, vieram para a ópera no teatro e já estão de volta para o castelo deles, lá para Pelotas".

Seguiu-se uma longa noite de deliberações à roda da mesa da cozinha. No outro dia, o pai vestiu-se com o terno de domingo e disse que ia ao Grande Hotel. Ao retornar ao final da tarde vinha com uma lista de obrigações, novamente cinco, a bem dizer, que Francisca deveria cumprir caso aceitasse o emprego de ama da menina Selene. O lugar era distante, mas por sorte havia trem que deixava as pessoas lá, e havia telégrafo, de modo que não ficariam sem saber notícias. Ante essas iminências, a mãe foi para a cama e, chorosa, "que será da nossa rica menina, Jesus, naquele sítio, cheio de onças..." Chorou, chorou ante os olhos arregalados dos filhos, a ponto de Francisca pedir ao pai que fosse agradecer à senhora Charlotte. A mãe secou as lágrimas e disse que, no entanto, deveriam conformar-se com o destino, eram pobrezinhos de Deus... E preparou-lhe um grande baú e propiciou uma despedida lendária dos irmãos, eivada de bênçãos do pároco e "ai que não te vejo nunca mais, rica da mamã". Os irmãos, como sempre, não entenderam bem o que sucedia, e apenas quando se viram aos cuidados exclusivos da mãe é que passaram a lamentar-se pelo corredor. Mas em três semanas já escreviam cartas para Chiquinha, contando bobagens ouvidas nas ruas.

No Castelo, Francisca perdeu-se no segundo andar, quando foi levar roupas limpas para o banho de Selene. Viu um caracol... e foi subindo, equilibrando as roupas, e quando chegou no topo viu-se num aposento onde um homem gordo escrevia numa mesa cheia de vidros coloridos. "Desculpe... pensei que fosse o banheiro", ela disse, "com licença". – "Espere", disse o homem, levantando-se, "uma moça assim bonita nunca está perdida quando há um cavalheiro por perto. Chegue aqui... chegue." E Francisca chegou, largou as roupas. O homem perguntou-lhe do que ela gostava mais na vida. "Bonecas", foi a resposta, "apesar de eu ser um pouco velha para isso". Saiu de lá bem mais tarde, deixando as roupas.

A entrada do Século XX é festejada erradamente em Pelotas, isto é, no dia 1º de janeiro de 1900 – contrariando as advertências dos astrônomos, que sempre estão a tirar o prazer dos outros; mas reconheçamos, é data mais elegante do que o inexpressivo 1º de janeiro de 1901, quando todos já estarão adiantados na contagem das eras. O Comercial promove um baile destinado a aplastar as pretensões do Caixeiral: ornamentou-se de fitas que balançam de um lustre a outro e tem orquestra para as valsas de Strauss e mazurcas.

Um ano precioso será este, quando Olímpio percebe que os pardais vienenses se reproduziram feericamente e ele comemora os quarenta anos – e portanto sua vida está começando; Charlotte ingressará naquela idade da Marquesa d'Aiglemont, que as eruditas pelotenses conhecem de suas leituras ociosas: a pomposidade do andar acentuou-se, mas, ao contrário das leitoras de Balzac, não se deixou engordar – faz questão de manter a cintura livre dos espartilhos que tiram o fôlego.

O Doutor e Charlotte aceitam vir do Castelo para o baile, e o fazem por uma generosa condescendência aos vereadores, por isso reservam-lhes a melhor mesa, com o Presidente da Câmara e esposa por companhia. São oito horas da noite.

Como todos têm irmãos, Arquelau apresenta-se ao baile: ostenta pela primeira vez um fraque, confeccionado para o evento. Desde que resolveu estabelecer-se em suas próprias terras, jamais acorreu a essas demonstrações de civilidade. Começa a inchar de modo implacável, a tez crestou-se ao sol e possui campos que se ampliaram no decorrer dos anos. Seus domínios têm a denominação de *Estância do Bugio*, embora as pessoas mais próximas – se é que Arquelau possui alguém mais próximo do que as inúmeras mulheres que se sucedem em sua cama – prefiram chamá-los de *Estância do Tiro Dado e Bugio Deitado*, em alusão às fêmeas. Ainda se atrapalha ao fazer contas de dividir, passou a criar cavalos de corrida e não se interroga sobre a data do início do século. Olímpio observa-o entrar no Comercial e o chama para sua mesa. Arquelau aceita e sabe beijar a mão da cunhada, que ainda não o entendeu perfeitamente, mas não se esmera muito para isso. O Presidente da Câmara o recebe com entusiasmo, pois precisará daquele voto fugidio nas próximas eleições.

Há dois anos que Borges é Presidente do Rio Grande, eleito pela mão segura de Júlio, que naquela altura quis dedicar-se a fortalecer o Partido Republicano. Como um deus, Borges está em todos os retratos e inicia um império que as pessoas preveem como eterno. Depois de advogado em Cachoeira e deputado constituinte em 91, foi nomeado juiz e atravessou incólume a Revolução; no ano da volta de Olímpio ao Brasil, ascendeu ao cargo de Chefe de Polícia, e foi feroz: prendeu além da conta, transformou a Brigada Militar num exército particular e dissolveu arruaças antipositivistas com a mesma eficiência com que se indignou contra o contrabando. Na eleição para a Presidência do Estado, Olímpio manteve-se na oposição cerrada e teve o gesto de mandar carta pessoal a Júlio, dizendo-lhe o que todos tinham medo de dizer: que Borges, "esse infelizmente nosso antigo colega", não tinha vida própria e que seria um fantoche nas mãos dele, Júlio. Júlio respondeu-lhe com frases lapidares que o assunto competia ao Chefe do Governo, e que, se Olímpio tinha dúvidas quanto à capacidade de Borges, que se lembrasse de como o antigo colega, em São Paulo, já se preparava para altas responsabilidades, lendo e estudando. Na réplica, Olímpio escreveu: "sim, lendo, estudando e tramando" – e não obteve resposta. Agora, como Presidente do Estado, Borges parece mostrar que Olímpio estava certo: governa com mão pesada, amplia a legião de favorecidos e desvalidos e, diz-se, sorri em casos extremos. "O homem ideal para governar este Estado", afirmam nas hostes do Partido Republicano. Sua presença tentacular chega à festa através de um reduto que ocupou mesas bem distantes – ali, os senhores da ordem trazem armas sob os fraques e bebem apenas refrescos.

– Uns filhos da puta – resume Olímpio para o Presidente da Câmara. – Ignore-os.

– Difícil, Doutor.

– Difícil? Talvez... para os covardes. – Ouve-se a *entrée*, e Olímpio levanta-se. – Com licença. – Fazendo uma mesura para a esposa, convida-a para dançar.

É o primeiro par que chega à pista encerada, abrindo o baile.

– Desde Viena... – ele diz a Charlotte, ao dar os primeiros passos.

E aquela sociedade os observa, as mulheres de olho naquele acintoso *costume* de noite da Condessa, em cetim pesado e azul, harmonizando com tules e rendas que caem do busto liso. O *décolleté* e a saia são bordados com estrelas-do-mar em ouro. Como os cabelos foram erguidos em bucles revoltos, o longo pescoço deixa à mostra uma gargantilha cravejada de pérolas e diamantes. Há duas facções de mulheres no baile: aquelas que a admiram, louvando sua paciência, e as outras. "Coitada" – dizem umas; "Coitada nada, bem merece" – ouvem em resposta. Tudo porque vivem saboreando o

ESCÂNDALO.

Tudo começa com suspeitas, como sempre. No outro lado da Praça, relativamente ao Solar dos Leões, fica a casa de Urânia, viúva de um antigo revolucionário de 93 e leitora de Homero; por esses matrimônios obscenos, casara-se aos quinze anos, tendo ele mais de trinta. O revolucionário – federalista – morreu num combate, e a última palavra foi o nome da esposa, o que lhe rende até hoje restos de inútil santidade. Até pouco tempo, debruçava-se sobre uma almofada posta à janela principal de seu palacete rosa – chamado *Eterno Amor* – e, ladeada por dois gatos, observava as mudanças das nuvens e a renovação das folhas das árvores, o bastante para que passassem a desconfiar de sua honestidade. Recuperou-se da morte do marido com um método perturbador: as missas diárias passaram a semanais; em dois meses voltou a usar brincos, e, ao fim de meio ano, viram-na frente a um espelho, reformando seu fúnebre penteado. As criadas pouco falavam, mas nesse pouco sabia-se que o retrato do revolucionário desaparecera de seu lugar na sala – o que foi um golpe em todas as virtudes pelotenses. Sua palidez foi trocada por uma leve cor nas faces pequenas, e viram brilhar um anel no dedo. Os homens a desculpavam, "afinal ainda é muito moça, a infeliz", e fixavam seu vulto à janela com uma inegável concupiscência, atraídos pelo rosto quase infantil, mas onde luzia uma remota esperança.

Bem: tornou-se amante do Doutor, como algo natural em se tratando de uma perdida e de um homem continuamente repelido pela esposa, que lhe negava o quarto: o que não se sabe em Pelotas?

Olímpio conhecia-a desde criança, e foi com grande pesar que assistiu àquele casamento. Ao regressar da Europa, encontrou-a viúva e desfrutando de fama declinante. Quando ele manifestou interesse por Urânia, todos os homens retiraram-se às suas esposas, deixando campo livre. *Manifestou interesse*: poderia ser interpretado assim o contínuo chegar à sacadinha do Solar do Leões e, com um binóculo, o varar das árvores já cheias de pardais, cravando a vista na janela do *Eterno Amor*? Na verdade, tinha uma curiosidade meramente estética, até o dia em que a Condessa resolveu dar um jantar à sociedade, convidando Urânia. De início Olímpio opôs-se, mas a Condessa fez-lhe ver que com esse gesto mostravam adequação aos novos hábitos sociais – em alguns países as mulheres até votavam! Urânia compareceu de negro, mas havia uma tal voluptuosidade na boca túmida e no arfar dos seios que era como se estivesse nua. As damas, cumprindo seu dever, abriram uma clareira à sua volta, mas quando vieram para a mesa a Condessa colocou-a entre dois barões. O jantar decorreu tranquilo, e as senhoras faziam relatórios das atividades da Associação das Damas de Caridade, a que a Condessa ouvia desatenta: olhava para a viúva e para o modo ostensivo como ignorava tais relatórios, preferindo dirigir-se ao cavalheiro da esquerda – com isso, Urânia podia observar Olímpio, que ficava em sua linha de visão. Ao final, quando toda a sociedade havia saído, Charlotte, beijando Urânia e retocando-lhe uma pequena mecha dos cabelos, pediu a Olímpio que a levasse em casa; ele ponderou que era mais correto uma criada fazer isso, mas Charlotte foi peremptória: "Será apenas um falatório a mais, pois não?" E Olímpio convenceu-se, algo intrigado. Deu o braço a Urânia e com ela atravessou a praça às escuras. Durante o trajeto, Urânia falou-lhe dos trechos preferidos da *Odisseia*; passou a gostar da antiguidade por causa de seu nome... Chegando à porta do palacete, Olímpio agradeceu-lhe a presença no jantar, beijou-lhe a mão e disse-lhe que o Solar estaria sempre aberto para recebê-la. Ela se julgou no dever de retribuir-lhe, e ele entrou para um licor.

Regressou ao Solar antes do amanhecer, mas um leiteiro o viu cruzar célere a praça.

Voltou, nas outras noites, e descobriu que Urânia possuía o gosto repassado por aparições de um gênio capaz de cômodos desprendimentos: não a subserviência, que tudo explica e empobrece, mas a sabedoria de quem já tudo aprendeu para viver com dignidade e máximo proveito.

Nessa época o Doutor e a Condessa retornaram ao Castelo; mas, depois de quinze dias, ele declarou que precisava ir a Pelotas para uma reunião do Banco. Charlotte, que lia ainda sem óculos, ergueu a vista do livro e desejou-lhe boa viagem, recomendando que fosse ao livreiro para ver se já haviam chegado as revistas austríacas. E, se visse Urânia, que lhe desse as recomendações.

Das oito noites passadas em Pelotas, cinco foram no *Eterno Amor*. "Que bela cicatriz", disse Urânia, ao que Olímpio respondeu que se tratava de um acidente na pia batismal, quando o anel do Bispo D. Felício cravara-se no seu peito. E Urânia beijou a cicatriz, dizendo que os grandes homens, tal como Ulisses, sempre trazem alguma espécie de marca. "As mulheres também", ele disse, acariciando um pequeno sinal junto ao seio esquerdo de Urânia. "Você é o primeiro homem que vê esse sinal", ela então explicou, revelando com isso que o revolucionário era muito respeitador – tudo ideal, portanto.

A atitude dos pelotenses foi a esperada: nada se comentava. Urânia deixou de aparecer à janela do palacete rosa, o que foi interpretado como ordens do Doutor. O adultério era condenável, mas finalmente aquela mulher submetia-se a um homem. No enterro do Visconde Santos Gomes, morto naqueles dias, ela compareceu com um véu sobre o rosto e com um livro de orações entre as mãos enluvadas. O enterro foi causa do aparecimento conjunto e público de Olímpio e Urânia; ele segurando a alça do pesado féretro, e ela ao fim do cortejo a pé, amparando uma sobrinha do finado. Ao baixar o caixão, o povo já se esquecia do Visconde, e todos olhavam para o casal que tinha a cova de permeio: em nenhum instante ele e ela cruzaram qualquer olhar. Isso foi a prova definitiva.

Olímpio voltou ao Castelo com um caixote de revistas e, ao beijar a mão de Charlotte, ela agradeceu o grande favor, retirando-se para abri-lo. Fazia bom tempo, e ele foi cuidar de seu estabelecimento, que agora crescia sob o olho do dono. Mandara construir estábulos de modelo suíço, e constatava, feliz, que a ousadia resultara em animais livres de pestes e com peso acima da média. Quanto à plantação de milho, voltava a ocupar seu antigo lugar e, agora sim, dava espigas bastante grandes para despertar a inveja dos vizinhos, embora eles desdenhassem aquelas preocupações agrícolas. Arquelau, também submisso aos antigos processos, ironizava Olímpio a ponto de enfurecê-lo, mas no fim o Doutor concordava com tudo: Arquelau jamais faria nome no Estado.

Entretanto, o que mais o encantava era a fantástica multiplicação dos pardais vienenses, que não apenas povoavam os campos – o que irritava os estancieiros, levando-os a tentar matá-los a tiro de chumbo, sob alegação de que dizimavam as colheitas – mas espalhavam-se pelas cidades, alegrando-as com seu canto altamente europeu. Alguns patrícios, não sem uma ponta de escárnio, passaram a chamar Olímpio de *O Rei dos Pardais*.

– Não me desagrada, o título – ele dizia a Raymond. – Um dia me agradecerão de joelhos, ao comparar os pardais com essas rudes aves do pampa... – Nesse clima de euforia, deu ao criado-telegrafista ordens para que lhe entregasse em mãos qualquer mensagem que viesse de Pelotas. "Entendeu bem? Tenho assuntos que a Condessa não precisa ficar sabendo."

E passou a esperar, dedicando-se a catalogar a Biblioteca, que já ostentava quase 10.000 volumes. Cansou-se no terceiro dia, preferindo lançar-se à escritura do sempre adiado livro sobre a vida rural. Mas cedo os dados estatísticos e as genealogias dos animais o aborreceram até a morte. "Quanto a essas coisas do campo, sou homem mais da prática", murmurou, jogando ao lixo várias tiras de papel almaço que havia enchido com sua letra intermitente. Tinha muitas cartas a responder sobre o *bureau*, e tomou-as pela ordem de recebimento; descobriu algo: suas respostas, se os destinatários as conservassem, poderiam mais tarde vir a se constituir em um volume enaltecedor de sua memória. "Afinal, escreve-se para o futuro...", concluía, mas algo melancólico. Abandonou a ordem cronológica, escolhendo os correspondentes mais organizados e fiéis. E ali foi colocando suas ideias de progresso. Hoje, tais cartas constituem um volume grosso, com introdução e notas de rodapé, e mofam nas estantes. Quando já havia uma pilha de doze cartas devidamente postas nos envelopes, Raymond apareceu com o telegrama tão aguardado. Dizia apenas: *Se quiser vg venha*. Deu um salto na cadeira e disse a Raymond que iriam imediatamente para Pelotas, e por um bom período. Charlotte, ao ser inteirada, encomendou mais revistas.

Permaneceu um mês no Solar dos Leões. Durante o dia, retirava-se para o gabinete, só aparecendo ao final da tarde, exigindo que Raymond lhe mandasse preparar um banho e uma gemada com vinho do Porto. Ensaboava-se até ficar com a pele rubra, e, com paciência, escolhia a roupa para a noite. Sentado à mesa do jantar, dava uma repassada nos jornais pelotenses e no *Correio do Povo*, intercalando-os com consultas ao relógio. Por vezes recebia o advogado Câncio Barbosa, que o amolava com pedidos para que retomasse a vida política. Mas não: "Voltei de Viena para que apenas minha presença contivesse os impulsos dos positivistas. Fazer política a pleno ainda não está em meus projetos, Câncio. O tempo não está favorável. Mas não pense que estou morto". E não estava: despachado Câncio Barbosa, mandava que Raymond fosse até a frente, "verificar o movimento", e quando o criado dizia que já ninguém mais cruzava pela rua ele punha o chapéu e olhava-se no espelho, saindo logo após. Urânia o esperava a bordar, e a primeira atitude de Olímpio era chamá-la de Penélope; tirava-lhe o bastidor das mãos e o colocava na cesta, onde os gatos emaranhavam as linhas. Nem sempre o casal ia logo para o quarto, que tinha ares de *boudoir*: paredes com gravuras de odaliscas e colchas de babados; mas em outras vezes a porta de entrada do *Eterno Amor* estava entreaberta: era a senha para que ele fosse direto encontrar Urânia entre os lençóis.

Tinha o cuidado de sair durante a madrugada, mas não foram poucas as vezes em que cumprimentou um guarda municipal que tirava o quepe e lhe desejava boa noite. Numa dessas vezes, o Doutor até parou, acendendo um charuto e perguntando ao homem como ia o serviço e a família.

No Comercial, nada indicava mudanças, mas foi lá que soube dos preparativos para a comemoração da passagem do século; alguns vereadores pediram-lhe a presença, como uma forma de engrandecer o baile e para dar uma demonstração de força aos do Partido Republicano, muito arrogantes. Um dos amigos, puxando-o para o lado, aconselhou-o: "E assim o Doutor, vindo com a Condessa sua esposa, mostra que o casal não se importa com os comentários maldosos". Olímpio teve vontade de matá-lo, mas o vereador estava certo: e ali mesmo concordou.

No palacete rosa, pôs Urânia a par do baile. E como estava com um livro sobre os deuses, ela perguntou-lhe se já pensara no fato de que ambos tinham nomes antigos, dos gregos.

"Pois de fato..."

"Veja: você é Olímpio, em recordação do monte Olimpo, e meu nome é de uma das musas que amaram Apolo, o deus da beleza. Se você tivesse filhos, eu gostaria que levassem nomes de deuses e heróis."

"Escute. Você verá que o baile é apenas uma noite, e passa logo."

"Por exemplo: um deles poderia ser Aquiles, o que foi flechado por Páris no calcanhar. O que acha? Páris... Aquiles... Proteu também é um nome bonito... Mas se viesse uma mulher?"

"Não quero que você fique por aí, se lamentando, só por causa de um baile."

Urânia interrompeu-o:

"Mulheres não podem lamentar nada. Você irá ao baile."

"Você é mesmo divina, Urânia."

"Não. Sou apenas sua amante."

E agora aquela sociedade observa o casal que dança, imaginando o quanto seria picante o aparecimento de Urânia em pleno Comercial. Algo exótico, embora possível: Urânia é viúva de um dos mais representativos membros da classe militar, e já passou há muito o período do luto obrigatório. Atentam para o empregado de libré, parado à entrada do Clube, à espera. Mas logo os restantes casais ocupam a pista, entregando-se à *polonaise*, e fica um tanto difícil enxergar a entrada. Os pares formam uma serpente humana, de mãos dadas, e vão circundando o salão, na cadência mole da dança. O Doutor e a Condessa vão à frente, conduzindo; ao comando do *maître de dance*, erguem os braços e por ali passam as duplas, que também vão erguendo os braços aos restantes e assim até passarem os últimos. Ao terminarem, batem palmas à orquestra, e o maestro agradece, dando início à valsa. Os pares rodopiam, e Olímpio vê que Arquelau dança com uma velha dama, cujo *carnet de bal* está limpo de nomes.

– Arquelau é gentil... – Charlotte comenta ao descobrir o cunhado.

– Talvez sirva para isso: contentar velhas – responde Olímpio, sorrindo. Mas logo se põe sério, ao ver que um vereador do Partido Republicano chega muito perto. – E nós temos de suportar esses imbecis – diz, suficientemente alto para ser ouvido.

O vereador, de suíças grisalhas, para de dançar e vem tocar-lhe o ombro:

– Refere-se a mim, Doutor?

– Entenda como quiser.

Os restantes pares vão deixando um vazio em torno, e seus passos tornam-se mais lentos. Charlotte diz que deseja voltar à mesa. Olímpio dá-lhe o braço e a conduz ao lugar junto ao Presidente da Câmara, retornando imediatamente ao centro da pista, onde o vereador o espera.
— Pensei que ia fugir, Doutor.
— Não fujo de um lacaio do Borges.
— Um lacaio? — o vereador ri. — Antes lacaio do que impotente, sem filhos. Um impotente que finge ter amantes para esconder isso: a impotência derivada de alguma doença venérea. Sífilis, por exemplo.
O Doutor treme o queixo:
— Ah, cretino! — E dá-lhe uma bofetada que faz cessar a música. O vereador vacila, quase cai, e, tirando o lenço do bolso, passa-o na bochecha, rindo de despeito:
— Assim são os impotentes. Compensam a impotência com atos selvagens e com a importação da praga dos pardais.
O Presidente da Câmara sai de seu lugar e vem dissuadi-los de seguir adiante:
— Senhores...
— Senhores? — diz o Doutor. — Admiro-me que considere senhor a essa pústula positivista.
— Senhores... peço que compreendam... o baile...
O vereador repõe o lenço no bolso:
— Em atenção aos verdadeiros homens desta festa, não responderei à altura.
O Presidente da Câmara obtém que Olímpio volte para a mesa. A Condessa está de olhos baixos, e quando ele chega, diz:
— Vamos embora.
Arquelau, que largou a velha dama, o incentiva:
— Isto aqui não é para pessoas decentes, Olímpio.
— De fato — diz o Doutor, voltando-se para os casais. — O Comercial já foi um clube digno... quem for honrado, deve seguir-me.
Há uma breve perplexidade, os casais consultam-se, e quando o Doutor sai com a Condessa e Arquelau, ignorando os pedidos angustiados do Presidente da Câmara, levam atrás de si mais de metade do baile. Já na rua, Olímpio dirige-se a eles:

— Agora, cavalheiros, é para minha casa, onde terei o maior prazer em recebê-los.

Acordam os criados, e o Solar dos Leões acolhe, nesta noite de intenso luar, a nata da sociedade, entre eles todos os ex-titulares do Império e todos os maiores charqueadores de Pelotas. Ao ver os salões de sua casa completamente tomados, o Doutor manda abrir champanhas e improvisar uma merenda de frios e doces.

— Foi a última vez que pus os pés naquele covil de arrivistas. Digam-me: quem eram eles em 1700?

As janelas são abertas, e Olímpio pede a Charlotte que os encante com algo ao piano... Charlotte concorda e, sentando-se na banqueta, dá início aos acordes do Hino da Carta.

— Assim é, meus concidadãos — diz Olímpio, tendo como fundo a melodia liberal —, eu quis a República, e ainda a venero, mas não admito a bandalheira!

Quando chega a meia-noite, logo proclamada pelos sinos da igreja, o Doutor pede a palavra e exorta:

— Que o novo século traga mais igualdade aos povos!

E todos se abraçam, ao som de alguns raquíticos foguetes que soltam no Comercial e no Caixeiral. Raymond, meio bêbado, esgueira-se entre as pessoas com uma renovada bandeja de champanha.

E quando são quatro da manhã, já todos retirados e o Solar quase às escuras, Olímpio com um pontapé põe abaixo a porta da Condessa, entrando no quarto com os olhos inflamados:

— Vamos acabar com isso, Charlotte. Hoje.

Pouco depois, ao erguer-se para vestir a camisola de dormir, ele ainda diz à esposa, que procura sobre a cama as roupas dilaceradas:

— Impotente, o Doutor? — E dá uma gargalhada feroz.

Na noite seguinte, ele vai ao *Eterno Amor*. Urânia o recebe entre beijos:

— Na passagem do ano, eu olhava para a lua e pensei também no nome de Selene. O que acha?

— Eu te prometo: haverá Aquiles, Proteu, Selene, Páris e outros mais. E minha palavra é uma só. Você verá. — E a conduz para o quarto.

DAS MEMÓRIAS DE PROTEU

Desço as escadas da Beneficência Portuguesa e estou na avenida, neste dia de revolução vitoriosa. As pessoas parecem aliviadas, e não pela chuva que amainou, trazendo prenúncios de uma primavera de nuvens que correm por um céu claríssimo, quase doloroso: uma nova ordem se instala no País, e Getúlio Vargas anda em todas as bocas. Há um soneto no *Correio do Povo*, que fala de amores incompreendidos; decorei-o. Para trás eu deixo Selene, certo de que não fiz o suficiente para impedi-la de submergir nessa espiral de pesadelos. Enfim encontras, mana, o refúgio do Pecado que tanto te perseguiu. Casamento, desequilíbrio financeiro, ternura de teu fraco marido: nada foi superior à tua culpa. Quando tirei a criança do ninho de teu ventre, quando vi que era um menino, quando nosso pai deu-lhe o nome de Páris e ninguém contestou – ele sempre nos esmagará, a nós, que não fizemos nenhuma revolução – e quando Beatriz tomou conta da criança numa inesperada maternidade, e quando outros médicos mais sábios nesses estados patológicos tomaram conta de tua doença, entendi que nada mais tinha a fazer aqui, talvez no mundo. Entreguei-te sim a mãos peritas, e minha consciência se aplacará? Sei: ainda te mentem que estou a teu lado – e, se isso te conforta, que assim seja. Nada te faltará em recursos que o dinheiro alcança – és filha do Doutor, pertences a uma classe acostumada ao esbanjamento. Nesse último tempo andavas perdida, querias que eu fosse teu pai, mas jamais poderá ser pai quem nunca deixou de ser filho.

    Ante meus objetos embalados, no quarto do Lagache, sento-me e acendo o cachimbo pela última vez aqui. Nas paredes, apenas os infalíveis retângulos esbranquiçados dos quadros. Esqueço aqueles chinelos sob a cama. Ficarão, com seus solados gastos de tanto trilhar este piso de madeira, eu pensando nas palavras, torturado por ideias de poemas que me substituam a vida, tal como foi com a música. Escrevi alguns, neste novo vício, e que me agradam e poderão ainda ser um livro; outros, deixei no coletor de lixo do hotel. Mas todos falam de alguém que espera.

    Ah, cidade das angústias e das esperanças repetidas, que olho pela janela, para esta rua que tanto vi mudar ao sabor das estações, e onde tanto esperei algum rosto tímido e adolescente a cruzar envergonhado pelas pessoas, aguardando meu sinal. Não: sem lembranças, sem ódios nem saudades. E o visgo desta capital das traições, que tomou a cara de meu pai, onde não fiz amigos e que me oferece em troca os rostos coletivos dos doentes. Um hospital, outro, a ronda cotidiana de misérias, todos esperando uma palavra. Tento convencer-me de que é isto. Apenas Selene me impedia de seguir de volta, primeiro com o casamento, depois com a lenta marcha da decadência, depois com a gravidez: "Espere, Teteu... espere... só até nascer". Acho que desejavas fazer-me testemunha do que, enfim, aconteceu: nunca duvidei deste sentido inato nas mulheres. Fiz tua vontade, arrastando tantos meses, mais que ano. Agora cumpri minha promessa e te entrego aos outros – e chega o momento em que devo olhar para mim mesmo e ver se vale a pena. Sem saudades e sem ódios, mas talvez com o remorso por haver dito, um dia, que era feliz. Bem: será mais um. Pego a mala, encarrego o gerente de enviar-me o resto das coisas e desço. Dou ao porteiro uma gorjeta e ele me diz que o Getúlio vai de trem em direção ao Rio, e que meu pai segue junto: vou reunir-me a ele? Busco nos bolsos e dou mais dinheiro, e o homem não me entende, mas corre para trazer-me um carro de praça. Despeço-me desejando que seja feliz, e ele não me entende, mas me abre a porta do carro e me agradece.

De novo no Solar, que não se imolou à nobre degradação das casas patrícias de Pelotas, vejo a praça começando a florir-se. O tempo mantém-se bom, e há uma agitação pelas novidades do centro do País: jornaleiros passam com manchetes grotescas, e alguns militares discutem na esquina. A vitória da revolução só fica em segundo plano quando os pelotenses falam em Iolanda Pereira, esta filha da terra que ganhou o concurso de Miss Universo: fazem-lhe festas, preparam monumento, há carros alegóricos nas ruas. E dizem que "a cidade das moças mais belas do mundo teria de dar uma Miss Universo". Quanto ao restante, tudo está em seu lugar, inclusive o *Eterno Amor*, ora quase oculto pelas árvores. Até este chá que a Siá Cota me oferece, vencendo as "dores todas pelo corpo", tem o mesmo sabor misto das infusões que ela costumava me preparar. Sentando-se na *bergère* da Genebrina – comigo a Siá Cota não tem pudores; ninguém tem – limpa as mãos no avental e lamenta que o Solar virou uma tapera. Nem tanto, eu digo brincando, tem telhado e paredes. Eu contudo a entendo, o Solar não foi mais visitado pela Condessa, apenas o Doutor aparece por alguns dias e fim. Estou cada vez mais pequena, Proteu, ela diz, e a casa mais grande... eu mesma faço a minha comida, do gato e da outra mulher. A outra mulher é uma nova empregada, viçosa e trabalhadora, vinda do Castelo: minha mãe gosta dessas trocas de serviçais, e poucas há que a contentem. O senhor não vai telefonar para sua mãe, pergunta a Siá Cota, como se estivesse pensando o mesmo que eu. Não, eu digo, por enquanto não fale para ela que estou aqui. Está bem, diz a Siá Cota, e fica absorta olhando para aqueles móveis que há tantos anos ela limpa e encera. Termino de beber o chá e vou até o escritório de advocacia que administra imóveis. De lá, uma funcionária me acompanha com as chaves até aquilo que pretendo chamar de consultório: duas salas e um banheiro, com entrada independente, na Praça da Santa Casa. As peças ficam numa dessas moradas do Império, mas ultimamente reformada com motivos *art déco*, num acesso de raro mau gosto entre os pelotenses. A família do proprietário é simpática: um engenheiro, sua mulher e três filhas, e ele me explica que o consultório ficou vago com o falecimento de um tio, especialista em doenças do coração, eu o conhecia? Sim, de vista e de nome, respondo, e examino os aposentos do morto, que me agradam pelo sol e pelo ar de repouso. Aqui poderei trabalhar no meu livro. Na Santa Casa, reencontro antigos colegas de escola, ora médicos apressados, que me saúdam como se vissem uma ave rara; muitos espalhavam infâmias a meu respeito, e numa fração de tempo recuperam o antigo olhar de escândalo, malícia e perversidade: para eles não houve esse interlúdio de anos. E certamente se perguntam o que estou fazendo aqui e preparam-se para alijar-me. O diretor é afável e me informa que a obstetrícia é uma especialidade possível, em Pelotas, embora muitas mulheres– a maioria –, mesmo as mais ricas, prefiram ainda entregar-se às mãos de parteiras, que, aliás, cumprem bem o seu papel. Contudo, deseja-me boa sorte e põe o hospital à minha disposição. Agradeço-lhe.

Na primeira semana, compro móveis. Vejo-me em meu consultório, de jaleco, lendo os poemas do *Correio do Povo*, Alphonsus de Guimarães, Cruz e Sousa, *Ninguém sentiu teu espasmo obscuro/ ó ser humilde entre os humildes seres...* – e a moça que contratei, na sala ao lado, lima as unhas. Outro dia trago uma placa oval de latão, um operário fixa-a ao lado da porta da rua: DR. PROTEU – OBSTETRA, e digo à moça que a mantenha brilhando; volto à minha sala e alinho os instrumentos dentro de seu armário de ferro e vidro, o fórceps... fecho o armário a chave, sento-me e abro o *Correio* e tento desviar os olhos do poema de Antero de Quental, mas a força dos versos é maior: *Morte, libertadora e inviolável*. Largo o jornal com um arrepio e reclino-me, fixando as paredes com papel decorado, julgo ver algumas minúsculas gotas de sangue, muito lavadas, muito esmaecidas, e fico imaginando em que circunstâncias ocorreram.

Enfrento meus papéis sobre a mesa, e aquele pequeno monte de folhas escritas com tanto capricho – de repente – torna-se inútil. Releio um poema que fiz para Selene, que fala da lua e de como a gravidez é um estado de lua cheia: na época achei-o excepcional, e hoje eu o rasgo com método, jogando os pedacinhos no lixo, e ali eles ficam, no fundo do cesto de vime, *como gastos confetes de um carnaval de desespero:* anoto a frase banal, vejo as horas e digo à moça que pode ir, eu mesmo fecharei o consultório. Ela me olha desconsolada e me diz, que amanhã, ou depois, ou na semana que vem, *elas* virão. Refere-se às minhas hipotéticas clientes, mulheres que leram meu anúncio no jornal; imagino-as tentando convencer seus maridos, e a sensação de ridículo me faz sorrir e dizer à moça que não se preocupe, e dou a entender que sou bastante rico para manter seu salário por algum tempo, mesmo que *elas* não venham. Meia hora depois, ao sair, encontro o engenheiro, que vem chegando do trabalho, e fica conversando um pouco: revela-me que foi contemporâneo de Aquiles na faculdade e me pergunta, um pouco irônico, se meu irmão já concluiu o curso; mas nem espera que eu responda e diz que trabalha para o município e constrói uma ponte no interior. Suas botas estão sujas de barro: eis um homem que faz algo útil. Está cansado e agora vai tomar um banho, jantar e ouvir rádio com as filhas. E dormirá oito horas seguidas, seu sono é ótimo. Desejo-lhe boa noite e ele ainda diz que amanhã poderá chover – o que atrasará a sua obra.

Dois anos depois aconteceu o que no íntimo eu desejava, hoje percebo com clareza: *elas* – advertidas por meus colegas, proibidas por seus maridos, pelas mães e toda a gente séria não vieram, exceto algumas corajosas que escaparam à vigilância, mas logo desconfiaram da extrema virgindade de meus instrumentos obstétricos e se desculparam por haver tomado meu tempo. Encerrei meu consultório como algo rigorosamente natural. Quando devolvi as chaves, e o fiz diretamente ao engenheiro, a família toda me olhou com pena, e a esposa ofereceu-me uma fatia de torta de nozes, com a qual comemorei meu alívio.

Mas aprontei meu livro de poemas, é dezembro e estou jantando no restaurante do novíssimo Grande Hotel, essa urdidura pseudobarroca, pseudorrenascentista, pseudotudo. Antes que venha meu pedido, abro a carta de Beatriz, com carimbo de Zurich. De modo tumultuário dá-me notícias de Selene – que está *ótima* –, da neve, dos preços nas lojas e do pouco caso de Arquelau com os monumentos históricos. Vinte linhas, não mais, e ela me manda um beijo antes da assinatura. Num *P.S.* diz que passou por Porto Alegre e que Páris também está ótimo, uma bela criança, bem tratada e feliz. Fecho a carta e adio mais uma vez minhas viagens. Entenda-me, Humanidade: o que eu faria, com Páris no colo, eu ensaiando gracinhas, ensinando-lhe que sou seu tio? E, ante a sombra do que foi Selene, que conversas absurdas teríamos?

Vejo-o, enfim, na mesa próxima.

Sustenta um ar de ostensiva masculinidade, e não está só: comenta com a esposa algo como o preço da safra. Meio de costas, meio de perfil, os cílios ultrapassam a unha do rosto, e batem com insistência. Aparece pouco em Pelotas, como já me informaram, às voltas com sua estância, possivelmente uma das melhores de Pelotas, e lança-se a uma indústria de tecidos em Porto Alegre. É um dos mais fortes apoiadores da ditadura de Getúlio Vargas. O linguado com alcaparras está delicioso, como-o sem desviar-me de Renê, que observa o garçom servir mais vinho à mulher. É uma de nossas filhas de estancieiros – solta e morena, com uma distinção viajada: trata pelo nome o garçom, ao pedir que ele substitua a garrafa – esta pareceu-lhe com o sabor um pouco ácido, não? O *maître* é convocado, prova o vinho, concorda imediatamente e diz que vai mandar outra garrafa; quando se retira com o garçom, ela me avista e, mesmo que eu me encolha, ela fala alguma coisa a Renê. Este se volta, me reconhece, fica sério e me faz um aceno algo constrangido. Correspondo e, pedindo a conta, saio dali e volto para o Solar. Vou direto ao armário do quarto e pego o estojo do violino, abro-o: minha cópia Amati tem as cordas *lá* e *mi* rebentadas, o tampo rachou em dois pontos: eu abrindo um caixão onde um esqueleto jaz empoeirado. Fecho o estojo, devolvendo o instrumento à sua paz.

Mais uma visita de minha mãe ao Solar. Apenas a terceira, desde que estou aqui. É curioso que na casa dos sessenta anos o acento germânico tenha voltado a ser mais notável; não corrige as empregadas, não me adverte nem me aconselha. Não mais. Trouxe do Castelo alguns livros em alemão, reviro-os: todos em letras góticas e tento inutilmente decifrá-los. Não são romances, pois não distingo diálogos. Durante o almoço, fala em receitas, elogia

Getúlio Vargas e come sem interesse. Depois acende uma cigarrilha cubana e propõe-me um jogo de cartas, que se dá com a monotonia de gestos automáticos. Olho para a mão com o anel de armas e me lembro de como aqueles dedos de articulações nodosas, ora queimados pelo tabaco, já perpassaram carinhosamente entre meus cabelos. Não é a mesma mão, não os mesmos dedos. Algo sonolenta, retira-se para seu quarto, de onde sairá apenas ao jantar. Antes de sentar-se à mesa irá à janela da sala e olhará para a praça e dirá como sempre: "Os pardais vienenses se adaptaram muito bem ao Brasil". Ao fechar a janela, olhará com um sorriso dúbio para o *Eterno Amor*. No dia em que a levo à gare, beija-me a testa e então constata que estou mais magro e convida-me para ir para o Castelo, uma vez que fechei o consultório... no campo o ar é mais puro... Prometo-lhe estudar a questão e, quando o trem parte, dou-me conta de que, durante sua estada em Pelotas, ela não saiu do Solar nem ninguém a visitou. Na volta para casa, imagino-me no Castelo. Teria um companheiro de exílio: meu tio Astor. Já não me mandará decorar poemas da *Selecta*, e seria interessante estudá-lo; através dele eu poderia decifrar os meandros dessa família, *dessas famílias* do pampa. E em troca eu o atormentaria com a leitura dos originais do meu livro; ouvirá bêbado, e por isso a opinião será sincera.

Caderno 1 do diário de Proteu
Quinta-feira. Ontem conheci Augusto, na livraria. Elogiou a beleza gráfica de um exemplar importado de *As flores do mal* e, quando o recolocou na prateleira, perguntei-lhe por que não o levava; disse-me então que iria esperar, ainda não tinha recebido o salário do Banco. Prontifiquei-me a emprestar o dinheiro, e ele, depois de uma hesitação, disse que aceitava, era só até o fim do mês. Antes o livreiro nos apresentara, e fiquei sabendo que Augusto é do Rio e veio para cá por transferência, "os chefes não perguntam nada aos novos funcionários como eu", e acabou gostando de Pelotas, das casas antigas, das confeitarias, do inverno e dos cafés. E ontem foi surpreendido com a festa de inauguração do monumento à Miss Universo, de quem elogiou a beleza. Após o expediente, gosta de andar pelas ruas enevoadas e, em geral,

termina no cinema; pela primeira vez foi a uma sessão do filme sonoro, no Guarani, e se encantou com o *Alvorada do amor*, com Maurice Chevalier e Jeanette MacDonald. Falamos sobre o fim do cinema mudo e acabamos por sair juntos da livraria. Deixei-o à porta do Grande Hotel, e ele gracejou que toda cidade tem um Grande Hotel... por sinal um pouco acima do que poderia pagar, e então disse *a frase:* "Mas, como escreveu Oscar Wilde, deem-me o supérfluo que eu abro mão do necessário": nós, dessa congregação sem nome, temos alguns códigos obrigatórios.

Sexta-feira. Prevejo: virá devolver-me o dinheiro, ficará encantado com o Solar, talvez toque algo no piano, mostrarei meus poemas, daremos alguns passeios e eu estarei irremediavelmente preso àquele rosto imberbe, de sobrancelhas finas, recortadas a pinça. Passado um tempo, acontecerão os desencontros, o rompimento, e nada mais me prenderá a Pelotas ou talvez ao mundo. Na vida, triste é ter experiência: prevenidos, perdemos o gozo do momento.

Domingo à tarde. Está frio, e Pelotas é um deserto. Saio até a praça, sento-me a um banco e olho para a cúpula do Grande Hotel.

Terça-feira. De fato, apareceu ao entardecer e a primeira coisa que fez foi tirar o dinheiro da carteira e entregar-me, agradecendo o empréstimo. Convidei-o para entrar e pedi à Siá Cota que nos fizesse um chá. Como imaginei, ficou deslumbrado com o interior do Solar, "tanta riqueza... Pelotas já teve seu tempo, não é mesmo?" e fixou-se numa paisagem de barqueiros; depois foi até o escritório de meu pai, passando o dedo pelo vidro lavrado do armário de livros, e disse que um lugar assim deveria ser ótimo para pensar, para rabiscar alguma coisa, eu não escrevia? eu tinha todo o tipo de quem gosta de escrever. Disse-lhe que tinha, sim, alguns poemas, que até formavam um livro. "Ah! eu não me engano", murmurou, voltando à sala, onde o piano da Genebrina o atraiu. Sentou-se à banqueta e, quando quis abrir a tampa, eu, alarmado de como minhas premonições se materializavam, menti que não possuía a chave, isso era com minha mãe. "Pena..." – ele se levantou e veio para a *bergère* – "eu até que sei um pouco de piano, aprendi com uma professora nas Laranjeiras. Cheguei a tocar Chopin, a *Valsa do adeus*..." Repeti que não tinha mesmo a chave, senão gostaria de ouvi-lo, mamãe deixa o piano sempre fechado por causa das empregadas. Perguntou-me então o que eu fazia nesta casa enorme, sozinho. "Eu vivo...", respondi, atento ao modo como pegou a xícara que a Siá Cota lhe oferecia; bebeu um gole e perguntou a ela como o preparava. A velha fez qualquer conversa e não respondeu, entregando-me a minha xícara e retirando-se no arrastar lento das chinelas. Pouco depois, ele falava de sua educação. Nunca se imaginou um bancário, estudou preparatório para advocacia mas teve de abandonar a ideia quando o pai faleceu. Hoje ele manda dinheiro para a mãe, todos os meses. E, aproveitando as lembranças, quis saber por que eu não exerce a profissão. "Não tinha jeito, a escolha da medicina foi muito prematura", respondi, "não basta decidir: *eu quero ser médico*, é preciso muito mais." Ele concordou com um aceno de cabeça, "penso da mesma forma", e riu, e seus dentes são como os vejo: polidos, retos e brancos.

Quinta-feira. Hoje, quando caminhávamos pela praça e ele falava sobre *As flores do mal*, notei que seu perfil não tem a infantilidade de Nicky, antes se parece com aqueles das imagens neoclássicas de Canova, esculpidas em mármore. Mas o alçado das sobrancelhas transmite-lhe uma arrogância terrena, quase carnal. E assim falou-me de um amigo que deixara no Rio, um pesar muito grande, que quase o levou à loucura. Hoje está curado, só a morte não tem remédio. Contei-lhe minha história com Rosina, e ele, já tomando conta de minhas ações passadas, disse-me que eu fizera muito mal, não se pode iludir ninguém. "Não iludi" – e parávamos junto ao chafariz –, "apenas não contei tudo." "Mas foi sua forma, Proteu, de esquivar-se. Por vezes a verdade é a melhor maneira de mentir." Frente ao Sete de Abril, ele falou em teatro, também gosta muito, até foi ator de uma peça cheia de lágrimas, onde ele morria no final. À noite, no Solar, depois de apagar a luz, decidi agir como a pessoa que tem medo da altura e se encaminha, fascinada, aos precipícios: mostraria a ele os meus poemas.

Sexta-feira. Gostou muito, embora me observasse alguns versos, "sabe, você tem a emoção contida, você deve ser mais espontâneo, dizer o que verdadeiramente sente".

Domingo. Como eu esperava, fizemos um passeio: de canoa pelo Santa Bárbara. Ao fim do dia, o barqueiro nos levava pelo centro do arroio e, a meu pedido, largou os remos. Augusto e eu estávamos frente a frente, e ele me disse que nunca tinha presenciado um pôr de sol tão cheio de cores. Com a mão sobre os olhos, perguntava se aquela paisagem não me deixava melancólico. Mais tarde, quando chegávamos ao Solar, disse-lhe que a natureza era para mim algo estranho, perigoso; tive uma infância muito protegida, onde me eram proibidas todas as distrações relacionadas ao campo, ao passo que a Aquiles nada era negado. Acabei contando o episódio do descobrimento da panela das moedas e a forma miserável como me foi subtraída. "É assim, Proteu", ele disse, "é nisso que resultam as amizades onde o corpo é o mais importante."

Caderno 2 do diário de Proteu
Terça-feira. Sim, depois que fiz aparecer as chaves do piano, já muito ele tocou, a começar pela *Valsa do adeus*. Entrego-me sem pena a todas as previsões, porque estou certo: esta será a última vez. Penetro na espiral de Selene com a coragem dos condenados.

Quinta-feira. O cinismo de Pelotas diz que tenho um grande amigo, e nada mais justo que minha atitude de recolhê-lo do dispendioso Grande Hotel, instalando-o no Solar. Não há escândalo, não há conversas, apenas sorrisos e cumprimentos rápidos quando nos veem passar pela rua. Mas recebo uma carta da Condessa, que me pergunta quem é esse estranho que está em nossa casa; devo vigiá-lo para que não roube nada. Ao fim, diz-me que não porá os pés aqui enquanto durar essa situação.

Caderno 3 do diário de Proteu
Terça-feira. Fomos a Porto Alegre, onde o levei à Praça da Alfândega; depois fomos à Exposição do Centenário, na Redenção. No pavilhão dos Estados Unidos, perdemos na roleta e saímos bêbados. No bonde, abraçou-me e disse que jamais poderia imaginar a vida sem mim.

Domingo. Vimos concluída, enfim, uma fantasia: no pátio do Solar, um caramanchão fechado, e onde crescerão buganvílias em meio a treliças de madeira. Ali ele colocou uma tabuleta: À AMIZADE.

Sábado. Depois de todo esse tempo, estou surpreso de que nada aconteça.

Domingo. Mas hoje, depois que ele tocou piano, a história seguiu seu curso: percebi que ficou com as mãos esquecidas sobre as teclas. Então eu ri em pânico e mostrei-lhe mais uma vez o álbum de gravuras, certo de que algo acontecera.

Caderno 4 do diário de Proteu

Domingo. No Guarani, projetaram um jornal sobre a Alemanha, que cresce em progresso e *Autobahns:* jovens seminus remando pelo Main, à frente do Würzburg, a demonstrar a pujança de uma geração de heróis. Aqui alguns basbaques andam fardados de verde pelas ruas, e quando é noite espancam negros e mendigos. "Algo sucederá conosco, mais cedo ou mais tarde", disse-me Augusto, quando regressávamos.

Domingo. Uma semana apenas, e o que ele imaginou se confirma: passaram de madrugada alguns desses à frente do Solar e quebraram vidros da sala. A Siá Cota acordou-se em pânico e foi para a frente com uma vassoura, querendo enfrentá-los. "Volta pra dentro, velha, vai cuidar dos frescos", gritavam ao se retirarem.

Segunda-feira. Ele foi chamado pelo gerente do Banco, que lhe mostrou cópia de um telegrama mandado hoje à direção, no Rio de Janeiro. "Pede minha imediata transferência. O homem disse que quer cortar o mal pela raiz. A notícia do ataque ao Solar foi uma bomba, os clientes comentam. *O mal.* Proteu, é assim que esse idiota resume tudo." Ele estava pálido, e caminhava pela sala, "e não tenho como escapar, é a transferência ou a demissão". Procurei manter-me calmo, embora percebesse que minhas mãos se agitavam.

Quinta-feira. Então eu disse que talvez pudesse ir junto para o Rio. "Impossível", ele respondeu, "minha mãe nunca entenderia". Caí na poltrona como um fardo, "mas isso nunca me importou durante esse tempo, nem mãe, nem pai, nem a sociedade". Ele parou-se ante mim, os braços cruzados: "Você é rico, e eu tenho a quem sustentar". E eu murmurei, já inseguro: "Como você disse, eu sou rico, e o que tenho dá para nós os dois". Então ele riu, "sim, para daqui a um ano você me dizer que tudo acabou e eu tenho de ir embora".

Baixando a cabeça, constatei que não apenas eu tinha premonições: ele também vinha sendo roído por esse verme, a cada dia, a cada passeio, a cada vez que se sentava ao piano ou lia meus poemas.

Quarta-feira. É bom que tudo se precipite e que a espiral me devore: eu mesmo recolhi suas coisas enquanto ele estava fora e, ajudado por Siá Cota, pus tudo nas malas. Quando ele chegou, espantou-se com minha determinação. "Vá, antes que seja tarde" – disse-lhe – "e enquanto não for transferido você fica no Grande Hotel. E para que você economize para sua mãe, já paguei uma semana adiantado." Ele alterou-se, eu o mandava embora, eu era um ingrato, e eu disse que sim, era um crápula, e então, com ódio e lentamente, ele pegou as malas e desafiou-me: "Vou mesmo", e foi para o vestíbulo; esperou que eu o impedisse, mas tomei-o pelo braço e o levei até a rua. "Seja feliz" eu ainda disse – "e sem culpas, que você não tem." Quando fechei a porta, pedi à Siá Cota que arrumasse minhas coisas.

Irei para o Castelo, enfim, como quer minha mãe, como exige a vida e a fatalidade.

TENTO DIZER TANTAS COISAS QUE ACABO ME COMPLICANDO

Jamais poderei entender o que me aconteceu naquela noite da Missa do Galo, véspera do Natal. Tinha eu dezessete anos. Parece-me que mais, talvez dezoito ou dezenove. A missa talvez não fosse a do Galo, e talvez nem houvesse missa. E o Natal, creio, estava longe. Mas houve a noite, que sempre é véspera de alguma coisa.

  Estávamos, tia Beatriz e eu, na grande sala de jantar da estância, sentados à mesa, em posições opostas. Uma interferência impedia que ouvíssemos as ondas curtas da Rádio Belgrano; nosso gerador funcionava de modo velhaco, e a luz era tão débil e piscava tanto que mais parecia a luz de uma vela. Tia Beatriz fazia as palavras cruzadas da *Revista do Globo*, e eu lia um livro de contos, recolhido à estante de *meu* quarto – creio que aí começava meu desgraçado gosto pela literatura. Entre as pausas, comentávamos a respeito de minha bisavó Genebrina; Beatriz dizia-me que não voltara ao túmulo da *infeliz*, e que àquela altura já deveria estar bem desenvolvida a muda de incenso que eu havia plantado. Como Beatriz não se considerava da família, disse-me que eu tinha razão no que afirmara havia tempos: todas as mulheres da família eram umas infelizes. "Mesmo minha avó Condessa?" –

"Sim, mesmo sua avó, lá velhinha no Castelo, doente. Depois que os alemães perderam a guerra, ela não sai mais da Biblioteca. Não a visito há muito. E ela nem compareceu ao enterro do cunhado. Não é isso infelicidade?" Beatriz, porque tocara na figura de Arquelau, voltou rápida às palavras cruzadas. "E os homens, Beatriz?" – "Os homens... no Castelo só resta o Astor. Outro infeliz." – "Ele ainda toca o mesmo disco *The man I love*? e ainda bebe até cair?" – "Sim." – "Então são todos infelizes, homens e mulheres da família, quem sabe eu também herdei essa maldição" – concluí, com um suspiro sagaz. Ela pareceu tocada pela desejável solidariedade, e passei a observá-la por sobre o livro: levantou-se, caminhou pela sala, ajeitou alguns bibelôs na estante, endireitou um quadro na parede e por fim veio sentar-se quase a meu lado. Estava com um vestido simples, os cabelos apenas apanhados para trás, e sua mão passou a vagar perto do livro, alisando as dobras da toalha, que ainda não fora retirada. Apoiou o queixo na mão, perguntou-me se eu tinha namorada em Porto Alegre. Disse-lhe que sim, que se chamava Fanny, judia e bela. "Por que você não a traz para passear na estância?" Respondi que isso era impossível, pois Fanny não possuía as duas pernas, era muito difícil, uma cadeira de rodas, essas coisas... "E você gosta muito dela?" Eu respondi que a detestava, não por ser aleijada, mas porque era mesquinha – em suma: eu ficava com Fanny porque tinha pena. Beatriz baixou a cabeça: "Então você deve sentir muita falta de afeto... afinal você é um rapaz, na flor da idade, cheio de saúde... mas..." – ela murmurou – "... não pode ser infeliz, tão saudável, tão bonito, e agora tão rico". Para falar a verdade, eu nunca pensara nisso até então, e respondi que às vezes me dava uma melancolia, uma vontade de matar-me... Foi o suficiente. Beatriz lamentou minhas melancolias e passou a falar-me de suas insônias, só conseguia dormir depois de noite alta, ficava rolando na cama, como uma condenada. Costumava ler, nessas ocasiões, e isso servia apenas para aumentar a cultura, mas a vida, o que verdadeiramente importa, onde ficava? Sugeri-lhe beber um copo de leite morno com um pouco de açúcar e canela. Ofendida, não me respondeu, batendo repetidamente os dedos sobre a toalha. Eu, para retificar a minha gafe, passei a mão sobre seu braço nu. Ela afastou minha mão, mas sorriu. E disse que pensava em fazer uma viagem à Europa. Eu falei que entendia o desejo, pois todas as viúvas fazem uma viagem à Europa. "Não é meu caso, Páris. Quero ir porque gosto." – Beatriz rodeava o assunto, mas não conseguiu segurar mais: – "E que tal irmos juntos? Você não conhece a Europa." Fiquei muito grato, mas expliquei que seria muito estranho, sobrinho e tia, de hotel em hotel... ela não tinha medo do que pensassem? "Eles que se lixem" – estou amenizando a expressão –, "ninguém me sustenta." Aproximou-se muito de mim e pôs a mão sobre a minha: – "E com essa viagem poderíamos nos conhecer melhor. E você esqueceria Fanny, a mesquinha. O que acha?"

Essa cena medonha foi interrompida pelo motorista, que entrou na sala sem pedir licença e veio dar uma notícia: a Condessa passava mal, o automóvel estava pronto, queríamos ir? Beatriz olhou-me, desapontada, e eu disse que sim, que deveríamos ir, afinal, era minha avó.

Durante a viagem noturna, o motorista, que já derrubara algumas garrafas, errava a trilha e relatava a doença da Condessa para nós, que íamos no banco de trás: começara a sentir-se indisposta depois do almoço, umas dores fortes no peito, por todo o corpo, não quis que chamassem médico, não quis ser levada para o hospital, queria morrer no Castelo, o caso era sério. Eu, eu olhava para o disco prateado da lua, que iluminava os campos com uma tétrica palidez. Até as estrelas haviam desaparecido, e eu enxergava o voo rasante das corujas, que abandonavam desarvoradas os moirões dos alambrados. Tantos mares, na lua... Vítima de tanto pesar pela doença da cunhada, Beatriz segurava-me a mão e a um solavanco do automóvel sua cabeça tombou sobre meu peito, aí ficando até o fim da viagem. Eu passei-lhe o braço sobre os ombros e assim chegamos aos domínios do Castelo.

A Condessa estava em seu quarto, na cama com dossel, e murmurava coisas em alemão. A seu lado, Astor lia o *Correio do Povo*, segurando-o com a mão direita, enquanto a esquerda dedicava-se à cunhada, abanando-a com um leque ilustrado com o carnaval de Veneza. A Condessa pareceu enxergar-nos em meio aos estertores, mas sem nos reconhecer, tal como acontece nessas ocasiões clássicas. Aproximamo-nos, e Astor, depois de comentar como eu estava crescido, passou-me o leque e saiu para espairecer com o motorista. Com o leque, eu abanava aquele rosto de carnes estaqueadas pelos ossos, enquanto Beatriz fazia o habitual, isto é, perguntava à governanta em lágrimas como é que aquilo tinha acontecido, ouvindo não mais do que o motorista nos dissera. Apenas um detalhe: havia no quarto um médico de Pelotas, chamado, portanto, contra a vontade da moribunda. Dissera ser caso complicadíssimo e com diagnóstico sob reserva; algo rompera-se no peito. Em suma: a Condessa envenenava-se com o próprio sangue. "Pessoa de muita idade..." dizia o médico, como quem declara uma sentença. Mesmo assim, levantava-se de seu lugar e vinha fazer algo na doente, medir a pressão, por exemplo.

Minha avó Condessa entregava-se à morte com a conhecida compostura imperial austríaca. Nem os babados da camisola, junto ao pescoço, estavam fora do lugar; os cabelos, presos em coque branquíssimo, já se armavam numa prévia auréola. As mãos estavam cruzadas sobre o peito, onde haviam posto um escapulário de Nossa Senhora do Carmo. Olhei o anel de armas, agora larguíssimo no dedo.

Ali se finava o último vestígio de uma época. Dali por diante, o pampa retomaria seu lugar.

Esqueci outra pessoa no quarto: o vigário de Aguaclara – já ministrara a extrema-unção e, ainda de estola, parava-se junto a uma outra lâmpada, posta num ângulo quase à porta, ao lado de uma mesinha cheia de telegramas. Não falei nele antes porque, a rigor, o padre não ocupava espaço: apenas lia o *Breviarum Romanum.*

Algo me preocupava nisso tudo: como os falecidos do Castelo tinham a preferência de morrer em minha presença para depois me aparecerem sob a forma de fantasmas, encarei essa possibilidade com um frio na coluna. Pedi a Beatriz que assumisse meu posto, entregando-lhe o leque. Na Biblioteca, senti-me melhor. Ali estavam, intactos nas estantes, os livros de meu avô Doutor. Acabei atraído por um exemplar da *Histoire naturelle*, de Buffon, porque, curiosamente, estava ao lado de outro exemplar idêntico: mesma lombada, mesmas letras, tudo igual. Num deles a capa correspondia ao conteúdo, com desenhos de aves e plantas em policromia, mas a outra abrigava uma edição igualmente ilustrada do *Kama-Sutra*, com anotações e acréscimos aos desenhos, feitos de próprio punho por meu avô. Foi este que peguei, e aprendi coisas fantásticas.

Minha avó morreu perto da meia-noite. Numa cena *déjà vu*, Beatriz apareceu para comunicar-me e sugeriu-me que não fosse ao quarto, pois a Condessa expirara em meio a golfadas pútridas que saíam pela boca e pelo nariz. E os olhos, enfim, tinham lágrimas de sangue. Fechei o pretenso *Histoire naturelle* e o repus na estante. Seguiu-se o esperado: telegramas, mensageiros para as estâncias vizinhas; armou-se no dia seguinte um catafalco na Biblioteca, onde velaram a Condessa; Aquiles veio de Porto Alegre, acorreram estancieiros, e minha avó foi enterrada ao entardecer, ao lado do Doutor. Ao abrirem o túmulo, olhei apreensivo para o caixão de meu avô: para meu alívio, repousava sobre a laje e nenhuma força de seu interior havia movido a tampa. Eu sussurrei a Beatriz que não tinha intenção de permanecer no Castelo. "Nem eu", ela concordou, "o Aquiles me dá vontade de vomitar." Aquiles era um barril casado – casara-se, tinha dois filhos, mas viera desacompanhado de Porto Alegre, e tanto eu como Beatriz o víramos bolinar o traseiro de uma empregada num momento em que deixara o velório para ir beber café na cozinha. Descobrira-se observado e foi ríspido comigo, tratando-me, por deboche, de Paris – a capital da França –, "como vai, Paris?" Eu o mandara à puta que o pariu, regressando para o lado do esquife.

Insones, voltávamos minha tia e eu para o Castelo, após o sepultamento. Beatriz me disse: "A cada um que morre, você está cada vez mais rico. Parabéns." Após as despedidas e agradecimentos, Aquiles, o novo Sôfrego por Fortunas, chamou-nos para uma reunião na Biblioteca, junto com um advogado que trouxera da Capital. E ali, enquanto eu observava quantos livros em duplicata havia na Biblioteca de meu avô – contei uns quinze, prometedores –, desenrolava-se uma batalha entre minha tia (e ainda minha tutora, apesar da minha velhice), Aquiles e o advogado; algo detestável, de que me desliguei, subindo até meu ex-quarto na torre. Ali havia ainda o quarto, mas era o quarto de alguma empregada, pois as paredes cobriam-se de fotos de Gardel, Carlos Galhardo, Clark Gable e Chico Alves com seu violão, e senti um cheiro de brilhantina e pó de arroz Lady. A empregada surgiu pouco depois na escadinha em caracol, esbaforida, e no seu encalço vinha meu tio Astor. Ao me verem, estacaram; a empregada (morena, baixa, cabelos curtos), atônita, repôs os seios dentro do vestido e me disse: "Seu Páris..." Meu tio suspendia as calças e me sorria, o safado. Passei por eles, dizendo "já vou embora, fiquem à vontade". Voltei à Biblioteca, e a reunião ia acesa: dispunham dos bens da família como quem brinca com jogos de armar – campo para lá, Solar para cá, Castelo de cartas, gado de presépio. Tive a ideia de que desejavam me dar algo inteiro e perfeitamente inútil, como o Solar, ou o Castelo diminuído de suas terras, para fins de compensação, etc. Assim foi: à falta de outros herdeiros e por inabilidade de Beatriz, a Leiga em Direito, tornei-me

DONO DO CASTELO,

mas impunham algo: por causa das compensações e quotas hereditárias, e porque Aquiles desejava ficar com terras imensas e valiosas, fiquei com o Castelo mas com apenas dez metros de terreno à volta, e Tio Aquiles era obrigado a dar-me acesso às fontes de água e uma servidão de passagem para que eu pudesse alcançar a estação de trens e o aeroporto e só isso. O resto era dele e de minha mãe, exceto o campo que eu herdara, e contíguo à estância de Beatriz. Um enredo de mau gosto, que só eles entendiam, mas desfrutável: o cemitério ficava de fora. Desta forma, o Castelo de augustas tradições, revoluções e traições, cenário de caudilhos e tratados políticos, transformou-se em casa de campo, vejam só. Meu primeiro ato foi exigir que Aquiles se retirasse no trem que passaria às onze da manhã, e, para ser mais eficaz, disse-lhe que, se não me obedecesse, eu desfazia o acerto da herança e, dito isso, abri-lhe a porta da frente, e na minha imaginação eu lhe dava um pontapé na bunda. Foi nosso rompimento definitivo, assistido por Beatriz. O Animal, antes de sair para sua vida de males, ainda rugiu que eu de modo algum poderia ultrapassar os limites de minha propriedade: "Entendeu: dez metros para os lados e a trilha para a estação e fim, entendeu?" E prometeu que mandaria erguer logo uma cerca de arame farpado. "Enfie a cerca no cu", eu gritei enquanto ele atravessava a alameda dos plátanos junto com o advogado. E eu, Páris, jamais esqueci aqueles calcanhares de Aquiles, metidos em sapatos grosseiros, e que mastigavam as meias.

A primeira vassalagem que recebi foi de Astor, que trouxe a eletrola e me brindou com uma audição de *The man I love*, e, ao fim, perguntou-me se poderia continuar morando no Castelo, estava muito velho para erguer casa em seu próprio campo. Concordei, é claro. Depois havia a questão dos empregados a resolver, o que deixei para Beatriz. Muitos tiveram de ser despedidos, e foram supridos com dinheiro. Ficaram três: a governanta, uma cozinheira e um peão faz-tudo, porque a manutenção de um castelo deveria ser algo muito dispendioso, e eu só contava com pequenas verbas de arrendamento. Astor veio interceder por aquela empregada do quartinho, mas Beatriz estava inflexível. "A pobre..." dizia Astor, balançando a cabeça, "e se eu mesmo pagar o salário dela?" Beatriz pensou um pouco, e depois: "Se quiser... mas sem incomodações para nós."

Chegou a noite, e a hora do nosso primeiro jantar. Na mesa, apenas Astor, Beatriz e eu. Eu, como proprietário, sentava-me na ponta da mesa. É curioso: as coisas, quando passam a ser nossas, adquirem uma outra luz. Os talheres, os cristais, fulgiam. Até os gastos *gobelins* das paredes rejuvenesciam. Olhei para a coberta de mesa, com seus monogramas e brasões, e lembrei-me de Arquelau, o jogo das borboletas copulantes... Astor interrompeu meus pensamentos: "Se cada vez que você vem ao Castelo acaba morrendo um ou dois, eu preciso me cuidar". Pedi-lhe que contasse uma anedota, e foi tão escandalosamente galponeira que me arrependi, pedindo-lhe então que contasse sua vida, o que ele fez em noites sucessivas, até nausear-nos com tantas fodas e bebedeiras e com uma teoria esfarrapada sobre a existência humana. Na semana seguinte, e porque julgava sua missão consoladora devidamente cumprida, Beatriz disse-me que ia embora para sua estância. Eu então falei algo simples: se ela se fosse, eu me jogaria da torre Norte, agarrado a cem foguetes. Ela riu, nervosa: eu cumpriria. Mandou buscar suas coisas e instalou-se no ex-quarto de Selene.

Beatriz revelou-se uma dona de casa exemplar, contra minhas expectativas. Pôs uma trunfa nos cabelos, vestiu um avental e abria todas as janelas e coordenava a limpeza dos tapetes persas, indianos e afegãos, que foram surrados no varal que trouxemos para os meus dez metros legais; baixou os lustres e ela em pessoa tirou o pó de cada um dos pingentes, enchendo o Castelo de sininhos agudos. Com Astor, desci à adega e catalogamos os vinhos naquele ambiente de paredes que vertiam água e se transformavam em pistas de corrida das lagartixas cor de garrafa.

Uma noite, para comemorarmos o fim do luto, improvisamos um baile com os discos de Astor e de Beatriz. E o fizemos na Biblioteca – eu queria afastar em definitivo qualquer fantasma –, trazendo champanha, arrastando os móveis para junto das paredes e enrolando os tapetes. Astor apresentou-se ainda mais balofo, o rosto inchado, e vestia um terno de linho branco e usava uma gravata-borboleta em seda vermelha. Beatriz estava admirável com um vestido de crepe azul-noite e profundos decotes no peito e nas costas. Começamos pelo miserável *The man I love*, mas logo intimei Astor a trocar aquela merda, e ele pôs *I got rhythm*, o que foi melhor. Sentado ao *bureau* do Doutor, e tendo às costas a bandeira do Rio Grande, acompanhei o gesto cavalheiro de Astor ao convidar Beatriz; ela bebeu um golinho, aceitou com uma mesura, e passei a observar os passos figurados de meu tio-avô, meio vacilante, os poucos cabelos se desalinhando, agarrado a Beatriz, as barras das calças pisoteadas pelos saltos dos sapatos de lona. "Não estou bêbado", ele dizia, tomando fôlego, "estou só enferrujado." Beatriz movia-se como uma bailarina profissional, o que me fez desconfiar de alguma antiga profissão de antes do casamento: rodopiava além do exigido pela música, e as pernas, ágeis, enrolavam-se nas pernas de Astor, que não sabia o que fazer com tanta exuberância. Como eu esperava, ele não foi além da primeira música, cedendo-me a dama e indo para a vitrola, onde pôs *Three little words*, que aqueceu meu peito. Comigo Beatriz ficou mais calma, encostou seu rosto no meu, abandonando-se a meus braços. Em que ela pensava? "Sabe o que eu pensava?", ela me perguntou, erguendo o rosto, "eu pensava que agora bem poderíamos fazer a viagem à Europa." Eu disse que talvez, e sentia na palma da mão o contato arrepiante daquelas costas nuas e um pouco suadas. Ela insistia, "ou você quem sabe está ainda apaixonado por Fanny?" Desfiz-lhe as dúvidas: não me importava de conduzir Fanny e sua cadeira de rodas para passear pelo bairro, mas Fanny era tão desconfiada de minha fidelidade que tornava minha vida um inferno, impedindo-me até de viver com meus protetores Corsi e obrigando-me a mudar-me para uma pensão sórdida da Azenha, onde eu contava as baratas e percevejos, tudo para que eu ficasse próximo. "Ah, coitado...", condoeu-se Beatriz, repondo seu rosto junto ao meu. Dançamos dezenas de músicas até que Astor disse-nos que havíamos esgotado todos os discos, e era hora de botar novamente *The man 1 love*. Embora agarrado a Beatriz, eu procurei algo para jogar nele, mas tudo era fino e caro, e acabei pegando do piso uma escarradeira comum – na verdade, era de cristal de Murano – e atirei-a em sua direção; Astor desviou o corpanzil e a escarradeira espatifou-se no diploma da *Légion d'honneur* do Doutor. Beatriz ria como uma desesperada, bebia champanha, "ei, acabem com isso, vão destruir o Castelo". Astor começou a juntar os cacos, mas logo cansou-se e exclamou "chega de jazz, quero coisa mais viva", e pôs na vitrola um maxixe embolado. Mas parou-se, triste, "vou tentar de novo", e sumiu da Biblioteca, trazendo pela mão a empregadinha sua favorita, recém-acordada do sétimo sono. Repôs o champanha nas taças, bebemos todos, ele bebeu, limpou a boca com as costas da mão, tomou energia e iniciou a dançar aquela frenética confusão nordestina que imobilizava a mim e a Beatriz. Logo Astor entregou-se em definitivo, recolhendo-se para o *récamier*, onde ficou estatelado sob a atenção da empregadinha, que lhe passava um lenço na testa e desafogava-lhe a gravata. Meu tio-avô murmurava "essa família do rabo..." Beatriz havia bebido quase todo o champanha, e, antes que ficasse perigosamente ébria, peguei-a no colo e a levei a seu quarto; ela relutava em entrar, agarrava-se à porta, jogava os sapatos para o alto, "só se você vier comigo, só se vier comigo". Gritei pela empregadinha, pus Beatriz na cama e disse à menina que cuidasse dela e refugiei-me em meu quarto, fechando-me por dentro. A salvo, tentei ler, mas estava bastante trêmulo para isso.

Às dez da manhã do dia seguinte, Beatriz apareceu como uma flor murcha, perguntando-me se não fizera nenhuma besteira. Tranquilizei-a, bebemos um café sem açúcar e saímos, para o sol; ali, respeitando os dez metros de Aquiles, caminhamos pelo jardim, e ela cantarolava, os olhos premidos pela luz e por uma provável enxaqueca: "O meu belo Castelo, mata-tira tirarei..." Coisa louca.

Aos primeiros sinais de que espera um filho, a Condessa recolhe-se ao Castelo, assumindo uma gravidez altiva e plenamente heroica. Mas não a passa mal, pois encontra disposição para encomendar um piano de cauda inteira, que manda pôr junto à janela do salão de visitas. Ali fica horas perdidas a folhear partituras, até encontrar aquela que seu gosto momentâneo irá aceitar como a mais indicada. Coloca-a na estante sobre as teclas e solta ao ar melodias tristonhas – se é num entardecer daquele outono –, ou joviais – se é nas manhãs luzidias de sol. Como gosto adjacente às artes, também retoma os pincéis esquecidos desde Viena, e faz uma meditativa paisagem de inverno. Olímpio, largando por um instante seus escritos – dá início agora à tese sobre o parlamentarismo –, aproxima-se do quadro e diz:
– Magnífico.
Nem tanto; ele não percebe as imperfeições naturais de uma amadora, ocultas por um sábio *sfumato* de brumas matinais.
Lembrado então de que ainda não possui um retrato da esposa, Olímpio telegrafa a Pelotas, chamando o pintor Frederico Trebbi. Charlotte alega que não vê nenhum mérito artístico nos retratos de Trebbi – "mulheres gordas, de péssimos rostos" –,

mas depois aceita sob a condição de que o artista pinte rápido. Trebbi vem, instala-se no quarto de hóspedes e começa pela escolha do lugar onde trabalhará, preferindo, por uma questão de ângulo da luz, um recanto da sala de jantar; pede à Condessa que fique sentada numa poltrona e sugere-lhe a pose: o busto ereto, as mãos sobre o colo e, como cenário, o panejamento violeta das cortinas de veludo, onde pende uma borla em fios de latão. Ao lado e sobre uma simples mesinha, Trebbi põe um jarro de flores artificiais, que ele mesmo se encarregará de tornar vivas em seu quadro. Por vezes Olímpio sai da Biblioteca e vem espreitar: o pintor de boina concentrado no trabalho, a Condessa estática na poltrona, os olhos volvendo-se para fora, o pequeno pé agitando-se de impaciência. Mas em pouco tempo o retrato vai tomando forma e, no meio da tela, onde a cortina e as flores ocupam a maior parte, já se pode identificar Charlotte, uma senhora de maduro frescor, faces longas, o cabelo alçado *à Mme. Curie*. Embevecido, Olímpio chega a dar algumas sugestões, como ignorar a gravidez, para que a esposa chegue à posteridade como ele a viu em Paris há dez anos.

Já no *Eterno Amor* ele dirá a Urânia, enrodilhada nos lençóis:
– Será um belo e nobre retrato.
– Tal como sua esposa.
– Não entendo sua frieza, Urânia. Você não sente ciúmes?
– Meu querido – dirá Urânia, tranquila –, é a qualidade da esposa que dá mérito à amante.

Após o jantar, quando Trebbi se retira para o quarto, Charlotte ridiculariza o trabalho primário, onde os retratados não têm alma nem personalidade:
– Eu tinha certeza: prefere gastar mais tempo na cortina e nas flores.

Interrogado por Olímpio, o pintor justifica suas ideias decorativas, afirmando que a força de um retrato não deriva apenas da inferioridade do modelo, mas do fato de ser documento de época, e que no futuro será objeto de estudos para quem quiser reconstituir o modo de vida dos séculos passados e, sendo assim, a Condessa deve ser retratada com todos os adornos naturais de sua classe; assim procederam os pintores de todas as épocas, a começar pelos mais famosos, como da Vinci, Ticiano e Rafael. E ainda poderia ser citado um outro, que, mesmo não sendo italiano, desenvolveu uma técnica razoável: Rembrandt. Ele, Trebbi, nos retratos da sociedade pelotense, tem-se guiado por esses princípios, e todos o procuram. A propósito: por que o Doutor não se faz retratar também? Ficaria ótimo, tendo como fundo as prateleiras da Biblioteca, um livro aberto junto ao *bureau*, um ar sábio...

– Eu? – diz Olímpio, surpreso. – Não. Ainda não atingi meu rosto definitivo. Isso fica para minha esposa, que, como mulher, deve ser colhida em plena beleza.

– Se sua esposa não puser mais obstáculos...

Voltando ao Castelo depois de alguns dias no Solar dos Leões e noites no *Eterno Amor*, o Doutor encontra algo espantoso: Charlotte ocupa o lugar e o trabalho do artista, e Trebbi veio para a poltrona.

Perplexo, Olímpio pergunta o que está acontecendo. A esposa não se desconcentra:

– Decidi mostrar ao *maestro pittore* como se faz verdadeiramente um retrato.

No dia seguinte, o artista, possuído de um rancor que remonta a Michelangelo, exige o pagamento de seus honorários e toma o trem para Pelotas, dizendo que nunca zombaram tanto de sua arte e que apenas se prestou àquele ridículo porque a Condessa era uma senhora a quem ele devia respeito – antes as mulheres dos charqueadores, que na sua simplicidade não têm pretensões a pintoras.

O retrato de Trebbi será, em última análise, o único que ficou do italiano, e hoje se encontra perdido nos porões da Santa Casa. Quanto ao retrato inacabado da Condessa, Olímpio o levará para o *Eterno Amor*. Urânia o pendurará na sala, como uma homenagem a si mesma.

Passado o tempo necessário nasce o primogênito, de quatro quilos e meio. A primeira pessoa de fora do Castelo a saber foi Urânia, por um telegrama. Em resposta, ela manda felicitações e lembra da promessa do nome mitológico. Olímpio, com o telegrama no bolso, aproxima-se do berço e, olhando a rosada criança, diz a Charlotte:

— Um bom nome será Aquiles, o herói grego, não acha? Lembrei-me desse nome não sei bem por quê.

— Sim — responde a Condessa, ainda nas brumas do parto mas com uma imediata e perturbadora presença —, do Olimpo, só pode nascer Aquiles...

Isso acontece no dia em que recebem no Castelo a notícia da morte do *Rei do Rio Grande*. Olímpio ergue uma taça:

— Que vá feder bem longe daqui.

Pudera: o homem morre em Montevidéu, para onde retirou-se após a revolução de 93, desgostoso com o ritmo dos acontecimentos no Estado. Deixa uma legião de órfãos políticos, que não tardam a procurar o Doutor para congregá-los contra *a ditadura* de Borges-Júlio: querem-no como chefe.

— Jamais — ele diz a Câncio Barbosa, que escolheram como porta-voz. — Não viverei à sombra de um cadáver.

Câncio tira um caderninho do bolso, pega um lápis e escreve rápido.

— O que é isso? — pergunta o Doutor.

— Não dê importância. São apenas anotações para o livro de memórias que comecei na campanha eleitoral, lembra? E o que você agora disse não pode ser esquecido.

— Então acrescente: "Daqui por diante, se me empenhar em alguma luta partidária, será com meu próprio partido. Quem quiser, que me acompanhe."

A Parca da Morte continua sua obra, numa tarde de primavera, quando Charlotte está grávida pela segunda vez e Olímpio trabalha em seu livro sobre as excelências do parlamentarismo. Raymond aparece na Biblioteca, hirto de pavor, e larga um telegrama sobre a mesa:

— O Doutor Júlio morreu.

— Mentira.

— Leia, Doutor.

Um telegrama de Porto Alegre, simples e direto, o põe a par da tragédia: Júlio morreu, em meio a uma cirurgia para extirpar um câncer de garganta. O Doutor joga longe o telegrama, como se afastasse a notícia:

— Um homem tão moço, com a minha idade... Eu, de certo modo, o estimava, apesar de nossas divergências. Era um homem correto, não me acostumarei à sua falta... Mas agora, como ficará o Partido Republicano, nas mãos do Borges? Pelo menos com o Júlio se sabia a quantas andávamos.

E sai a caminhar pelo campo, escorraçando os cães que queriam acompanhá-lo.

— E agora?

Passa vários dias sem falar com ninguém. Muitos o enxergam a perambular nas cercanias das ruínas da antiga casa, a passos lentos, o panamá sobre a testa, os olhos fixos no horizonte de suas terras. Num domingo, manda chamar Câncio Barbosa.

— ... morto o homem, agora o Borges tomará conta de tudo.

— De tudo: do governo e do Partido Republicano.

Arquelau também veio à reunião:

— Do governo, do Partido e do dinheiro.

— Do dinheiro não — diz o Doutor — porque o Borges é incorruptível. Mas é um ditador, alguém cuja ambição não conhece limites. Preparou-se para isso desde a Academia, em São Paulo. Eu, o ingênuo, não percebi.

— Precisamos fazer um movimento entre os estancieiros e tirar esse sagui pesteado do palácio — Arquelau brande o charuto no ar.

O Doutor cruza os braços:

— Nós jamais daremos golpe de estado.

— Nós quem? — pergunta Câncio Barbosa.

— Os democratas, os liberais, os contrários a esse positivismo funesto.

— Tempos difíceis... você fora da política... o Borges em meio de mandato... E agora, com o terreno limpo, vai se candidatar de novo.

— Não ousará!... — Olímpio diz isso e cai em si: — ... talvez.

Todas as preocupações se confirmam tempos depois, depois do nascimento de Proteu — o nome mitológico já não foi uma surpresa –; Borges, acumulando o cargo de Presidente do Estado com a chefia do Partido Republicano Rio-grandense, vence facilmente uma nova eleição e às vezes fala em algo estranho: o Rio Grande deve crescer harmonicamente, e não depender apenas da pecuária. Há muito mais o que tratar: a cultura do arroz, a indústria, o comércio e, em especial, os transportes, para o cabal escoamento dos produtos. Com todas essas, o Banco Pelotense, dependente da pecuária, começa a baquear... No plano ideológico há tiroteio cerrado, e pelas páginas de *A Federação* escorrem artigos temíveis, de ameaças aos opositores. Nem os correligionários escapam de reprimendas públicas. Todos os municípios têm seus dirigentes escolhidos por Borges. "É a ditadura em marcha, Câncio."

– E uma ditadura perversa, Olímpio. Essa história de falar em "desenvolvimento global", isso é uma farsa. Se somos nós, os criadores, que tocamos este Estado para a frente! Ele quer nos igualar aos fabricantes de panelas, aos bolicheiros de esquina, aos plantadores de arroz, a maioria filhos de estrangeiros, que chegaram ao Rio Grande com uma mão na frente e outra atrás...

– ... e nem sabem falar o português... Eu já alertava o Júlio quanto a isso, e ele, cabeça-dura, não me ouviu. Agora está aí o Borges, incidindo no mesmo erro. Os positivistas são assim: são duros nas ideias.

Nos anos seguintes, anos de terror positivista e gradual degradação da pecuária, o que obriga todos os estancieiros a se concentrar na salvação de seus capitais, há ainda os problemas fraternos a afligir: Olímpio, sentindo-se responsável pela sorte financeira do irresponsável Astor, escreve para o Rio de Janeiro e pede-lhe autorização para retirar-lhe o dinheiro do Banco Pelotense. De posse do papel, vai ao Banco, saca todo o montante e o aplica em outros investimentos, não tão seguros como gostaria.

Quando a Condessa faz a primeira trança em Selene, nascida num parto tormentoso – segundo a Condessa, o último –, Aquiles já se prepara para ir estudar em Porto Alegre e Proteu ganha um novo professor de violino. Pela exclusiva mão dos poucos industriais pelotenses, surgem na cidade o primeiro automóvel, a luz elétrica e o telefone. Depois do curto interregno da presidência de Carlos Barbosa, "um ingênuo fantoche do Borges, Câncio, apenas um fantoche", Borges candidata-se de novo e, à custa de escandalosas fraudes eleitorais promovidas pelos correligionários, vence mais este pleito. As perspectivas são, agora, as piores.

– Só me resta o exílio, Câncio.

– Absurdo. Você não pode fazer isso. Você precisa ficar e lutar.

– Lutar sem armas? Só para ser vencido e humilhado? Não. Antes o exílio. Eu, exilado, serei o símbolo da resistência à ditadura.

– Pense bem.

– Já pensei.

Exila-se em Buenos Aires, levando junto a família e deixando Raymond com a incumbência de zelar pelo Castelo. A Urânia, diz:

– Peço que me entenda. O exílio é uma etapa inevitável na vida de todos os homens que passaram à História. Tenho de cumpri-la com estoicismo. Assim foi com Cícero, com Cavour, com Victor Hugo. É algo muito penoso no plano pessoal, mas você saberá suportar esta provação. Estarão reclamando a minha volta em um ano.

Seguiu-se um breve instante de fraqueza de Urânia. Pediu-lhe que reconsiderasse, ela já não era tão moça e talvez ficasse doente de saudades. Mas foi apenas um instante: secou as lágrimas, enfiou o lenço rendado na manga do vestido, sorriu de leve e deu-lhe um beijo.

– Perdoe. Apenas as esposas choram. Você deve ir. Lembra da *Aída*? *Ritorna vincitor*...

– Não esqueça que tenho o sinal do Bispo no meu peito.

– Leve uma coisa. – E pegou do aparador um retratinho oval em porcelana, feito ainda por Litran. – Comparado com esta imagem, meu rosto de hoje deve parecer um fantasma. Prefiro que você se lembre de mim como estou neste retrato.

– Urânia...!

– Vamos apressar este momento. – E foi abrir-lhe a porta. – Ficarei com os pardais da praça. Os seus pardais.

A cena romântica acompanhou Olímpio até o Solar dos Leões: deu ordens a Siá Cota para que as janelas permanecessem fechadas e que os móveis fossem recobertos com suas *housses* de fustão creme, recolheu alguns papéis, deu corda ao relógio e, quando fechou o portão de ferro, disse para si mesmo: "Até breve. Voltarei vencedor, sim" – e refletiu imediatamente: todas as ações de um homem visam apenas impressionar a uma única mulher.

A temporada portenha tem ares de férias: Olímpio aluga uma espaçosa casa *art nouveau* em Santelmo, onde refaz a disposição dos móveis do Solar e instala um gabinete. Sua condição de exilado franqueia-lhe todos os salões administrativos e as graças das damas. Faz uma assinatura no Colón e torna-se um especialista em Verdi. A Condessa acha Buenos Aires um lamentável pasticho das capitais europeias, e raramente sai.

Ali, na calma, o Doutor dá um extraordinário impulso a seu livro, coletando citações na Biblioteca Nacional. Interrompe o trabalho apenas para tratar dos negócios pendentes no Rio Grande – os próprios e os de Astor, que se complicam – e para responder às dezenas de cartas que recebe todas as semanas, inclusive uma de Ramiro Barcelos, ex-borgista influente, que lhe manda um exemplar autografado do *Antônio Chimango*. Olímpio dá risadas estrondosas ao descobrir, enfim, a ave que se parece com o Borges; o chimango dos pampas, magro, de longo pescoço e andar melífluo: "É a reação começando, Charlotte".

Solicitado pelos novos amigos, passa a escrever artigos políticos sobre a guerra mundial que se desencadeia entre as potências tradicionalmente inimigas. Está numa posição admirável: a Argentina declarou-se neutra no conflito. Charlotte também assume uma posição de imparcialidade:

– Sou meio germânica, meio francesa. Que vença a razão.

Caminhando pela nova Plaza del Congreso, onde admira a imponente arquitetura do palácio legislativo – "também um pasticho, agora dos americanos" –, Olímpio apanha o sol de inverno e comenta com um deputado conservador a alta civilização que os argentinos vêm construindo ao longo do tempo:

– Comparados com a política dos senhores, que já instituíram o voto secreto, nós, os brasileiros, ainda vivemos na idade das cavernas. – E passam a observar um realejo, que toca o *Pour Elise*. Olímpio lembra-se de Urânia, imaginando-a naquela hora no *Eterno Amor*, lendo a última carta que ele mandou, onde declara ser insuportável aquela vida à distância, tendo de depender dos correios; mas ela que tenha fé, ele voltará, *vincitor* como ela queria. Urânia... gostaria de possuí-la agora, frente àquele realejo.

– A vossa política no Rio Grande anda complicada – o deputado conservador interrompe o fio de suas ideias.

– Pudera – diz Olímpio, voltando –, os positivistas conseguiram levar à prática seus propósitos ditatoriais. Ditadura científica, eles falam, imagine.

– E o senhor, com essa inteligência e com esse caráter, aqui isolado, quando poderia estar dando uma contribuição importante à vida nacional.

– Mas não me declaro fora da peleia.

Tem razão no que diz, pois as cartas não são apenas de amor: os poucos líderes da oposição rio-grandense o põem a par das crescentes arbitrariedades de Borges, cuja sede de mando está levando o Estado à catástrofe. A pecuária liquidou-se, em definitivo, as falências de estancieiros tornaram-se comuns e – suprema afronta – há quem precise vender parte do campo. Numa carta, Câncio Barbosa sugere-lhe que precisa voltar. "Ainda não" – Olímpio responde –, "as coisas precisam chegar ao ponto máximo, de modo que meu retorno se torne absolutamente necessário."

Um dia, é surpreendido com uma carta de Borges, que lhe pede para abandonar aquela atitude arrogante de pseudoexilado; com isso, não está colaborando para a felicidade do Rio Grande. A resposta conclui raivosa: "Sei, por fim, que você quer minha volta apenas para legitimar o seu governo. O dia em que eu voltar, atente bem, é para assumir o penoso encargo de comandar a resistência libertária. E não estarei só".

Ao fim do inverno, passeiam por Palermo e, naquela paz, Olímpio pode constatar que Aquiles e Proteu se odeiam, e que Selene se confunde entre um vestido verde e um azul.

– Não entendo... Precisamos levar esta menina a um médico.

– Já fiz isto. É incurável.

— Que pena — diz Olímpio, vendo a filha correr atrás de uma borboleta de asas vermelhíssimas.
— Foi preciso o exílio para que você se desse conta.
— Tanta política... — Olímpio corre atrás da borboleta, capturando-a, entregando-a a Selene. — É vermelha... entende?

Passa a dar mais atenção a Proteu, pois Aquiles prefere os jogos de bola, as cavalgadas violentas e já demonstra algum interesse pelas mulheres, enquanto o segundo filho se fecha num mutismo arredio, e pode ficar horas trancado no quarto de estudos com seu violino, fazendo escalas intermináveis.

— Isso não é bom. Esse rapaz precisa de ar puro, de esportes adequados.

Charlotte suspira:
— Acho que é mesmo hora de voltarmos. Você fica ridículo preocupado com os filhos.
— Ora! — diz Olímpio, retirando-se irritado para o gabinete.

Lá, uma nova correspondência o aguarda. Abre-a, vai à assinatura: Tenente-coronel Zeca Neto. Esse velho lidador da revolução, esse poderoso estancieiro de Camaquã, dirige-se a ele com palavras audazes de ex-castilhista: depois de descrever as inomináveis dificuldades dos produtores rurais do sul do Estado, conclama-o a regressar, como última esperança "de nossa classe tão sacrificada por essa política de armazém do Borges". Reinaugurando suas práticas de proteção à indústria, o presidente do Estado prestigia os frigoríficos ingleses, que passam a dar ordens aos estancieiros, fixando o preço da carne ao bel-prazer, tudo sob alegação da guerra europeia. O charque desaba no mercado brasileiro, por causa da importação do similar platino, que entra com impostos irrisórios. Enfim, tudo se desgoverna. É preciso enfrentar o ditador. "Com eleição ou com as armas, que, felizmente, ainda tenho azeitadas nas mãos de meus homens fiéis." A volta é necessária — e o antigo estancieiro dá-lhe prazo para isso, caso contrário estará na obrigação de procurar outro, mais audaz.

Trêmulo, Olímpio volta à sala:
— Creio que chegou a hora do regresso, Charlotte.

Dali, ouvem a lenta melodia de Proteu: uma sarabanda com ornamentos caprichosos.

A Condessa apenas fecha o livro que tinha entre as mãos e, como se já esperasse a notícia, chama a empregada para as providências.

O regresso tem a imponência de epopeia. Aguardam o Doutor na gare, sob os compassos da Lira Pelotense, que executa o *Herói para sempre*. Quando a composição estaciona, Câncio Barbosa adianta-se ao grupo de senhores e, ao ver Olímpio surgindo na plataforma do último vagão, lê um discurso de vinte minutos, que termina:

"... e assim, não apenas a cidade engalanada recebe o filho ilustre, mas o Estado, o País, a Democracia e a Liberdade!"

O Doutor espera que cessem as palmas e faz um improviso, pedindo, antes de mais nada, calma aos cidadãos: volta do exílio com uma noção mais precisa do quadro político e econômico que aflige a todos, pois "é à distância, longe dos afetos e do solo sagrado da pátria, que os sentidos se aguçam, e vemos tudo com maior clareza. E o que vejo? Vejo um Estado à beira da ruína, o campo abandonado pelo poder encastelado em Porto Alegre, as famílias gemendo na mais terrível das angústias. Vejo um povo padecente, e que muito espera de seus homens de bem, e, nesse aspecto, sinto-me pequeno ante tamanha responsabilidade. Mas não fugirei a ela, creiam-me".

É seguido até o Solar dos Leões, onde é admitida uma comissão dos mais notáveis, federalistas alguns, outros, dissidentes do PRR: gente, enfim, que tem tudo a perder com o governo de Borges. Muitos daqueles liquidaram fortunas sob as exigências do Banco Pelotense.

– Não fugirei, senhores. Minha volta é um atestado disso. Minha casa, minha propriedade rural, tudo estará a serviço da causa da Liberdade.

Saem de lá quando é noite avançada. Ao despedir-se, Olímpio vê que toda zona Sul do Estado está ali. O que esperava acabou por realizar-se.

Charlotte e os filhos retirados para os quartos, ele vai ao *Eterno Amor*, jogando-se nos braços de Urânia:

– Sim. Retornei vencedor. Tudo por você. Urânia nem fala: abre a camisa de Olímpio, olha para a cicatriz do Bispo, beija-a e encosta a cabeça no peito.

— Enfim... Pensei que nunca mais o veria — ela murmura, sem lágrimas.
— Só se me matassem.
— Eu morreria junto.
Meia hora depois, estão na sala:
— Talvez você tenha mesmo de agir — diz Urânia, trazendo chá e biscoitos.
— Agora é inevitável.
Urânia pega um gato no colo e vem sentar-se no tapete, junto aos pés de Olímpio.
— Meu irmão fala até em emigrar para o Uruguai. E eu tenho muito amor por ele.
— Você é uma boa mulher. Gostaria que Charlotte tivesse a mesma compreensão.
— Deu-lhe três filhos, não se esqueça. Dois heróis gregos e uma deusa. Cada vez que fico à janela, voltada para a lua, lembro-me de Selene. Hoje vi quando ela cruzava pela praça. Tornou-se uma menina bonita, quando vista de frente.
— Às vezes penso que nem mereço esses filhos. São adoráveis e espertos, embora me preocupem um pouco. Em Buenos Aires, pude perceber melhor: Aquiles revelou-se algo brutamontes, e Proteu um pouco delicado demais.
— São seus filhos.
E o olhar do retrato da Condessa segue-os quando se erguem e Urânia acompanha o Doutor até a porta.

Também há as questões práticas, como as trapalhadas de Astor — que obrigam Olímpio a recolhê-lo ao Castelo — e o encaminhamento de Aquiles para estudar Engenharia em Porto Alegre, suspeitando de que não se formará.
Nesse verão febril, todos os políticos que procuram o Doutor para articulações não deixam de admirá-lo. É "um homem belo, bela cabeça, belos cabelos grisalhos e vastos, bigode meio viking" — como algum literato dirá mais tarde. Poucos imaginam que apenas dois assuntos ocupam aquela cabeça: Urânia, de quem ele arde de saudades, e Borges, o perverso. Nos intervalos das tratativas, precisa aturar as bebedeiras de Astor e as bobagens

de Arquelau, que agora se apresenta casado com uma mulher frívola. E ainda precisa dar atenção ao vigário de Aguaclara, que vem religiosamente todos os domingos a exortar à virtude e a declamar Virgílio.

– O que um homem deve suportar, Câncio, enquanto a Nação espera!

Pouco depois, dá-se o lançamento festivo do livro do Doutor, versando sobre as vantagens do sistema parlamentarista. Este ato civilizado, de puro cunho social, foi concebido para marcar o início da ofensiva política contra o governo.

– Este é o fato, senhores – ele diz à assistência de criadores que o escuta na plateia do Teatro Sete de Abril. – Com o parlamentarismo à maneira dos ingleses, não teríamos chegado ao ponto em que estamos: o campo sem estímulos, os pecuaristas abandonados à própria sorte, à mercê desses frigoríficos estrangeiros, que impõem seus preços para a carne. E o que faz o governo autoritário do Borges? Apoia-os! Apoia-os vergonhosamente!

Há palmas, de início discretas – não ao curioso parlamentarismo republicano, por certo –, mas que se avolumam e inundam a praça e assustam os pardais vienenses. Urânia, que borda na sala do *Eterno Amor*, ergue por um instante a cabeça e sorri, retomando o trabalho.

– Precisamos, nós, os que fazemos o Rio Grande, precisamos pôr um paradeiro a tudo isso! O governo está com os cofres estourando do empréstimo feito aos americanos de Nova York, como sabemos. E faz o quê? Guarda esse numerário todo para destinar a uma caolha política de transportes, que só virá beneficiar a quem? Não a nós, certamente, mas aos arrozeiros, aos industriais, a esses que nunca estiveram na campanha do Rio Grande, e que nem podem ser considerados como verdadeiros gaúchos. Ora, o arroz! Como se fôssemos chineses! A Liberdade, a nossa palavra, servirá de estandarte à nossa luta! Precisamos de uma aliança, que desde já proponho com *A* maiúsculo.

Quando termina e após novas palmas, todos sobem ao palco para cumprimentá-lo. Também galga os degraus um homem alto, de barbas brancas e ar solene, que atravessa o palco em passos lentos e estaciona à frente de Olímpio.

— Muito prazer – diz o homem, estendendo a mão ossuda.
– Sou Zeca Neto. Agradeço que tenha ouvido o apelo que lhe fiz para voltar.

O Doutor está esmagado: Zeca Neto possui um fascínio de séculos, e uma impressionante semelhança com as gravuras dos profetas de Doré. Mas é preciso romper a agonia:

– Muito prazer também... gostaria de oferecer-lhe meu livro sobre o parlamentarismo.

O ancião faz um gesto de recusa:

– Não acredito nos livros. Mas tudo que eu lhe disse em minha carta eu reafirmo agora, sob a honra de minha palavra. Com sua volta, entendo que, a partir de agora, temos um pacto entre nós. Espero que seja homem e aceite candidatar-se contra o Borges. Adeus. – E sai, abrindo uma ala sob os olhares submissos dos assistentes.

Alguém se inclina junto ao ouvido de Olímpio:

– Ele diz que somente tirará a barba quando o Borges for apeado do poder.

– Impressionante... – o Doutor murmura, vendo Zeca Neto desaparecer entre os homens, que agora se tornam subitamente pequenos.

QUINTA NOITE

[*Deixam-no falar à vontade: Beatriz liga bem baixinho o rádio, que toca Vicente Celestino, enquanto Páris observa como as paredes da sala de jantar precisam de nova pintura*]

Agora que expus minha teoria, vou exemplificá-la com os acontecimentos posteriores ao meu ingresso no Castelo.

Você fica bem refestelado na torre Norte, embora subir o estreito caracol seja um suplício; talvez por isso você fique tanto tempo lá em cima. Como te sobrou aquele pedaço esquecido de terras, um pedacinho do tamanho de um campo de futebol, você de binóculo olha para ele lá da janela: fica ao lado das ruínas da casa de Bento Maria, e de certo modo está impregnado da mesma decadência; mas isso não importa, porque você é o que é, como dizia Confúcio – ou um outro sábio japonês. Logo você intui que teu irmão te deixa ficar com aquela nesga miserável só para evidenciar tua falência: para os estancieiros gaúchos, ter pouco campo é ser um pária. Mas, para quem não esperava mais nada, é um lucro. Durante certo tempo, esse campo esteve arrendado a um ser mais mesquinho que você; ali criava uma vaca – matou-a para fazer um churrasco com uma mulher perdida e acabou morto pela esposa, que se matou logo após. Perdão. Conto tantas tragédias não para perturbar a digestão de ninguém, mas para mostrar de que forma o campo voltou para você – e você decide ser o dono absoluto de teu quinhão.

Teu meio-irmão, o Legítimo, não se importa com o que você faz, e você decide transformar a torre no último baluarte da Liberdade, isto é, um lugar onde você pode emborrachar-se e onde você se dedica a juntar animaizinhos em garrafas. São cobras verdes, fetos abortados de bezerros, morcegos, enfim, tudo que há de mais repugnante – essa é a tua forma de manter à distância o pessoal do Castelo, exceto alguma empregadinha que não teme subir o caracol e te consolar por algumas horas. Mas são intermináveis as tardes em que você, saindo do torpor do vinho, e arrependido de ter peidado na mesa e insultado o pobre do padre que vem aos domingos, dedica-se a escrever rótulos com os nomes científicos dos espécimes naufragados nas garrafas. Algum tempo depois as coisas ganham certa animação, porque você encomenda um gramofone de Pelotas, e junto vem um único disco, *The man I love*. Como se vê, você acaba gostando tanto dessa música por uma contingência do destino.

Mas voltando: Olímpio te larga no Castelo e vai à luta política. Não sei se este seria bem o termo, pois na verdade nunca lutou: sempre vieram jogar-se a seus pés. Com infalível sorte, consegue equilibrar as finanças – as finanças *dele* – e acaba por liderar um movimento contra o Borges. Muita gente importante no movimento, que depois é denominado... denominado... denominado... [*Bate com o dedo na cabeça*]

...merda... ah, sim! Aliança Liberal. Esses nomes do passado gaúcho são tão artificiais... O que acontece você não sabe bem. O fato é que o Castelo torna-se um ponto de romaria de doutores e bandidos – não perguntem os nomes, porque não sei, tinha um Abbot, Ramiro Barcelos, Honório Lemes... – que vêm todos os dias, ou quase todos. Quando Olímpio está em Pelotas, às voltas com as tramoias políticas e com a amante Urânia... já falamos nela?... quando está em Pelotas, o Castelo transforma-se no lugar ideal para a melancolia: tua cunhada Condessa parece aliviada e te ignora, passando imensas horas ao piano. Num dia de manhã, pelas onze horas, hora da fome, você chega a ter um sentimento quase de compaixão por aquela senhora tão magra e que raramente come... A paz desses dias é perturbada apenas quando Aquiles vem de Porto Alegre, e te disputa as empregadas – afinal, teu sobrinho é um rapaz cheio de vida, e você um quase-velho e bêbado. Aí precisa entrar o dinheiro, mas você deve gastá-lo parcimoniosamente, como é de se esperar de um falido. Há uma noite em que você se atraca a tapas com Aquiles porque uma cozinheira refugiou-se em tua cama, justo a que ele desejava. Uma cena horrível, meus caros, que acaba num julgamento: a cozinheira precisa decidir-se entre o teu pouco dinheiro e a vitalidade de Aquiles, e ela, nua, depois de pensar bem, aponta para Aquiles. Ah! Longe está o tempo em que você tinha a Minervina, a Dalila e tantas outras... A infeliz sai de tua cama, veste-se, agarra-se a teu sobrinho e você os vê descer abraçados o caracol... Mas como a tua teoria não falha logo você é procurado por uma nova integrante do Castelo, uma espécie de ama portuguesa, que é trazida para cuidar de Selene. Não sei se ama é bem o termo, porque Selene é meio crescida, mas vá lá.

[*Páris subitamente deixa de olhar para as paredes e fixa o narrador*]

A tal ama, ou *dame d'honneur*, é bastante ingênua, e te encanta daí por diante com noites muito curiosas. Por exemplo: às vezes carrega uma boneca para teu quarto. Em homenagem à senhora aqui presente, eu digo que ficávamos longas horas juntos... tudo no melhor dos mundos... Você inclusive começa a procurar trechos escolhidos da *Selecta em Prosa e Verso* para ler para a ama. A *Selecta* é um livro muito importante na formação dos jovens. Um dia até fiz o Proteu decorar uma poesia magnífica... Aquele degenerado poeta de Lisboa deveria lê-la, para instruir-se e não escrever tolices.

No meio disso tudo, há momentos chatos, quando o criado Raymond se fresqueia demais e você precisa ensinar-lhe como um homem procede. É teu trabalho pedagógico. Mas inútil, porque fresco é fresco para sempre, mesmo que já esteja meio velho.

De repente você fica sabendo de uma coisa espantosa: teu mano, a dois meses da eleição para a qual o Borges de novo se candidata, teu meio-mano é lançado candidato. Uma espécie de candidato livre, sem partido. Foi a condição que Olímpio impôs, o astuto, porque com isso arrebanha votos de todo lado. A dois meses da eleição, vejam, para maior surpresa. Você até acha bom, pois não dá mais para suportar aquele chimango no governo, aquela cambada toda que te deixou pobre. Mas a tua decisão final, a de apoiar Olímpio nestas eleições, acontece num domingo, quando chega de trem ao Castelo uma comissão de distintas senhorinhas da sociedade pelotense. Vêm com o propósito de confeccionar com suas próprias mãos uma bandeira do Rio Grande do Sul – isso é hábito, as senhorinhas fazerem bandeiras para dar aos políticos – para que Olímpio a leve junto em sua campanha eleitoral, que partirá em triunfo do Castelo.

Parecem irmãs, mas na verdade são meio-primas; naquele caudal degenerado de Pelotas, onde as famílias se casam entre si para não perderem as terras e os títulos, é muito comum que alguém acabe sogro de si mesmo ou cunhado da própria avó. Foram recebidas como princesas pela Condessa e logo instaladas nos melhores quartos. Eram seis, em idade perfeitamente aproveitável, e uma delas – Cotinha; como há Cotinhas em Pelotas! – tem uns vinte anos, cabelo *à garçonne* e vestido curto, no que não se diferencia das outras. A grande diferença está no olhar... ah! os olhos, janelas d'alma!... É claro que você não imagina nada, agora que teus prazeres são sempre pagos, mas parece-te que a Cotinha te lança um olhar no momento em que desdobram o grande pano colorido sobre o tapete do salão e começam a escolher os fios. A Condessa, ao te enxergar, quer te expulsar dali. Preciso dizer que a Condessa ficou bastante lisonjeada pelo fato de virem trabalhar em seu Castelo e quer monopolizar as atenções; de resto, você não faz uma figura muito bela, já com quarenta e tantos anos de idade, quase sem cabelos, gordo, os olhos empapuçados e com teus sapatos bicolores um pouco fora de moda. E essa sociedade costuma estar sempre na moda. Mas você, ao ser convidado a retirar-se, sob o pretexto de que o ato de confeccionar bandeiras é exclusivo das damas, você se rebela e só por birra vem sentar-se muito refestelado no sofá, e cruza as pernas, fixo na Cotinha. E as moças começam a separar os panos, previamente recortados em Pelotas por alguma fodida costureira. Cotinha está ajoelhada sobre o grande tecido, atenta aos riscos, e você pode admirar aquelas pernas lisinhas por debaixo das meias branco-transparentes, e que acabam em sapatinhos de verniz. Um momento de glória é quando ela te olha de novo e ninguém percebe. Você pisca o olho e fica portanto estabelecido que vocês se encontrarão no primeiro momento em que isso for possível. É uma tarde longa, e você observa que a bandeira do Estado começa a tomar figura, e você lê o dístico *Liberdade – Igualdade – Humanidade* escrito numa lista que vem abaixo das lanças e dos pavilhões, e que os pezinhos descalços das moças pisam com a sem-cerimônia da fresca juventude. Cotinha desdobra o escudo oval cheio de símbolos e o põe sobre as lanças trançadas, e leva-o para cá, para lá, procurando o melhor lugar para costurá-lo. E ela surpreende a todas ao te perguntar qual seria a melhor posição, e você, o especialista em bandeiras estaduais, levanta-se, chega-se perto e, sob o olhar irritado da Condessa, começa a dar palpites, dizendo que talvez seja melhor levantar um pouco mais o escudo, e aquelas mãozinhas desnudas pegam o escudo, e os dedinhos, cheios de anéis, rodeados pelos pezinhos das outras moças, ajeitam o pano para melhor deslizar o escudo, e você sobe às alturas. "Creio que basta", te diz tua cunhada, e você, porque não é bobo e a idade te ensinou que o recuo é o melhor ataque, você gentilmente dá por pronta a tua intervenção, despede-se das moças e, antes de sair, ainda pisca mais uma vez o olho para Cotinha, sendo correspondido. Vai para onde? Vai tomar um banho completo, perfuma-se, vai para a frente do espelho, reúne os restos dos cabelos e, à custa de muita brilhantina, espicha-os sobre o cimo da cabeça; não fica mal. Durante o jantar, você se comporta, e, aproveitando que Olímpio não está – pois está em Porto Alegre, comunicando sua candidatura ao Borges –, você bebe pouco e conta anedotas de salão, e as moças dão risadas. Mais histéricas ficam quando você revela que é estancieiro de um campo de futebol; quando termina o jantar, você as convida para conhecerem tua propriedade no dia seguinte à tarde, a fim de descansarem de seu estafante trabalho. A Condessa tenta avacalhar tua proposta, mas as moças estão caídas pela ideia, e Cotinha é a mais entusiasmada.

      Depois de um século, chega a tarde seguinte. Aproveitando um momento de pausa do trabalho e sob a tácita censura da

Condessa, vocês partem a espairecer pelo campo, com um pequeno farnel. Selene vai junto e, como anfitriã, vai mostrando as árvores, os galpões, a plantação de milho... As moças continuam tão alegres quanto ontem, e a Cotinha, em especial, permanece a teu lado e te pergunta muitas coisas sobre tua vida, e você consegue compor uma autobiografia de razoável equilíbrio entre a devassidão e a virtude, porque nenhuma dessas qualidades, na sua forma exclusiva, interessa às mulheres. De repente Cotinha enfia o braço no teu braço, e assim vocês caminham muito familiarmente, sob a aprovação das demais; você de repente menciona um arroio, lá na dobra do campo, onde há umas fadas que costumam aparecer às virgens. As moças riem, curiosas e agitadas. Selene, tão surpresa quanto as outras, fica séria e diz-lhes que não acreditem, mentira do tio, ele gosta muito de brincar com as pessoas. Mas não consegue mais reverter a situação: as moças passam a desejar ardentemente ir ao tal arroio e você promete levá-las... depois de visitarem tuas terras, onde, aliás, vocês estão chegando. "Eis minha propriedade", você diz, risonho, às moças que adentram no retângulo de grama envolto por uma cerca muito chinfrim... "é pouco, mas é meu mundo, senhoritas"... Elas continuam dando risada, correm por tua estância e você, muito brincalhão, chama-as e revela que a estância não tem nome, e pede a elas que a batizem naquele momento. As moças tão gentis esmeram-se em nomes pomposos de santos, porque suas pequeninas imaginações – felizmente! – só sabem pensar coisas banais. Santa Olávia! Santo Américo! Santa Clementina! – e assim vão desfilando os nomes dos pais, tias, avós e cunhados... E você sempre desaprovando... até que a Cotinha lança um nome: Estância do Galante... em tua homenagem, é claro. As moças concordam rápido, e uma delas tira do farnel uma das garrafinhas de água e muito mimosamente quebra-a sobre uma pedra, dando por batizada a estância; as outras batem palminhas, você também... Mas logo elas se cansam da farra e já querem ir ver as tais fadas de que você falou. Você, o muito vivo, começa a sentir uma dor por aqui, por ali, e diz a elas que podem ir sem ele, Selene fará de cicerone. Elas hesitam, muito educadas que são, mas a Cotinha diz que ficará cuidando de você, elas não podem perder a oportunidade. Elas, enfim, concordam, prometendo que voltarão em seguida, mesmo porque a bandeira ainda está pela metade e precisam retornar ao trabalho. Logo desaparecem alegremente na baixada, conduzidas por Selene. Quando você e a Cotinha ficam a sós, você senta-se na grama e ela desafoga teu colarinho e te abana com teu chapéu, perguntando onde é que dói... Você em resposta mostra um lugar no peito, no ventre... E a Cotinha te consola, dizendo que já vai passar, e... – ó esperada surpresa! – ela se agarra a você e te beija na boca, derrubando-te. Como são necessitadas essas moças de Pelotas!... Você, assim premiado – não digo que minha teoria é certa? –, acaba por ceder aos encantos da Cotinha, que te morde, te arranha, te lanha todo, e você, embaraçado nas tantas roupas que essas moças usam, vai livrando-a da anágua, da saia, das meias, comportando-se como um velho cínico ante uma ninfa dos bosques; e assim você consegue o que ela pretende e no momento crucial, o mais glorioso ápice conjunto dos pampas, ela grita e te chama de papai, papai querido, e assim você, perplexo, se dá conta da pouca atenção que os homens de Pelotas dão às paixões recolhidas das filhas... Mas você é um cavalheiro e não pretende mais abusar daquele equívoco amoroso e vocês ficam ali um tempo enorme, abraçados e tristes, a ver o voo dos corvos sobre a cabeça, um momento de muita poesia, pois. É então que a Cotinha murmura que foi inesquecível, e que te fará uma homenagem na bandeira, e você quer dissuadi-la, mas ela persiste, você nada pode fazer.

Ao alarido das moças que retornam, vocês se arrumam às pressas, e, quando elas chegam, suadas e alegremente reclamando de que não viram fada nenhuma, encontram vocês dialogando sobre as dores humanas. Não quero mentir, porque tudo o que digo pode ser comprovado: hoje a bandeira do Rio Grande que está naquele armário envidraçado da Biblioteca, aquela bandeira tem, na ponta da lança vertical que sai de trás do brasão maçônico, o bordado de um símbolo fálico, bem pequeno... um pequeno caralho... é comovente... É isso que decide você a apoiar a candidatura de Olímpio. Querem ver o bordado? Pois vejam, comprovem.

[*Páris e Beatriz levantam-se, vão até o armário envidraçado, retiram a bandeira meio desbotada, abrem-na, trazem uma luz e, depois de um silêncio, rompem em gargalhadas*]

Não disse? Olímpio levou essa bandeira em toda a campanha eleitoral. Minha forma de apoio. E espero que ninguém duvide da minha teoria, porque é a mais certa que existe.

— Não quero nem sentar, Borges – diz o Doutor ao Presidente do Estado, quando é admitido ao gabinete cujas janelas abrem-se para a Catedral, em Porto Alegre.

Borges faz a volta à mesa de trabalho e apresenta-lhe a mão sem cor:

— O que é isso, Olímpio? Ainda podemos manter a cortesia. Todos queremos o bem do Rio Grande.

Olímpio enfia as mãos nos bolsos da casaca:

— Ouça: não sei qual o seu conceito de "bem do Rio Grande". Você ignora o conceito de Liberdade e Democracia.

— O nosso querido Júlio...

— Não me venha com sentimentalismos. Júlio está morto.

— Mas ficou a mensagem que ele nos deixou.

— Mensagem que você se encarrega de deturpar, abastardando a vida política, nomeando capangas para todos os postos, perseguindo opositores como se fossem bandidos, armando a Brigada Militar como se fosse para a guerra. Mas o pior de tudo: você ignora a classe rural, a verdadeira mola mestra do desenvolvimento do Estado, que anda numa crise que só você não enxerga. E tudo para quê? Para escudar-se nesses donos de empórios, nesses proprietários de fábrica, nesses adventícios que só querem o lucro.

O pequeno homem à sua frente não demonstra perturbar-se. Algo como um ricto de impaciência aflora a seus lábios:

– Júlio deixou um legado que não pode ser entregue às feras.

– Eis sua verdadeira face, Borges: você chama de feras a pessoas responsáveis e dignas, verdadeiros próceres do progresso, os estancieiros, os criadores.

– Creio que é o momento de lembrá-lo de algo muito simples, Olímpio: fui eleito. E se ainda houver dignidade, serei reeleito.

– E você fala em eleições, com voto a descoberto, com os sequazes do PRR cuidando, comprando votos, intimidando?

– Você então insinua que há fraude?

– Não insinuo. Eu afirmo.

– É forte. Talvez tenha de provar isso à opinião pública.

– Não preciso provar o que todo mundo já sabe.

– Então é guerra?

– Nem tanto. Talvez seja uma nova revolução. No dia em que a corda se estirar ao ponto máximo.

O secretário do governo chega com um papel. Borges o lê rapidamente, assina-o e, depois de devolvê-lo, diz, irônico:

– Espero não ter de enfrentá-lo nas coxilhas.

– A mim não. Mas aos homens de bem. Ouça, Borges: hoje vim com o propósito de deixar bem claras as coisas entre nós, e para que você não diga que ando tramando contra você pelas costas. Quero que saiba, e por mim mesmo, que aceitei candidatar-me ao governo.

– Certo. Talvez os rio-grandenses o prefiram a mim.

– Você duvida?

– Jamais. Você sempre foi audaz, desde que resolveu bater-se em duelo com o Barão de Águas Mornas, em São Paulo... lembra-se?

– Sim – diz Olímpio, encaminhando-se para a porta de saída. – Lembro-me bem da sua cara de medo.

Dali, vai à indispensável visita ao monumento a Júlio, erguido na Praça da Matriz – em bronze fresco, o Patriarca senta-se desconfortável à beira de um trono positivista, a atitude tensa, agarrando com angústia um papel, possivelmente a Constituição que engendrou sob tantos martírios e depois sancionou, publicou e fez cumprir. Júlio olha para o Guaíba, talvez para a distância de suas terras, agora mortas pela ausência de seu gênio. A seus pés e em toda volta do monumento, figuras gigantescas e desnudas, de grandes pés, oferecem aos passantes alguns papéis republicanos recém-tirados dos prelos da propaganda. Às costas, há um gaúcho a cavalo, o chapéu erguido ao céu, imobilizado num grito em que há uma ponta de desespero. Todo o conjunto se ampara num obelisco onde uma seminua mulher desfralda um estandarte e clama contra o Império. No topo, tão pequena que parece uma figurinha de presépio, a deusa da República ergue seu facho de pura luz libertária, envolta num gracioso panejamento que ondula ao abençoado Minuano.

– Foderam o Estado e ainda erguem monumentos – Olímpio diz a Raymond. – Vamos embora.

Seguem-se dois meses de pantanosa atividade, o Rio Grande submerso em chuvas implacáveis que abrem ao infinito os leitos dos rios, e onde a antiga e simples tarefa de atravessar um córrego transforma-se numa empresa de ciclopes. O inverno ainda ruge em nuvens baixas e densas, fazendo com que os arroios se confundam com as várzeas, transformando a natureza do pampa numa solidão aquática. Casas navegam nas torrentes, muitas vezes levando no telhado um cão e um gato, obrigados à trágica solidariedade das catástrofes. A campanha eleitoral, contudo, tem suas pólvoras bem secas, e por todo o lado há prenúncios de que os borgistas jamais entregarão o governo. Às inúmeras discussões e tiroteios frente aos clubes interioranos são uma amostra do que será a apuração, onde os do PRR precisam de impossíveis três quartas partes dos votos para entronizar mais uma vez seu Chefe. A rememorar a anterior revolução, há mortes entre coronéis de ambas as facções, e mesmo com a neutralidade oficial do Partido Federalista seus adeptos engajam-se na surpreendente candidatura do Doutor; é bem possível que quisessem vê-lo pelejando sob sua denominação partidária, mas reconhecem que não têm alternativa – ignorar o pleito será o mesmo que fazer um pacto com o demônio. Uma eleição de *bric-à-brac*: com a barbárie do voto a viva voz, homens definitivamente finados emprestam seus nomes a outros – bem vivos – que, com a ameaça de adagas sob os ponchos, fazem as cédulas eleitorais multiplicarem-se por duas, por quatro, por dez e – dizem! – por cem.

Percorrendo o pampa de ponto a ponto no comando de uma caravana de onze correligionários (com Raymond e Câncio Barbosa serão treze) e mais uma vez no lombo dos cavalos quando não há trens ou quando os Ford não conseguem vencer as miseráveis sendas dos campos, Olímpio é recebido como um extemporâneo messias. As administrações dos municípios, na férrea orientação republicana, fazem o possível para pôr obstáculos aos comícios, enchendo as praças de milicianos armados, e não poucas vezes prendem os líderes oposicionistas em cárcere doméstico durante a estada do Doutor na cidade. Mas há uma graduação geográfica nos atos repressores: no pampa pecuário, crivado de descontentes, os estancieiros animam-se a enfrentar os situacionistas, propiciando uma certa liberdade à campanha; e quanto mais a perturbação política sobe para o norte agrícola, mais graves são os constrangimentos. Câncio Barbosa, que não abandonou sua tarefa de secretário e *fac totum*, contabiliza os votos e sempre conclui que a eleição será fácil.

– É esse seu otimismo que me anima – diz-lhe Olímpio, numa tarde em que estão atolados até os joelhos, ao atravessarem um tremedal para os lados de Cachoeira.

– Só nos vencerão se houver fraude. E, se houver fraude, haverá revolução.

Raymond vem atrás, erguendo alto a pasta do Doutor:

– E se houver outra revolução eu volto para São Paulo.

Em Cachoeira, recebem os chefes da oposição no clube. Os enlameados coronéis da zona, cujos ponchos de lã fedem a cachorro molhado, trazem revólveres à cintura e uma proclamação pronta, que Olímpio lê e aprova, prometendo publicar em panfleto.

– Só isto não basta, Doutor – um deles se ergue. – Queremos preveni-lo de que não ficaremos calados às provocações dos borgistas, quer elas aconteçam antes, durante ou depois das eleições. De minha parte, tenho duzentos homens prontos para a luta. – Os demais concordam, e cada qual grita o número de sua gente. – E não haverá Brigada Militar que possa nos enfrentar. Nas ruas ou na coxilha, como em 93.

No primeiro momento em que estão a sós, numa das salas do clube, Olímpio diz a Câncio Barbosa:

– Isso começa a tornar-se incontrolável.

– É como eu dizia. E agora não há mais volta.

Em Santa Maria a caravana da Aliança recebe a acolhida avassaladora de todo o centro do Estado. Automóveis, cavalos e charretes confundem-se na praça; sobre um palanque guardado por doze homens às ordens do coronel Jerônimo Prates, e onde foi erigida, em meio a uma panóplia de flores, a bandeira do Estado que Olímpio ganhou das senhorinhas de Pelotas, realiza-se o maior comício do interior, entremeado por foguetes e vivas. Os borgistas mandam observadores, logo reconhecidos e enxotados. Mas durante a fala de Olímpio erguem-se algumas vozes alteradas na assistência, e o Orador se cala: logo se faz um espaço à volta de dois contendores; um deles saca a arma, o outro também, e explode um tiro. Cai ao chão um dos mais fanáticos borgistas, esvaindo-se em sangue. "Que morra o infeliz", gritam com ódio, deixando-o à mercê do Destino.

– Isso não! – Olímpio exclama. Desce apressado do palanque e, vencendo a barreira de braços que o querem conter, chega até o ferido. – Enquanto eu existir, ninguém morre como um perro à minha frente. – E abre-lhe o peito, onde há uma grande cratera. Nada mais pode ser feito: o infeliz já tem a respiração ofegante dos moribundos e os olhos começam a ficar opacos. Olímpio ajoelha-se, segura-lhe a mão, baixa a cabeça. E ali fica em silêncio até o momento final. Depois, lentamente se levanta, tira o chapéu e, olhando em volta, ordena que todos façam o mesmo. – E agora ouçam – ele grita –, foi a última morte em tempo de paz. Recolham o cadáver e o entreguem à família. Quero que me tragam o autor dessa ignomínia.

Trazem-lhe, é um dos sobrinhos do coronel Jerônimo Prates, moço o suficiente para ser o protagonista daquela irresponsabilidade. O Doutor em pessoa toma-lhe o revólver, pega-o pelo braço e, ante o assombro geral, o conduz através da praça até a Delegacia de Polícia.

– Prenda este homem, é um assassino – ele diz a um amedrontado inspetor. – Cumpra o seu dever, se é que os borgistas conhecem esse nobre sentimento. – E dá as costas.

Quando o furioso coronel vem procurá-lo à porta da Delegacia, o Doutor o encara:

– Sei que era seu sobrinho. Mas se o preço deste meu ato de humanidade for perder as eleições é porque estou cercado por bandidos.

É o suficiente para que irrompam palmas. O coronel baixa a cabeça, confuso, enquanto o Doutor reassume seu lugar no palanque e reinicia o comício, no qual adverte contra a insânia e as rixas. Conclui com uma longa peroração: "Nossa arma será o voto, a maior arma de todas, desde a Grécia. Venceremos os pérfidos republicanos com a nossa convicção, com nossa justiça e com nosso laurel de seres civilizados. Só recorreremos a medidas extremas se nos fraudarem. Mas então será na limpeza dos combates viris, e não na covardia dos ódios pessoais". No fim o coronel, comovido, sobe até o orador e, à vista de todos, abraça-o. Depois, voltando-se para o povo, pede silêncio:

– Senhores! Hoje tivemos a certeza de que escolhemos um grande homem para nosso líder. O que significa o meu pesar, perante este momento? – Pega a ponta da bandeira do Estado e beija-a: – E, acima de tudo, está o Rio Grande.

No fim da tarde, desfeito entre foguetes o comício, o Candidato em pessoa vai até a casa mortuária. Enfrentando um silêncio hostil, aproxima-se do esquife e manda que Raymond coloque uma flor nas mãos do morto. "Morreu bravamente, como um legítimo gaúcho", diz aos circunstantes. "Ofereço à família o préstimo de minha ajuda moral e financeira. Nunca os abandonarei."

Após um jantar de peixe, *corned beef* e quindins, servido no Clube, a caravana recolhe-se ao hotel. Antes de dormirem, Olímpio observa que Câncio Barbosa ainda está debruçado sobre seu livro de notas.

— Escrevendo o quê? – o Doutor pergunta, já na cama, enquanto Raymond tira-lhe as botas.
— Suas palavras ao coronel, na Delegacia. Belas palavras...
Olímpio recosta a cabeça no travesseiro.
— Não foram apenas palavras, Câncio. – Faz uma pausa. – Desta vez, não. – E fecha os olhos cansados.

O episódio, entretanto, dá frutos em extensão e qualidade: algum folhetinista escreveu e mandou imprimir a cena da frente da Delegacia e o posterior beijo na bandeira; o papel precede as visitas triunfais do Doutor, causando admiração e um imprevisto apoio: alguns padres, trazendo à tona a desconformidade com o ferrenho materialismo dos positivistas, lançam uma proclamação "ao povo católico", incitando-o a dar seu voto à Aliança Liberal.

— E agora vamos ao ninho deles – diz Câncio Barbosa. – E enumera aldeias das colônias alemãs e italianas, ainda virgens da pregação liberal. – Não podemos desprezar esses votos preciosos. Milhares de católicos.

— Amém, Câncio.

Começam vinte dias de cansativo peregrinar por regiões da Europa encravadas em solo gaúcho. São altiplanos de brumas que ocultam a paisagem do amanhecer, revelando-a repentinamente em abertas de sol: então veem-se serras eriçadas de uma vegetação sombria que ninguém desbrava sem perigo da própria vida, e onde voam pássaros sem cor. Resignando-se a estas piores terras do Estado – as que lhes destinaram nos imperiais projetos de imigração –, os colonos foram aos poucos retalhando os vales com sebes de pedras, com flores e lavouras, dando a tudo um ar familiar e bem pequeno. Os arroios têm pás de moinhos movimentadas pela força das águas, e, faz pouco tempo, ali só havia macacos.

— Gente curiosa, esses imigrantes... – diz Olímpio em Neu Württemberg, vendo saírem às janelas as cabeças pálidas como mel. Avista um homem de chapéu de palha sobre um cavalo: – E olhe como monta aquele lá...

O precário idioma alemão do Doutor, de sintaxe e vocabulário vienenses, torna-se completamente inútil ante o dialeto do Hunsrück. Precisam falar através de intérpretes que mal dominam o português.

– O que devo dizer para eles, Câncio? Estou sem inspiração, pela primeira vez na vida... deve ser a falta do horizonte, a falta do pampa. Estas serras me sufocam.

Mesmo assim enfrentam bandinhas, salsichas e massas sem molho. Nos salões paroquiais, tendo ao fundo relógios e guampas de cervos, o Doutor fala sobre a vida, sobre a morte, sobre a estreita visão administrativa do Borges. Ouvem-no, disciplinados: velhos de bigodes imensos ou enormes barbas, homens que deixaram as enxadas à porta e sentam-se rígidos nos bancos de pau. Não tiram os chapéus mesmo nos recintos fechados.

– É degradante, Câncio: eu, falando a lavradores. E ainda por cima, estrangeiros.

– Nem parece o mesmo homem que planta milho e que está escrevendo um tratado de agricultura.

– Ora, ali são ideias. E ideias para meus concidadãos brasileiros.

Na colônia dos italianos o constrangimento é o mesmo. Ao final do périplo, Olímpio desabafa:

– Ainda bem. Voltemos ao Rio Grande do Sul.

À estação de Porto Alegre acorre aquilo que o *Correio do Povo* chamaria de "multidão" – cerca de quinhentas pessoas. Ainda na gare, o Doutor clama: "A causa do povo rio-grandense não tem inimigos. Tem sido até um desapontamento para mim, encontrar somente braços abertos, corações abertos. Vamos à eleição certos da vitória, que será esmagadora, aplastante, para sepultar de vez essa tirania que se instalou no governo".

Realmente cabem os adjetivos: por mais que se procure, não se encontra ninguém com audácia para dizer que votará no Borges, ao passo que as adesões à candidatura dos liberais aumentam a cada hora. O comício final, à frente do Grande Hotel, lota a Praça da Alfândega, obrigando a polícia a manter-se à distância. Olímpio está na sacada do primeiro andar: "E para finalizar: em outros tempos fui insultado e humilhado por um figurão oligárquico, a bem poucos passos daqui. Hoje estou convicto de que esse triste episódio foi o cimento que consolidou minha trajetória pessoal e política. De vós, peço apenas que me deleguem o poder de governá-los, mas num regime de democracia, paz e liberdade.

Novos ventos correm pelas coxilhas do pampa, e ninguém agora nos humilhará ou nos insultará. Ainda somos gaúchos! Despeçamo-nos como heróis dessa nova odisseia. Agora irei retirar-me ao meu baluarte, que muitos ironizam, mas que ainda é o Castelo da Liberdade. Até a vitória, cidadãos!"

— Até a vitória ou até a morte! – grita um homem, levantando aplausos.

O Doutor é obrigado a retomar a palavra:

— Morte sim, morte cruel e bárbara, mas morte às ideias que infelicitam o nosso Estado há décadas!

Câncio Barbosa, a seu lado, murmura:

— É o suficiente. Vamos embora.

Em Pelotas, depois de desembaraçar-se de um banquete, Olímpio corre ao *Eterno Amor*. Encontra Urânia envolta num xale negro, sentada junto à janela.

— Minha querida – ele murmura, beijando-lhe a testa. – Voltei, mais uma vez. E *vincitor*, como você quer.

Ela nada diz. Ergue-se e o abraça. E uma sensação súbita, quase uma revelação: só agora ele nota como os movimentos de Urânia estão mais lentos, as costas encurvadas. Os cabelos, já tingidos de negro, não têm o mesmo viço, e o rosto, antes tão redondo, ganha alguns ângulos que acompanham os novos vincos da pele.

— Fazia o que, amor? – ele pergunta.

— Eu? Olhava os pardais. Como sempre. Nesta tarde e noite, não saíram da sala.

De volta ao Castelo e junto com Câncio Barbosa, Olímpio vive num ardor frenético os dias que antecedem o pleito. Através do telefone, essa novidade instalada no Castelo, sabem de perturbações da ordem em diversos municípios: rixas perdidas, alguns tiros a esmo, ameaças de todo estilo, desde as mais vulgares – de morte – até as mais sofisticadas, como deserdações. Vários coronéis fazem-se fortes em suas terras, recordando a seus homens o préstimo da adaga e das antigas espingardas. Do lado do governo, Borges implanta modalidades abjetas para o recrutamento de milicianos; proclamações voam pelo Estado, como uma teia de rancores e ofensas. O Deputado Artur Caetano manda uma mensagem ao Presidente da República, "e estou à frente de 4.000 revolucionários dispostos a largar as armas só quando Borges de Medeiros deixar o poder, a não ser que Vossa Excelência resolva intervir para integrar o Rio Grande no sistema constitucional da União". O Presidente da República, para quem o Sul é domínio impenetrável de caudilhos, prefere deixar que as contendas se resolvam pelo modo habitual a que os gaúchos estão acostumados. Os telefonemas sucedem-se, e, além de Zeca Neto, outros nomes começam a povoar o *bureau* da Biblioteca do Castelo: Gomes Tavares, Mena Barreto, Honório Lemes.

– Interessante, Câncio – diz o Doutor num momento de leveza em que estão tomando mate –, o Honório, o Honório analfabeto, apoiando um intelectual.

– Analfabeto sim, mas o mais poderoso e temível guerrilheiro que o Rio Grande conhece.

– Como contê-los?

– Impossível. São ressentimentos antigos. E se houver revolução, não se iluda: você será um prisioneiro da História.

As palavras de Câncio Barbosa, que ele não recolherá para seus escritos, atormentam as noites do Doutor. Passa-as entre os livros, lendo clássicos. *Ha sido el más terrible error del género humano creer que matandose los hombres se puede conseguir fama e honra. Blessed are the pacemakers on the earth* – enfim, de Juan Luis Vives, Shakespeare e outros, vai construindo um provisório arsenal de indulgências, anotando frases em pequenos bilhetes a si mesmo. Quando morrer, quinze anos mais tarde, seus bolsos estarão cheios deles, para espanto da Condessa e da governanta.

Pela manhã, Câncio encontra o Doutor com os olhos túrgidos, o bigode sem o cuidado do *friseur*, "muito li, Câncio, e não me convenço de que esta revolução seja inevitável". Anima-se apenas quando Selene aparece: ele então lhe afaga por um instante os longos cabelos, dá-lhe um beijo rápido e pergunta a Câncio:

– E desta geração, o que será?

Deixa de atender o telefone, e durante um jantar mantém-se desatento à conversação em francês entre Câncio e a Condessa: olha com tédio para Astor, que submerge em copos de vinho, enche a mesa de farelos e limpa porcamente os lábios no guardanapo de monograma, como faz há anos, como fará por toda a eternidade. Aquele ser... seu irmão apesar de tudo, traz a marca da ruína, a ruína que pode ser dele, Olímpio.

– Temos de vencer esta revolução – ele bruscamente exclama, em português.

– *Cette élection...* – corrige-o a Condessa, sem olhá-lo.

"Esta eleição", que Charlotte acompanha na distância de seus pincéis e de seu piano, fere-se como um prenúncio dos tempos que virão. Se em Porto Alegre as coisas ocorrem dentro de uma débil normalidade, no interior tudo desanda: coagidos por revólveres ou adagas, os eleitores declaram seus votos ao Borges, depois vão a outra mesa, declaram de novo e, levados em todos os veículos possíveis, representam uma cena que se repete em todo o Estado: "E tu, vota em quem?" – "No Doutor Borges" – "Então assina." Há quem se insurja, sabendo que encontrará à saída uma súcia de malfeitores que jamais esquecerá seu nome. Às vezes os descontentes políticos formam maioria, e, sem nenhum pudor, os mesários alteram as atas, dando vitória ao governo. "Uma putaria", brada um Capitão Chico Rocha à frente da igreja de Curral Grande, e é logo varado por balaços. Agarrando a barriga por onde verte sangue e urina, dá uns passos e vem cair junto à fonte belga, e os jatos de água que saem dos seios de uma nereida lavam-lhe graciosamente a cabeça. Ali fica, jazendo por horas, a mando do líder republicano local. Todos sabem que o morto é primo do Coronel Leonel Rocha, da Palmeira, temível chefe oposicionista, e logo suas forças se declaram sublevadas, independente do resultado da eleição.

– Fiquei sabendo, Câncio, que alguns dos nossos estão usando os mesmos métodos dos borgistas.

– É natural. E quando a revolução estiver adiantada, que importância isso terá?

A contagem dos votos, realizada nos recônditos dos gabinetes, ocorre, como dizem todos os governos, "na mais perfeita ordem", e talvez algum desvairado ainda pense na vitória do Doutor. A grande ata, a ata final e somatória de todos os votos do Estado, é submetida à Assembleia em Porto Alegre, e uma comissão, cujo maior nome é o emergente deputado do PRR Getúlio Vargas, faz e refaz contas e por fim, para estupor geral, declara que Borges obteve os votos que a Constituição de Júlio exige.

É como uma senha: o Estado divide-se em zonas de insurreição, sob comandos de autoproclamados generais: além de Leonel Rocha da Palmeira, há Filipe Portinho no Planalto do Nordeste, Honório Lemes na fronteira Sudoeste, Estácio Azambuja no Centro e o infalível Zeca Neto no Sul. Mas não apenas estas forças, as principais. Por todo o lado há chefes menores, cuja pouca fortuna os impede de possuir grandes contingentes; mesmo assim, formam tropas respeitáveis e prontas a tudo. Do Palácio, em Porto Alegre, o comandante da força estadual, Coronel Emílio Massot – com o apoio ostensivo de vários generais do Exército –, dá início às suas estratégias repressoras.

– Sempre fui um homem civilizado... – diz Olímpio para a Condessa, em meio às notícias dos primeiros combates. – Seres humanos morrem por mim. É um peso enorme, Charlotte.

Ela põe o feltro verde sobre o teclado do piano e fecha-lhe a tampa. Gira o tamborete, voltando-se para o marido:

– Um homem sozinho não civiliza o pampa, *mon cher*. Além do mais, muitos dos que morrem por seu nome talvez o odeiem.

– Espero que você me ampare com suas palavras durante os próximos tempos.

– Eu? Eu sou uma estrangeira, não esqueça.

EU, O DONO DO CASTELO DA LIBERDADE, PENSEI QUE ALI SERIA UM ÓTIMO ABRIGO PARA OS PERSEGUIDOS PELO REGIME DEMOCRÁTICO

Quando aqueles perversos desceram do trem com enormes rolos de arame, moirões, grandes alicates e pás de cavar a terra, entendi que vinham reproduzir aqui, em pleno pampa gaúcho, um gêmeo de Auschwitz. Comandava-os um ignóbil engenheiro, que estudara numa falida universidade e, com certeza, comprara o sujo diploma. Chamava-se Augusto Otávio, era gordo como seu amo Aquiles, a Besta, e veio falar comigo enquanto sua quadrilha esperava fora do Castelo. Recebi-o na Biblioteca, como fazia meu avô, e até acendi um charuto. De início ele não quis acreditar muito no meu título de proprietário – nós, os castelões, em geral somos mais velhos; sorriu, dizendo "então você é o proprietário?", ao que eu respondi que não estava ali para dar explicações a quem não devia, e se tinha algo a falar que falasse, porque eu estava com pouco tempo para ouvi-lo – e larguei-lhe uma baforada nas fuças. O abominável então me disse que vinha atendendo a um contrato com meu tio Aquiles; e que seu trabalho seria cercar o Castelo, contando dez metros a partir das paredes, conforme "ficou acertado entre os senhores". Confirmei, eu era um rapaz cumpridor da palavra empenhada, o que ele pensava? Augusto Otávio então lançou o olhar ignóbil pelas estantes abarrotadas de livros e perguntou-me se havia raridades de meu avô, decerto tinha, o Doutor era um homem muito ilustrado, um grande líder, um político daqueles que honraram o Rio Grande do passado. Agora tudo mudara, com aquela onda democrática, vieram à tona os aproveitadores e os socialistas. Está aí no que dá admitirem na política gente dessa espécie; por sorte que o governo, pressionado pelas forças democráticas, já tomara providências para acabar com aquela mixórdia instituída pela Constituição. Aquiles – só mesmo Aquiles teria contratado aquele verme nazista para cercar-me entre meus domínios: interrompi-o, dizendo que já faláramos o que tínhamos a falar, ele que começasse o trabalho quando bem entendesse. Então teve início uma longa disputa sobre a linha exata da cerca, e logo percebi que o engenheiro tinha suas próprias ideias aeronáuticas, pois me disse que a pista de pouso do Castelo ficaria fora de minhas terras, naturalmente, e que ele deveria portanto deixar-me livre apenas o necessário para que eu alcançasse a estação de trens. Mandei-o pastar, já estávamos há décadas na era da aviação e esse meio de transporte era muito mais importante que o trem, eu havia ajustado que ficaria com acesso ao campo de aviação. Talvez amedrontado, o engenheiro concordou, mas isso ainda deveria ser referendado pelo doutor Aquiles. "Pois ele que referende", eu disse, mandando-o retirar-se. Quando se foi, procurei Beatriz e Astor, que escutavam atrás do reposteiro desbotado: disseram-me que eu fora magnífico, um verdadeiro homem dos antigos a defender seus domínios, e Astor, inclusive, ofereceu-nos uma audição extra do *The man I love*, em homenagem a tanta audácia.

Nessa noite, enquanto o engenheiro e seu bando tentavam acomodar-se nos pulguentos galpões – ora propriedade de Aquiles –, improvisamos um novo baile no salão, e Astor virou o alto-falante bem para fora, botando uma música diabólica, enquanto estourávamos rolhas de champanha e dávamos risadas.

Ao que parece, meu tio-Animal concordou, via telefônica. No dia seguinte o engenheiro veio dizer-me que começaria a lançar a cerca e deixaria livre um corredor até a pista de pouso. Um problema se impôs: como o Castelo tinha uma planta irregular, "essas coisas dos arquitetos antigos", a cerca ficaria com um aspecto bastante estranho, e perguntou-me se eu me importava que fizesse um quadrado em torno do Castelo, assim gastavam menos arame e tudo ficava a contento. Eu subi nos calcanhares e disse-lhe que, se me tirasse um centímetro que fosse, eu iria responder à bala. "Calma, calma, ninguém quer tirar-lhe nada, apenas simplificar", ao que eu lhe disse que fosse simplificar a mãe, e que não viesse mais com aquelas propostas. Nessa tarde, alçados na torre, nós, os três, assistimos a um fantástico exercício de desenho, propiciado pelo engenheiro: estendia a fita de medir, marcava, estendia, marcava, e assim foi estendendo e marcando até que disse que a cerca ficaria mesmo com um traçado muito exótico. "O que faço?", ele me perguntou, gritando para cima. "Deixe exótico", eu também gritei. Ele iria contra-argumentar, mas, ante a ameaça de uma garrafa colorida que Astor lhe brandia, pareceu resignar-se, baixou a cabeça e deu as ordens.

Na noite que se seguiu a este primeiro dia de trabalho, aconteceu-nos algo que seria um marco na história do Castelo. Estávamos jogando cartas, com o gramofone a toda brida, quando mal ouvimos bater o sino da porta. A governanta foi abrir e voltou acompanhada por um homem de aspecto deplorável. Eu já ia dizer que não queria saber dos operários de Augusto Otávio quando dei um grito, não acreditando: à minha frente estava, em osso e carne, com todas as suas ideologias e seu saber jurídico, com toda sua ciência humana e científica, o meu protetor, o advogado Antonello Corsi! Voei para abraçá-lo e em duas palavras entendemos tudo: fugia da polícia, que o caçava em todo o Estado, depois da proibição do Partido. Viera de carro desde Porto Alegre, e o deixara lá fora, no portão. Apresentei-o rapidamente a Beatriz e Astor, e disse-lhe que antes de mais nada deveria trazer o carro mais para junto do Castelo, pois... era uma coisa muito longa de explicar, nem tudo agora era meu. Ele foi e trouxe o carro, estacionando-o ao lado da escada, e trouxe uma mala: reconheci o Nash sedan vermelho que um dia me buscara no colégio jesuítico, e tive uma certa saudade. Enquanto eu mandava servir mais um talher à mesa, perguntei por Robespierre, pelas filhas, por dona Edite, e felizmente todos iam bem; ele é que estava naquele embrulho. Voltamos à mesa, enquanto Antonello Corsi foi ao banheiro; recebemos meu amigo de pé, com as taças erguidas. E eu disse, solene: "A partir de agora o senhor está sob a proteção do Castelo da Liberdade". Antonello já apresentava um aspecto melhor, penteado, lavado e com uma camisa limpa e gravata. Sentou-se e agradeceu a "aristocrática acolhida", como disse, irônico. Mas o Castelo parecia-lhe o melhor lugar para esconder-se, embora temesse que os policiais não sossegassem. E relatou-nos uma história que não posso deixar de reproduzir conforme ele mesmo contou, naquele jantar.

A DESVENTURA DE ANTONELLO CORSI

Mesmo com a decretação da ilegalidade do Partido, ele não deixara de reunir-se com seus amigos em casa, no propósito de ler e estudar Marx – com o exemplar que eu lhe dera – e Engels. Os nazistas gaúchos, sempre vigilantes e agora agrupados no PRP, começaram a fustigá-lo, pois um comunista sábio é mais perigoso do que um comunista militante, e assim a polícia voltou a fazer incursões à sua casa, e já não com intenções de comer rosbife. Uma noite invadiram os cômodos da frente e confiscaram grande parte da biblioteca e quebraram todos os móveis, deixando com Robespierre um recado: viriam de novo se continuassem as reuniões. Antonello, é claro, passou a reunir mais pessoas, e já formava um grupo importante, de mais de vinte. As reuniões passaram a realizar-se sempre com alguém armado à janela, pronto para avisar sobre qualquer anormalidade na rua. Numa noite, os miseráveis vieram numa caminhonete, e armados. O vigia foi dominado, e, quando viram, estavam todos presos. Foram levados ao comissariado e submetidos a interrogatórios até o amanhecer. Muitos foram torturados. Quando amanheceu, soltaram-nos, mas Antonello Corsi foi obrigado a ficar, e o chefe de polícia – por acaso um ex-colega da faculdade de Direito – gastou um dia inteiro tentando convencê-lo a abandonar o comunismo. "Isso nunca, porque são ideias", ele disse ao chefe, "e, se quiser, mande me matar". O homem impressionou-se e acabou soltando-o ao anoitecer, mas esclareceu que dali por diante não teria mais condições de descumprir as ordens dos superiores. Cedo Antonello

Corsi deu-se conta de que o homem não mentia: ficou sabendo por gente de dentro da polícia que viera uma ordem de prisão e, ante a iminência, consultou a família, e tanto dona Edite como os filhos o aconselharam a fugir, e foi de Robespierre a ideia da vinda para o Castelo. Relutou, pois pretendia reverter a situação, mas um telefonema decidiu-o: o próprio chefe de polícia, o generoso, deu-lhe um prazo de 24 horas para escapar – depois disso, nada mais poderia fazer. Dona Edite, então, arrumou-lhe a mala, proveu-o de alguma comida e agora ele estava ali. Mas não se sentia seguro, pois polícia tem olhos por todo o lado.

Findo o relatório, eu lhe perguntei se não queria telefonar para casa e ele, maravilhado de que houvesse telefone no Castelo, aceitou. Mediante uma série de ligações que eu mesmo fiz, conseguiu por milagre falar com Porto Alegre: os policiais haviam estado lá, com a ordem de prisão, e, não o encontrando, retiraram-se sob mil impropérios; mas, por sorte, todos da família estavam bem, e Robespierre e dona Edite mandavam-me abraços. Aurora e Esperança, as filhas devassas e meus ex-amores, tinham saído com alguns rapazes. Tudo normal.

Depois, Antonello Corsi bebeu e comeu como um triste tigre e, ao final, largou os talheres e aceitou um charuto. Aí foi a vez de eu falar, contei-lhe tudo o que me havia acontecido até aquele momento e inclusive o modo como me tornara o dono do Castelo – só do Castelo e seus dez metros à volta. "Extraordinário", ele disse, olhando para nosso decadente luxo, "então é assim que vive a nobreza pecuária do Rio Grande..." Quis conhecer a famosa Biblioteca, e levei-o. "... e tudo isso para nada... os liberais são assim: possuem imensas bibliotecas, mas preferem a erudição à sabedoria..."

Ficou bem instalado por uma semana e, durante o dia, trancava-se na Biblioteca, inspecionando os volumes. Dava-me uma grande alegria vê-lo ali, dando nova existência àqueles livros mortos. Quanto a nós, cravados nas janelas, acompanhávamos o trabalho do engenheiro Augusto Otávio: a cerca ia nos envolvendo com uma inexorabilidade doentia, e Antonello Corsi disse-me que assim era melhor, eu me livrava de um peso, o peso do latifúndio, e poderia dedicar-me a algo mais útil à humanidade.

É claro que não lhe falei do campo que restara junto às terras de Beatriz, mas isso é outra história: desgraçadamente é aos amigos que mais mentimos.

Tudo tomou novo rumo quando soubemos que Augusto Otávio começava a fazer perguntas à nossa governanta; chegou ao ponto de interpelar Astor, querendo saber quem era aquele homem do Nash. Astor, é claro, estava meio bêbado, disse que se tratava de um grande homem, que sofria por ter ideias que ele, Astor, não tinha; e, em seguida, Astor mandou o engenheiro à merda. Foi desastroso, pois logo ficamos sabendo que Augusto Otávio fora até à estação e fizera uma ligação para Porto Alegre, e o empregado veio correndo avisar-nos de que o telefonema era para um homem desconhecido, mas era cheio de palavras bobas, algo como um código. Beatriz preocupou-se e, com aquela trágica clarividência que têm todas as mulheres, alertou-nos de que cedo teríamos problemas. Antonello Corsi ficou inquieto e disse que seria melhor ele fugir para o Uruguai. "Só sobre meu cadáver esses infelizes lhe farão algum mal", eu declarei, uma frase que ele agradeceu, mas que não tinha nada de prático.

E assim tudo foi: um telefonema urgente de Pelotas deixou-nos a par de que alguns homens suspeitos, com armas ostensivas, hospedaram-se no Grande Hotel e perguntaram ao hoteleiro qual a melhor maneira de alugar um avião e piloto e – ó ingenuidade – perguntaram como estava a pista de pouso do Castelo; o hoteleiro deu a indicação e, tomado por um pressentimento tardio, falou a um amigo de meu falecido avô, e assim ficamos sabendo de tudo. "Chegou o momento de fugir", disse Beatriz a Antonello Corsi. O advogado concordou imediatamente, e, justo no momento em que abria a mala para pôr lá dentro suas roupas, ouvimos um ronco no céu. Veio-me à lembrança uma cena do passado, quando ouvi também um ronco igual: dele descera o Doutor, e descera para dar-me um relógio e ser enterrado vivo. Mas, naquela hora sem sentimentalismos, corremos para fora e vimos que um monomotor sobrevoava o Castelo, talvez observando a pista; ocorreu-me que aviões não podem descer se não houver pista e assim nos organizamos e, correndo pela alameda dos plátanos e perseguidos pelo ignóbil Augusto Otávio, ganhamos o campo. Eu, vendo que o nosso ex-capataz acompanhava aquilo tudo com curiosidade de cima de um cavalo, pedi-lhe que nos ajudasse a reunir algumas cabeças de gado. Ele entendeu tudo e foi arrebanhando o gado que conseguiu e logo, ajudado por nós, foi enchendo a pista de vacas; até Beatriz, a intrépida, abria os braços e corria, fazendo com que voltassem as vacas mais renitentes. O engenheiro Augusto Otávio tentava espantar o gado com uma vara e foi necessário que Astor, vencendo seu peso e comodismo, o prostrasse com um soco na barriga, e o homem caiu, retorcendo-se e fora de combate. A pista, naquela altura, já se atulhava de animais. O avião passou a dar rasantes, quase arrancando nossas cabeças, e vimos dentro dois malfeitores, que nos apontavam armas, mas não eram loucos de atirar, porque se romperia a janela. Voaram, deram novos rasantes, os animais mantiveram-se corajosos, até que subitamente o avião deu meia-volta e bateu em retirada, tendo como coro um festival de mugidos. "Não podemos perder tempo", disse logo Beatriz, "eles podem usar o campo de pouso da estância ao lado".

Assim, aproveitando o entardecer, e porque éramos solidários, e porque nossa presença iria servir de um bom escudo, nos metemos os quatro no Nash e tomamos a estrada para Jaguarão. Que viagem! Astor, no banco da frente com o advogado, reclamava do desconforto, e o velho Nash vencia aos sacolejos aquilo que o governo chamava de estrada; Beatriz grudava-se a mim, e naquela triste situação eu, que estava nervoso e comovido com tanta bravura, não resisti e dei um beijo juvenil naqueles lábios tão valorosos. Disse que a amava, e ela emudeceu, tapando-me a boca. Antonello Corsi, mal divisando a trilha que os faróis desvendavam, ia dizendo a Astor que essa fuga seria lembrada com risadas, e Astor não se convencia, não entendia por que deveria vir junto, ele, um inútil. Eu então, e porque estávamos naquela situação anômala, avancei minha mão pela blusa de Beatriz, e logo encontrei os seios bucólicos, outrora propriedade de Arquelau; e assim nós, aconchegados, avançávamos em direção à fronteira.

Chegamos a Jaguarão ao amanhecer e fomos logo para a ponte. Do outro lado do rio estava o Uruguai, natural refúgio de todos os brasileiros incompreendidos pela Pátria. Os guardas da pacífica fronteira tomavam mate, e não estranharam quando nós três descemos do Nash e despedimo-nos de Antonello Corsi. Ele não teve tempo para muitas efusões e, acelerando, e deixando os guardas atônitos e aos gritos, cruzou a barreira. Nós, algo arrepiados de frio, acompanhamos comovidos aquele ponto vermelho que atravessou a ponte e entrou no território dos *hermanos*. Abraçado a Beatriz, ergui minha mão, numa despedida que ele não poderia ver.

Três dias depois, estávamos de volta ao Castelo, de carona com um estancieiro que veio todo o tempo contando anedotas pornográficas.

Sim, o Castelo já estava totalmente envolto pela cerca, e o abjeto Augusto Otávio retirara-se para Porto Alegre. Os policiais tinham conseguido pousar no dia seguinte à nossa saída, e, não encontrando ninguém, deram meia-volta, não sem antes saquearem nossa adega e deixarem bilhetes pavorosos, que jogamos à lareira. Enquanto os papéis ardiam, e sob o olhar malicioso de Astor, Beatriz lançou-se em meus braços e, enfim, concordou que me amava desde sempre. Não a levei imediatamente para o meu quarto: muito havia para pensar sobre nossas vidas, nós, os enclausurados no Castelo. E tendo como cortina sonora o infalível *The man I love*, dei-lhe um beijo e saímos enlaçados para fora, para o dia que terminava. Ali paramos, fixos nas coxilhas ao longe – que deixavam de ser minhas –, até que o sol se pôs naquele cenário de tantos e inúteis embates.

Se alguém observar o mapa do Rio Grande revolucionário, e tiver à disposição alfinetes vermelhos para assinalar os pontos dos encontros bélicos, esses alfinetes ficarão cravados por quase toda a extensão do pampa, abrindo-se alguns claros na serra, justificados pela pouca densidade demográfica ou pela repressão imposta aos imigrantes – "nada muito diferente da revolução de três décadas atrás, exceto que hoje há o avião", como diz o artigo de um jornal que o vento desdobrou na Rua da Praia, em Porto Alegre. O ano do conflito é marcado pelas investidas rebeldes aos quartéis nas cidades, e a conquista dessas guarnições torna-se a partir daí o principal objetivo: hoje uma cidade pertence aos insurretos, amanhã voltará a ser do governo, para logo recair nas mãos dos rebeldes, variando a sorte de acordo com a temeridade dos chefes, o maior número de armamentos e homens, traições e, enfim, o acaso. Essas condições acabam por transferir para subúrbios aquilo que, em outras circunstâncias, seria chamado de *Teatro de Operações*. Tal como no conflito anterior, não há massas de exércitos pelejando em batalhas campais ao estilo napoleônico, embora muitos dos comandantes desejassem que assim fosse. Ainda acontecem algumas cargas de cavalaria, mas apenas para servir às filmagens dos cineastas amadores: com as *Pathé* sobre tripés vacilantes, captam a polvadeira, o ondular dos estandartes, o tropel, os mudos tiros e relinchos dos cavalos e as ordens mudas dos oficiais, que para isso vestiram-se à melhor moda gaúcha. Na vida real, sucedem-se combates pastorais, mas chamá-los de *batalhas* será mais uma bravata gaúcha: talvez, *entreveros* seja mais próprio para designar essas refregas entre as tropas que se perseguem pelo pampa e que às vezes o destino e o capricho do terreno põem frente a frente. Aí vigoram os tiros à queima-roupa, os punhais e as baionetas, além de uma desorganização absoluta. Nenhuma semelhança com as trapalhadas de Stan Laurel e Oliver Hardy, que atraem multidões aos cinemas da Capital e de Pelotas: morrem pessoas, quando não ficam inutilizadas para sempre. De resto, prepondera a gentileza entre os chefes rivais.

As Brigadas Provisórias, criadas para ampliar os contingentes do governo, dispõem de cinco ou seis corpos, que se somam aos corpos isolados, com um efetivo de 321 homens, pertencentes a civis armados. Aliás, poucos são os militares de nascença: a grande maioria improvisa-se, e surgem do nada centenas de tenentes, capitães, majores, dezenas de coronéis e vários generais. Já os soldados e peões se identificam nas mesmas pessoas miseráveis que, da revolução, conhecem apenas os efeitos.

Olímpio, no Castelo ou no Solar dos Leões – ou no *Eterno Amor* –, acompanha as notícias com uma apreensão contida: todos o consideram *chefe*, mas logo os comandantes o deixam fora das decisões, "o Doutor é lá com os livros, a guerra é conosco", costumam dizer em suas raras conferências.

Termina fevereiro, entra março de calores úmidos, e o Rio Grande não se aplaca com o suave outono. As correrias pelos campos tornam-se mais ferozes, obrigando os coronéis a se prepararem para um inverno inóspito, anunciado pelos maricás, floridos antes do tempo. E em pleno julho, quando os gatos procuram as sombras aquecidas dos fogões, acontecem os piores combates; são muitos os homens que têm braços e pernas comidos pela gangrena e são necessárias amputações de berros dolorosos. Nos acampamentos, sob o granizo, não há sequer a possibilidade de um fogo que aqueça as chocolateiras ou a água para o mate.

– Você sabe, Urânia? É como se a revolução já durasse anos. – Olímpio está à janela, estático, olhando para o pátio do *Eterno Amor*, a observar os pingos de chuva que escorrem pelas folhas de celuloide dos abacateiros. – Anos que me envelheceram.
– Assim você fica mais bonito.
– Sinto-me é mais selvagem. – E o Doutor pega a xícara de chá que Urânia lhe oferece. Bebe-o lentamente, e depois, voltando o fundo da xícara contra a pouca luz da tarde, fixa o rosto de uma sorridente japonesa, que atravessa a porcelana translúcida:
– E dizer que eu achava bárbara a revolução de 93.
– De fato foi bárbara. – Urânia foi para a outra janela e, com o diamante do anel, está riscando no vidro: *1..9..2..3.* – A diferença, meu querido, é que esta é a *sua* revolução.

Nos dias e semanas seguintes, chegam alguns prenúncios de paz, como pronunciamentos mais sensatos de um coronel, mas a violência recupera-se com a formação de novos corpos militares, surgidos do nada: é o reino dos *caudilhos*, essa palavra espanhola que anda até nas bocas dos funcionários e das avozinhas. Caudilhos são incontroláveis como crianças mimadas – declaram-se a favor de uma ou outra facção, associam-se a idealistas e bandidos, armam-se de antiquados fuzis e saem para a coxilha, estabelecendo alvos ao sabor das desavenças anteriores à revolução. Dobram-se apenas a outros, nos quais reconhecem alguma autoridade superior à sua.

No Salão Mourisco da nova Biblioteca Pública da Capital – essa fantasia de discutível arquitetura construída pela pertinácia de Borges, em cuja fachada se enfileiram os bustos em cimento dos santos positivistas –, os intelectuais se reúnem para discutir o caminho dos acontecimentos, gozando o conforto das paredes apaineladas de meias-luas levantinas e serpentes que se espiralam às pernas dos armários "renascentistas". É o lugar preferido de Borges: cruza a praça e chega ao entardecer, após os exasperantes atos da condução do conflito. Ali, recosta a minúscula figura na sua poltrona em couro, pontilhada por cravos de bronze: os amigos próximos, seus colegas do PRR, seus homens de confiança, Flores da Cunha, Osvaldo Aranha, Neves da Fontoura, todos como que o abandonaram, assumindo postos em suas cidades de origem, transformados em oficiais. Assim está bem, é a ordem natural das coisas, mas sempre é melancólico constatar que conta apenas com literatos para aquilo que os jornais da oposição já chamam, com uma certa ironia, de "os diálogos da Biblioteca". Transcorrem em plena calma, e Borges não quer saber nem dos sucessos, como por exemplo aquele do General Firmino de Paula e sua 1ª Brigada Provisória: com uma habilidade espantosa, o comandante conseguiu desalojar depois de intenso fogo as tropas rebeldes que haviam tomado Carazinho. "Me contem amanhã", diz o Presidente do Estado, contendo um bocejo. Nenhum dos literatos deve iludir-se com esse aparente desinteresse: isso apenas mascara a impaciência pela demora na solução de um caso que imaginava mais simples. Entretanto, afasta qualquer possibilidade de intromissão do governo nacional – embora aceite seus préstimos militares –, repelindo os emissários de paz do Presidente da República, e vê com assombro que os rebelados multiplicam-se a cada dia, ocorrendo embates não apenas na campanha: quando imagina ter pacificado o Planalto do Nordeste, é o Sul que se subleva; quando o Sul se dobra, no Oeste surgem focos de resistência – e assim por diante, como se o controle da revolução lhe fugisse por entre os dedos, "como se fosse um câncer de melhoras efêmeras", na sugestão literária de um dos participantes dos *diálogos*.

– Antes uma guerra contra os castelhanos – Borges digna-se a confidenciar, em palavras severas. Calam-se, naquele ambiente suave, protegido pelos vitrais das claraboias e pelas lombadas dos livros, revestidas em percalina marrom. Borges volta o olhar... e seu indicador magro, alçado como uma seta, parece varar o Salão e tocar os títulos: ali estão *Os Luminares*, desde Aristóteles até Augusto Comte. – Nunca, senhores, nunca ninguém imaginaria que ideias puras e abstratas chegassem a esse ponto de conflito material.

Na manhã seguinte a esse entardecer tão cheio de frases, ocorre uma sangrenta escaramuça entre os republicanos do Coronel Salustiano Prates e os revolucionários do Major Nero Lopes, na praia do Rio Santa Maria, de areias finas e alvas como polvilho. Encontram-se quase por acidente, pois ambas as forças cavalgavam para Rosário do Sul, onde a guarnição estadual é das mais disputadas. Enxergando-se, tanto Salustiano como Nero logo determinam que seus homens apeiem, e o combate, conduzido mediante ordens tumultuadas, dá-se num brutal corpo a corpo de mosquetões calados e espadas. Lutam como cães, e a estreita faixa entre o rio e a mata começa a coalhar-se de corpos ainda palpitantes e outros já sem vida; a superioridade em número de Salustiano Prates faz com que ele não esmoreça no propósito de liquidar o inimigo, e logo se acumulam as baixas entre os rebeldes. Nero Lopes, acuado junto à margem e pressentindo a derrota iminente, dá um grito de retirar que não é obedecido, e a luta recrudesce, dando-se um relativo equilíbrio entre os combatentes. O tempo, tão claro à madrugada, enfeia com pesadas nuvens que se iluminam por relâmpagos seguidos de bombásticos atroares. Uma chuva de dilúvio cai sobre os contendores, turvando a visão, e a areia transforma-se num dificultoso e branco lodaçal, onde as botas se enterram. Mesmo assim combatem, tendo nas pernas o peso de toneladas; o equilíbrio fugaz começa a alterar-se: os homens de Nero Lopes ganham energia e vão pondo fora de combate dezenas de republicanos. De início temerosas de se envolverem, as tropas federais de Rosário acabam por vir em socorro de Salustiano Prates; vêm em "missão de paz", e essa paz é obtida com cerrado fogo de metralhas nacionais sobre as forças de Nero Lopes. Não queriam intervir, como dirá em *parte* circunstanciada o comandante federal a seus chefes, mas não poderiam assistir à matança, bem debaixo de suas barbas. Surpreso e desbaratado, vendo seus homens morrerem como insetos, Nero Lopes ordena a rendição, e quando ele em pessoa, montado em seu cavalo rosilho, avança pela chuva em direção ao comando pacificador para entregar-se, é colhido por uma rajada que explode seu crânio. Todos então assistem à queda daquele corpo, que tomba do cavalo tendo as mãos ainda agarradas ao lenço branco da capitulação. Seus comandados reagem com uma saraivada dos últimos tiros, e são massacrados pelos homens do Coronel Salustiano Prates. Não sobra nenhum rebelde com vida:

os prisioneiros, mortos a cuteladas, são enterrados às pressas e quase à superfície.

— Uma brutalidade... — diz Borges nesta tarde, quando recebe o telegrama.

— Uma brutalidade — são idênticas as palavras do Doutor Olímpio a Raymond, no Solar dos Leões. Larga o telefone de ébano e vem sentar-se na *bergère* da Genebrina, a cabeça entre as mãos: — Onde isso vai parar?

O criado ouve-o de pé, ao lado de sua mala de couro marrom:

— Como o senhor vê, só me resta mesmo ir embora.

— Traidor! — brame Olímpio. — Me abandona numa hora dessas.

— Eu disse que não suportaria outra revolução. E agora não tenho mais serventia, com o telefone que o senhor mandou instalar no Castelo. Mas vou sem ressentimentos. Acho que fui útil durante esses anos.

A tensa dignidade de Raymond e sua determinação impressionam Olímpio. Abre a gaveta ao lado e tira dali algumas notas do Tesouro e apólices:

— Não posso impedir ninguém de fazer nada. Tome lá — e, levantando-se, passa-lhe os papéis dentro de um envelope. — Com isso você não fica desamparado em São Paulo.

— Obrigado — diz Raymond, guardando o envelope no bolso. Os olhos, atrás das lentes azuis, estão brilhantes de água: — O senhor foi o único homem que admirei. — E inesperadamente aproxima-se, ergue-se nas pontas das sapatilhas e dá-lhe um beijo nos lábios. Olímpio empertiga-se, quer reagir, mas por fim corresponde àquele beijo há tanto guardado. Depois murmura, trêmulo:

— Está bem. E te manda, infeliz, antes que eu faça uma bobagem.

Raymond suspende a mala, põe o chapéu, finge uma continência e gira nos calcanhares, desaparecendo pelo vestíbulo de mármore.

Olímpio ainda lhe diz:

— E se Deus existe, Ele que te acompanhe, seu puto.

— Nisso eu prefiro o meu Santo Antoninho... – fala o criado, encostando a porta.

O Doutor não se entrega a mágoas: vai ao gabinete, põe os óculos e lê pela quarta vez uma carta muito digna de Getúlio Vargas, onde esse adversário lhe propõe um encontro para debaterem a revolução; mas logo desiste da leitura, corre ao telefone e, fazendo pouco caso dos falatórios, pede à moça uma ligação para Urânia.

Duas horas depois está no *Eterno Amor*. Urânia tem um gato cinzento no colo, e olha absorta para o retrato da Condessa, enquanto ouve Olímpio queixar-se dos acontecimentos cruéis dessa revolução, que fez até com que perdesse o criado. Quis o governo, perdeu com a fraude, mas deveria ter-se conformado, evitando o banho de sangue a que acompanha impotente. É como dizia o Câncio Barbosa: ele, Olímpio, iria transformar-se em prisioneiro da História. Nada, aliás, é felicidade em sua vida; um irmão bastardo e bêbado, a quem ele deve sustentar, um legítimo que é ignorante e violento, os filhos longe, estudando em Porto Alegre – até Selene foi para o internato... a última filha.

– E Charlotte? – pergunta Urânia, como distraída.

– Ora – Olímpio espanta-se –, Charlotte é minha esposa!

– Então venha para cá – Urânia diz, recolhendo carinhosamente o gato e colocando-o sobre a cesta das costuras, onde ele continua seu sono tranquilo. – Venha cá... – e recebe entre os seios a cabeça de Olímpio. Afaga-lhe os cabelos recendentes a alfazema. – Acalme-se, meu querido. Uma revolução também não é necessária à sua biografia? Prestígio, riqueza, amante, discórdias em família, livros, cargos... revolução... Um político do Rio Grande poderia passar sem isso?

– Mas é hora de pensar no fim. Meses e meses de luta sem o menor resultado, homens se matando de forma brutal. Embora sem controle de nada, preciso achar um meio de abrir o diálogo.

– Com o Borges?

– Jamais. Mas o Borges tem ainda alguns homens honrados à volta dele, e que me escrevem.

– E sua biografia...

Olímpio ergue um pouco a testa:

— Minha biografia também exige armistícios — e volta a aninhar-se nos braços de Urânia.

Passam os minutos, e, quando ela percebe que Olímpio já enrola as palavras e vai adormecer, leva-o para a cama e protege-o com um cobertor:

— Assim, descanse... — Urânia sussurra. Pega o *Mithologie illustrée* e deita-se a seu lado, sobre as cobertas. Com a mão livre acaricia-lhe a testa úmida e atormentada. Lá fora, os pardais vienenses há muito recolheram-se aos ramos das árvores, e estão quietos como peras.

Tempos depois, na despida sala da estância de Zeca Neto, o frio congela as gotículas de água que descem pelas paredes recobertas de umidade; ocultos sob a argamassa, dois tijolos contraem-se, abrindo uma fresta onde seria possível esconder uma carta pecaminosa; à porta da frente, cristaliza-se no ar o bafo dos cavalos, misturando-se à neblina matinal, e o único automóvel tem a capota e os para-lamas cobertos por uma fina camada de orvalho: a densa bruma envolve não apenas a estância, mas os campos e os cerros ao longe, como se o pampa fosse um espírito eternamente mergulhado no inverno. Dispersos em meio à névoa, vários homens erraram o caminho da estância, não adiantando indagar o rumo aos caminhantes, quase todos intimidados pelo Partido Republicano, essa onipresença que tudo esmaga, tudo confunde e de tudo suspeita. No quarto ao lado, agasalhando os ombros num xale de lã, tendo os pés sobre uma pedra aquecida e envolta em pelúcia, a filha de Zeca Neto, muito grávida, finca-se com a agulha do bordado. "É este dia azarento", ela pensa, ao sugar o sangue que brota na ponta do dedo anular. E ignora por um pouco a dor: na sala, embrulhado num poncho cujas franjas cinzentas roçam no salto das botas, o pai conferencia com vários senhores sobre as próximas ações revolucionárias, e ela mal escuta o que discutem, mas sempre é motivo de angústia ouvir falar nas mortes, ali consideradas apenas como baixas militares.

O general está com a mão direita ocupada com a cuia do mate, e a esquerda traça um cenário de pelejas: narra a ocupação de Camaquã depois de um breve combate com forças civis;

depois tomou Canguçu, Piratini e Cacimbinhas, impondo sua 4ª Divisão do Exército Libertador, temível hoste de 2.000 homens em armas. Após uma bem-sucedida campanha em São Jerônimo, soube da perda de Canguçu para os governistas; voltou de marcha batida e encontrou o rio crivado de postos de vigia. Então abriu uma picada em direção às margens, encontrando a retaguarda do Tenente-Coronel Lucas Martins e ali travando uma encarniçada luta onde se perderam, de ambos os lados, dezenas de praças e alguns oficiais. No meio da peleja, num golpe de sorte, alcançou cruzar o rio e retomou Canguçu. Exibe como troféu um fato incomum nas revoluções gaúchas:

– Tudo sem nenhuma degola.

Os ouvintes aprovam a tática e a estratégia e, em especial, declaram-se como homens do século XX – as degolas são mesmo coisa do passado, quando mais valiam os facínoras do que os guerreiros. Logo se dão conta de que não devem lembrar esses fatos tão remotos frente ao velho general e, para restaurar o clima anterior, cada um conta suas próprias vitórias: o Capitão Dionísio de Castro, o mais jovem do grupo e que por isso fala em último lugar, assombra-os com a tomada de Herval Pequeno, obtida à noite, esgueirando-se seus homens entre os muros do cemitério. Depois houve a conquista casa a casa, pátio a pátio, até que atingiram a praça e ocuparam a torre da igreja. Surpreendidos, os governistas entrincheiraram-se nas ruas laterais e começaram a atirar, mas ao amanhecer estavam liquidados; houve muitos prisioneiros chimangos, que foram desarmados e soltos. A vida do comandante inimigo foi preservada, e de toda sua família. O Coronel Viriato Paim, entretanto, apenas ouve, pois não sabe como justificar sua derrota frente às tropas inferiores do Coronel Reduzino Guedes, no Passo do Guará: mas foi atacado após uma refrega sem vencedores, enquanto a tropa reagrupava-se e estavam completamente isolados, sem víveres e sem munições, como de resto esta revolução se faz assim, sem meios. Todos na sala conhecem as circunstâncias do revés e com certeza o desculpariam, mas Viriato Paim lembra-se do avô, de famosas vitórias na Guerra dos Farrapos, e cala-se ao lembrar da fotografia desse antepassado, onde ele aparece com o olhar sobranceiro de quem dizimou na juventude uma divisão completa do exército imperial. Dentre as vitórias que se contam nesta tarde, também avultam aquelas alcançadas pelos rebeldes de outras regiões do Estado, em especial as de Honório Lemes – que muitos dizem Honório Lemos –, o *Leão do Caverá*, nome de crescente lenda por sua mobilidade nas planícies e serranias – sob perseguição implacável de Flores da Cunha, parece eclipsar-se nas trevas, para ressurgir ainda mais forte e mais temido. "É um bravo", dizem. "É mesmo um leão", acrescentam, com certo orgulho e inveja. Alguém conta que esse leão costuma dizer: "Se a bala vier por cima nós *se abaixemio;* se a bala vier por baixo nós *pulemo*... e se a bala vier pelo meio... aí nós *vemo*" – e todos riem da ignorância gramatical de Honório Lemes. O general ri também, mas aos poucos fica sério e passa a cuia para o mateador.

– A verdade é que estamos longe de tirar o Borges do palácio. Chamei os senhores aqui porque precisamos de ações mais claras e diretas, como, por exemplo, a tomada de Pelotas.

No imediato silêncio, o cão preferido do general entra pela sala, abanando a cauda, e vem deitar-se aos pés do dono, que lhe afaga o lombo de pelos emaranhados. O frio tornou-se mais intenso, e os convidados erguem as golas de seus bicharás, tapando as orelhas. Uma criada surge com uma gamela cheia de pinhões fumegantes, a que os homens se jogam com a avidez crua de quem está com a frialdade entrando pelos ossos. Mastigam e, enquanto a massa esfarelada preenche as reentrâncias das gengivas e das bochechas, pensam nos inúmeros percalços, nas surpresas: até deputados civis do PRR, como o Doutor Getúlio Vargas, tornaram-se chefes de corpos provisórios do governo.

– Quem diria – alguém fala –, o Getúlio, aquele baixinho sempre risonho, aquele homem de gabinete...

– De gabinete e de tramoias – diz o general. – Não esqueçam de que foi ele, com risinho e tudo, o responsável por aquela fraudulenta ata final da Assembleia, que deu a vitória ao Borges.

Entre os ouvintes está o Doutor Olímpio, agora de idade indefinida, com um charuto entre os dedos. Seu poncho oculta um elegante terno de *tweed* inglês, embora apareçam, aristocráticas e quase insolentes, as botas de couro de veado e as ornamentais esporas de prata. Seus bigodes nórdicos, de tão cuidados, mal se movimentam enquanto ele fala. Já adquiriu a sabedoria dos anos, e mantém um certo tom reservado ao tratar da revolução que tem seu nome como ponto de referência e pretexto. Também ele é uma lenda, por seu Castelo, por sua esposa condessa, por sua cultura, por seus cargos diplomáticos, por seus livros, por seus discursos e até por haver povoado o Rio Grande de insuportáveis pardais; de modo que é importante para todos que ele exista. E ele sopra lentamente a fumaça. Ninguém ignora o certo tom de cansaço com que diz:

– Mesmo sendo nosso atual inimigo, Getúlio Vargas não é de ser hostilizado por inteiro. Sinto nele uma certa intenção de concórdia. – Ante a perplexidade geral, o Doutor acrescenta: – Senhores: precisaremos de interlocutores do lado republicano quando terminar o conflito. E não só Getúlio Vargas, mas também Neves da Fontoura e Osvaldo Aranha. São homens decentes e estancieiros. E com certeza estarão dispostos a conversações.

A discordância de Zeca Neto é visível:

– Então, Olímpio, essas mortes não terão nenhum sentido? Estamos lutando para quê? – É uma voz solene e nobre, e todos sentem que estão à frente de uma espécie de consciência comum. Olímpio sente uma contração no estômago. O general ainda o intimida, desde quando mandou a carta, convocando-o a voltar. Mas o Doutor responde com alguma firmeza:

– Lutamos para restaurar a dignidade à política, para acabar com o reinado dos positivistas, para terminar com a barbárie. E por isso já somos fortes o suficiente para impormos condições favoráveis em algum armistício. Essas mortes, talvez as últimas no Rio Grande, não serão vãs. Muito ao contrário.

O general bufa de impaciência:

– De minha parte, não quero conversa com os chimangos. E não trouxemos o senhor de Buenos Aires, Doutor Olímpio, para estar agora de amores com o pessoal do governo. Não quero nem pensar que estávamos enganados.

O vencido do Passo do Guará tenta argumentar que talvez o Doutor não esteja de todo sem razão. O conflito um dia terá um fim...

— Com todos os borgistas atrás das grades — Zeca Neto interrompe-o com rispidez. — Um gaúcho não negocia com a própria honra. Antes a morte na coxilha.

Essa palavra *morte* fica vagando no ar, e o Capitão Dionísio de Castro captura-a:

— A morte... nunca imaginei que fosse diferente, general. Tenho trezentos homens em armas, os mesmos que capturaram Herval Pequeno, e não se rebaixarão a entregá-las. E eu jamais poderei encará-los se isso acontecesse.

— E então? — Zeca Neto está fixando francamente o Doutor.

— E então... — ele responde — os senhores, como militares, é que sabem o que fazer. No entanto, quero deixar bem explícita minha posição e minha repugnância a todo tipo de violência inútil.

— No pampa não há violência, Doutor — conclui o general. — Há apenas coragem ou covardia.

O encontro termina várias horas mais tarde, quando já é noite. O céu se cobre de estrelas, e a Via Láctea é um regato feérico que os convidados examinam com respeito. Nunca viram uma noite tão clara... Esperam a hora do assado de ovelha, cujo aroma vem do galpão e enche as bocas de saliva. Comerão vorazmente, fartando-se de carne e farinha, e, ao retirarem-se para os gélidos quartos de hóspedes — dormirão enrolados em seus bicharás, batendo os queixos —, terão a cabeça cheia de dúvidas. Mas ao acordarem já estarão planejando os próximos movimentos de suas tropas, quase ignorando o Doutor, que sairá no automóvel como um espectro.

ÚLTIMA NOITE

[*Ele fica em pé, de costas para o sofá, e faz uma continência. Os ouvintes temem que venha abaixo, depois das duas garrafas de vinho. Mesmo assim, consegue proferir as palavras iniciais com certo brio*]
Apresentando-se o major Astor, da 4ª Divisão do Exército Libertador, comando do meu general Zeca Neto!
[*Procura o braço do sofá, apoia-se, e, porejando a testa, respirando mal, deixa-se cair sobre as almofadas*]
    Uma bobagem, essa história de revoluções no Rio Grande. Gaúcho está sempre pensando em revolução porque fica muito tempo sem fazer nada, olhando para o gado. Não fosse teu caráter cavalheiresco, você jamais iria entrar na luta. Mas não estou falando em cavalheirismo com teu mano candidato, que este só quis te foder, mas sim com a Cotinha, que te encantou batizando tua estância de *Estância do Galante* e te homenageou de forma comovente ao bordar o caralhinho na bandeira do Estado... E assim, como ela esteve tão *engagée* na campanha do teu mano e certamente trabalha – à sua maneira – para manter bem ereto e bem rígido o moral dos rebeldes, e porque os positivistas te ralaram as finanças, e porque você defende a propriedade privada acima de tudo, você protagoniza dois fatos. O primeiro dá-se

de forma quase inesperada, porque a revolução até parece bem tranquila, com os homens se matando longe de teus domínios. O general Zeca Neto é que anda atropelando as forças do governo pelos lados de Canguçu e Piratini. No mapa isso parece perto, mas na terra isso fica bem longe. O único perigo é uma coluna errante do coronel legalista Francelísio Meireles, que ninguém sabe onde se esconde e que pretende enfrentar o Zeca Neto, como se isso fosse possível. Teu mano revolucionário não está no Castelo, e teu mano Arquelau também não está em suas terras lindeiras, mas incorporado a uma tropa qualquer. Enfim, você está só, porque tua cunhada Condessa te ignora. Numa bela manhã de primavera, o telégrafo te informa que uma esquadra do Francelísio anda por perto, e você acaba por sentir-se em perigo. Não pelo Castelo, mas por tuas terras, que são, afinal, o que te resta de visível neste mundo. Você então arrecada algumas armas das paredes, chama os cinco peões restantes, distribui entre eles as Comblains e as Remingtons e se intitula tenente. Todos nesta época se intitulam algo, mas o posto de coronel te parece palhaçada demais. Você põe um revólver na cintura, pega o binóculo da casa e vai para teu lugar de observação, nas janelas da torre Norte. Para passar o tempo, você abre uma garrafa de *Adriano Ramos Pinto* roubada da adega, põe o cálice no peitoril e fica bebendo, de olho no teu campo, à espera dos malditos chimangos. Nos primeiros dias nada acontece, e você apenas se emborracha o necessário para manter a taxa de álcool nas veias. Não dá para perder a consciência naquela situação. Num entardecer, te avisam que a tropa do Francelísio aproxima-se do Castelo e que é certo que tentarão algo, nem que seja para intimidar o chefe político da revolução, eles não sabem que ali há um tenente revolucionário disposto a rasgar-se por seus ideais. Enquanto tua cunhada vai para a capela com a governanta, esse tenente reúne os cinco homens – velhos, como é natural –, dá-lhes cachaça para levantar os ânimos, manda preparar espetos com linguiça para assar, arranja lanternas a querosene, e todos marcham em direção à *Estância do Galante*. Como disse, o dia está acabando, e você trata de distribuir os soldados enquanto há luz natural – um em cada ângulo da tua estância – e você fica no meio com o mais valente, um mentiroso da revolução de 93. Enquanto ele te conta histórias, você vigia. O bom de ser microestancieiro é que você, com um só golpe de vista, consegue enxergar todo o território a ser defendido. Anoitece, os lampiões acendem-se e o mentiroso faz fogo para começar o assado. "Nada ainda?", você grita para os homens. "Nada, tenente", te respondem à distância. No mesmo instante soa um tiro. "O que foi? o que foi?", você pergunta, e em resposta ouve uma fuzilaria tremenda, que sibila nas tuas orelhas. Você então se abaixa, abaixa o mentiroso com um empurrão e tenta identificar de onde vem o escarcéu. Logo acha o lugar onde as línguas de fogo das espingardas são mais intensas. Seguem-se intermitências de silêncio e tiros, até que nada mais se ouve. "Vocês estão bem?", você grita para teus soldados, e de cada canto de tua estância eles dizem que sim, graças a Deus. "Defendam o território", você clama como um general, o revólver erguido, e ao dizer isso uma bala te estraçalha parte da manga do sobretudo. O sobretudo de Lisboa... Isso não pode ficar assim, e você convoca o soldado falaz e com ele sai dando tiros em direção ao último ponto de fogo; do lado das tropas inimigas recomeçam a atirar e você atira, remunicia a arma e assim, com o revólver em punho, decide ir no rumo das trevas governistas; teus outros homens se juntam a ti e vocês saem como loucos, e vá tiro, e vá tiro, até que chegam à cerca e você grita para os perversos: "Só tomarão esta estância passando por cima de meu cadáver!" – "Isso não interessa, gordo" – diz uma voz de mulher –, "só queremos comida". Aí você se irrita, "eis aí a comida", você responde, recomeçando os disparos. De repente, você deixa de atirar. Uma voz de mulher?... Tuas glândulas te obrigam a perguntar "quem são vocês, mulheres?" – "Somos gente do coronel Francelísio e estamos perdidas." Bem, pode ser uma cilada. É preciso cuidado. Você então clama "pois apareçam, suas putas, e com as mãos para cima". E elas aparecem... duas mulheres esfarrapadas, arrasadas de frio e fome, com as mãos na cabeça. À luz de um lampião, você vê: têm revólveres na cintura. Coisas da guerra... Você nota que uma delas é meio velha, mas a outra é bastante jovem, com uma ardente cor indígena. Você as desarma e manda que os homens – todos!

– deem uma busca nos arredores, para ver se não há chimangos por perto, e você, o tenente, conduz as prisioneiras até o centro da tua estância, reaviva o fogo e põe as linguiças para assar. Tua gentileza te faz tirar o sobretudo e com ele vestir as duas mulheres – cada uma enfia um braço em cada manga e se enrolam. Você está mesmo gordo, o sobretudo serviu para as duas, com folga. E elas passam a te contar as agruras de vivandeiras malpagas pelos borgistas, e que estão muito arrependidas: acabaram como chinas dos soldados, em vez de apenas cozinheiras, conforme o coronel tinha prometido. Resolveram abandonar a tropa para procurar uma sorte melhor. As coitadinhas... O Francelísio agora anda longe, lá para os lados de Jaguarão. A índia é a mais faladora e, enquanto bebe goles de cachaça e observa o pingar das primeiras lágrimas de gordura sobre o carvão rubro, resolve contar sua vida. Concordemos: nada mais aborrecido do que uma mulher contando sua vida, coisa que elas sempre fazem quando estão melancólicas ou começam a se interessar por você. É uma etapa indispensável da sedução, que os cavalheiros, afinal, devem suportar. Ela não sabe quem é o pai... trivial... o macho da mãe batia na mãe... muito comum... foi desvirginada por um negro... que merda! E você resolve abreviar: "Mulheres: o que importa é o momento presente!", e atiça as brasas com um pedaço de pau e as convida para comer.

    A canseira ou o cheiro das linguiças, algo traz de volta os homens. Você inteira-se de que de fato não há chimangos nos arredores e manda teus bravos de volta para casa, entregando-lhes um espeto para assarem no galpão. E, para fazer-lhes companhia, manda junto a velha, que te agradece com um beijo. Você, enfim, fica sozinho com a índia... O resto eu não conto, porque todos já imaginam. Por que narrei isso? Narrei apenas para ser um acontecimento a mais para a comprovação da minha teoria: quando você esperava apenas tiros e a sanha dos chimangos, e talvez um balázio na barriga por defender a tua estância, você ganha uma recompensa, em meio ao frio do pampa...
[*Ele diz que precisa de música para continuar, e Beatriz aumenta o volume do rádio. Em meio ao* Carinhoso, *ele segue*]
    Depois de uma semana as prisioneiras são libertadas, sob

condição de não se incorporarem mais às tropas do governo. Ao que parece, encontraram generoso abrigo num bordel de Rio Grande, mas isso é outra história.

Tua participação no conflito não se limita a esse episódio. Há um momento em que Zeca Neto anda por perto de Pelotas, e você recebe uma mensagem... sabem de quem? da Cotinha. A pobre diz que te quer ver lutando, e você, que continua um cavalheiro, estuda o assunto durante todo um dia, será necessário deixar teu conforto, tua cama confortável, teu vinho... Teu corpo, estropiado pela vida, não tem mais elasticidade... Mas ante o espelho você sucumbe a um pedido tão gentil: "Você será um rato, Astor, um verme, se deixar a Cotinha esperando." Além disso, você intui que, na guerra, tua teoria encontrará o episódio definitivo para ser comprovada. E assim você vence a indolência, pega o revólver e parte a cavalo do Castelo, num amanhecer em que a Condessa ainda está dormindo. Para tua sorte, uma estância além você encontra um Ford saindo de uma porteira, e você larga o cavalo, e o estancieiro te dá carona até as cercanias de Pelotas, onde está agrupada a 4ª Divisão do Exército Libertador do Zeca Neto. São barracas meio esfarrapadas, e há um monte de cavalos pastando sob as árvores. Você vê gente rude, quase bandidos, homens com enormes barbaças e bigodes, a pele curtida pelo inverno na campanha, tudo como saído de um livro das histórias de Átila, o rei dos turcos. Você identifica-se como tenente e mano do Doutor Olímpio, e no mesmo ato te promovem a capitão. Não disse? Continuo comprovando... Você fica bem lampeiro, fantasiado de gaúcho, botas, chapéu de abas largas, lenço vermelho no pescoço, trabuco na cintura, espada... Como membro do estado-maior, você tem regalias, e pode até apertar a mão do próprio general, que te olha do alto de sua estatura e, talvez sabendo que você é um inútil, apenas te diz "qualquer um é bem-vindo aqui" e vai cuidar de coisas mais importantes: o ataque a Pelotas. Um golpe de audácia, que, além do significado político, servirá para reabastecimento de víveres e munições. Você não é nenhum bravo, mas naquelas circunstâncias você, irmão do Doutor, a Cotinha esperando uma ação heroica, você acaba um valente interino e, quando num alvorecer dão ordem de marcha contra a cidade, você já está possuído de uma coragem espantosa. E lá vai, sem nenhuma gota de álcool no bucho, cavalgando com os oficiais à frente da coluna revolucionária, rumo à cidade dos barões. Teus camaradas vão contando vantagens, e alguns deles impõem respeito narrando fatos da outra revolução. E você ali, num honesto silêncio, imaginando que fica um pouco ridículo falar em ações bélicas a cavalo e espada contra uma cidade que já possui cinema e telefone. Só no Rio Grande acontecem essas faltas de sintonia com o tempo. A entrada em Pelotas é, no fundo, um desfile, embora aconteçam depois tiros e polvadeira, cavalhada relinchando, homens gritando e se escondendo – e você junto – nos muros e nos desvãos das casas, para dali atirarem contra as forças inimigas, que recuam, recuam, e vão-se alojar na Sociedade Agrícola. As ruas de Pelotas tornam-se vazias, e você cruza pelos palacetes fechados como se fosse um novo César, passa pela frente do Solar dos Leões, da Intendência, da Biblioteca Pública... Zeca Neto conta com a esmagadora simpatia dos habitantes da cidade, que mandam seus empregados distribuírem café quente e *galletas* aos homens. Mas é preciso atenção: chegam notícias de que há alguns focos isolados de resistência, e você não está para receber uma bala perdida de franco-atiradores. E, enquanto a tropa vai em direção à Sociedade Agrícola, você vai ficando para trás, alegando que procura esses focos dos chimangos. Na verdade, você procura a casa da Cotinha, tem algumas vagas referências... e anda por ruas laterais, vai indagando das empregadas e... eis que a casa aparece na tua frente, e Cotinha surge à janela, te saudando, e você encaminha o cavalo até ali. Ela, tendo como fundo sonoro o tiroteio que começou firme na Sociedade Agrícola, te elogia o garbo, tuas roupas de insurreto, e você tira o chapéu e diz que está fazendo tudo aquilo por ela. Aliás, defendeu como um bravo a *Estância do Galante*, e tudo por ela, pondo a correr uma legião de inimigos. Claro, Cotinha tem um pai cuja velhice não deixa participar da luta, mas que juntou um verdadeiro arsenal e já está no portão ao lado com uma carroça abarrotada de espingardas e caixas de munições, para entregar aos revolucionários. E quer fazer isso pessoalmente, como um bravo. Você o incentiva e ele, deixando a Cotinha entregue a teus cuidados – pois ouviu que alguns homens do Zeca Neto, que escapam da vigilância do general, andam por aí, desonrando moças –, sai com um serviçal em direção ao ponto de resistência, dizendo que volta logo para que você possa assumir teu posto na luta. Os pais sempre têm belas ideias... Você aceita o digno encargo, apeia, amarra o cavalo no poste e logo está na ampla sala da Cotinha, e recebe a feliz notícia de que ela está só, a mãe foi mandada para a estância com as filhas restantes; ela, Cotinha, ficou porque esperava você. E você se dá conta de que ela tem uma grande urgência em consolar-se de tanta saudade, e te leva para o casto aposento onde dorme, e você, ouvindo o rugir da metralha, é obrigado a suspender por um instante teus ideais revolucionários e ali, em meio aos babados e fitinhas, recordando o bordadinho na bandeira estadual, entrega-se ao dever... Contudo, é bem melhor naquela cama de laçarotes cor-de-rosa do que sobre o áspero solo do pampa. Incrível o que faz uma revolução a um homem que, no Rio de Janeiro, já considerava sua vida apenas uma lembrança... Revigorado, você a consola duas, três vezes, e, quando o pai volta do cumprimento de seu dever de rebelde – na existência humana, sempre se cumpre algum dever –, vocês já estão na sala, atocaiados debaixo de uma janela, a espreitar a possível movimentação de alguma tropa dos chimangos. Você repõe às pressas o lenço no pescoço, entrega a filha ao pai, despede-se dela com um beijo na mão e vai juntar-se às forças sublevadas, que nessa altura já quase puseram abaixo a Sociedade Agrícola, e ouve falar que morreu na luta o comandante borgista. Zeca Neto é um homem sábio, e, como já atingiu seus objetivos, resolve dar ordem de retirada. Naturalmente, alguns oficiais discordam, querem seguir a luta e ocupar em definitivo a cidade, mas o general diz que já foi importante tomar Pelotas por algumas horas, a segunda cidade do Estado. Isso servirá para desmoralizar a Brigada Militar e mostrar ao Borges que ele está lidando com verdadeiros gaúchos. Você concorda com entusiasmo, palavra de chefe não se discute, e diz que teu irmão, se ali estivesse, concordaria. Ao ouvirem falar em Olímpio, todos se calam. Não que teu irmão seja muito querido, mas ainda é o nome por quem lutam. Dá-se então a retirada, que tem ares de uma festa: as casas, agora abertas, ostentam colchas nas janelas e as senhorinhas jogam flores à passagem do cortejo. Zeca Neto vai à frente, aplaudido, ainda teso nos seus setenta e cinco anos, tirando o chapéu às saudações. Atrás, os soldados carregam munições, armas e víveres. Você vê ali os trabucos do pai da Cotinha... e lembra-se de que prometeu a ela que voltará. E gaúcho cumpre a palavra. À saída de Pelotas, Zeca Neto dirige uma fala a seus comandados, pregando a continuação da luta até a queda do Borges. "Daqui por diante, o Chimango saberá respeitar os adversários e, principalmente, saberá respeitar o Rio Grande!" Delírio entre a tropa... Durante o churrasco debaixo de uma figueira, o general promove todos os seus oficiais e veja! você sai da luta como major. De tenente a major em três dias. Não disse?...

*E*a revolução no Rio Grande do Sul encaminha-se para o seu *fim, como se a tomada de Pelotas, pelo seu exagero, conduzisse os rebeldes a uma espécie de furor às avessas, que os imobiliza na sensação de que tudo já foi feito, sofrido e experimentado* – assim fala, a certa altura, um inspirado articulista da *Gazeta da Tarde*, no Rio de Janeiro.

"Encaminha-se para seu fim" ... eis uma expressão que só pode ser escrita por quem não conhece os gaúchos. Muito há a elaborar, a esquecer e a perdoar, e para isso passará uma geração no pampa. O fim, embora fatal como se sabe, é feito de inúmeros recuos e recrudescimentos. Mas é inegável que os rebeldes – que ainda se autodenominam *libertadores* –, embora mantendo a sombria determinação de continuarem a luta, pegam diariamente as armas com a certeza crescente de que empreendem uma façanha na qual clama mais alto a vergonha de uma rendição. Os chefes militares acompanham apreensivos a lenta deterioração de suas forças, que se extinguem a cada semana por força do desgaste e da supremacia do adversário. Nenhuma cidade importante é ainda revolucionária, restando aquelas pequenas, onde não há unidades federais. Borges já traça planos para "após a revolução" – contudo sabe que algum fato transcendental deve acontecer para que o Estado se pacifique. Ainda não sabe qual será, mas espera que aconteça com a maior brevidade, pois também de seu lado as coisas não correm bem: no último e espetacular congresso do Partido Republicano Rio-grandense, reunido no Teatro São Pedro, teve de enfrentar a imposição partidária de transigência com os revoltosos. Maurício Cardoso discursou, "o Rio Grande do Sul, único e exclusivo árbitro de seus destinos, usufruindo plenamente a autonomia, assegurada pelo pacto federal, não reconhece instâncias superiores no terreno legal; no terreno moral, só admite o soberano pronunciamento da opinião pública do País, para a qual apela nesta hora decisiva" – em outras palavras, pede a intervenção federal. E obtém, *in cauda venenum*, a aprovação de uma proposta de reforma constitucional, que impede a reeleição dos presidentes do Estado – de Borges, portanto –, aplainando assim o caminho para um ajuste com os revolucionários. Apesar de tudo, quando Borges entra contrafeito no recinto do Teatro, é ovacionado de pé, por vários minutos: assim se constrói a boa política.

No *Eterno Amor*, sob a luz de uma fraca lâmpada elétrica, Olímpio escuta um emissário de dramalhões românticos, que exigiu ser recebido à noite em lugar reservado. E qual o lugar oficialmente mais ignorado pelos pelotenses, senão o palacete de Urânia? O emissário, um gaúcho-bacharel anguloso e moço, moreno, melífluo e grande orador, cuja fotografia começa a frequentar os jornais, e que o destino e as artes colocarão, no prazo de sete anos, em posição eminentíssima no cenário nacional, esse bacharel já se comporta como estadista, falando em alianças entre as forças antagônicas do Rio Grande sob a orientação de um grande homem, o qual, pelas circunstâncias excepcionais, ainda milita no Partido Republicano. Esse homem, embora tenha pegado em armas contra os revolucionários, fez isso apenas para que sua honestidade partidária não fosse contestada – mas atualmente está decidido a colaborar para o fim do conflito, articulando-se, inclusive, com o governo federal. O Doutor pensa: "para acabar mandando em todos nós", mas:

– Diga ao Doutor Getúlio que entendo com muita clareza seus propósitos, que, aliás, são os meus. Essa guerra precisa acabar. E cabe a nós, os que temos responsabilidades, tomarmos a iniciativa. Peço apenas garantias cabais de que essa aliança se fará sem que as lideranças atuais, as verdadeiras, fiquem de fora.

– Primeiramente: essa aliança não é para já. O Doutor Getúlio é moço, pode escolher o melhor momento, dentro de dois, três, cinco anos. – O rosto do bacharel endurece: – Mas é importante, Doutor Olímpio, que esse conflito termine. Só assim o verdadeiro trabalho político pode ser feito. – Depois, mais suave: – O senhor tem todas as garantias. Basta lembrar que o Doutor Getúlio é um estancieiro. Mas não desses que só pensam no Rio Grande e nos seus próprios campos, mas dos que têm uma visão larga da nacionalidade... assim como o senhor. – O emissário recosta-se melhor no sofá. – Sei que o senhor vai falar naquela ata da Assembleia, que deu a vitória ao Borges. Mas o momento era outro. Cabia consolidar a vitória republicana, mesmo discutível, mesmo com fraude, para que as forças em conflito viessem à tona e, assim, pudessem ser articuladas mais tarde. O Doutor Getúlio agiu conforme seu tino político mandava. Mas agora temos de pensar no futuro.

Olímpio sabe que essas palavras são de conveniência, mas desculpas formais são necessárias, no caso. E diz:

– Há, naturalmente, a questão das forças mobilizadas, que terão dificuldade em aceitar o fim da luta. Será preciso agir com muita diplomacia. Afinal, são homens dignos.

– Naturalmente, muito dignos. A diplomacia de que precisamos é a de alguém que foi embaixador em Viena e conduziu com sucesso a questão de umas ilhazinhas. Ou estou errado?

Perto da meia-noite, o emissário despede-se com um forte aperto de mão. Em seu bolso, leva uma carta para Getúlio Vargas. Chegando à porta, olha para o céu:

– Teremos tempestade. O ar está morno.

– Mas estamos no verão. Logo voltará o bom tempo.

Ao entrar, Olímpio vai ao quarto de Urânia. Ela está vestida, recostada na cama, e lê.

– Você ouviu tudo, Urânia?

– Sim. Como você pediu.

– E então?

Urânia fecha o livro, levanta-se e põe os dois braços sobre os ombros do Olímpio.
– E então... – ela diz, acariciando-lhe a nuca – tudo aconteceu como eu esperava. O advogado fez seu papel e você fez o seu. Tudo está bem.
– Mas não se trata de papéis, Urânia.
– Papéis, talvez não. Mas, como sempre, e de sua parte, foram palavras.

O Rio Grande é uma fração preocupante do território nacional: instável
qual piuma al vento,
como cantam, os tenores italianos no São Pedro – referem-se às mulheres, mas esta terra ao sul tem algo de feminino –, as autoridades do Brasil precisam enviar regularmente embaixadas pacificadoras, e essa missão cabe sempre a generais, como é natural quando se quer harmonizar povos em guerra; mas tais militares devem possuir docilidade civil, saber ouvir e, se possível, gostar de banquetes, de frivolidades e saraus musicais em casas de família, sem cair de amores pelas anfitriãs.

O Ministro da Guerra, General Setembrino de Carvalho, possui tais qualidades quase à caricatura, "um perfumoso bogari", como pensam ao recebê-lo na estação de trens de Porto Alegre e enxergá-lo, sinuoso e maleável, sapatos de verniz, luvas brancas, polainas, e tendo na mão uma *badine* flexível ornamentada com um castão de prata representando um focinho de galgo. Os cabelos, tesos de gomalina, refletem os raios do sol quando ele tira o quepe bordado com ramagens de ouro que terminam em frutinhos desconhecidos. Alguém se lembra de Mistinguett, essa atriz-cantora que no mundo inteiro seduz os corações masculinos cansados das esposas, e a partir daí o apelido substitui o nome: Setembrino de Carvalho passa a ser chamado de *General Mistinguett*. Não o imaginam um fresco, nesse caso seria expulso a tiros pelos gaúchos e mandado de volta no mesmo vagão especial, mas é sempre picante ter-se alguma suspeita. Distingue-se por sua altura e pela forma elegante de beijar as mãos das damas, e desmancha-se em encurvados *shake-hands* com o homens. Chega e reina na Capital, e os proprietários do Grande Hotel destinam-lhe algo semelhante a uma suíte de três janelas sobranceiras à Praça da Alfândega, de onde poderá contemplar os jacarandás em flor. Dali dirige um discurso à multidão que o seguiu, terminando com as palavras: "Não vim para impor. Vim para obter a paz. Vim, em nome do Brasil, para pedir, para rogar, para implorar, que cesse o derramamento de sangue." Ao retirar-se sob aplausos para seus aposentos, acontece em plena praça um inesperado tiroteio entre grupos rivais, e chegam logo notícias de mortos e feridos. Consta que o emissário de Artur Bernardes não dorme nesta noite, em conferência com seus oficiais e os comandantes das diversas unidades da capital.

Este incidente à chegada reforça o propósito do general de acabar logo o tumulto político e bélico, mas não chega a abalar seu estilo: ao subir às sete horas da manhã seguinte as escadarias do Palácio do Governo, onde fixaram um tapete púrpura, ele não fala de revolução com os militares de sua comitiva. Fala de arquitetura. Elogia o bom gosto do interior, que não oprime, mas seduz por um respeito leve, emanado das paredes claras e amplas. No patamar, comenta a perfeição do busto de Júlio, erguido sobre um pedestal de mármore, volta-se para a entrada e diz "magnífico, senhores, bem ao estilo francês", embora nem todos o entendam. Em mais um lanço, atinge o *salon d'honneur*, este imponente espaço quadrangular com oito metros de pé-direito e espelhos à Versailles; um ajudante de ordens corre a apresentar-se e os conduz de imediato ao gabinete da Presidência do Estado, uma peça acanhada e com uma lareira florida por um par de vasos *art nouveau* que destoa graciosamente da decoração neoclássica dos painéis. No momento ninguém os espera, e *Mistinguett* e os oficiais sentam-se em sofás rococós e admiram os tapetes persas; o ilustre emissário começa a pensar que a sucessão de gêneros artísticos no Palácio pode significar a multiplicidade de firmas importadoras do Rio Grande. Dali, avistam a empena oeste da catedral, povoada de pombos: ninguém pensaria num Estado convulso pela guerra civil, onde ainda ontem ocorreram mortes trágicas.

Pouco depois, Borges surge por uma porta disfarçada – a estatura do mandatário condiz com a pequenez do ambiente, e é possível que ele o tenha idealizado com esse propósito. Levantam-se os membros da comitiva e se apresentam um a um, retirando esporas. Borges cumprimenta-os em silêncio e convida-os a sentar-se, ocupando ele próprio seu *bureau* negro de ornamentos dourados, vagamente parecido com um esquife. *Mistinguett* começa por elogiar o palácio do qual "ouve-se tanto falar no Rio de Janeiro" e que ele ainda não conhecia; não fossem as circunstâncias difíceis, até poderiam dizer que essa vinda ao Estado tem ares de turismo rico. Porto Alegre é um lugar que não faz vergonha a nenhuma cidade europeia, por seus solares, suas igrejas, belíssimas praças e higiênica arborização.

— Mas?... — Borges está imóvel, observando os visitantes.

O general cruza as pernas:

— Mas... Doutor Borges, o senhor sabe o motivo de minha presença aqui. O Presidente da República deve ter-lhe prevenido.

— Sim, Ministro. Recebi um telegrama, por esses dias.

— Se o senhor então me permite... — e durante cinquenta minutos ressoa no gabinete apenas a voz cantante do general, expondo as razões pelas quais o País preocupa-se com o litígio no Rio Grande, e de como é vital que a paz se restabeleça. Isso naturalmente exige, por parte de todos, uma fração de condescendência na intenção do bem-estar do Brasil, que não pode conviver com revoluções nos Estados federados — isso, além de causar prejuízos à economia e profundo desgaste às instituições, é origem de desprestígio internacional: relembra, com detalhes, as várias ocasiões em que o Brasil sofreu ameaças externas quando internamente andava mal. A Revolução Farroupilha, o caso mais exemplar, quase nos fez recuar fronteiras. Pois agora o governo central está disposto a ser intermediário, não para mostrar prevalência, mas para servir de um elemento neutro e distante, que vê a Nação como um todo. Para tanto, esse mesmo governo oferece seus préstimos...

A fala de *Mistinguett* é interrompida pelo carrilhão da catedral, que bate quatro quartos de hora rápidos, aos quais se seguem oito gordas badaladas. O general aproveita para beber um copo d'água que o empregado oferece. Terminado o concerto dos sinos, fala na conveniência de um tratado político, tal como celebram os países, mediante condições honrosas, estabelecidas de comum acordo entre as partes envolvidas. Ele, Setembrino de Carvalho, propõe-se a procurar o adversário e expor essa necessidade – sabe que está lidando com homens dignos e sábios, que desejam o bem do Estado e do País. Isso talvez implique alguma espécie de limite constitucional às reeleições dos presidentes do Rio Grande. Todos sabem que ele, Doutor Borges, entende como intocável a inteligente Constituição de Júlio, e, de fato, esse diploma passará à História dos povos: o positivismo político e filosófico foi importantíssimo para o advento da República; mas os tempos são outros, em que a rigidez foi substituída pela democracia plena, com integral acesso dos cidadãos aos órgãos governativos. O governo federal, ali representado pelo seu Ministro da Guerra, não interferirá nas cláusulas, cabendo-lhe apenas apor a sua chancela como testemunha e aval.

Então o insone Setembrino de Carvalho faz uma suspensão retórica, à espera do pronunciamento de Borges. Este levanta-se – o que é um convite para que os outros se levantem também – e apoia as mãos sobre o tampo do *bureau*:

– Proceda segundo suas ordens, Ministro. – As seguintes palavras paralisam os membros da comitiva do Ministro da Guerra: – De qualquer modo, general, o senhor sabe que meu mandato é inviolável, conferido pelo povo e referendado pela Assembleia... – Tira o relógio do bolso do colete, faz saltar a tampa de ouro e consulta as horas. – E, creio, está encerrado o tema de nossa audiência. Se quiserem conhecer as outras salas do Palácio, terei a honra de conduzi-los... Ainda faltam as decorações pictóricas, mas já estamos à procura de um bom artista que represente as lendas do Rio Grande, como a de Sepé Tiaraju, o gaúcho que nunca se rendeu às imposições de fora...

Setembrino de Carvalho, polidamente, não aceita a visita, alegando pressa em encontrar-se com outras pessoas. Despedem-se à porta do gabinete, e, ao descerem a escadaria, ele vai ouvindo a cólera de um major de sua comitiva, "desse homem não levamos nenhuma palavra".

– Engano – diz o Ministro, correspondendo com uma continência ao *apresentar armas* de um soldado em uniforme de parada. – Levamos todas as palavras de que eu preciso para a paz.

E saem pela praça, saudando as pessoas que se aglomeram junto às grandes portas do Palácio.

Agora dorme em silêncio o ambiente saturado de fumo da Biblioteca, e os assentos dos sofás e das poltronas amolecem ao calor do meio da tarde; um *bull terrier* de coleira surge no umbral, com a língua de fora, e, só vendo livros e outros objetos inúteis, dá meia-volta e vai deitar-se no longo tapete de arraiolos do corredor – ali corre uma aragem que, vinda da cozinha, traz os odores iniciais do jantar e se perde nos desvãos do Castelo, subindo pela escada em caracol até a torre, onde Astor vigia uma garrafa de genebra. A Condessa, em seus aposentos superiores, entrega-se a uma transitória *paciência* dupla na mesinha próxima à janela: também ela espera e a cada minuto suspende o jogo e olha ao longe, à procura dos vapores brancos e da fumaça negra do trem. Enxerga apenas o campo dissolvendo-se numa névoa seca de queimadas: tudo é sol, não o que brilha soberano e projeta sombras, mas o que se oculta atrás de nuvens esgarçadas e transforma a natureza em uma estufa sem matizes. Já no quarto enfeitado com alvas paisagens alpinas, Selene por um momento deixa de brincar com o gato Sião e dirige a objetiva da luneta astronômica para as coxilhas, e vê tudo invertido: o céu está embaixo da terra, como se mãos poderosas a retivessem ameaçadoramente suspensa, prestes a fazer despencar no vácuo o pequeno grupo de cavaleiros acompanhados por uma matilha de inquietos cães pastores. Um homem vai à frente, de chapéu claro de abas larguíssimas: é seu pai. Há pouco fizeram voltas, aparecendo e sumindo, e ela agora pode imaginá-los como de fato estão: com as camisas empapadas por debaixo dos casacos e loucos por terminarem aquilo que o Doutor chamou de "um passeio para verem as vantagens da pecuária racional, antes que chegue o emissário de Artur Bernardes". Estiveram examinando as ovelhas merinas, já tosquiadas, e concordaram que, em peso e estatura, são superiores às antigas e sem raça do pampa; admiraram-se com os bovinos ingleses, de largos pescoços e lustrosos de banha e, em especial, reforçaram seus propósitos de nunca tentarem os novos processos de criação. Câncio Barbosa, desatento, ignora a fala do Doutor. Pensa que, se faltarem os dois principais comandantes revolucionários – e é possível que faltem, pois jamais se submeterão a acordos de paz –, a reunião com Setembrino de Carvalho estará salva, pois os coronéis que hoje percorrem os campos têm no cansaço das *tropas e* na falta de armamentos os principais motivos para desejarem o fim das hostilidades. Um deles é Augusto Sezimbra, herói inconteste do Planalto, com fama de estar em todos os lugares que a revolução exigia. Bem tarde constatou que essa mobilidade ia tirando a cada marcha uma parte substancial de seus homens, de modo que um dia, ao dar uma ordem de *atacar*, seguiram-no alguns poucos, estropiados e toscos; diz-se que pela primeira vez chorou, obrigando-se a uma retirada sem glória. Quase junto do Doutor vai Estácio Azambuja, outro nome famoso, mas pela astúcia com que surpreendia os inimigos. Implacável no perdão, jamais permitiu que se cometesse um ato insultuoso à hombridade dos vencidos. Seguem-nos outros, de altíssimas patentes militares conquistadas à força de músculos e valentia; seis, no total, e a variedade das indumentárias atesta as procedências e fortunas. Todos querem, e logo, que se assine o documento com o Ministro da Guerra, e por isso aguardam apreensivos a possibilidade de o encontro vir abaixo com a previsível intransigência dos ainda ausentes. E vagam num labirinto de culpas: querem o tratado de paz, mas ainda terão de empreender a tarefa impossível de convencer seus frágeis exércitos de que não se tratou de uma capitulação; por outro lado, não assinar significa levar os comandados à derrocada, pela fome, pela vergonha e pela sensível inferioridade. Mas para isso são comandantes: também para dissolverem seus corpos militares. O Doutor mantém-se alheio a essas angústias, pois o gesto de acabar com a revolução lhe parece tão inexorável como os epílogos das óperas. Afasta qualquer possibilidade de impor condições – talvez saiba, no íntimo, que Setembrino de Carvalho virá com as mãos recheadas de ofertas. Assim, aguarda o momento do encontro com a serenidade dos príncipes renascentistas, que, em qualquer situação, acabavam vencedores. Mas não deixa de dizer, em certo momento, quando param para observar um touro *hereford*:

– Pois tudo que possuímos pode ser perdido se não vier a paz. As estâncias dos senhores, as terras, o gado, tudo pode ser penhorado para pagar as indenizações da revolução. Não imaginemos que Setembrino de Carvalho virá fazer caridade...

Os coronéis, que ainda não haviam pensado nisso, ficam desconcertados. Um deles murmura:

– Precisamos mesmo dessa paz.

Câncio Barbosa, inquieto, e porque olhou o *Omega*, vai avisar Olímpio de que devem voltar.

– De fato – ele concorda, deixando os coronéis imersos em suas dúvidas. – Voltemos...

Voltam a passo, à espera de algum silvo de trem que os colocará num caminho sem volta. Passando por uma figueira de grandes frondes, abertas como braços, o Doutor a indica:

– Já imaginaram os senhores, cariocas e paulistas confraternizando debaixo dessa árvore do pampa?...

Chegando ao Castelo, retornam para a Biblioteca e novamente acendem os charutos, espalhando-se pelas poltronas. O Coronel Estácio Azambuja para-se a observar uma escarradeira de cristal de Murano, como se ali estivesse o destino do mundo; Câncio Barbosa foi para um canto e relê uma tira de papel almaço, enquanto Leonel Rocha ampara a testa, ao lado do relógio de parede, atento ao oscilar tranquilo do pêndulo. A governanta traz cafezinhos, que eles aceitam com alvoroço, embora depois mexam pensativamente as colheres. Um moscardo azul voeja, pousando na lombada do *Tratado das espécies*, indo depois para o *Ernani*. O Doutor é o único que ostenta um traje civil completo, isso o transforma no autêntico dono do Castelo e, a partir de agora, naquele que determinará os rumos da conferência: escolheu a propósito sua casa para receber o Ministro.

Câncio Barbosa ergue-se de repente e vai à janela.

– Enfim!

Todos prestam atenção e com nitidez percebem o som da locomotiva.

– Bem, senhores – diz Olímpio –, as atenções do Estado e do País estarão voltadas para nós. A paz dependerá de nossa capacidade de transigir.

Sem a ênfase que suas palavras exigem, Leonel Rocha diz:
— Mas das condições, também.

Vão para a frente do Castelo. A composição aproxima-se com rapidez, e em pouco está acionando os freios na pequena gare. "Vamos esperar aqui", aconselha uma voz ainda soberba, e Olímpio sorri àquele resto de dignidade campeira: "Então esperemos..." — e logo veem a comitiva do Ministro da Guerra apontando na alameda central. *Mistinguett*, límpido e ainda de polainas apesar do calor, caminha com passos enérgicos sob a penumbra dos plátanos. Ao avistar Olímpio, acelera a marcha, chega por primeiro e faz uma continência, apresentado-se. Olímpio aperta-lhe a mão:

— Seja bem-vindo, Ministro. Esta humilde choupana é sua.

Os três outros oficiais da comitiva apresentam-se e todos sobem os pequenos degraus que conduzem ao vestíbulo do Castelo. O Ministro entra em primeiro lugar. A Condessa ali está, com a filha. O general beija a mão da senhora e diz "linda menina" a Selene, que curva os joelhos à maneira das jovens austríacas. Talvez ele pense que a "menina" é jovem demais para a idade do pai; mas é homem educado, e passa junto com os outros à Biblioteca, para onde vieram refrescos em jarras de cristal. Tira o quepe e procura um lugar para pousá-lo, deixando-o, junto com a *badine* e as luvas, ao lado de um abajur francês de pingentes, sobre uma mesinha revestida em veludo: "Já muito me falaram no Castelo, mas jamais imaginei que fosse tão opulento. Um verdadeiro lugar de luxo, e mais do que isso: um lugar de cultura e reflexão". Os oficiais que acompanham o Ministro procuram ficar um pouco à distância, junto às estantes de livros. O general aceita um copo de limonada e senta-se numa *Thonnet* que o Doutor lhe destinou, mais baixa que a cadeira do *bureau*. Os coronéis revolucionários observam o forte e plebeu vinco do quepe na testa do Ministro, mas a botoeira dourada, descendo da gola justíssima e alta, harmoniza-se com o fulgor das platinas que aumentam a largura dos ombros. Câncio Barbosa, em seu canto, abre uma *Pelikan* automática e desdobra uma folha de papel virgem, atento às palavras de Setembrino de Carvalho, que inicialmente fala de como foi difícil chegar até o Castelo, mas que se sente recompensado por encontrar tantos homens representativos. Passa os olhos pelos circunstantes:

— E vejo que minha missão será fácil.

— E creio que o senhor traz boas condições – ouve-se a voz de Leonel Rocha.

Mistinguett volta-se:

— Excelentes, coronel. – Daqui por diante, chamará a todos por seus imaginários postos da revolução. – Preservam a honra de ambos os lados. – Faz uma pausa, diz: – Só lamento não encontrar aqui o general Zeca Neto e o coronel Honório Lemes.

— Foram avisados e não vieram – diz o Doutor, distraído.

Acaba de falar, e Câncio Gomes, de novo na janela, comunica:

— Chegaram. – E de fato, ouvem o ruído de lata de um automóvel estacionando frente ao Castelo, e logo a seguir a pancada das portas de sanefa.

Olímpio sente as entranhas darem sinal de si. Mas desta vez será diferente daquele último encontro, no inverno.

Logo após, os dois comandantes entram na Biblioteca: Honório Lemes veste-se à gaúcha, de bombachas, botas de fole e um grande lenço vermelho ao pescoço; um homem capaz de gestos imprevistos, embora a presença de Zeca Neto deixe esmaecida sua figura; Zeca Neto estaria de terno completo, não fossem o mesmo lenço vermelho e as botas de couro marrom. Segue-se um momento de tensão: qual dos dois generais tomará a iniciativa de apresentar-se? Setembrino de Carvalho desfaz o constrangimento, perfila-se ante Zeca Neto e, tal como fez com o Doutor, declina seu nome e posto. Os rostos aliviam-se.

— Ora, Ministro... só porque sou mais velho... – resmunga o famigerado comandante da 4ª Divisão do Exército Libertador. Voltam aos lugares. Olímpio fica de olhos cravados em Zeca Neto, que o cumprimentou de passagem, sentando-se a um sofá. Ninguém, nem Honório Lemes, se atreve a fazer-lhe companhia. E ali fica o general, solitário, imenso, com as imensas barbas da promessa: assim o retrato de um antepassado emoldura-se em nobreza.

— *Bueno* – ele diz a Setembrino de Carvalho –, acho que interrompemos a reunião.

– Ao contrário. Vieram bem a propósito. – E o Ministro inicia por explanar a lamentável situação do Rio Grande, "o que não é novidade para os senhores..." – vai encarando um por um dos revolucionários – "... mas tudo fruto do interesse comum de trazer o Estado ao seu real destino de progresso. Os métodos variam, mas a intenção é a mesma". – As palavras do Ministro, agora escolhidas, tornam-se lentas: – Tenho já a autorização do Doutor Borges para dar seguimento às tratativas de paz. Há cláusulas... O governo federal, através da minha pessoa, avalizará qualquer ajuste que for feito, desde que mantenha a integridade do País, e prontifica-se a enviar todos os esforços para que a honra das partes seja preservada.
– O Borges será preso? – Zeca Neto cruza os braços com ênfase, numa interrogação hostil.
– Como?... – *Mistinguett* volta-se. – O senhor general então imporia essa condição para a paz?... – Os outros, mexendo-se, estalam as cadeiras.
– Por que não? O Borges comportou-se como um delinquente. – A última palavra ressoa despropositada, gigantesca, e Setembrino de Carvalho vacila.
– Um instante – Olímpio colhe o silêncio. – Senhor Ministro: tal exigência do general Zeca Neto é incabível. Reconheço que deu muito de si pela causa revolucionária, e que seu nome é respeitadíssimo, mas não está com os olhos voltados para o futuro. Precisamos da paz. Prender o Borges é apenas um ato romântico. Deixemos que a História faça a sua justiça.
Zeca Neto sorri cáustico por debaixo da barba:
– Quando vier a História, eu serei um homem morto. O que sei é que vai-se consumar aqui uma traição a todos os que lutaram. Firma-se um tratado e pronto: se despacha todo mundo *a la cria*.
Honório Lemes tirou uma pequena faca de picar fumo e com ela está limpando as unhas. O rosto indiático é duro e áspero como a fazenda de seu dólmã, e pelo gesto, pela ousadia com que se põe tão à vontade, está de acordo em tudo com o general. O Doutor percebe que se encaminham para um impasse quando Leonel Rocha sacode timidamente a cabeça às palavras de Zeca Neto.

– General – então diz –, não imagino que o senhor esteja pensando apenas em si próprio, ao falar essas coisas.
– Penso no Rio Grande.
– Mas o Rio Grande não é uma terra sem leis, sem ordem, não é uma terra de bárbaros. Que vantagens teremos continuando a luta? Apelo aos coronéis aqui presentes, que há pouco me diziam que o tratado era o melhor a ser feito, nas circunstâncias.
Zeca Neto soergue o peito, surpreso:
– É verdade, senhores?
E os coronéis, quietos: Estácio Azambuja volta para *sua* escarradeira, Leonel Rocha encontra algo interessantíssimo no pêndulo do relógio, e os outros procuram o panorama além das janelas.
– É verdade? Então se submetem? Com que cara olharão para suas esposas e filhos? E muito pior do que isso: com que cara olharão para seus comandados? Haverá um lugar na terra onde os senhores poderão esconder a vergonha?
– Não se trata disso, general – é Leonel Rocha –, trata-se de reconhecer que não há mais condições para o prosseguimento da luta. Já estamos pobres, e corremos o risco de perdermos tudo, até nossas propriedades.
– Então é isso... a pobreza tornou-se pior que a desonra. Sou mesmo um cretino... já estava tudo decidido... – E diz para Honório Lemes: – Vejo que chegamos muito tarde à reunião. E caímos numa armadilha. Se até esses homens...
E fecha os olhos, pende aos poucos a cabeça e fica absorto, como quem dorme. Setembrino de Carvalho olha para Olímpio, que ergue os ombros. Passado um instante, Honório Lemes, alarmado, vem sacudir o braço de Zeca Neto, "general, acorde, general". Este parece nem respirar, e um pequeno fio de saliva escorre pela barba. "General, o senhor está mal?" Subitamente, Zeca Neto levanta a cabeça e diz, no fundo de uma neblina de mágoas: – Pensaram isso? Não se alegrem, ainda. Apenas fiz um minuto de silêncio pelo velho Rio Grande.
Mistinguett toma a palavra:
– Não, general, o velho Rio Grande viverá, depois deste tratado. – E, limpando a garganta: – Quanto às cláusulas, além das

que os senhores já imaginam – e modera a voz –, tenho a informar que o Doutor Borges estabeleceu, como condição para a assinatura, a sua permanência no governo até o término de seu mandato, daqui a cinco anos. Parece-me justo, pois afinal é o Presidente legal. Depois serão as eleições, livres, com voto secreto, a serem fiscalizadas pelo Ministro da Guerra. Em troca, o Doutor Borges referenda a anistia a ser concedida aos revolucionários pelo senhor Presidente da República.

– Anistia?... – espanta-se Estácio Azambuja – como se fôssemos bandidos?

– De minha parte – diz Olímpio – estou de acordo. Cinco anos passam ligeiro. Quem quiser que me siga. E não esqueçam que essa cláusula da anistia, oferecida com generosidade pelo Presidente da República, não beneficiará a mim, que sou um civil, mas aos chefes militares. Se as coisas entortarem, a anistia pode até ficar de fora do acordo. Para o bem de todos, devem assinar o tratado proposto.

Os coronéis voltam-se pasmos para Zeca Neto. O velho general faz um sinal com a mão, como quem diz que nesta hora nada mais tem importância.

– E se não assinarmos? – pergunta-lhe Estácio Azambuja, com voz imprecisa.

– Assinem. Há pouco eu pensava: este documento ficará como um tiro de misericórdia, e se alguém tiver de disparar a bala, que sejamos nós. Lembram daquele fato de Santa Maria, quando o Doutor Olímpio, em seus tempos de bom moço, segurou a mão de um moribundo até que ele morresse? Assim também nós: sustentaremos o Rio Grande em sua última hora. Façam esta minha vontade. Eu também assinarei.

E então, sob os olhos do Doutor e o ditado cauteloso de Setembrino de Carvalho, Câncio Barbosa redige as cláusulas do tratado e o põe sobre o *bureau*. O primeiro a assinar, e rapidamente, é o Doutor, e logo após o Ministro. Câncio Barbosa apresenta a caneta a Zeca Neto. Este toma-a com firmeza, vai até o *bureau* e, lento, apõe seu nome. Os restantes coronéis seguem-no, entre coagidos e incentivados por Câncio Barbosa. O último é Honório Lemes. O *Leão do Caverá* olha enviesado para aquele monte de palavras escritas, pede uma régua, coloca-a sobre o papel e com algum esforço traça seu nome.

– *La fresca...* isso é pior do que pelear na coxilha.

– Todos assinaram – Câncio Barbosa calca o mata-borrões sobre o papel.

– Agradeço, senhores – diz *Mistinguett*, molhado de suor. – A paz está selada. E o Rio Grande ganha em honra – suas últimas palavras vão morrendo: observa que os revolucionários deixam a Biblioteca em grupo, sem se despedirem. – Os senhores prestaram um grande serviço à Pátria.

Zeca Neto volta:

– E o Doutor Olímpio prestou um grande serviço a si mesmo. Adeus.

E Honório Lemes:

– É isso mesmo.

Os da Biblioteca esperam que os revolucionários saiam pelo portão, de automóvel e a cavalo, dirigindo-se a lugares opostos.

– Parabéns – *Mistinguett*, desafogado, cumprimenta Olímpio. – O senhor fez o que a razão mandava. Não fique magoado por isso. Esses senhores são dignos, e logo verão que estavam em equívoco, e voltarão.

– Esses? Nunca...

– O senhor precisará deles, para seu futuro político.

– Não, Ministro.

Em seu quarto, Selene abre um livro de astronomia; a Condessa conseguiu fechar uma *paciência* dificílima e, na cozinha, a governanta dá ordens para a próxima refeição: além das gaúchas costelas de ovelha, ela manda incluir, por determinação do Doutor, vários pratos da culinária do Brasil. De agora em diante farão parte de todas as mesas, banquetes e jantares do Castelo no Pampa.

Escrito em Porto Alegre e na estância Camboatá
– Pedras Altas – entre março e agosto de 1993.

Notas do autor
1. Não penso que Um castelo no Pampa *seja uma trilogia, mas uma série em três volumes, isto é: um único romance em sequência embora seja possível a leitura avulsa de cada um deles.*
2. Tal como no primeiro volume, todas as semelhanças que forem encontradas, nesta obra, com fatos e pessoas da vida "real", como tais devem ser consideradas: apenas semelhanças.

IMPRESSÃO:

GRÁFICA EDITORA Pallotti
IMAGEM DE QUALIDADE

Santa Maria - RS - Fone/Fax: (55) 3220.4500
www.pallotti.com.br